Sophie Kinsella

O SEGREDO DE EMMA CORRIGAN

Tradução de
ALVES CALADO

7ª edição

EDIÇÕES
BestBolso
RIO DE JANEIRO – 2021

CIP-BRASIL. CATALOGAÇÃO NA FONTE
SINDICATO NACIONAL DOS EDITORES DE LIVROS, RJ

Kinsella, Sophie, 1969-
K64s O segredo de Emma Corrigan / Sophie Kinsella; tradução Alves
7ª ed. Calado. – 7ª ed. – Rio de Janeiro: BestBolso, 2021.
12 × 18 cm.

Tradução de: Can You Keep a Secret?
ISBN 978-85-7799-472-4

1. Ficção inglesa. I. Calado, Alves. II. Título.

15-19057 CDD: 823
CDU: 821.111-3

O segredo de Emma Corrigan, de autoria de Sophie Kinsella.
Título número 396 das Edições BestBolso.

Texto revisado conforme o Acordo Ortográfico da Língua Portuguesa.

Título original inglês:
CAN YOU KEEP A SECRET?

www.edicoesbestbolso.com.br

Design de capa: Carolina Vaz.

Rua Argentina 171 – 20921-380 – Rio de Janeiro, RJ – Tel.: (21) 2585-2000.

Impresso no Brasil

ISBN 978-85-7799-472-4

EDIÇÕES BESTBOLSO

O segredo de Emma Corrigan

Sophie Kinsella é escritora e ex-jornalista de economia, com especialização na área financeira. Ela também é autora da série Becky Bloom, e dos livros *Samantha Sweet: executiva do lar, Menina de vinte, A lua de mel*, entre outros. Com sua literatura traduzida para mais de trinta idiomas, Sophie Kinsella teve o livro *Os delírios de consumo de Becky Bloom* adaptado para o cinema por P.J. Hogan em 2009. Em edição de bolso estão disponíveis também *Becky Bloom, delírios de consumo na Quinta Avenida* e *Samantha Sweet, executiva do lar.* Site oficial: www.sophiekinsella.co.uk.

Para H, de quem não guardo segredos.
Bem, pelo menos não muitos.

Agradecimentos

Muitíssimo obrigada a Mark Hedley, Jenny Bond, Rosie Andrews e Olivia Heywood pelos conselhos generosos.

E a maior gratidão, como sempre, a Linda Evans, Patrick Plonkington-Smythe, Araminta Whitley e Celia Hayley, meus meninos e a diretoria.

1

É claro que tenho segredos.

Claro que sim. Todo mundo tem. É totalmente normal. Estou certa de que não tenho mais do que qualquer pessoa.

Não estou falando de grandes segredos, de abalar a Terra. Do tipo "o presidente dos Estados Unidos vai bombardear o Japão e só Will Smith pode salvar o mundo". Só segredos normais, segredinhos do dia a dia.

Por exemplo, aqui estão alguns que me vieram à cabeça:

1. Minha bolsa Kate Spade é falsa.
2. Adoro licor de xerez, a bebida mais cafona do universo.
3. Não faço ideia do que significa a sigla Otan. Nem do que se trata.
4. Peso 61 quilos. Não 56, como meu namorado Connor acha. (Se bem que, em minha defesa, eu estava planejando fazer dieta quando falei isso. E, para ser justa, são só cinco quilinhos a mais.)
5. Sempre achei que Connor parece um pouquinho com o Ken. O da Barbie.
6. Às vezes, quando estou bem no meio de uma transa apaixonada, do nada sinto vontade de gargalhar.
7. Perdi minha virgindade no quarto de hóspedes com Danny Nussbaum, enquanto mamãe e papai assistiam a *Ben-Hur* no andar de baixo.
8. Já bebi o vinho que papai me mandou guardar por vinte anos.

9. Sammy, o peixinho dourado da casa dos meus pais, não é o mesmo peixinho dourado que mamãe e papai me pediram para tomar conta quando foram ao Egito.
10. Quando minha colega Artemis realmente me deixa chateada, eu rego a planta dela com suco de laranja. (O que acontece praticamente todo dia.)
11. Uma vez, tive um estranho sonho lésbico com Lissy, minha colega de apartamento.
12. A calcinha fio dental está me machucando.
13. Sempre tive uma convicção profunda de que não sou como todo mundo, e que há uma vida nova e incrivelmente empolgante me esperando lá fora.
14. Não faço ideia do que esse cara de terno cinza está falando.
15. Além disso, já esqueci o nome dele.

E só o conheci há dez minutos.

– Nós acreditamos em alianças logísticas formativas – continua ele numa voz nasalada, ressoante –, tanto acima quanto abaixo da linha divisória.

– Sem dúvida! – respondo animada, como se dissesse: todo mundo não concorda?

Logística. O que significa isso, afinal?

Meu Deus. E se eles me perguntarem?

Não seja estúpida, Emma. Eles não vão perguntar de repente: "O que significa logística?" Também sou uma profissional de marketing, não sou? Obviamente sei essas coisas.

E, de qualquer modo, se mencionarem isso de novo, eu mudo de assunto. Ou digo que sou pós-logística ou algo do tipo.

O importante é continuar confiante e parecer profissional. Esta é minha grande chance e não vou estragá-la.

Estou sentada numa sala na sede da Glen Oil, em Glasgow, e quando olho meu reflexo na janela pareço uma empresária de sucesso. Escovei o cabelo, estou usando brincos discretos como mandam nas matérias sobre "como conseguir o emprego dos seus sonhos", e estou com meu novo conjunto Jigsaw, superelegante. (Pelo menos é praticamente novo. Comprei no bazar da Pesquisa do Câncer e preguei um botão para substituir o que faltava. Mal dá para notar.)

Estou aqui representando a Corporação Panther, onde trabalho. A reunião é para finalizar um acordo promocional entre a nova bebida esportiva Panther Prime, sabor uva-do-monte, e a Glen Oil. Vim especialmente de Londres hoje cedo, de avião. (A empresa pagou e tudo!)

Quando cheguei, os caras do marketing da Glen Oil começaram uma longa conversa metida a besta, tipo "quem já viajou mais?", sobre milhas aéreas e o voo noturno para Washington – e acho que blefei de modo bem convincente. (Menos quando disse que tinha ido de Concorde para Ottawa, e por acaso o Concorde não vai a Ottawa.) Mas a verdade é que esta é a primeira vez que viajo para selar um acordo.

Bem, a verdade *verdadeira* é que este é o primeiro acordo em que eu trabalho, e ponto final. Estou na Corporação Panther há onze meses, como assistente de marketing, e até agora só me deixaram digitar comunicados, marcar reuniões para outras pessoas, pegar sanduíches e buscar a roupa do meu chefe na lavanderia a seco.

Ou seja, essa é tipo a minha grande oportunidade. E tenho uma esperançazinha secreta de que, se me der bem, talvez seja promovida. O anúncio para o emprego dizia "possibilidade de promoção em um ano", e na segunda-feira terei a reunião de avaliação anual com meu chefe, Paul. Procurei a parte de "Avaliações" na apostila de apresentação aos funcionários, e ali dizia que são "uma oportunidade ideal para discutir possibilidades de progressão na carreira".

Progressão na carreira! Ao pensar nisso, sinto uma familiar pontada de saudade no peito. Isso mostraria ao meu pai que eu não sou uma fracassada inútil. E também à minha mãe. E a Kerry. Se eu pudesse ir para casa e dizer bem casualmente: "Aliás, fui promovida a executiva de marketing."

Emma Corrigan, executiva de marketing.

Emma Corrigan, vice-presidente (Marketing).

Isso se tudo der certo hoje. Paul disse que o acordo estava feito, selado e coisa e tal, que eu só precisava confirmar com a cabeça e apertar a mão deles, e que até *eu* deveria ser capaz de fazer isso. Admito que até agora a coisa está indo muito bem.

Certo, não entendo 90 por cento do que eles estão falando. Mas também não entendi muito da prova oral de francês no GCSE* e mesmo assim tirei B.

– Reestruturação de marca... análise... relação custo-benefício..

O sujeito de terno cinza ainda está falando sobre alguma coisa. Do modo mais casual possível, estendo a mão e puxo seu crachá alguns centímetros na minha direção para poder ler.

Doug Hamilton. Isso mesmo. Certo, dá para memorizar. Doug. "Dou." Fácil de visualizar. *Hamil* pode virar "ah, meu"... e...

Certo, esquece. Vou anotar.

Escrevo "reestruturação de marca" e "Doug Hamilton" em meu bloco e faço um pequeno arabesco. Meu Deus, a calcinha está realmente desconfortável. Puxa, fio dental nunca é muito confortável, na melhor das hipóteses, mas essa está particularmente ruim. Deve ser porque é dois números menor do que deveria.

---

* General Certificate of Secondary Education (GCSE): uma qualificação acadêmica.

Com certeza porque Connor comprou para mim, dizendo à vendedora que eu pesava 56 quilos. Ela concluiu que meu número devia ser 38. Trinta e oito!

(Para ser honesta, acho que ela estava sendo má. A vendedora *devia* saber que eu estava mentindo.)

Era noite de Natal, nós estávamos trocando presentes, e desembrulhei uma linda calcinha cor-de-rosa. Tamanho 38. Eu basicamente tinha duas opções.

A: Confessar a verdade: "Ela é pequena demais, eu sou tipo 42, e por sinal não peso mesmo 56 quilos." Ou...

B: Me espremer nela.

Na verdade, ficou boa. Mal dá para ver as linhas vermelhas na pele depois. E, depois disso, precisei cortar todas as etiquetas das minhas roupas para Connor nunca ficar sabendo.

Não preciso dizer que, desde então, eu praticamente nunca usei essa calcinha. Mas de vez em quando olho para ela, tão lindinha e cara na gaveta, e penso: ah, qual é, não pode ser *tão* apertada assim, e de algum modo consigo me enfiar nela. Foi o que fiz hoje cedo. Até concluí que devia ter perdido peso, porque a sensação não era tão ruim.

Sou uma imbecil iludida.

– ... infelizmente, desde a reestruturação da marca... grande revisão de conceito... sentimos que precisamos considerar sinergias alternativas...

Até agora só fiquei ali sentada balançando a cabeça, pensando que esse papo de reunião de negócios é moleza. Mas agora a voz de Doug Hamilton começa a chamar minha atenção. O que ele está dizendo?

– ... dois produtos divergindo... tornando-se incompatíveis...

Que papo é esse de incompatíveis? O que foi aquilo sobre grande revisão de conceito? Sinto um choque alarmante. Talvez isso não seja só blá-blá-blá. Talvez ele esteja *dizendo* alguma coisa. Depressa, escute.

– Nós apreciamos a parceria funcional e sinérgica desfrutada pela Panther e a Glen Oil no passado – prossegue Doug Hamilton. – Mas devemos concordar que sem dúvida estamos indo em direções diferentes.

Direções diferentes?

É *isso* que ele esteve falando todo esse tempo?

Meu estômago revira, estou ansiosa.

Ele não pode estar...

Ele está tentando cancelar o acordo?

– Com licença, Doug – interrompo com minha voz mais relaxada. – Estou prestando muita atenção em tudo. Claro... – Dou um sorriso amigável, do tipo "somos todos profissionais". – Mas será que você poderia... é... recapitular a situação para nos esclarecer...

Em uma linguagem simples, imploro silenciosamente.

Doug Hamilton e outro cara trocam olhares.

– Nós estamos um pouco insatisfeitos com seus valores de marca – lança Doug Hamilton.

– Meus valores de marca? – ecoo em pânico.

– Os valores de marca *do produto* – corrige ele, me olhando de modo estranho. – Como estava explicando, nós, da Glen Oil, estamos passando por um processo de reestruturação de marca e vemos nossa nova imagem como a de um produto que *se importa* com outros fatores, como demonstra nosso novo logotipo com o narciso. E achamos que a Panther Prime, com sua ênfase em esporte e competição, é simplesmente agressiva demais.

– Agressiva? – encaro-o, perplexa. – Mas... é uma bebida à base de frutas.

Isso não faz sentido. A Glen Oil vende gasolina, que faz fumaça e arruína o mundo. A Panther Prime é uma inocente bebida com sabor de uva-do-monte. Como pode ser agressiva demais?

– Os valores que ela abarca. – Doug aponta para as brochuras de marketing na mesa. – Impulso. Elitismo. Masculinidade.

O próprio slogan: "Não pare." Francamente, parece um pouco datado. – Ele dá de ombros. – Nós simplesmente não achamos possível uma iniciativa conjunta.

Não. Não. Isso não pode estar acontecendo. Ele não pode estar caindo fora.

Todo mundo no escritório vai pensar que foi minha culpa. Vão pensar que eu estraguei tudo, que fiz uma merda sem tamanho.

Meu coração está martelando. Meu rosto está quente. Não posso deixar que isso aconteça. Mas o que vou dizer? Não preparei nada. Paul disse que estava tudo acertado e que eu só precisava apertar a mão deles.

– Com certeza nós vamos discutir isso de novo antes de tomarmos uma decisão – diz Doug. Ele me dá um sorriso rápido. – E, como eu disse, gostaríamos de continuar nossa parceria com a Corporação Panther. Portanto, esta foi uma reunião útil, de qualquer modo.

Ele está empurrando a cadeira para trás.

Não posso deixar isso escapar! Preciso tentar ganhá-los. Tenho que tentar encerrar o acordo.

Selar o acordo. É isso que eu quis dizer.

– Esperem! – ouço-me dizendo. – Só... esperem um momento! Eu tenho alguns tópicos para levantar.

De que estou falando? Eu não tenho nenhum tópico a levantar.

Há uma lata de Panther Prime sobre a mesa, e eu a seguro procurando inspiração. Tentando ganhar tempo, levanto-me, vou até o centro da sala e ergo a lata para todos poderem vê-la.

– A Panther Prime é... uma bebida esportiva.

Paro, e há um silêncio educado. Meu rosto está formigando.

– Ela é... hum... ela é muito...

Ah, meu Deus. O que eu estou fazendo?

Qual *é*, Emma. *Pense*. Pense na Panther Prime... pense na Panther Cola... pense... pense...

É! Claro!

Certo, comece de novo.

– Desde o lançamento da Panther Cola, no final dos anos 1980, as bebidas Panther têm sido sinônimo de energia, empolgação e excelência – começo, com fluidez.

Graças a Deus. Esse é discurso-padrão de marketing para a Panther Cola. Eu o digitei tantos zilhões de vezes que poderia recitá-lo dormindo.

– As bebidas Panther são um fenômeno de marketing – continuo. – O personagem da pantera é um dos mais reconhecidos no mundo, e o clássico slogan "Não pare" acabou ficando muito famoso. Agora, nós estamos oferecendo à Glen Oil uma oportunidade exclusiva de se juntar a essa marca valiosa e mundialmente reconhecida.

Minha confiança está crescendo, começo a andar pela sala, gesticulando com a lata.

– Ao comprar uma bebida Panther, o consumidor está sinalizando que vai aceitar apenas o melhor. – Bato na lata com a outra mão. – Ele espera o máximo de sua bebida energética, espera o máximo de sua gasolina, espera o máximo de si mesmo.

Estou voando! Sou fantástica! Se Paul pudesse me ver agora, iria me dar uma promoção no ato!

Vou até a mesa e encaro Doug Hamilton.

– Quando o consumidor da Panther abre a lata, está fazendo uma escolha que diz ao mundo quem ele é. Estou pedindo que a Glen Oil faça a mesma escolha.

Quando termino de falar, coloco a lata com firmeza no meio da mesa, ponho o dedo no anel e, com um sorriso descolado, puxo-o.

É como um vulcão entrando em erupção.

A bebida espumante com sabor de uva-do-monte explode num jorro para fora da lata, caindo sobre a mesa, encharcando os papéis e blocos com um sinistro líquido vermelho e... ah, não, por favor, não... está escorrendo por toda a camisa de Doug Hamilton.

– Puta que pariu! – ofego. – Quero dizer, desculpe...

– Meu Deus – exclama Doug Hamilton irritado, levantando-se e tirando um lenço do bolso. – Essa coisa mancha?

– Hum... – seguro a lata, desamparada. – Não sei.

– Vou pegar um pano – anuncia o outro cara, levantando-se com um salto.

Ele fecha a porta ao sair e há um silêncio, exceto pelo som da bebida de uva-do-monte pingando lentamente no chão.

Olho para Doug Hamilton com o rosto quente e o sangue latejando nas orelhas.

– Por favor... – murmuro e pigarreio, com uma rouquidão terrível –, não conte ao meu chefe.

DEPOIS DE TUDO... fiz merda.

Arrastando os calcanhares pelo saguão do Aeroporto de Glasgow, sinto-me completamente arrasada. No fim, Doug Hamilton foi muito gentil. Disse que tinha certeza de que a mancha ia sair e prometeu que não contaria a Paul. Mas não mudou de ideia com relação ao acordo.

Minha primeira reunião importante. Minha primeira grande chance – e é isso que acontece. Sinto vontade de desistir de tudo. Sinto vontade de telefonar para o escritório e dizer: "Chega, nunca mais vou voltar e, a propósito, fui eu que estraguei a copiadora daquela vez."

Mas não posso. É minha terceira carreira em quatro anos. *Tem* que dar certo. Pelo meu próprio bem. Pela minha autoestima. E, também, porque devo quatro mil pratas ao meu pai.

– Então, o que você deseja? – pergunta um cara australiano, e eu levanto a cabeça, atordoada. Cheguei ao aeroporto com uma hora de antecedência e fui direto ao bar.

– Hum... – Minha mente está vazia. – É... vinho tinto. Não, na verdade uma vodca-tônica. Obrigada.

Enquanto ele se afasta, relaxo de novo no banco. Uma aeromoça com um coque trançado se senta a dois bancos de distância. Sorri para mim, e eu dou um sorriso débil de volta.

Não sei como as outras pessoas administram a carreira, realmente não sei. Como minha amiga mais antiga, Lissy. Ela sempre soube que queria ser advogada – e agora: *tchã-ram!* é advogada de defraudações. Mas eu saí da faculdade sem a menor pista. Meu primeiro emprego foi numa imobiliária, mas só entrei porque sempre gostei de olhar casas, e conheci uma mulher com incríveis unhas pintadas de vermelho numa feira sobre carreiras, e ela disse que ganhava tanto dinheiro que poderia se aposentar aos 40 anos.

Mas, no minuto em que comecei, odiei. Odiei todos os outros corretores. Detestei ter que falar coisas como "uma vista adorável". E não gostei de ter que dar detalhes de casas que custassem pelo menos 400 mil libras quando os compradores diziam poder comprar uma de 300 mil libras, depois ter que olhá-los com superioridade, tipo: "Você só tem 300 mil libras? Meu Deus, coitado de você."

Assim, depois de seis meses, anunciei que ia mudar de carreira para ser fotógrafa. Foi um momento *tremendamente* fantástico, como num filme ou sei lá o quê. Meu pai me emprestou dinheiro para pagar um curso de fotografia e comprar a máquina, e eu ia me lançar numa carreira criativa e espantosamente nova, seria o início de uma nova vida...

Só que não aconteceu exatamente isso.

Quero dizer, para começar, você sabe quanto ganha um assistente de fotógrafo?

Nada. Nada mesmo.

O que, você sabe, não seria um problema caso alguém tivesse me *oferecido* um cargo de assistente de fotógrafo.

Solto um suspiro pesado e olho para minha expressão digna de pena no espelho atrás do balcão. Além de todo o resto, meu cabelo, que eu alisei cuidadosamente com um produto especial hoje cedo, ficou cheio de frizz. Típico.

Pelo menos, não fui a única que não chegou a lugar algum. Das oito pessoas do meu curso, uma teve sucesso instantâneo e agora tira fotos para a *Vogue* e coisa e tal, uma se tornou fotógrafa de casamentos, uma teve um caso com o professor, uma foi viajar, uma teve um bebê, uma trabalha na Snappy Snaps e uma está na Morgan Stanley.

Enquanto isso, eu me endividei cada vez mais e comecei a fazer serviços temporários e a me candidatar a empregos que pagassem alguma coisa. E por fim, há onze meses, virei assistente de marketing na Corporação Panther.

O barman coloca uma vodca-tônica na minha frente e me lança um olhar interrogativo.

– Não fique assim – tenta me consolar. – Não pode ser tão grave!

– Obrigada.

Bebo um gole. A sensação é um pouco melhor. Estou tomando o segundo gole quando meu celular começa a tocar.

Sinto um frio na barriga, estou nervosa. Se for do escritório, vou fingir que não ouvi.

Mas não é, o número de minha casa pisca na telinha.

– Oi – atendo, apertando a tecla verde.

– Oi! – É a voz de Lissy. – Sou eu! E aí, como foi?

Lissy é minha colega de apartamento e minha amiga mais antiga. Tem cabelos escuros espetados, mais ou menos 600 de QI e é a pessoa mais doce do mundo.

– Um desastre – respondo arrasada.

– O que aconteceu? Não conseguiu o contrato?

– Não consegui o contrato e ainda dei um banho no diretor de marketing da Glen Oil com bebida de uva-do-monte.

Mais adiante no balcão vejo a aeromoça escondendo um sorriso e sinto que estou ficando vermelha. Ótimo. Agora o mundo inteiro sabe.

– Caramba. – Quase posso *sentir* Lissy tentando pensar em algo positivo para dizer. – Pelo menos atraiu a atenção deles – exclama, finalmente. – Não vão esquecer de você depressa.

– Pode ser – digo com a voz sem força. – E aí, tem algum recado para mim?

– Ah! Humm... não. Quero dizer, o seu pai ligou, mas... hum... você sabe... não foi... – Ela deixa no ar, de modo evasivo.

– Lissy. O que ele queria?

Há uma pausa.

– Parece que sua prima ganhou um prêmio profissional – conta ela, como se pedisse desculpas. – Eles vão comemorar no sábado, junto com o aniversário da sua mãe.

– Ah. Que bom.

Afundo ainda mais no banco. É só disso que preciso. Minha prima Kerry segurando em triunfo algum troféu prateado de "melhor agente de viagens do mundo. Não, do universo".

– E Connor também ligou, para ver como você estava – acrescenta Lissy rapidamente. – Ele foi mesmo um amor, disse que não queria ligar para o seu celular durante a reunião, para não atrapalhar você.

– Verdade?

Pela primeira vez, hoje, sinto um leve ânimo.

Connor. Meu namorado. Meu namorado amoroso e sensível.

– Ele é um fofo! – continua Lissy. – Disse que estava preso numa reunião importante a tarde toda, mas que cancelou o jogo de squash e perguntou se você quer jantar esta noite.

– Ah – exclamo com um tremor de prazer. – Vai ser legal. Obrigada, Lissy.

Desligo e tomo outro gole de vodca, me sentindo muito mais animada.

Meu namorado.

É como Julie Andrews dizia. Quando o cachorro morde, quando a abelha pica... simplesmente lembro que tenho um namorado – e de repente as coisas não parecem mais uma merda tão grande.

Ou sei lá como ela falava.

E não é um namorado qualquer. Um namorado alto, bonito, inteligente, que a *Marketing Week* chamou de "uma das mentes mais brilhantes da pesquisa de marketing atual".

Fico sentada acalentando minha vodca, deixando que os pensamentos em Connor passem pela minha mente e me consolem. O cabelo louro dele brilhando ao sol, o sorriso que não sai do rosto. O favor que me fez atualizando todos os programas do meu computador sem que eu nem mesmo pedisse, e o modo como ele... ele...

Minha mente fica vazia. Isso é ridículo. Quero dizer, há muita coisa maravilhosa em Connor. Tipo... as pernas compridas. É. E os ombros largos. Até a vez que ele cuidou de mim quando eu fiquei gripada. Puxa, quantos namorados fazem isso? Pois é.

Eu tenho muita sorte, tenho mesmo.

Guardo o telefone, passo os dedos pelo cabelo e olho o relógio atrás do balcão. Faltam quarenta minutos para o voo. Agora não é muito. O nervosismo começa a se arrastar pelo meu corpo como pequenos insetos, e tomo um grande gole de vodca, esvaziando o copo.

Vai ficar tudo bem, digo a mim mesma pela zilhonésima vez. Vai ficar maravilhoso.

Não estou apavorada. Só estou... só estou...

Certo. Estou apavorada.

16. Eu morro de medo de avião.

Nunca disse a ninguém que tenho medo de avião. É que parece tão idiota! E, puxa, não é que eu tenha fobia nem nada. Não é que eu não consiga *entrar* no avião. É só que... se pudesse, só ficava em terra.

Antigamente, eu não sentia medo. Mas, nos últimos anos, fui ficando cada vez mais nervosa. Sei que é totalmente irracional. Sei que milhares de pessoas andam de avião todo dia e é quase mais seguro do que ficar deitada na cama. A gente tem menos chance de sofrer um acidente aéreo do que... do que de achar um homem em Londres, ou algo do tipo.

Mas mesmo assim. Simplesmente não gosto.

Acho que vou pedir outra vodca.

QUANDO O VOO é anunciado, já tomei mais duas vodcas e estou me sentindo muito mais otimista. Quero dizer, Lissy está certa. Pelo menos causei uma impressão, não foi? Eles vão se lembrar de quem eu sou. Enquanto vou para o portão de embarque, segurando minha pasta, quase começo a me sentir de novo uma empresária confiante. Algumas pessoas sorriem para mim quando passam, e eu dou um largo sorriso de volta, sentindo um calor de amizade. Veja bem. O mundo não é tão ruim, afinal de contas. É só uma questão de ser positiva. Qualquer coisa pode acontecer na vida, não é? Nunca se sabe o que há depois da próxima esquina.

Chego à porta do avião, e ali, pegando os cartões de embarque, está a aeromoça com coque traçando que estava sentada perto de mim.

– Oi, de novo – digo sorrindo. – Que coincidência!

A aeromoça me encara.

– Oi. Hum...

– O quê?

Por que ela parece sem graça?

– Desculpe. É só que... você viu que...

Ela sinaliza, sem jeito, para a frente da minha blusa.

– O que é? – pergunto, em um tom agradável.

Olho para baixo e congelo, pasma.

Não sei como, minha blusa de seda foi desabotoando enquanto eu andava. Três botões se abriram e ela ficou toda escancarada na frente.

Meu sutiã está aparecendo. O sutiã de renda cor-de-rosa. O que ficou meio largo depois da lavagem.

Era por isso que todo mundo estava sorrindo para mim. Não porque o mundo é um lugar bom, mas porque eu sou a mulher do sutiã cor-de-rosa deformado.

– Obrigada – murmuro, e abotoo a blusa com os dedos desajeitados, o rosto quente de humilhação.

– Não está sendo o seu dia de sorte, não é? – consola a aeromoça com simpatia, estendendo a mão para meu cartão de embarque. – Desculpe, eu não pude deixar de ouvir.

– Tudo bem. – Forço um meio sorriso. – É, não está sendo o melhor dia da minha vida. – Há um silêncio curto enquanto ela examina meu cartão de embarque.

– Vou sugerir uma coisa – ela baixa a voz. – Gostaria de ficar numa classe melhor?

– O quê? – Encaro-a com a expressão vazia.

– Ah, aceita! Você merece uma folga.

– Verdade. Mas... vocês podem trocar as pessoas de classe, assim?

– Se houver lugares vazios, podemos. Nós usamos nosso critério. E este voo é muito curto. – Ela me dá um sorriso conspiratório. – Só não espalhe isso, certo?

Ela me leva para a parte da frente do avião e aponta para uma poltrona grande, larga, confortável. Nunca me puseram numa classe melhor na vida! Nem posso acreditar que ela está me proporcionando isso.

– Aqui é a primeira classe? – sussurro, absorvendo a atmosfera calma e luxuosa.

Um homem de terno elegante está digitando num laptop à minha direita, e duas senhoras idosas no canto estão colocando fones de ouvido.

– Classe executiva. Não há primeira classe neste voo. – Ela ergue a voz até o volume normal. – Tudo bem para você?

– Perfeito! Muito obrigada.

– Sem problema. – Ela sorri de novo e se afasta, e eu enfio a pasta embaixo da poltrona da frente.

Uau. Isso é realmente demais. Poltronas grandes e largas, descansos para os pés e tudo. Vai ser uma experiência completamente prazerosa do início ao fim, digo a mim mesma com firmeza. Puxo o cinto de segurança e o fecho com um gesto casual, tentando ignorar os tremores de apreensão na barriga.

– Gostaria de um champanhe?

É minha amiga aeromoça, rindo.

– Seria ótimo. Obrigada!

Champanhe!

– E para o senhor? Champanhe?

O homem na poltrona ao lado da minha ainda nem levantou a cabeça. Está usando jeans e um suéter velho e olha pela janela. Quando se vira para responder, eu noto um vislumbre de olhos escuros e barba por fazer; um franzido vertical desenhado na testa.

– Não, obrigado. Só um conhaque.

Sua voz é seca e com sotaque norte-americano. Estou prestes a perguntar educadamente de onde ele é, mas ele logo se vira de volta e olha pela janela outra vez.

O que é ótimo porque, para ser sincera, também não estou muito no clima para conversar.

2

Certo. A verdade é a seguinte: não gosto disso.

Sei que é classe executiva, sei que tudo é um luxo maravilhoso. Mas mesmo assim estou com medo e sinto um frio no estômago.

Enquanto decolávamos eu contei muito devagar, com os olhos fechados, e isso meio que deu certo. Mas fiquei sem fôlego mais ou menos no 350. Então fico só sentada, bebericando champanhe, lendo uma matéria na *Cosmopolitan* sobre "30 coisas para fazer antes de chegar aos 30 anos". Estou me esforçando um bocado para parecer uma alta executiva de marketing na classe executiva. Mas, ah, meu Deus, cada sonzinho minúsculo me assusta; cada tremor me faz prender a respiração.

Com um verniz externo de calma, pego o cartão plastificado de instruções e passo o olhar por elas. Saídas de emergência. Posição cabeça entre as pernas. Se for necessário colete salva-vidas, por favor ajude primeiro os idosos e as crianças. Ah, meu Deus...

Por que eu estou *olhando* isso? Em que vai me ajudar ficar estudando as imagens de pessoazinhas pulando no oceano com o avião explodindo atrás? Enfio as instruções de segurança rapidamente de volta no bolso da poltrona e tomo um gole de champanhe.

– Com licença, senhora. – Uma aeromoça de cachos ruivos apareceu ao meu lado. – Está viajando a negócios?

– Sim – respondo, passando a mão no cabelo com uma pontada de orgulho. – Estou.

Ela me entrega um folheto intitulado "Instalações executivas", onde há uma foto de empresários conversando animadamente na frente de uma prancheta com um gráfico.

– São informações sobre nossa nova sala da classe executiva no aeroporto de Gatwick. Nós oferecemos instalações para teleconferências e salas de reunião. Estaria interessada?

Certo. Eu sou uma alta executiva. Sou uma alta executiva viajando em classe executiva.

– É possível – respondo, olhando casualmente para o panfleto. – Sim, eu poderia usar uma dessas salas para... passar informações para minha equipe. Tenho uma equipe grande, e obviamente eles precisam de muitas informações. Sobre negócios. – Pigarreio. – Principalmente... logística.

– Gostaria que eu reservasse uma sala para a senhora agora? – pergunta a aeromoça, solícita.

– Hum, não, obrigada – digo depois de uma pausa. – No momento minha equipe está... em casa. Eu dei um dia de folga a todo mundo.

– Certo. – A aeromoça parece meio perplexa.

– Mas quem sabe em outra ocasião – continuo, rapidamente. – E já que você veio aqui, eu estava imaginando... Esse som é normal?

– Que som? – A aeromoça inclina a cabeça.

– Esse... Esse zumbido, vindo da asa.

– Não estou ouvindo nada. – Ela me olha com simpatia. – A senhora fica nervosa em aviões?

– Não! – exclamo imediatamente, e dou um risinho. – Não, não fico *nervosa*! Só... estava imaginando. Apenas por interesse.

– Verei se consigo descobrir para a senhora – promete, gentil. – Aqui está, senhor. Algumas informações sobre nossas instalações executivas no Gatwick.

O norte-americano pega seu folheto sem dizer nada e o deixa de lado sem ao menos olhar, e a aeromoça segue em frente, cambaleando um pouco quando o avião dá uma sacudida.

Por que o avião está sacudindo?

Ah, meu Deus. Uma súbita onda de medo me ataca sem aviso. Isso é loucura. Loucura! Ficar sentada dentro dessa caixa enorme e pesada, sem ter como sair, milhares e milhares de metros acima do chão...

Não consigo suportar sozinha. Tenho uma necessidade avassaladora de falar com alguém. Alguém que me tranqulize. Alguém seguro.

Connor.

Instintivamente pego o celular, mas a aeromoça vem correndo.

– Sinto muito, mas não é permitido usar o aparelho a bordo – informa ela com um sorriso luminoso. – Poderia deixá-lo desligado?

– Ah... desculpe.

Claro que não posso usar o celular. Eles só disseram isso mais ou menos cinquenta e cinco milhões de vezes. Sou uma idiota. De qualquer modo, não faz mal. Não importa. Eu estou bem. Guardo o celular na bolsa e tento me concentrar num velho episódio de *Fawlty Towers* que está passando no tela.

Talvez eu comece a contar de novo. Trezentos e quarenta e nove. Trezentos e cinquenta. Trezentos e...

Porra. Minha cabeça se levanta bruscamente. O que foi essa sacudida? Alguma coisa *bateu* na gente?

Certo, não entre em pânico. Foi só uma sacudida. Tenho certeza de que está tudo bem. Onde é que eu estava?

Trezentos e cinquenta e um. Trezentos e cinquenta e dois. Trezentos e cinquenta...

É isso.

Esse é o momento.

Tudo parece se fragmentar.

Ouço os gritos como uma onda na cabeça, quase antes de perceber o que está acontecendo.

Ah meu Deus. Ah meu Deus Ah meu Deus Ah meu Deus Ah meu Deus Ah... Ah... NÃO. NÃO. NÃO.

Estamos caindo. Ah, meu Deus, estamos caindo.

Estamos mergulhando. O avião está caindo pelo ar como uma pedra. Um homem adiante foi lançado para cima e bateu a cabeça no teto. Está sangrando. Eu estou ofegando, agarrando-me à poltrona, tentando não fazer a mesma coisa, mas me sinto sendo erguida para cima, é como se alguém estivesse me puxando, como se a gravidade subitamente tivesse se invertido... Malas voam, bebidas se derramam, uma tripulante caiu, está agarrando uma poltrona...

Ah, meu Deus. Ah, meu Deus. Certo, agora está ficando mais devagar. Está... está melhor.

Porra. Eu simplesmente... eu simplesmente não posso. Eu...

Olho para o norte-americano, e ele está segurando o assento com tanta força quanto eu.

Estou com vontade de vomitar. Acho que vou vomitar. Ah, meu Deus.

Certo. Está... está meio que... voltando ao normal.

– Senhoras e senhores – uma voz soa pelo alto-falante, e a cabeça de todo mundo se levanta bruscamente. – Aqui fala o comandante.

Meu coração está palpitando. Não consigo ouvir. Não consigo pensar.

– Estamos enfrentando um pouco de turbulência, e as coisas podem ficar agitadas durante algum tempo. Liguei a sinalização para colocar os cintos e gostaria que todos voltassem aos seus lugares o mais rápido poss...

Há outro movimento brusco, e a voz dele é abafada por gritos em todo o avião.

É como um pesadelo. Um pesadelo de montanha-russa.

Os tripulantes estão se sentando e prendendo os cintos. Uma das aeromoças está limpando o sangue do rosto. Há um minuto elas estavam todas felizes, distribuindo amendoim.

É isso que acontece com outras pessoas em outros aviões. Pessoas nos vídeos sobre segurança. Não comigo.

– Por favor, fiquem calmos – insiste o comandante. – Assim que tivermos mais informações...

Ficar *calma*? Eu não consigo respirar, quanto mais ficar calma. O que nós vamos fazer? Temos de ficar aqui *sentados* enquanto o avião dá coices feito um cavalo descontrolado?

Ouço alguém atrás de mim recitando "Ave Maria cheia de graça..." e um novo pânico de engasgar me domina. Tem gente rezando. É sério.

A gente vai morrer.

A gente vai morrer.

– O que foi? – O americano ao lado olha para mim, com o rosto tenso e branco.

Eu falei aquilo em voz alta?

– A gente vai morrer.

Encaro o rosto dele. Talvez esta seja a última pessoa que eu verei ainda viva. Observo as rugas desenhadas em volta dos olhos escuros; o queixo forte, sombreado pela barba.

De repente o avião parece cair de novo, e eu dou um grito involuntário.

– Não acho que a gente vá morrer – afirma ele. Mas também está agarrando os braços da poltrona. – Eles disseram que era só turbulência...

– Claro que disseram! – Posso ouvir a histeria na minha voz. – Eles não diriam exatamente: "Certo, pessoal, é isso aí, vocês todos vão pro beleléu!" – O avião dá outro salto aterrorizante e eu me vejo agarrando a mão do sujeito, em pânico. – A gente não vai sobreviver. Sei que não. É isso. Estou com 25 anos, pelo amor de Deus. Não estou pronta. Não realizei nada. Não tive filhos. Nunca salvei uma vida... – Meu olhar cai aleatoriamente na matéria sobre "trinta coisas para fazer antes dos 30". – Eu ainda não escalei uma montanha, não fiz tatuagem, eu nem *sei* se tenho um ponto G...

– Perdão? – diz o homem, parecendo assustado, mas eu mal escuto.

– Minha carreira é uma piada. Eu não sou uma alta executiva. – Aponto para o meu *tailleur* com lágrimas nos olhos. – Eu não tenho uma equipe! Sou apenas uma assistente de merda e acabei de ter minha primeira reunião importante, e foi um desastre. Não entendo quase nada do que as pessoas estão falando, não sei o que significa logística, nunca vou ser promovida, devo quatro mil pratas ao meu pai e nunca me apaixonei de verdade...

Paro de repente, com um tremor.

– Desculpe – digo, e solto o ar com força. – Você não quer ouvir essas coisas.

– Está tudo bem – responde o sujeito.

Meu Deus. Estou pirando de vez.

E, de qualquer modo, o que eu acabo de dizer não é verdade. Porque estou apaixonada por Connor. Deve ser a altitude ou alguma coisa confundindo minha mente.

Ruborizada, tiro o cabelo do rosto e tento me controlar. Certo, vamos tentar ir em frente de novo. Trezentos e cinquenta e... seis. Trezentos e...

Ah, meu Deus. Ah, meu Deus. Não. Por favor. O avião está sacolejando de novo. Estamos mergulhando.

– Eu nunca fiz nada para orgulhar meus pais. – As palavras se derramam da minha boca antes que eu possa impedir. – Nunca.

– Tenho certeza de que não é verdade – responde o homem, com gentileza.

– É sim. Talvez eles tivessem orgulho de mim antigamente. Mas aí minha prima Kerry veio morar conosco e de repente meus pais não aguentavam mais me ver. Só conseguiam olhar para ela. Kerry estava com 14 anos quando chegou, e eu tinha 10, e achei que ia ser superlegal, sabe. Tipo ter uma irmã mais velha. Mas não foi...

Não consigo parar de falar. Simplesmente não consigo.

Toda vez que o avião treme ou faz um movimento brusco outra torrente de palavras sai aleatoriamente da minha boca, como água jorrando numa cachoeira.

É falar ou gritar.

– ... ela era campeã de natação e de tudo, e eu só era... nada, em comparação a ela...

"...curso de fotografia, e eu achei mesmo que ia mudar minha vida...

"... 56 quilos, e achei mesmo que ia fazer dieta...

"Me candidatei a todos os empregos do mundo. Estava tão desesperada que me candidatei até...

"... garota horrorosa chamada Artemis. Chegou uma mesa nova um dia desses, e ela simplesmente pegou, mesmo sabendo que a minha mesa é um negocinho ridículo e minúsculo...

"... às vezes eu rego a planta dela com suco de laranja, para ela ver o que é bom...

"... um doce de garota, a Katie, do departamento de pessoal. A gente tem um código secreto. Ela vem e diz: 'Posso checar uns números com você, Emma?' E na verdade significa: 'Vamos dar um pulo no Starbucks,...

"... presentes medonhos, e eu tenho que fingir que gosto deles...

"... o café no trabalho é a coisa mais nojenta que alguém já bebeu, um veneno absoluto...

"... coloquei no meu currículo "Nota A na prova de matemática do GCSE", mas na verdade só tirei C. Sei que foi desonesto. Sei que não deveria ter feito isso, mas eu queria *tanto* conseguir o emprego..."

O que aconteceu comigo? Normalmente há uma espécie de filtro que me impede de falar tudo em que estou pensando; que me mantém controlada.

Mas o filtro parou de funcionar. Tudo está saindo e se acumulando, um fluxo intenso e aleatório, e não consigo parar.

– Às vezes acho que acredito em Deus, porque, de outro modo, de onde nós viemos? Mas então penso: é, mas e a guerra e as outras coisas?...

"... Uso calcinhas fio dental porque não marcam. Mas são *tão* desconfortáveis...

"... tamanho 38, e eu não sabia o que fazer, por isso falei: 'Uau, é maravilhosa'...

"... pimentão assado, minha comida predileta...

"... entrei para um grupo de leitura, mas não consegui ler *Grandes esperanças*. Por isso só folheei o final e fingi que tinha lido.

"... dei toda a comida para o peixe, sinceramente não sei o que aconteceu...

"... é só *escutar* aquela música dos *Carpenters*, 'Close to you', e eu caio no choro...

"... *realmente* queria ter peitos maiores. Quero dizer, não tamanho Extra GG, não enormes e horríveis, mas você sabe, maiores. Só para saber como é...

"... o encontro perfeito começaria com o champanhe simplesmente *aparecendo* na mesa, como que por mágica...

"... eu simplesmente pirei, comprei escondido um pote enorme de sorvete *Häagen-Dazs* e comi tudo, e nunca contei a Lissy."

Não percebo nada em volta. O mundo se reduziu a mim e a esse estranho, a minha boca deixando sair todos os pensamentos e segredos mais íntimos.

Mal sei o que estou dizendo agora. Só sei que a sensação é boa.

Terapia é assim?

– ... o nome dele era Danny Nussbaum. Meus pais estavam no andar de baixo vendo *Ben-Hur*, e eu me lembro de ter pensado: se é por causa disso que o mundo fica tão abalado, então o mundo é maluco...

"... deitar de lado, porque assim a fenda entre os seios parece maior...

"... trabalha com pesquisa de marketing. Eu me lembro de ter pensado na primeira vez que o vi: uau, ele é bonito. É muito alto e louro, porque é meio sueco, e tem uns olhos azuis incríveis. E aí ele me convidou para sair.

"... sempre tomo um copo de licor de xerez antes de um encontro, só para me acalmar...

"Ele é maravilhoso. Connor é maravilhoso. Eu tenho muita sorte. Todo mundo vive dizendo que ele é ótimo. É gentil, bom, bem-sucedido e todo mundo fala que nós somos o casal perfeito...

"... eu nunca contaria isso a ninguém, nem em um milhão de anos. Mas às vezes acho que ele é bonito *demais*. Meio tipo um boneco, sabe? Tipo o Ken. Um Ken bem louro."

E agora que cheguei ao assunto Connor, estou dizendo coisas que nunca disse a ninguém. Coisas que nem sabia que estavam na minha cabeça.

– ... dei um lindo relógio de couro para ele no Natal, mas Connor usa um negócio digital laranja, porque o visor mostra a temperatura na Polônia, um negócio idiota desses...

"... me levou a um monte de shows de jazz e eu fingi que gostei para ser educada, e agora ele acha que eu adoro jazz...

"... todos os filmes do Woody Allen de cor, e diz todas as falas antes da hora, e me deixa maluca...

"... me olha como se eu estivesse falando uma língua estrangeira...

"... decididos a achar meu ponto G, por isso a gente passou o final de semana inteiro transando em posições diferentes, e no fim eu estava acabada, tudo o que queria era uma pizza e assistir a *Friends*.

"... ele ficava dizendo: como foi, como foi? E no fim eu simplesmente inventei qualquer coisa, disse que foi absolutamente incrível, que pareceu que meu corpo inteiro estava se abrindo como uma flor, e ele perguntou que tipo de flor, e eu disse: uma begônia...

"... não dá para esperar que a paixão do começo dure. Mas como dá para saber se a paixão perdeu a força e virou um compromisso bom e de longo prazo ou uma merda do tipo 'a gente não se gosta mais'?...

"... cavaleiro de armadura brilhante não é uma opção realista. Mas há uma parte minha que quer um grande romance, algo espantoso. Quero paixão. Quero ser tirada do chão. Quero um terremoto ou... não sei, um turbilhão... alguma coisa *empolgante*. Às vezes parece que tem uma vida nova e cheia de aventura me esperando adiante, e se ao menos eu pudesse..."

– Com licença, senhorita?

– O quê? – Levanto a cabeça, atordoada. – O que é? – A aeromoça com coque trançado está sorrindo para mim.

– Nós pousamos.

Encaro-a.

– Nós *pousamos*?

Isso não faz sentido. Como podemos ter pousado? Olho em volta e, realmente, o avião está parado. Estamos no chão.

Sinto-me como Dorothy. Há um segundo estava girando em Oz, batendo os calcanhares, e agora acordei desnorteada, quieta e normal de novo.

– Não estamos mais sacolejando – murmuro tolamente.

– Paramos de sacolejar há um bom tempo – observa o norte-americano.

– Nós... nós não vamos morrer.

– Não vamos morrer – concorda ele.

Olho-o como se fosse a primeira vez – e algo bate. Eu estive expondo as coisas mais íntimas há uma hora para esse completo estranho. Só Deus sabe o que falei.

Acho que quero sair do avião agora mesmo.

– Desculpe – falo sem jeito. – Você deveria ter me interrompido.

– Ia ser difícil. – Há um sorriso minúsculo nos olhos dele. – Você estava meio empolgada.

– Estou tão sem graça!

Tento sorrir, mas mal consigo encarar o sujeito. Puxa, eu contei a ele sobre a calcinha. Falei do meu *ponto G*.

– Não se preocupe. Todos nós ficamos estressados. Foi um tremendo voo. – Ele pega a mochila e se levanta. Em seguida me olha. – Você consegue ir para casa numa boa?

– Sim. Vou ficar bem. Obrigada. Boa sorte! – exclamo, mas ele já está de costas. Não creio que tenha ouvido.

LENTAMENTE, JUNTO minhas coisas e saio do avião. Estou suando, meu cabelo desgrenhado e a cabeça começando a latejar.

O aeroporto parece luminoso, imóvel e calmo depois da atmosfera intensa do avião. O chão parece tão firme! Sento-me numa cadeira de plástico em silêncio por um tempo, tentando recuperar o controle, mas, quando finalmente me levanto, ainda me sinto tonta. Ando com uma sensação turva, mal acreditando que estou aqui. Estou viva. Sinceramente não pensei que voltaria ao chão.

– Emma! – ouço alguém gritando quando atravesso o portão de desembarque, mas não ergo os olhos. Há um monte de Emmas no mundo.

– Emma! Aqui!

Levanto a cabeça, incrédula. Será...

Não. Não pode ser, não pode...

Connor.

Ele está lindo de morrer. Sua pele tem aquele bronzeado escandinavo, e os olhos estão mais azuis do que nunca, e ele vem correndo até mim. Isso não faz sentido. O que ele está fazendo aqui? Quando estamos próximos ele me agarra e me aperta com força.

– Graças a Deus – murmura ele com a voz rouca. – Graças a Deus. Você está bem?

– Connor, o que... o que você está fazendo aqui?

– Eu telefonei para a companhia aérea para perguntar a que horas você chegaria, e eles disseram que o avião encontrou uma turbulência terrível. Eu simplesmente tive que vir ao aeroporto. – Ele me olha. – Emma, eu vi seu avião pousar. Eles mandaram uma ambulância direto para lá. Pensei... – Ele engole em seco. – Não sei exatamente o que pensei.

– Eu estou bem. Só estava... tentando me recuperar. Ah, meu Deus, Connor, foi aterrorizante. – De repente minha voz fica trêmula, o que é ridículo, porque agora estou em perfeita segurança. – Houve um momento em que eu pensei que fosse morrer.

– Quando você não passou pelo portão... – Connor para e me olha em silêncio por alguns segundos. – Acho que percebi pela primeira vez como é forte o que sinto por você.

– Verdade? – hesito.

Meu coração está batendo forte. Parece que vou cair a qualquer momento.

– Emma, eu acho que a gente deveria...

Se casar? Meu coração salta de medo. Ah, meu Deus. Ele vai me pedir em casamento, bem aqui no aeroporto. O que vou dizer? Não estou preparada para me casar. Mas se eu recusar o pedido ele irá embora com raiva. Merda. Certo. O que vou dizer é: nossa, Connor, eu preciso de um tempo para...

– ... morar junto – conclui ele.

Sou uma imbecil iludida. Obviamente ele não ia me pedir em *casamento.*

– O que você acha? – Ele acaricia meu cabelo gentilmente.

– Hum...

Coço meu rosto, tentando ganhar tempo, incapaz de pensar direito. Morar com Connor. Meio que faz sentido. Há algum motivo para recusar? Estou me sentindo muito confusa. Algo está surgindo em minha mente, tentando me mandar uma mensagem.

E então lembro de algumas coisas que falei no avião. Sobre nunca ter me apaixonado, sobre Connor não me entender de verdade.

Mas então... aquilo não passou de papo-furado, não foi? Quero dizer, eu achei que ia morrer, pelo amor de Deus. Não estava na minha condição mais sensata.

– Connor, e a sua reunião importante? – lembro-me de repente.

– Cancelei.

– Cancelou? – Encaro-o. – Por minha causa?

Agora estou me sentindo realmente tonta. As pernas mal me sustentam. Não sei se é por causa da viagem de avião ou de amor.

Meu Deus, olhe só para ele. É alto, bonito e cancelou uma reunião importante para vir me resgatar.

É amor. Tem que ser amor.

– Eu adoraria morar com você, Connor – sussurro e, para minha total perplexidade, caio no choro.

3

Acordo na manhã seguinte com o sol ofuscando meus olhos ainda fechados e um delicioso cheiro de café no ar.

– Bom dia! – ouço a voz de Connor, lá do alto.

– Bom dia – murmuro, sem abrir os olhos.

– Quer café?

– Quero, por favor.

Viro-me e enterro a cabeça latejante no travesseiro, tentando afundar no sono de novo por alguns minutos. O que normalmente seria muito fácil. Mas hoje há algo me incomodando. Será que me esqueci de alguma coisa?

Enquanto escuto Connor fazendo barulho na cozinha e o quase inaudível som da televisão ao fundo, minha mente tateia em busca de pistas. É manhã de sábado. Estou na cama de Connor. Nós saímos para jantar – ah, meu Deus, aquela viagem de avião medonha... ele foi ao aeroporto, e disse...

Nós vamos morar juntos!

Sento-me no momento em que Connor entra com duas canecas e um bule de café. Está lindo com um roupão branco felpudo. Sinto uma pontada de orgulho e me estico para lhe dar um beijo.

– Oi – diz ele rindo. – Cuidado. – E me entrega o café. – Como está se sentindo?

– Tudo bem. – Afasto o cabelo do rosto. – Meio grogue.

– Não me surpreende. – Connor ergue as sobrancelhas. – Ontem foi um dia e tanto.

– Sem dúvida – confirmo com a cabeça e tomo um gole de café. – E então. Nós vamos... morar juntos!

– Se você ainda estiver a fim.

E é verdade. Estou.

Sinto-me como se tivesse ficado adulta de um dia para o outro. Vou morar com meu namorado. Finalmente minha vida está seguindo para onde devia!

– Vou ter que dar a notícia a Andrew... – Connor aponta para a parede, na direção do quarto de seu colega de apartamento.

– E eu vou ter que falar com Lissy e Jemima.

– E vamos ter que achar o lugar certo. E você vai ter que prometer que vai manter tudo arrumado.

Ele me dá um riso provocador.

– Até parece! – Finjo que me senti ofendida. – Você é que tem cinquenta milhões de CDs.

– Isso é diferente!

– Diferente como, se é que posso perguntar? – Coloco a mão no quadril, como um personagem de seriado de TV, e Connor ri.

Há uma pausa, como se os dois tivessem ficado sem forças, e tomamos um gole de café.

– Bom – diz Connor depois de um tempo —, preciso ir. – Ele está fazendo um curso de computação neste fim de semana. – Sinto muito, não vou ver os seus pais.

E sente mesmo. Quero dizer, como se já não fosse o namorado perfeito, ele *gosta* de visitar meus pais.

– Tudo bem – respondo, benevolente. – Não faz mal.

– Ah, e eu esqueci de dizer. – Connor me dirige um riso misterioso. – Adivinha quais bilhetes eu consegui?

– Ah! – exclamo empolgada. – Hum...

Estou prestes a *dizer "Paris!"*.

– O festival de jazz! – Connor ri de orelha a orelha. – O Quarteto Dennisson! É o último show deles este ano. Lembra que a gente foi a um show no Ronnie Scott's?

Por um momento não consigo falar.

– Uau! – digo, finalmente. – O... Quarteto Dennisson! Eu lembro.

Eles tocaram clarinetas. Ininterruptamente, durante umas duas horas, sem parar para respirar.

– Sabia que você ia gostar. – Connor toca meu braço com afeto, e eu lhe dou um débil sorriso.

– Ah, gostei!

O negócio é que eu provavelmente vou acabar gostando de jazz um dia. Na verdade, tenho certeza que vou.

Olho orgulhosa enquanto ele se veste, escova os dentes e pega a pasta.

– Você usou o meu presente – observa ele com um sorriso satisfeito, olhando para minha calcinha caída no chão.

– Ah... eu uso sempre – exclamo, cruzando os dedos às costas. – Ela é linda!

– Tenha um ótimo dia com sua família. – Connor vem até a cama e me beija, e então hesita. – Emma?

– Sim?

Ele se senta na cama e me olha sério. Meu Deus, os olhos dele são tão azuis!

– Tem uma coisa que eu queria dizer. – Ele morde o lábio. – Você sabe que nós sempre falamos francamente sobre nosso relacionamento.

– É... sim – concordo, meio apreensiva.

– É só uma ideia. Talvez você não goste. Quero dizer... você é que decide.

Olho perplexa para Connor. O rosto dele está ficando rosado. Ele está realmente sem graça.

Ah, meu Deus. Será que ele vai revelar alguma tara? Será que ele quer que eu vista alguma fantasia ou sei lá o quê?

Eu não me importaria de bancar a enfermeira. A Mulher-Gato. Seria legal. Eu arranjaria umas botas brilhantes...

– Estava pensando que... talvez... a gente poderia... – Ele para, sem jeito.

– Sim? – Coloco a mão em seu braço, dando força.

– A gente poderia... – Ele para de novo.

– Sim?

Há outro silêncio. Quase não consigo respirar. O que ele quer que a gente faça? O quê?

– A gente podia começar a se chamar de "querido" e "querida" – desabafa, muito sem graça.

– O quê?

– É só que... – Connor fica ainda mais rosado. – Nós vamos morar juntos. É um tremendo compromisso. E eu notei recentemente que a gente nunca usa nenhuma... palavra carinhosa para chamar o outro.

Encaro-o, sentindo-me deslocada.

– Não?

– Não.

– Ah. – Tomo um gole de café. Pensando bem, ele está certo. A gente não usa. Por que não?

– Então, o que você acha? Só se você quiser.

– Claro! – concordo, rapidamente. – Quero dizer, você está certo. A gente deveria mesmo. – Pigarreio. – Querido.

– Obrigado, querida – ele dá um sorriso amoroso, e eu sorrio de volta, tentando ignorar os minúsculos protestos dentro da minha cabeça.

Isso não está certo.

Eu não me sinto uma querida.

Querida é uma pessoa casada, com pérolas e um carro com tração nas quatro rodas.

– Emma? – Connor está me encarando. – Alguma coisa errada?

– Não sei bem! – Dou um riso sem jeito. – Só não sei se eu me sinto uma "querida". Mas... você sabe. Eu posso acabar me acostumando.

– Verdade? Bem, a gente pode usar outra coisa. Que tal "amor"?

Amor? Ele está falando sério?

– Não – respondo. – "Querida" é melhor.

– Ou "meu doce"... "docinho"... "anjo"...

– Talvez. Olha, a gente não pode deixar isso para depois?

Connor fica perplexo, e eu me sinto mal. Qual é, eu consigo chamar meu namorado de "querido", pelo amor de Deus. É isso que é ser adulta. Só vou ter que me acostumar.

– Connor, desculpe. Não sei o que há de errado comigo. Talvez eu ainda esteja meio tensa por causa daquele voo. – Seguro a mão dele. – Querido.

– Tudo bem, querida. – Ele sorri outra vez para mim, com a expressão ensolarada de volta, e me dá um beijo. – Vejo você mais tarde.

Está vendo? É fácil.

Ah, meu Deus.

Tanto faz. Não importa. Imagino que todos os casais tenham esse tipo de momento incômodo. Com certeza é perfeitamente normal.

Demoro quase meia hora para ir do apartamento de Connor em Maida Vale até Islington, onde moro. E quando abro a porta encontro Lissy no sofá. Está rodeada de papéis, concentrada. Lissy trabalha demais. Algumas vezes realmente passa do ponto.

– Em que você está trabalhando? – pergunto com simpatia. – Aquele processo de fraude?

– Não, é essa matéria – comenta Lissy abstratamente, e levanta uma revista colorida. – Diz que desde a época de Cleópatra as proporções da beleza são as mesmas, e que há um modo científico de saber quanto a gente é bonita. A gente anota um monte de medidas...

– Ah, sei! – exclamo, interessada. – Você tirou quanto?

– Estou fazendo as contas. – Ela estreita os olhos. – Cinquenta e três... menos 20... são... Ah, meu Deus! – Ela olha a página, consternada. – Tirei só 33!

– Qual é a nota máxima?

– Cem! Tirei 33 em cem!

– Ah, Lissy. Isso aí é uma merda.

– Eu sei – responde Lissy, séria. – Eu sou feia. Eu sabia. Você sabe, no fundo, durante toda a vida eu sempre *soube*, mas...

– Não! – exclamo, tentando não rir. – Eu quis dizer que a revista é uma merda! Não se pode medir a beleza com uma tabela estúpida. *Olhe* para você! – Faço um gesto em direção a Lissy, que tem os maiores olhos verdes do mundo, uma pele clara e estupenda e é realmente estonteante, mesmo que o último corte de cabelo seja um pouco estranho. – Puxa, em quem você vai acreditar? No espelho ou numa revista estúpida e sem sentido?

– Numa revista estúpida e sem sentido – insiste Lissy, como se isso fosse perfeitamente óbvio.

Sei que ela não está falando totalmente sério. Mas Lissy está com baixa autoestima desde que seu namorado Simon lhe deu o pé na bunda. Na verdade estou meio preocupada com ela.

– Isso é a proporção áurea da beleza? – pergunta nossa outra colega de apartamento, Jemima, andando ruidosamente pela sala com os saltos altos. Está usando jeans rosa-claro e uma blusa branca e justa. E, como sempre, está perfeitamente bronzeada e arrumada. Em teoria, Jemima trabalha numa galeria de arte. Mas parece passar a vida depilando, repuxando e massageando partes do corpo e saindo com banqueiros cujo salário ela sempre verifica antes de aceitar ir a um encontro.

Eu me dou bem com Jemima. Mais ou menos. Só que ela tem a mania de começar todas as frases com "*Se* você quiser ter uma pedra no dedo" e "*Se* você quer morar num bairro luxuoso" e "*Se* você quiser ser conhecida como uma anfitriã realmente boa".

Quer dizer, eu não *me incomodaria* em ser conhecida como uma anfitriã realmente boa. Você sabe. Só que não é bem esse o item principal na minha lista de prioridades.

Além disso, a ideia de Jemima para ser uma anfitriã realmente boa é convidar um monte de amigos ricos, decorar todo o apartamento com coisas cheias de frescura, encomendar um monte de comida gostosa em bufês e dizer a todo mundo que foi ela que fez, e depois mandar as colegas de apartamento (eu e Lissy) ao cinema e se sentir afrontada quando elas ousam se esgueirar no meio da noite para preparar um chocolate quente na cozinha.

– Eu também fiz esse teste – informa ela, pegando sua bolsa Louis Vuitton cor-de-rosa. Seu pai lhe deu de presente quando ela terminou com um cara depois de três encontros. Como se ela estivesse com o coração partido.

Veja bem, ele tinha um iate, então acho que ela ficou mesmo de coração partido.

– Quanto você tirou? – pergunta Lissy.

– Tirei 89. – Ela esborrifa perfume, joga o cabelo louro e comprido para trás e sorri para si mesma diante do espelho. – Então, Emma, é verdade que você vai morar com Connor?

Encaro-a, boquiaberta.

– Como você sabe?

– É o boato que está rolando. Andrew ligou para Rupes hoje, falando de críquete, e contou a ele.

– Você vai morar com Connor? – pergunta Lissy, incrédula. – Por que não me contou?

– Eu ia contar, claro. Não é maravilhoso?

– Passo errado, Emma. – Jemima balança a cabeça. – Tática muito ruim.

– Tática? – exclama Lissy, revirando os olhos. – *Tática*? Jemima, eles estão namorando, e não jogando xadrez.

– O namoro *é* um jogo de xadrez – retruca Jemima, passando rímel nos cílios. – Minha mãe diz que a gente sempre tem que olhar adiante. Tem que planejar tudo estrategicamente. Se der o passo errado, você se ferra.

– Besteira – retruca Lissy, desafiadora. – Namoro é encontro. Encontro de almas gêmeas.

– Almas gêmeas... – repete Jemima, desconsiderando o argumento, e me olha. – Só se lembre, Emma, que *se* você quer ter uma pedra no dedo, não deve morar com Connor.

Seus olhos dão um olhar rápido, pavloviano, para a fotografia sobre o consolo da lareira, em que ela está ao lado do príncipe William num jogo de polo de caridade.

– Ainda está se guardando para a realeza? – pergunta Lissy. – Quantos anos mesmo ele é mais novo do que você, Jemima?

– Deixa de ser boba! – reage ela bruscamente, com o rosto vermelho. – Às vezes você é tão imatura, Lissy!

– De qualquer modo, eu não *quero* ter uma pedra no dedo – respondo.

Jemima ergue as sobrancelhas perfeitamente arqueadas como se dissesse "sua coitada ignorante", e pega a bolsa.

– Ah – acrescenta ela de súbito, com os olhos se estreitando. – Alguma de vocês duas pegou emprestado meu casaco Joseph?

– Não – respondo inocentemente.

– Eu nem sei qual é. – Lissy dá de ombros.

Não posso olhar para Lissy. Tenho certeza de que a vi com ele.

Os olhos azuis de Jemima estão examinando nós duas como se fossem algum tipo de radar.

– Porque eu tenho braços muito finos – avisa ela – e não quero que as mangas fiquem largas. E não pensem que não vou notar, porque vou. Tchau.

No minuto em que ela saiu, Lissy e eu nos entreolhamos.

– Merda – diz Lissy. – Acho que deixei no trabalho. Ah, tudo bem, eu pego na segunda. – Ela dá de ombros e volta a ler a revista.

Certo. Então a verdade é que de vez em quando nós duas pegamos emprestadas as roupas de Jemima. Sem pedir. Mas, em nossa defesa, ela tem roupas demais, quase nunca nota. Além do mais, segundo Lissy, é um direito humano básico pegar roupas emprestadas de colegas de apartamento. Ela diz que praticamente faz parte da constituição britânica não escrita.

– E, de qualquer modo – acrescenta Lissy —, Jemima tem uma dívida comigo, por eu ter escrito uma carta ao conselho sobre aquelas multas de estacionamento. Sabe, ela nem me agradeceu. Lissy ergue o olhar de uma matéria sobre Nicole Kidman. – Então, o que você vai fazer mais tarde? Quer ver um filme?

– Não posso – respondo, relutante. – Hoje vai ter o almoço de aniversário da minha mãe.

– Ah, é. – Ela faz uma cara simpática. – Boa sorte. Espero que seja legal.

Lissy é a única pessoa no mundo que faz alguma ideia de como me sinto quando vou à casa dos meus pais. E nem ela sabe de tudo.

4

Quando me sento no trem, estou decidida a garantir que desta vez será melhor. Um dia desses estava assistindo a um programa de Cindy Blaine sobre encontro de mães e filhas afastadas há muito tempo. Foi tão emocionante que, quando vi, as lágrimas estavam correndo pelo meu rosto. No fim Cindy fez um discursozinho sobre quanto é fácil deixar de valorizar a família, que nossos pais nos deram a vida e que nós deveríamos adorá-los. E de repente eu me senti como se tivesse levado uma bronca.

Portanto, estas são minhas resoluções para hoje:

Não vou:

Deixar minha família me estressar.

Sentir ciúme de Kerry nem deixar Nev me irritar.

Ficar olhando o relógio, imaginando quando posso ir embora.

Vou:

Ficar serena, amorosa e me lembrar de que todos somos elos sagrados no eterno ciclo da vida.

(Aprendi isso com a Cindy Blaine também.)

Meus pais moravam em Twickenham, onde eu cresci. Mas agora se mudaram de Londres para uma cidadezinha em Hampshire. Chego à casa deles logo depois do meio-dia e encontro minha mãe na cozinha com minha prima Kerry. Ela e o marido, Nev, também se mudaram – para uma cidadezinha a uns cinco minutos da casa de meus pais, de modo que todos se veem sempre.

Sinto uma pontada familiar ao vê-las lado a lado perto do fogão. Mais parecem mãe e filha do que tia e sobrinha. As duas têm o mesmo corte de cabelo – se bem que o de Kerry tem mais luzes do que o da minha mãe –, as duas usam blusas de cores fortes com um decotão bronzeado e as duas estão rindo. Na bancada noto uma garrafa de vinho branco, já pela metade.

– Parabéns! – exclamo, abraçando minha mãe.

Vejo um embrulho na mesa da cozinha e sinto um pequeno arrepio de antecipação. Comprei o *melhor* presente de aniversário para ela. Mal posso esperar para entregá-lo!

– Olá! – diz Kerry, usando um avental. Os olhos azuis estão muito maquiados, e usa em torno do pescoço uma cruz de diamante que não vi antes. Cada vez que encontro Kerry ela está com uma joia nova. – Que ótimo ver você, Emma! A gente não se vê muito. Não é, tia Rachel?

– É mesmo – confirma minha mãe, me abraçando.

– Posso pegar seu casaco? – sugere Kerry, enquanto coloco na geladeira a garrafa de champanhe que comprei. – E que tal uma bebida?

É assim que Kerry sempre fala comigo. Como se eu fosse uma visita.

Mas não faz mal. Não vou me estressar. Elos sagrados no eterno ciclo da vida.

– Tudo bem – digo, tentando parecer agradável. – Eu pego. – Abro o armário onde costumam guardar os copos e me vejo olhando para latas.

– Estão aqui – diz Kerry, do outro lado da cozinha. – Nós mudamos tudo! Agora está bem mais arrumado.

– Ah, certo. Obrigada. – Pego a taça que ela me estende e tomo um gole de vinho. – Posso ajudar em alguma coisa?

– Não... – responde Kerry, olhando criticamente a cozinha. – Tudo está praticamente pronto. Então eu disse a Elaine – acrescenta ela para mamãe –: "Onde você comprou esses sapatos?" E ela disse que foi na M&S! Eu não pude acreditar!

– Quem é Elaine? – pergunto, tentando me inserir na conversa.

– Do clube de golfe – responde Kerry.

Mamãe não jogava golfe. Mas quando se mudou para Hampshire, ela e Kerry começaram juntas. E agora só fico ouvindo sobre partidas de golfe, jantares no clube de golfe e intermináveis festas com pessoas do clube de golfe.

Uma vez eu fui junto, para ver como era. Mas eles têm todas aquelas regras estúpidas sobre o que você pode vestir, e eu não sabia, então um velho quase teve um ataque cardíaco porque eu estava usando calça jeans. Por isso tiveram que arranjar uma saia para mim e um par daqueles sapatos feios e com grampos na sola. Quando fomos para o campo, eu não consegui acertar a bola. Não estou dizendo que não conseguia acertar a bola *direito*: eu literalmente não consegui encostar na bola. De modo que, no fim, todo mundo trocou olhares e disse que era melhor eu esperar na sede do clube.

– Licença, Emma... – Kerry enfia a mão por cima do meu ombro para pegar um prato.

– Desculpe – falo e saio da frente. – Então, não há mesmo nada que eu possa fazer, mãe?

– Pode dar comida ao Sammy – responde ela, entregando-me um pote de comida para peixe. Ela franze a testa, ansiosa. – Sabe, eu estou meio preocupada com o Sammy.

– Ah – digo, sentindo um espasmo de alarme. – É...? Por quê?

– Ele simplesmente não parece *o mesmo*. – Ela o espia no aquário. – O que você acha? Você acha que ele parece bem?

Acompanho o olhar dela e faço uma cara pensativa, como se estivesse examinando as feições de Sammy.

Ah, meu Deus. Eu nunca achei que ela notaria. Me esforcei ao máximo para conseguir um peixe igualzinho ao Sammy. Quero dizer, ele é laranja, tem duas barbatanas, fica nadando... Qual é a diferença?

– Provavelmente só está meio deprimido – digo finalmente. – Ele vai superar.

Por favor, não deixe que ela o leve ao veterinário ou algo assim, rezo em silêncio. Nem verifiquei se ele é do sexo certo. Os peixes dourados *têm sexo*?

– Há mais alguma coisa que eu possa fazer? – pergunto, jogando uma grande quantidade de comida de peixe na água, numa tentativa de bloquear a visão dela.

– Nós já resolvemos praticamente tudo – diz Kerry com gentileza.

– Por que não vai dizer olá ao seu pai? – sugere minha mãe, escorrendo as ervilhas na peneira. – O almoço ainda vai demorar uns dez minutos.

ENCONTRO MEU PAI e Nev na sala de estar, assistindo ao jogo de críquete na TV. A barba grisalha do meu pai está muito bem aparada, como sempre, e ele está bebendo cerveja numa caneca prateada. A sala foi redecorada recentemente, mas os troféus de natação de Kerry ainda estão nas prateleiras da parede. Minha mãe lhes dá polimento regularmente, toda semana.

E minhas duas rosetas de montaria. Acho que mamãe meio que passa o espanador nelas de vez em quando.

– Oi, pai – digo, dando-lhe um beijo.

– Emma! – Ele encosta a mão na testa, fingindo surpresa. – Você conseguiu! Sem desvios! Sem visitas a cidades históricas!

– Hoje não! – Dou um risinho. – Cheguei em segurança.

Houve uma ocasião, logo depois de meus pais terem se mudado para esta casa, em que eu peguei o trem errado e fui parar em Salisbury, e meu pai sempre brinca comigo por causa disso.

– Oi, Nev.

Dou-lhe um beijo no rosto, tentando não engasgar com a quantidade de loção pós-barba. Ele usa calça de sarja e blusa de gola rulê branca e tem uma grossa pulseira de ouro, além de uma aliança com um diamante engastado. Nev administra a empresa de sua família, que fornece material de escritório para todo o país, e conheceu Kerry numa convenção para jovens empreendedores. Parece que eles começaram a conversa elogiando o relógio Rolex um do outro.

– Oi, Emma – responde ele. – Viu minha máquina nova?

– O quê? – Encaro-o de modo inexpressivo, depois me lembro que vi um carro novo e brilhante na entrada, quando cheguei. – Ah, sim! Muito chique.

– Mercedes Série 5. – Ele toma um gole de cerveja. – Preço de tabela: quarenta e duas mil libras.

– Nossa.

– Mas não paguei isso. – Ele dá um tapinha na lateral do nariz. – Adivinhe.

– Hum... quarenta?

– Adivinhe de novo.

– Trinta e nove?

– Trinta e sete mil, duzentos e cinquenta – diz Nev com ar triunfante. – E um CD player grátis. Passível de dedução de impostos – acrescenta.

– Uau.

Realmente não sei o que dizer, por isso me empoleiro na beirada do sofá e como um amendoim.

– É esse o seu objetivo, Emma! – observa meu pai. – Acha que vai conseguir um dia?

– Eu... não sei. Bem... aliás, papai... Eu tenho um cheque para você. – Sem jeito, enfio a mão na bolsa e pego um de trezentas libras.

– Muito bem – aprova ele. – Isso pode ir para a contabilidade. – Seus olhos verdes brilham quando põe o cheque no bolso. – Chama-se aprender o valor do dinheiro. Aprender a andar com os próprios pés.

– Lição valiosa – acrescenta Nev, assentindo. Ele toma um gole de cerveja e ri para o meu pai. – Só me diga, Emma, qual é a sua carreira esta semana?

Conheci Nev logo depois de sair da imobiliária e me tornar fotógrafa. Há dois anos e meio. E ele faz a mesma piada sempre que eu o vejo. Absolutamente todas as porcarias das ve...

Certo, calma. Pensamentos felizes. Tratar a família com carinho. Tratar Nev com carinho.

– Ainda é o marketing! – digo, animada. – Já faz mais de um ano.

– Ah. Marketing. Bom, bom!

Há silêncio durante alguns minutos, exceto pelos comentários sobre o críquete. De repente papai e Nev gemem simultaneamente por alguma coisa que acontece no campo. Um instante depois gemem de novo.

– Certo – digo. – Bem, eu vou...

Quando me levanto do sofá, eles nem viram a cabeça.

Saio para o corredor e pego a caixa de papelão que trouxe. Então passo pelo portão lateral, bato na porta do anexo e empurro com cuidado.

– Vovô?

Meu avô materno mora com meus pais desde que fez uma operação cardíaca há dez anos. Na casa antiga em Twickenham ele tinha apenas um quarto, mas, como esta casa é maior, ele tem agora seu próprio espaço, com dois cômodos e uma cozinha minúscula, grudado na lateral da casa. Está sentado em sua poltrona de couro predileta, com o rádio tocando música clássica, e no chão à frente estão umas seis caixas de papelão cheias de coisas.

– Oi, vovô – digo.

– Emma! – Ele levanta a cabeça e seu rosto se ilumina. – Menina querida. Venha cá! – Curvo-me e dou um beijo nele, e ele aperta minha mão com força. Sua pele é seca e fria, e o cabelo está ainda mais branco do que na última vez que o vi.

– Trouxe mais umas Barras Panther, para o senhor – exclamo, mostrando minha caixa.

Vovô é completamente viciado nas barras energéticas Panther, assim como todos os seus amigos do clube de boliche, por isso eu sempre compro uma caixa fechada quando venho em casa.

– Obrigado, amor. – Vovô ri de orelha a orelha. – Você é uma boa menina, Emma.

– Onde eu coloco?

Olhamos desamparados para a sala atulhada.

– Que tal ali, atrás da televisão? – sugere vovô finalmente.

Abro caminho pela sala, ponho a caixa no chão e depois volto, tentando não pisar em nada.

– Bom, Emma, eu li um artigo muito preocupante no jornal um dia desses – começa vovô quando me sento numa das caixas. – Sobre a segurança em Londres. – Ele me lança um olhar sério. – Você não anda de transporte público à noite, anda?

– Hum... quase nunca – respondo, cruzando os dedos às costas. – Só de vez em quando, quando não tem outro jeito...

– Minha querida, você não deve! – Vovô parece agitado. – O jornal dizia que adolescentes com capuz e canivetes espreitam no metrô. Bêbados quebrando garrafas e arrancando os olhos uns dos outros...

– Não é *tão* ruim assim...

– Emma, não vale o risco! Só para não pagar uma corrida de táxi!

Tenho praticamente certeza de que, se perguntasse ao vovô quanto ele acha que é uma corrida de táxi em Londres, ele diria: cinco xelins.

– Sério, vovô, eu tomo muito cuidado – tento tranquilizá-lo. – E também ando de táxi.

Às vezes. Tipo uma vez por ano.

– Pois é. O que é isso tudo? – pergunto, mudando de assunto, e vovô dá um suspiro.

– Sua mãe limpou o sótão na semana passada. Eu só estou separando o que é para jogar fora e o que é para guardar.

– Parece uma boa ideia. – Olho para a pilha de lixo no chão. – Essas são as coisas que o senhor vai jogar fora?

– Não! Eu vou guardar tudo isso! – Ele coloca a mão em cima, de modo protetor.

– Então onde está a pilha de coisas para jogar fora?

Há um silêncio. Vovô evita meu olhar.

– Vovô! O senhor tem de jogar *alguma coisa* fora! – exclamo, tentando não rir. – Não precisa de todos esses recortes de jornal velhos. E o que é isso? – Estendo a mão para além dos recortes e pesco um velho ioiô. – Isso com certeza é lixo.

– O ioiô de Jim. – Vovô estende a mão para o ioiô, com os olhos se suavizando. – O bom e velho Jim.

– Quem era Jim? – pergunto, perplexa. Nunca sequer ouvi falar de um Jim. – Era seu amigo?

– A gente se conheceu no parque de diversões. Passamos a tarde juntos. Eu tinha 9 anos. – Vovô está girando o ioiô com os dedos.

– Vocês ficaram amigos?

– Nunca o vi de novo. – Ele balança a cabeça, tristonho. – Nunca esqueci.

O problema do vovô é que ele nunca esquece nada.

– Bem, e esses cartões? – Pego um punhado de velhos cartões de Natal.

– Eu nunca jogo nenhum cartão fora. – Vovô me olha de esguelha. – Quando você tiver a minha idade, quando as pessoas que você conheceu e amou por toda a vida começarem a ir embora... você vai querer guardar qualquer lembrança. Por menor que seja.

– Entendo – respondo, sentindo-me tocada. Pego o cartão mais próximo, abro e minha expressão muda. – Vovô! Este é da Empresa de Manutenção Elétrica Smith, de 1965.

– Frank Smith era um homem muito bom... – começa ele.

– Não! – Coloco o cartão com firmeza no chão. – Isso vai embora. E o senhor não precisa de um da... – Abro o próximo cartão. – Companhia de Gás Southwestern. E não precisa de vinte exemplares da *Punch*. – Coloco-os na pilha. – E o que é isso? – Enfio a mão na caixa de novo e pego um envelope de fotos. – O senhor realmente quer isso...

Alguma coisa corta meu o coração e eu paro no meio da frase.

Estou olhando uma foto minha com meus pais, sentados no banco de um parque. Mamãe com um vestido de flores, papai com um chapéu ridículo e eu no colo dele com uns 9 anos, tomando sorvete. Todos parecemos felicíssimos juntos.

Sem palavras, passo para outra foto. Eu uso o chapéu de papai e nós estamos morrendo de rir de alguma coisa. Só nós três. Só nós. Antes de Kerry entrar em nossa vida.

Ainda me lembro do dia em que minha prima chegou. Uma mala vermelha no corredor e uma voz nova na cozinha, e um forte cheiro de perfume no ar. Entrei e ali estava ela, uma estranha, tomando uma xícara de chá. Usava uniforme escolar, mas mesmo assim parecia uma adulta para mim. Já tinha um busto enorme, brincos de ouro nas orelhas e fios claros nos cabelos. E na hora do jantar meus pais deixaram que ela tomasse uma taça de vinho. Mamãe ficava me dizendo que eu tinha que ser muito gentil com ela, porque sua mãe tinha morrido. Todos nós tínhamos que ser muito gentis com Kerry. Por isso ela ficou com o meu quarto.

Examino o restante das fotos, tentando engolir o nó na garganta. Lembro do lugar agora. O parque aonde a gente costumava ir, com balanços e escorregas. Mas era chato demais para Kerry, e eu queria desesperadamente ser como ela, por isso também falei que era chato, e nunca mais fomos.

– Toc-toc! – Levanto a cabeça com um susto, e Kerry está parada na porta, segurando seu copo de vinho. – O almoço está pronto!

– Obrigada. Nós já estamos indo.

– E então, vovô? – Kerry balança o dedo reprovando vovô e aponta para as caixas. – Ainda não chegou a lugar nenhum com isso?

– É difícil – ouço-me dizendo defensivamente. – Há muitas lembranças aqui. Não dá para simplesmente jogar fora.

– Se você prefere assim. – Kerry revira os olhos. – Se fosse eu, ia tudo para o lixo.

Não posso ser carinhosa. Não consigo fazer isso. Quero jogar minha torta de melado em cima dela.

Estamos sentados em volta da mesa há quarenta minutos, e a única voz que ouvimos é a de Kerry.

– Tudo tem a ver com imagem – diz ela. – Tudo tem a ver com a roupa certa, o olhar certo, o passo certo. Quando ando pela rua, a mensagem que dou ao mundo é: sou uma mulher de sucesso.

– Mostre à gente! – exclama mamãe, cheia de admiração.

– Bem! – Kerry dá um falso sorriso de modéstia. – Assim. – Ela empurra a cadeira para trás e limpa a boca com o guardanapo.

– Preste atenção, Emma – pede mamãe. – Pegue algumas dicas!

Enquanto todos olhamos, Kerry começa a andar pela sala. Seu queixo está levantado, os peitos se projetando para a frente, os olhos fixos e o traseiro balançando de um lado para o outro.

Parece o cruzamento de um avestruz com um dos androides de *Ataque dos clones.*

– Eu deveria estar de salto alto, claro – objeta, sem parar.

– Quando Kerry entra numa sala de reuniões, preciso dizer, todo mundo entorta o pescoço – comenta Nev com orgulho, e toma um gole de vinho. – As pessoas interrompem o que estão fazendo para olhar.

Aposto que sim.

Ah, meu Deus. Sinto vontade de rir. Não posso. Não posso.

– Quer fazer uma tentativa, Emma? – sugere Kerry. – Me copiar?

– É... acho que não. Acho que eu... captei o básico.

De repente dou uma pequena fungada e a transformo em tosse.

– Kerry está tentando ajudar você, Emma! – indigna-se mamãe. – Você deveria agradecer! Você é boa para Emma, Kerry.

Ela sorri carinhosamente para minha prima, que ri de modo afetado de volta. E eu tomo um gole de vinho.

É, certo. Kerry realmente quer me ajudar.

Afinal, quando eu estava completamente desesperada por um emprego e pedi um estágio na sua empresa, ela recusou. Escrevi uma carta longa e cuidadosa dizendo que sabia que isso a colocava numa situação incômoda, mas que realmente agradeceria se me desse qualquer chance, mesmo uns dois dias fazendo mandados.

E ela respondeu com uma carta de recusa padrão.

Fiquei tão mortificada que nunca contei a ninguém. Especialmente a meus pais.

– Você devia ouvir umas dicas profissionais de Kerry, Emma – acrescenta papai, incisivo. – Talvez, se prestasse mais atenção, estaria um pouco melhor na vida.

– É só uma caminhada – zomba Nev com um risinho. – Não é uma cura milagrosa!

– Nev! – exclama mamãe, reprovando.

– Emma sabe que eu estou brincando, não sabe, Emma? – comenta Nev com tranquilidade, e enche sua taça com mais vinho.

– Claro! – respondo, obrigando-me a dar um sorriso alegre. Espere só até eu ser promovida.

Espere só. Espere só.

– Emma! Terra chamando Emma! – Kerry está balançando a mão diante de meu rosto. – Acorda, pateta! Nós vamos dar os presentes.

– Ah, certo – digo, voltando a mim. – Certo. Vou pegar o meu.

Enquanto mamãe desembrulha uma máquina fotográfica dada por papai e uma bolsa do vovô, começo a ficar empolgada. Espero *tanto* que mamãe goste do meu presente!

– Não parece grande coisa – digo quando entrego o envelope cor-de-rosa. – Mas você vai ver quando abrir...

– O que pode ser? – murmura mamãe, parecendo intrigada. Ela rasga o envelope, abre o cartão florido e olha-o. – Ah, Emma!

– O que é? – pergunta meu pai.

– Um dia num spa! – exclama mamãe, deliciada. – Um dia inteiro sendo mimada.

– Que boa ideia! – aprova vovô, e dá um tapinha na minha mão. – Você sempre tem boas ideias para presentes, Emma.

– Obrigada, meu amor. Que coisa boa!

Mamãe se inclina para me beijar, e eu sinto um calor por dentro. Tive a ideia há alguns meses. É um pacote realmente bom, para o dia inteiro, com tratamentos grátis e tudo.

– Tem almoço com champanhe – digo, ansiosa. – E pode trazer os chinelos para casa!

– Que maravilhoso! – responde mamãe. – Estou doida para ir. Emma, é um presente lindo!

– Minha nossa – comenta Kerry, dando um risinho. Ela olha para o grande envelope cor de creme que está segurando. – Acho que meu presente foi ligeiramente suplantado. Não faz mal. Eu mudo.

Ergo os olhos, alerta. Há alguma coisa na voz de Kerry. Sei que algo vai acontecer. Tenho certeza.

– O que você quer dizer? – pergunta mamãe.

– Não faz mal. Eu só... vou arranjar outra coisa. Não se preocupe. – Ela começa a guardar o envelope na bolsa.

– Kerry! – insiste mamãe. – Pare com isso! Não seja boba. O que é?

– Bem. É que... parece que eu e Emma tivemos a mesma ideia. – Ela entrega o envelope a mamãe com outro risinho. Dá para acreditar?

Todo o meu corpo se enrijece de apreensão.

Não.

Não. Ela não pode ter feito o que eu acho que ela fez.

Há um silêncio completo enquanto mamãe abre o envelope.

– Ah, minha nossa! – espanta-se ela, olhando para a brochura impressa em dourado. – O que é? O Spa Meridien? – Alguma coisa cai em sua mão, e ela olha. – Passagens para *Paris*? Kerry!

Ela conseguiu. Arruinou meu presente.

– Para vocês dois – acrescenta Kerry, meio presunçosa. – O tio Brian também.

– Kerry! – delicia-se papai. – Você não existe!

– Deve ser muito bom – comenta Kerry com um sorriso complacente. - Acomodações cinco estrelas... o chefe de cozinha tem três estrelas no guia Michelin...

– Não acredito – empolga-se mamãe, folheando a brochura. – Olha a piscina! Olha os jardins!

Meu cartão florido está esquecido no meio dos papéis de presente.

De repente me sinto à beira das lágrimas. Ela sabia. Ela *sabia*.

– Kerry, você sabia – deixo escapar, incapaz de me conter. – Eu contei que ia dar um dia no spa para mamãe. Eu *contei*! Nós tivemos uma conversa sobre isso há meses. No jardim!

– Tivemos? – pergunta Kerry em tom casual. – Não lembro.

– Lembra! Claro que lembra.

– Emma – interrompe mamãe em tom cortante. – Foi só um engano. Não foi, Kerry?

– Claro que foi! – exclama Kerry, abrindo os olhos numa inocência arregalada. – Emma, se eu estraguei as coisas para você, só posso pedir desculpas...

– Não precisa pedir desculpas, Kerry, meu amor – responde mamãe. – Essas coisas acontecem. E os *dois* presentes são lindos. Os *dois*. – Ela olha meu cartão de novo. – Bom, vocês duas são grandes amigas! Não gosto de ver vocês discutindo. Especialmente no meu aniversário.

Mamãe sorri para mim, e eu tento sorrir de volta. Mas por dentro estou me sentindo de novo com 10 anos. Kerry sempre consegue me pegar desprevenida. Sempre conseguiu, desde que chegou. O que quer que ela fizesse, todo mundo ficava do seu lado. Era a mãe dela que tinha morrido. Todos tínhamos que ser bonzinhos com ela. Eu nunca, nunca podia ganhar.

Tentando me controlar, pego a taça de vinho e tomo um gole demorado. Então me pego olhando sub-repticiamente o relógio. Posso ir embora às quatro, se inventar uma desculpa sobre um atraso dos trens. É só uma hora e meia a mais. E talvez a gente assista à televisão, ou algo assim.

– Gostaria de saber o que você está pensando, Emma – diz vovô, dando um tapinha na minha mão com um sorrisinho, e eu levanto a cabeça, cheia de culpa.

– É... nada – respondo, forçando um sorriso. – Eu não estava pensando em nada.

5

Pois é. Não importa, porque vou ser promovida. Então Nev vai parar de fazer piadinhas sobre minha carreira e eu vou poder pagar ao papai. Todo mundo vai ficar impressionado – e vai ser maravilhoso!

Acordo na segunda-feira de manhã me sentindo empolgada e otimista, e me visto com a roupa usual de trabalho: calça jeans e uma blusa bonita da French Connection.

Bem, não exatamente da French Connection. Para ser honesta, comprei na Oxfam. Mas a *etiqueta* diz French Connection. E enquanto estou pagando ao papai não tenho muita opção. Quer dizer, uma blusa nova da French

Connection custa umas cinquenta pratas, e essa custou £ 7,50. E é praticamente nova!

Enquanto subo depressa os degraus do metrô, o sol está brilhando e me sinto cheia de ânimo. Imagine se eu for promovida! Imagine quando for contar a todo mundo. Minha mãe vai dizer: "Como foi a semana?" E eu responderei: "Bem, mamãe, na verdade..."

Não, o que vou fazer é esperar até ir à casa dela, e então entregar casualmente meu novo cartão.

Ou talvez eu apenas vá no carro da empresa, penso empolgada! Quero dizer, não sei se algum dos outros executivos de marketing tem carro – mas nunca se sabe, não é? Eles podem introduzir isso como uma coisa nova. Ou podem dizer: "Emma, nós escolhemos você especialmente..."

– Emma!

Viro a cabeça e vejo Katie, minha amiga do departamento de pessoal, subindo a escada do metrô atrás de mim, ofegando ligeiramente. Seu cabelo ruivo encaracolado está todo desgrenhado, e ela está segurando um dos sapatos.

– O que aconteceu? – pergunto quando ela chega ao topo.

– A droga do sapato – exclama Katie, desconsolada. – Mandei consertar um dia desses, mas o salto caiu. – Ela o balança na minha direção. – Paguei seis pratas por esse salto! Meu Deus, este dia está sendo um desastre. Esqueceram de entregar o meu leite, e eu tive um fim de semana *terrível*...

– Pensei que você ia passar com Charlie – falo, surpresa. – O que aconteceu?

Charlie é o último namorado de Katie. Os dois estão se encontrando há algumas semanas, e ela ia visitar um chalé no campo, que ele está ajeitando nos fins de semana.

– Foi horrível! Assim que a gente chegou, ele disse que ia jogar golfe.

– Ah, claro. – Tento ver por um ângulo positivo. – Bem, pelo menos Charlie se sente à vontade com você. Ele pode agir normalmente.

– Talvez. – Ela me olha em dúvida. – Mas aí ele disse: o que você acha de dar uma mãozinha enquanto estou fora? Eu respondi que tudo bem, e então ele me deu um pincel e três latas de tinta, e disse que eu conseguiria pintar a sala de estar, se trabalhasse rápido.

– *O quê?*

– E ele só voltou às seis horas. E criticou minha pintura, disse que era descuidada! – A voz dela se ergue, cheia de espanto. – Não era descuidada! Eu só manchei um pouquinho, e isso porque a porcaria da escada era pequena demais.

Encaro-a.

– Katie, você não está me dizendo que pintou a sala.

– Bem... pintei. – Ela me encara com os gigantescos olhos azuis. – Sabe, para ajudar. Mas agora estou começando a pensar... será que ele está me usando?

Estou quase sem palavras, de tanta incredulidade.

– Katie, claro que ele está usando você – consigo dizer finalmente. – Ele quer uma pintora e decoradora de graça! Você tem que dar o pé na bunda dele. Imediatamente. Agora!

Katie fica quieta alguns segundos, e eu a encaro meio nervosa. Seu rosto está inexpressivo, mas dá para ver que um monte de coisas acontece por baixo da superfície. É como quando o tubarão do filme desaparece embaixo da água, e a gente sabe que a qualquer minuto...

– Ah, meu Deus, você está certa! – diz ela, subitamente. – Você está certa. Ele vem me usando! A culpa é minha. Eu deveria ter percebido quando ele perguntou se eu tinha alguma experiência com encanamento ou montagem de telhado.

– Quando foi que ele perguntou isso? – pergunto, incrédula.

– No nosso primeiro encontro! Eu achei que ele só estava... você sabe, jogando conversa fora.

– Katie, a culpa não é sua. – Aperto o braço dela. – Você não podia saber.

– Mas o que há comigo? – Katie para na rua. – Por que eu só atraio esses merdas?

– Não é verdade!

– É, sim! Pense nos homens que namorei. – Ela começa a contar nos dedos. – Daniel pegou todo aquele dinheiro emprestado comigo e fugiu para o México. Gary me deu o pé na bunda assim que eu arranjei um emprego para ele. David estava me traindo. Você consegue ver um padrão?

– Eu... hum... – murmuro, desamparada. – Talvez...

– Eu acho que deveria desistir. – Seu queixo cai. – Nunca vou encontrar ninguém.

– Não – digo imediatamente. – Não desista! Katie, eu sei que sua vida vai dar uma reviravolta. Você vai achar um homem amoroso, gentil, maravilhoso...

– Mas onde? – pergunta ela, sem esperanças.

– Eu... não sei. – Cruzo os dedos às costas. – Mas sei que vai acontecer. Tenho um sentimento realmente forte em relação a isso.

– Verdade? – Ela me encara. – Tem mesmo?

– Sem dúvida! – Penso depressa um momento. – Olha, uma ideia: por que você não tenta... ir almoçar num lugar diferente hoje? Um lugar totalmente diferente. E talvez você conheça alguém lá.

– Você acha? – Ela me encara. – Certo. Vou tentar.

Katie solta um suspiro fundo, e começamos a andar de novo pela calçada.

– A *única* coisa boa do fim de semana – conta ela quando chegamos à esquina – é que eu terminei de fazer minha blusa nova. O que acha?

Ela tira o casaco com orgulho e dá um rodopio, e eu a encaro por alguns segundos, sem saber direito o que falar.

Não é que eu não *goste* de crochê.

Certo. É que eu não gosto de crochê.

Especialmente blusas de crochê de gola alta e ponto aberto. Dá para ver o sutiã por baixo.

– É... incrível – consigo dizer enfim. – Muito bonita!

– Não é ótima? – Ela dá um sorriso agradável. – E foi tão rápido! Depois eu vou fazer a saia para combinar.

– Que ótimo – comento debilmente. – Você é muito talentosa.

– Ah, não é nada. Eu gosto de fazer essas coisas.

Katie dá um sorriso modesto e recoloca o casaco.

– E aí? E você? – acrescenta ela quando começamos a atravessar a rua. – Teve um bom fim de semana? Aposto que sim. Aposto que Connor foi completamente maravilhoso e romântico. Aposto que ele levou você para jantar ou algo do gênero.

– Na verdade, Connor pediu para eu morar com ele – revelo, sem jeito.

– Verdade? – Katie me olha cheia de desejo. – Meu Deus, Emma, vocês formam o casal perfeito. Você me faz ter fé de que isso pode acontecer. Tudo parece tão fácil para você!

– Não é *tão* fácil – discordo, com um risinho de modéstia. – Quero dizer, a gente discute, como todo mundo.

– Verdade? – Katie parece surpresa. – Eu nunca vi vocês discutirem.

– Claro que a gente discute!

Reviro minha mente procurando um momento, tentando me lembrar da última vez que Connor e eu brigamos. Quero dizer, é claro que a gente *tem* discussões. Um monte. Todos os casais têm. Isso é saudável.

Ai, isso é idiota. A gente deve ter...

Isso. Houve aquela vez perto do rio, quando eu pensei que aqueles pássaros grandes eram gansos e Connor achou que eram cisnes. Exato. Nós somos normais. Eu sabia.

ESTAMOS CHEGANDO perto do edifício Panther, e quando subimos os degraus de pedra clara, cada um deles com uma pantera de granito saltando, começo a me sentir nervosa. Paul vai querer um relatório completo da reunião com a Glen Oil.

O que eu devo dizer?

Bem, é óbvio que vou ser totalmente franca e honesta. Sem realmente dizer a verdade...

– Ei, olha. – A voz de Katie me interrompe e eu sigo seu olhar.

Pela fachada de vidro do prédio vejo uma agitação no saguão. Isso não é normal. O que está acontecendo?

Meu Deus, será que houve um incêndio ou alguma coisa assim?

Quando Katie e eu passamos pelas pesadas portas giratórias, olhamo-nos perplexas. O lugar inteiro está tumultuado. Pessoas correm de um lado para o outro, alguém está polindo o corrimão de latão, outra pessoa está limpando as plantas artificiais, e Cyril, o gerente-geral, está empurrando pessoas para dentro dos elevadores.

– Podem ir para as suas salas, por favor? Nós não queremos que vocês fiquem na recepção. Todos já deveriam estar em seus lugares. – Ele parece muito estressado. – Não há nada para ver aqui embaixo! Por favor, vão para as suas mesas.

– O que está acontecendo? – pergunto a Dave, o segurança, que está encostado na parede com uma xícara de chá, como sempre. Ele toma um gole, gira a bebida na boca e ri para nós.

– Jack Harper vem fazer uma visita.

– *O quê?* – Nós duas o olhamos, boquiabertas.

– Hoje?

– Está falando *sério*?

No mundo da Corporação Panther, é como dizer que o papa vem fazer uma visita. Ou Papai Noel. Jack Harper é um dos fundadores da Corporação Panther. Ele *inventou* a Panther Cola. Sei disso porque digitei elogios sobre ele aproximadamente um milhão de vezes.

"Em 1987 os jovens e dinâmicos sócios Jack Harper e Pete Laidler compraram a fábrica de refrigerantes Zoot, remodelaram a Zootacola, transformando-a na Panther Cola, inventaram o slogan 'Não pare' e com isso fizeram história no marketing."

Não é de espantar que Cyril esteja histérico.

– Dentro de uns cinco minutos. – Dave consulta seu relógio. – Mais ou menos.

– Mas... mas como? – espanta-se Katie. – Quero dizer, ele resolveu vir do nada, assim?

Os olhos de Dave brilham. Parece que passou a manhã toda comunicando a notícia a todo mundo, e está se divertindo muito.

– Jack Harper quer dar uma olhada na filial do Reino Unido.

– Eu pensei que ele não atuava mais na empresa – comenta Jane, da contabilidade, que veio atrás de nós com um casacão e está ouvindo boquiaberta. – Eu achei que, desde que Pete Laidler morreu, ele estava curtindo o sofrimento, recluso. No rancho dele, ou sei lá o quê.

– Isso foi há três anos – observa Katie. – Talvez ele esteja se sentindo melhor.

– É mais provável que esteja querendo vender a empresa – objeta Jane, sombria.

– Por quê?

– Nunca se sabe.

– Minha teoria – manifesta-se Dave, e todas inclinamos a cabeça para ouvir – é que ele quer ver se as instalações estão suficientemente boas. – Em seguida assente na direção de Cyril, e todos rimos.

– Cuidado – grita Cyril. – Não estrague os galhos. – Ele ergue os olhos. – O que vocês ainda estão fazendo aí?

– Já vamos! – responde Katie, e nós nos dirigimos à escada que eu sempre uso para não ter que me preocupar com exercícios físicos. Além disso, por sorte, o marketing fica no primeiro andar. Acabamos de chegar ao térreo quando Jane solta:

– Olha! Ah, meu Deus! É ele!

Uma limusine chegou ronronando pela rua e parou bem em frente às portas de vidro.

O que há em certos carros? São tão brilhantes e polidos como se fossem feitos de um metal completamente diferente dos carros normais.

Como se acionadas por um mecanismo de relógio, as portas dos elevadores na outra extremidade do saguão se abrem e de lá saem Graham Hillingdon, o executivo-chefe, além do diretor administrativo e uns seis outros, todos parecendo imaculados com seus ternos escuros.

– Já chega! – está sibilando Cyril para os pobres faxineiros no saguão. – Vão embora! Deixem assim!

Nós três ficamos paradas, de olhos arregalados como crianças, quando a porta da limusine, do lado do carona, se abre. Um instante depois sai um homem louro de sobretudo azul-marinho. Está usando óculos escuros e segurando uma pasta que parece muito cara.

Uau. Ele todo parece muito caro.

Agora Graham Hillingdon e os outros estão todos do lado de fora, enfileirados nos degraus. Apertam a mão do homem, um de cada vez, depois o trazem para dentro, onde Cyril está esperando.

– Bem-vindo à Corporação Panther, filial do Reino Unido – enuncia Cyril em tom servil. – Espero que sua viagem tenha sido agradável.

– Não foi ruim, obrigado – responde o homem, com sotaque norte-americano.

– Como o senhor pode ver, este é um dia *normal* de trabalho...

– Ei, olha – murmura Katie. – Kenny ficou do lado de fora.

Kenny Davey, um dos designers, está inseguro nos degraus do lado de fora, vestido com sua calça jeans e tênis, sem saber se entra ou não. Coloca uma das mãos na porta, depois recua um pouco, depois vai até a porta de novo e espia, com incerteza, para dentro.

– Entre, Kenny! – rosna Cyril com um sorriso bastante selvagem. – Um dos nossos designers, Kenny Davey. Você deveria ter chegado há dez minutos, Kenny. Mesmo assim, não faz mal! – Ele empurra o perplexo Kenny em direção aos elevadores, depois ergue os olhos e sinaliza para irmos embora, irritado.

– Venham – propõe Katie. – É melhor a gente ir. – E, tentando não gargalhar, nós três subimos depressa a escada.

A ATMOSFERA NO departamento de marketing parece com o meu quarto antes de irmos para festas, quando estava na sexta série. Pessoas escovam os cabelos, borrifam perfume, folheiam papéis e fofocam, empolgadas. Quando passo pela sala de Neil Gregg, encarregado de estratégia de mídia, vejo-o arrumando cuidadosamente seus prêmios de Eficácia de Marketing na mesa, enquanto Fiona, a secretária, dá polimento nas fotografias emolduradas em que ele aperta as mãos de pessoas importantes.

Estou pendurando meu casaco no cabide quando Paul, o chefe do departamento, me puxa de lado.

– Que porra aconteceu na Glen Oil? Eu recebi um e-mail muito estranho de Doug Hamilton hoje cedo. Você derramou algo nele?

Encaro-o, chocada. Doug Hamilton *contou* ao Paul? Mas ele prometeu que não contaria!

– Não foi bem assim – digo rapidamente. – Eu só estava tentando demonstrar as muitas qualidades da Panther Prime e... meio que derrubei. – Paul ergue as sobrancelhas, pouco amigável.

– Certo. Foi pedir muito a você.

– Não – tento contornar. – Quero dizer, teria sido tudo ótimo se... o que eu quero dizer é que, se você me der outra chance, vou fazer melhor. Prometo.

– Veremos. – Ele olha o relógio. – É melhor andar depressa. Sua mesa está uma zona.

– Certo. Bem, a que horas vai ser minha avaliação?

– Emma, se é que você não sabe, Jack Harper está visitando a gente hoje – grunhe Paul, em sua voz mais sarcástica. – Mas, claro, se você acha que sua avaliação é mais importante do que o cara que *fundou* a empresa...

– Eu não quis dizer isso... só...

– Vá arrumar sua mesa – ordena Paul com a voz entediada. – E se derramar Panther Prime no Harper, está demitida.

Enquanto vou para a minha mesa, Cyril entra na sala, parecendo transtornado.

– Atenção! – chama ele, batendo palmas. – Atenção todo mundo! Esta é uma visita informal, nada mais. O Sr. Harper vai entrar, talvez falar com um ou dois de vocês, observar o que vocês fazem. Por isso quero que todos ajam normalmente, nos seus padrões mais elevados... O que são esses papéis? – Diz ele de repente, olhando para uma pilha de provas, muito bem-arrumada, no canto, ao lado da mesa de Fergus Grady.

– É a... hum... a arte da nova campanha da Panther Gum – responde Fergus, que é muito tímido e criativo. – Eu não tinha espaço na mesa.

– Bom, isso não pode ficar aí! – Cyril pega os papéis e empurra em cima dele. – Livre-se disso. Agora, se ele fizer uma pergunta a algum de vocês, só sejam agradáveis e ajam naturalmente. Quando ele chegar, quero todos trabalhando. Só fazendo tarefas típicas que vocês estariam fazendo em um dia normal. – Ele olha em volta, distraído. – Alguns de vocês podem estar ao telefone, outras podem estar digitando nos computadores... uns dois podem estar numa discussão criativa... Lembrem-se, este departamento é o centro da empresa. A Corporação Panther é conhecida pelo brilho de seu marketing!

Ele para e todos o olhamos feito idiotas.

– Andem! – Ele bate palmas de novo. – Não fiquem aí parados. Você! – Ele aponta para mim. – Ande. Mexa-se!

Ah, meu Deus. Minha mesa está completamente coberta de coisas. Abro uma gaveta e enfio um monte de papéis, então, num ligeiro pânico, começo a arrumar as canetas no pote. Na mesa ao lado, Artemis Harrison está retocando o batom.

– Vai ser muito inspirador conhecê-lo – comenta, admirando-se no espelhinho de mão. – Sabe, um monte de gente acha que ele mudou sozinho a cara do marketing. – O olhar dela pousa em mim. – Essa blusa é nova, Emma? De onde é?

– É... French Connection – digo depois de uma pausa.

– Eu estive na French Connection na semana passada. – Seus olhos estão se estreitando. – Não vi esse modelo.

– Bem, deve ter acabado. – Viro-me para o outro lado e finjo que estou organizando a gaveta de cima.

– Como é que a gente chama o cara? – pergunta Caroline. – Sr. Harper ou Jack?

– Cinco minutos sozinho com ele – insiste Nick, um dos executivos de marketing, febrilmente ao telefone. – É só disso que eu preciso. Cinco minutos para convencê-lo a aceitar a ideia do site. Puxa, meu Deus, se ele topasse...

Nossa, o ar de empolgação é contagiante. Com uma onda de adrenalina, vejo-me pegando o pente e verificando o brilho labial. Puxa, nunca se sabe. Talvez ele veja meu potencial, sei lá. Talvez ele me escolha no meio da multidão!

– Certo, pessoal – anuncia Paul, entrando no departamento. – Ele está neste andar. Vai primeiro na administração...

– Continuem com as tarefas cotidianas! – exclama Cyril. – Agora!

Puta que pariu. Qual é minha tarefa cotidiana?

Pego o telefone e ligo para a caixa postal. Posso ficar ouvindo os recados.

Olho o departamento ao redor – e vejo que todo mundo fez a mesma coisa.

Não podemos estar *todos* ao telefone. Isso é muito estúpido! Certo, só vou ligar o computador e esperar que ele termine de iniciar.

Quando olho a tela mudando de cor, Artemis começa a falar alto.

– Acho que toda a essência do conceito é *vitalidade* – exclama ela, alternando o olhaı constantemente para a porta. – Sabe o que eu quero dizer?

– É... sei – responde Nick. – Quero dizer, num ambiente moderno de marketing, acho que precisamos buscar uma... é... fusão de estratégia com uma visão de pensamento avançado...

Meu Deus, meu computador está lento hoje. Jack Harper vai chegar e vai me ver olhando para ele, como uma imbecil.

Sei o que vou fazer. Vou ser a pessoa que está pegando um café. Quero dizer, o que pode seı mais natural do que isso?

– Acho que vou pegar um café – digo sem jeito, e me levanto.

– Pode pegar um para mim? – pede Artemis, erguendo os olhos brevemente. – Bem, de qualquer modo, no meu curso de MBA...

A máquina de café fica perto da entrada do departamento, num pequeno espaço recuado. Enquanto espero que o líquido mefítico encha o copo, olho para cima e vejo Graham Hillingdon saindo do departamento de administração, seguido por alguns outros. Merda! Ele está vindo!

Certo. Fique calma. Só espere o segundo copo encher, bem natural...

E aí está ele! Com seu cabelo louro, o terno caro e os óculos escuros. Mas, para minha ligeira surpresa, ele recua, saindo do caminho.

De fato, ninguém está sequer olhando para ele. A atenção de todo mundo está concentrada em outro cara. Um cara de calça jeans e gola rulê preta que está saindo da sala agora.

Enquanto olho fascinada, ele se vira. E quando vejo seu rosto sinto uma pontada gigantesca, como se uma bola de boliche tivesse se chocado contra o meu peito.

Ah, meu Deus.

É ele.

Os mesmos olhos escuros. As mesmas rugas contornando-os. A barba está feita, mas com certeza é ele.

O homem do avião.

O que ele está fazendo aqui?

E por que a atenção de todo mundo está voltada para ele? Agora ele está falando, e os outros reagem a cada palavra.

Ele se vira de novo, e eu instintivamente recuo para não ser vista, tentando ficar calma. O que ele está fazendo aqui? Ele não pode...

Não pode ser...

Não pode ser. De jeito nenhum...

Com as pernas bambas, volto à minha mesa, tentando não derramar o café no chão.

– Ei – chamo Artemis, com a voz ligeiramente aguda demais. – Hum... você sabe como é Jack Harper?

– Não – responde ela, e pega o café. – Obrigada.

– Cabelo escuro – informa alguém.

– Escuro? – engulo em seco. – Não é louro?

– Ele está vindo para cá! – sussurra alguém. – Está vindo!

Com as pernas bambas, afundo-me na cadeira e tomo um gole de café, sem sentir o gosto.

– ... nosso chefe de marketing e promoções, Paul Fletcher – ouço Graham dizendo.

– Prazer em conhecê-lo, Paul. – É a mesma voz seca, o mesmo sotaque.

É ele. Definitivamente é ele.

Certo, fique calma. Talvez ele não se lembre de mim. Foi um voo curto. Ele deve viajar muito de avião.

– Pessoal. – Paul está guiando-o ao centro da sala. – Tenho o enorme prazer de apresentar nosso fundador, o homem que influenciou e inspirou uma geração de profissionais de marketing: Jack Harper!

Todo mundo aplaude, e Jack Harper balança a cabeça, sorrindo.

– Por favor – pede ele. – Não precisa. Só façam o que vocês fazem normalmente.

Ele começa a andar pela sala, parando de vez em quando para falar com as pessoas. Paul vai guiando-o, fazendo todas as apresentações, e, seguindo-os em silêncio por toda parte, está o louro.

– Aí vem ele! – sibila Artemis, e todo mundo na nossa ponta da sala se enrijece.

Meu coração começa a palpitar com força, e eu me afundo na cadeira, tentando me esconder atrás do computador. Talvez ele não me reconheça. Talvez não lembre. Talvez não...

Porra. Ele está me olhando. Vejo a expressão de surpresa em seus olhos, e ele ergue as sobrancelhas.

Ele me reconhece.

Por favor, não venha, rezo em silêncio. Por favor, não venha até aqui.

– E quem é esta? – pergunta ele ao Paul.

– Esta é Emma Corrigan, uma das nossas assistentes de marketing.

Ele está vindo na minha direção. Artemis parou de falar. Todo mundo está olhando. Estou morrendo de vergonha.

– Olá – diz ele em tom agradável.

– Olá – consigo dizer. – Sr. Harper.

Certo, então ele me reconheceu. Mas isso não significa necessariamente que se lembre de alguma coisa que eu tenha dito. Alguns comentários aleatórios feitos por uma pessoa na poltrona ao lado. Quem vai se lembrar disso? Talvez ele nem tenha *ouvido.*

– E o que você faz?

– Eu... é... trabalho como assistente no departamento de marketing e ajudo a estabelecer iniciativas promocionais – murmuro.

– Emma esteve em Glasgow na semana passada, a trabalho – intervém Paul, dando-me um sorriso completamente falso. – Nós acreditamos em passar responsabilidades aos nossos funcionários iniciantes sempre que possível.

– Muito sensato – concorda Jack Harper. Seu olhar percorre minha mesa e se ilumina com interesse súbito no meu copo de isopor. – Como está o café? – pergunta ele em tom agradável. – Saboroso?

Como uma gravação na cabeça, subitamente ouço minha voz estúpida resmungando.

O café lá no trabalho é a coisa mais nojenta que alguém já bebeu, um veneno absoluto...

– É ótimo! – respondo. – Realmente... delicioso!

– Fico muito feliz em saber. – Há uma fagulha de diversão nos olhos dele, e sinto que estou ficando vermelha.

Ele lembra. Porra. Ele lembra.

– E esta é Artemis Harrison – continua Paul. – Uma das nossas mais brilhantes jovens executivas de marketing.

– Artemis – murmura Jack Harper em tom pensativo. Ele dá alguns passos até a mesa. – É uma bela mesa, e grande, a sua, Artemis. – Ele sorri para ela. – É nova?

... Chegou uma mesa nova outro dia, e ela simplesmente pegou...

Ele se lembra de tudo, não é? Tudo.

Ah, meu Deus. Que outras coisas eu disse, porra?

Estou sentada perfeitamente imóvel com minha agradável expressão de boa funcionária, enquanto Artemis dá alguma resposta metida a besta. Mas minha mente está freneticamente rebobinando, tentando lembrar, tentando juntar o que eu disse. Caramba, eu contei a esse cara tudo sobre minha vida. *Tudo.* Contei que tipo de calcinha eu uso, de que sabor de sorvete eu gosto, como perdi minha virgindade e...

Meu sangue fica gelado.

Estou lembrando de uma coisa que eu não devia ter dito a ele.

Uma coisa que não deveria ter dito a ninguém.

... sei que não deveria ter feito isso, mas eu queria tanto o emprego...

Falei a ele que menti sobre minha nota A no currículo.

Bem, é isso. Estou acabada.

Ele vai me demitir. Vou ter uma ficha de desonesta e ninguém nunca mais vai me dar um emprego, e vou terminar no documentário sobre os "Piores empregos da Grã-Bretanha", limpando bosta de vaca e dizendo, toda alegre: "Na verdade não é tão ruim."

Certo. Não entre em pânico. Deve haver alguma coisa que eu possa fazer. Vou pedir desculpas. É. Vou dizer que foi um erro de avaliação do qual me arrependo profundamente, e que nunca quis enganar a empresa, e...

Não. Vou dizer: "Na verdade eu tirei nota A, ha-ha, que idiota, eu esqueci! E depois vou falsificar o certificado do GCSE com um daqueles kits de caligrafia. Puxa, ele é norte-americano. Nunca vai saber.

Não. Ele pode acabar descobrindo. Ah, meu Deus. Ah, meu Deus.

Talvez eu esteja reagindo de forma exagerada. Vamos colocar as coisas nas devidas proporções. Jack Harper é um cara importantíssimo. Olha só! Ele tem limusines e lacaios, e uma empresa gigantesca que rende milhões por ano. Não se importa se uma de suas funcionárias tirou uma porcaria de A ou não. Puxa, honestamente!

Rio alto do meu nervosismo, e Artemis me lança um olhar estranho.

– Eu gostaria de dizer que fiquei muito feliz em conhecer todos vocês – diz Jack Harper, olhando o escritório silencioso ao redor. – E também quero apresentar meu assistente, Sven Petersen. – Ele sinaliza para o cara louro. – Vou ficar aqui alguns dias, portanto espero conhecer melhor alguns de vocês. Como vocês sabem, Pete Laidler, que fundou comigo a Corporação Panther, era inglês. Por esse motivo, dentre outros, este país sempre foi muito importante para mim.

Um murmúrio simpático percorre a sala. Ele levanta uma das mãos, faz um discreto cumprimento com a cabeça e vai embora, seguido por Sven e todos os executivos. O silêncio permanece até ele sumir, depois irrompe uma balbúrdia empolgada.

Sinto todo o corpo relaxar de alívio. Graças a Deus. *Graças a Deus.*

Honestamente. Como sou imbecil. Imaginando apenas por um momento que Jack Harper iria se lembrar do que eu disse. Quanto mais se importar com isso! Imaginando que ele gastaria tempo de sua agenda lotada, importante, para alguma coisa tão insignificante quanto eu ter falsificado meu currículo ou não! Quando estendo a mão para o mouse e clico num novo documento, estou sorrindo.

– Emma. – Levanto os olhos e vejo Paul parado junto da minha mesa. – Jack Harper gostaria de ver você – informa com firmeza.

– O quê? – Meu sorriso desaparece. – Eu?

– Na sala de reunião, em cinco minutos.

– Ele disse por quê?

– Não.

Paul se afasta, e eu olho minha tela de computador sem enxergar, sentindo náuseas.

Eu estava certa da primeira vez.

Vou perder o emprego.

Vou perder o emprego por causa de um comentário idiota numa droga de uma viagem de avião.

Por que eu tive que mudar de classe no voo? *Por que* eu tive de abrir a porra da minha boca? Não passo de uma tagarela idiota, *idiota*.

– Por que Jack Harper quer ver você? – pergunta Artemis, parecendo chateada.

– Não sei.

– Ele quer ver mais alguém?

– Não sei – digo distraidamente.

Para impedir que ela faça mais perguntas, começo a digitar qualquer coisa no computador, a mente girando e girando.

Não posso perder esse emprego. Não posso arruinar mais uma carreira.

Ele não pode me demitir. Não pode. Não é justo. Eu não sabia quem ele era. Puxa, obviamente, se ele tivesse *dito* que era o dono da empresa, eu nunca teria falado do currículo. Nem... de nada.

E, de qualquer modo, não é como se eu tivesse falsificado meu *diploma*, é? Não é como se eu tivesse ficha criminal ou algo assim. Eu me esforço de verdade, não voo tanto assim *e* trabalhei todas aquelas horas extras com a promoção de roupas esportivas *e* organizei a rifa de Natal...

Estou digitando cada vez com mais força, e meu rosto está ficando vermelho de agitação.

– Emma. – Paul está olhando significativamente para o relógio.

– Certo. – Respiro fundo e me levanto.

Não vou deixar que ele me demita. Simplesmente não vou permitir que isso aconteça.

Atravesso a sala e caminho pelo corredor até a sala de reuniões. Bato na porta e empurro.

Jack Harper está sentado numa cadeira junto à mesa de reuniões, rabiscando alguma coisa num caderno. Quando entro, ele ergue os olhos, e a expressão séria em seu rosto faz meu estômago se revirar.

Mas eu tenho que me defender. *Preciso* desse emprego.

– Oi – diz ele. – Pode fechar a porta? – Ele espera, depois ergue os olhos. – Emma, precisamos conversar uma coisa.

– Imagino que sim – respondo, tentando manter a voz firme. – Mas eu gostaria de falar minha parte primeiro, se puder.

Por um momento Jack Harper parece perplexo. Depois levanta as sobrancelhas.

– Claro. Vá em frente.

Ando pela sala, respiro fundo e olho-o direto nos olhos.

– Sr. Harper, sei por que o senhor quer me ver. Sei que foi errado. Foi um erro de avaliação do qual me arrependo profundamente. Sinto muitíssimo, e isso nunca mais vai acontecer. Mas, em minha defesa... – Posso ouvir minha voz se alterar, emocionada. – Em minha defesa, eu não fazia ideia de quem o senhor era, naquela viagem de avião. E não acredito que eu deva ser punida pelo que foi, honesta e genuinamente, um equívoco.

Há uma pausa.

– Você acha que eu vou punir você? – indaga Jack Harper finalmente, franzindo a testa.

Como ele pode ser tão insensível?

– Sim! O senhor deve saber que eu nunca teria mencionado meu currículo se soubesse quem o senhor era! Foi como uma... armadilha! O senhor sabe, se isso fosse um julgamento, o juiz não aceitaria. Eles nem deixariam o senhor...

Seu currículo? – A testa de Jack Harper perde a tensão. – Ah! A nota A em seu currículo. – Ele me dá um olhar penetrante. – A nota A falsificada, devo dizer.

Ouvir aquilo em voz alta me faz ficar em silêncio. Posso sentir o rosto cada vez mais quente.

– Sabe, um monte de gente diria que isso foi uma fraude – comenta Jack Harper, recostando-se na cadeira.

– Sei que diria. Eu sei que estava errada. Não deveria ter... Mas isso não afeta o modo como trabalho. Não *significa* nada.

– Você acha? – Ele balança a cabeça pensativamente. – Não sei. Passar de uma nota C para uma nota A... é um tremendo salto. E se nós precisarmos que você faça alguns cálculos matemáticos?

– Eu sei fazer cálculos – exclamo, desesperada. – Faça uma pergunta de matemática. Ande. Pergunte qualquer coisa.

– Certo. – Sua boca está tremendo levemente. – Oito vezes nove.

Encaro-o, com o coração disparando, a mente vazia. Oito vezes nove. Não faço ideia. Porra. Certo, nove vezes um é nove. Nove vezes dois...

Não. Saquei. Oito vezes dez é oitenta. Então oito vezes *nove* deve ser...

– Setenta e dois! – grito, e me encolho quando ele dá um sorriso minúsculo. – Setenta e dois – acrescento com mais calma.

– Muito bem. – Ele aponta educadamente para uma cadeira. – Bem. Você terminou o que queria dizer ou há mais?

Coço o rosto, confusa.

– O senhor... não vai me demitir?

– Não – responde Jack Harper pacientemente. – Não vou demitir você. Agora podemos conversar?

Quando me sento, uma suspeita horrível começa a crescer na minha mente.

– Foi... – pigarreio. – Foi por causa do meu currículo que o senhor quis me ver?

– Não – diz ele em tom ameno. – Não foi por isso que eu quis ver você.

Quero morrer.

Quero morrer aqui mesmo, agora.

– Claro. – Ajeito o cabelo, tentando me recompor; tentando parecer profissional. – Certo. Bem. Então, o que o senhor... o que...

– Eu quero pedir um pequeno favor.

– Sim! – sinto uma pontada de antecipação. – Qualquer coisa! Quero dizer... o que é?

– Por vários motivos – começa Jack Harper, lentamente – eu preferiria que ninguém soubesse que estive na Escócia na semana passada. – Seu olhar encontra o meu. – Por isso, gostaria muito que nós mantivéssemos nosso pequeno encontro só entre nós.

– Certo! – concordo, depois de uma pausa. – Claro. Sem dúvida. Eu posso fazer isso.

– Você não contou a ninguém?

– Não. Ninguém. Nem mesmo ao meu... quero dizer, a ninguém. Não contei a ninguém.

– Bom. Muito obrigado. – Ele sorri e se levanta da cadeira. – Foi um prazer encontrá-la de novo, Emma. Tenho certeza de que vamos nos ver outra vez.

– É isso? – digo, perplexa.

– É isso. A não ser que você queira discutir alguma outra coisa.

– Não! – Levanto-me apressadamente, batendo com o tornozelo na perna da mesa.

Puxa, o que eu pensei? Que ele ia me pedir para chefiar um empolgante projeto internacional?

Jack Harper abre a porta e segura-a educadamente para mim. E já estou saindo quando paro.

– Espera.

– O que é?

– O que vou dizer quando perguntarem por que o senhor queria me ver? – pergunto sem jeito. – Todo mundo vai perguntar.

– Por que não dizer que nós discutimos logística? – Ele ergue as sobrancelhas e fecha a porta.

6

Pelo resto do dia há uma espécie de atmosfera festiva no trabalho. Mas eu só fico ali, sentada, incapaz de acreditar no que aconteceu. E, enquanto vou para casa no fim da tarde, meu coração ainda está martelando por causa da improbabilidade daquilo tudo. E da *injustiça* daquilo tudo.

Ele era um estranho. Ele deveria ser um *estranho*. A única lógica dos estranhos é que eles desaparecem, para nunca mais serem vistos. E não para aparecer no escritório. Não para perguntar quanto é oito vezes nove. Não para acabar sendo seu megapatrão.

Bem, só posso dizer que isso me ensinou algo. Meus pais sempre disseram para não conversar com estranhos, e estavam certos. Nunca mais vou contar nada a um desconhecido. *Nunca*.

Marquei de ir ao apartamento de Connor à noite, e quando chego sinto o corpo relaxar com o alívio. Longe do escritório. Longe de toda a conversa interminável sobre Jack Harper. E Connor já está cozinhando. Puxa, não é perfeito? A cozinha cheira a alho e ervas, e há uma taça de vinho me esperando na mesa.

– Oi! – exclamo, e lhe dou um beijo.

– Oi, querida! – responde ele, olhando do fogão.

Merda. Esqueci totalmente de dizer "querido". Certo, como vou me lembrar?

Já sei. Vou escrever na mão.

– Dá uma olhada nisso. Eu baixei da internet.

Connor sinaliza para uma pasta de papel na mesa, com um sorriso largo. Eu abro e me pego olhando uma foto granulada, em preto e branco, de uma sala com um sofá e uma planta num vaso.

– Apartamentos! – exclamo, pasma. – Uau. Que rapidez! Eu ainda nem dei a notícia.

– Bem, a gente tem que começar a procurar. Olha, aquele ali tem varanda. E há um com uma lareira que funciona!

– Nossa!

Sento-me nunca cadeira e olho a fotografia fora de foco, tentando me imaginar morando com Connor ali. Sentada naquele sofá. Só nós dois, toda noite.

Imagino o que conversaremos.

Bem! Vamos conversar sobre... o que sempre conversamos. Talvez a gente jogue Banco Imobiliário. Só se ficarmos chateados ou sei lá o quê.

Viro outra folha e sinto uma onda de empolgação.

Esse apartamento tem piso de madeira e venezianas nas janelas! Eu *sempre* quis piso de madeira e venezianas. E olha aquela cozinha maneira, com bancadas de granito...

Ah, vai ser fantástico. Mal posso esperar!

Tomo um gole de vinho, feliz, e estou afundando confortavelmente na cadeira quando Connor puxa conversa:

– E aí? Não é um barato esse negócio do Jack Harper ter vindo?

Ah, meu Deus. Por favor. *Chega* de falar na porcaria do Jack Harper.

– Você o conheceu? – pergunta Connor, vindo com uma tigela de amendoins. – Ouvi dizer que ele foi ao marketing.

– Hum, é, conheci.

– Ele foi no departamento de pesquisa esta tarde, mas eu estava numa reunião. – Connor me olha, pasmo. – Então, como ele é?

– É... não sei. Cabelo escuro... norte-americano... E aí, como foi a reunião?

Connor ignora totalmente minha tentativa de mudar de assunto.

– Mas não é empolgante? – Seu rosto está reluzente. – Jack Harper!

– Acho que é. – Dou de ombros. – Mas olha...

– Emma! Você não está empolgada? – Connor fica perplexo. – Nós estamos falando do fundador da empresa! Estamos falando do sujeito que criou o conceito da Panther Cola. Que pegou uma marca desconhecida, remodelou e vendeu ao mundo! Transformou uma empresa fracassada numa enorme corporação de sucesso. E agora nós vamos conhecê-lo. Você não acha isso emocionante?

– É – digo finalmente. – É... emocionante.

– Pode ser a oportunidade das nossas vidas. Aprender com o próprio gênio! Sabe, ele nunca escreveu um livro, nunca compartilhou os pensamentos com ninguém além de Pete Laidler...

Connor enfia a mão na geladeira, pega uma lata de Panther Cola e abre. Ele deve ser o empregado mais fiel do mundo. Uma vez eu comprei uma Pepsi quando a gente fez um piquenique, e ele quase teve uma hérnia.

– Sabe o que eu adoraria acima de tudo? – continua, tomando um gole. – Bater um papo com ele. – Connor se vira para mim, com os olhos brilhando. – Conversar com Jack Harper! Não seria o impulso de carreira mais fantástico?

Um papo com Jack Harper.

É, foi um tremendo impulso para a minha carreira.

– Acho que sim – respondo, relutante.

– Claro que seria! Só ter a chance de ouvi-lo. Ouvir o que ele tem a dizer! Puxa, o cara ficou escondido durante três anos. Que ideias esteve gerando todo esse tempo? Ele deve ter um monte de pensamentos e teorias, não somente sobre marketing, mas sobre negócios... sobre o modo como as pessoas trabalham... sobre a vida.

A voz entusiasmada de Connor é como sal sendo esfregado em um machucado na minha pele. Então, vejamos de que modo espetacular eu cometi esse erro, certo? Estou sentada num avião ao lado do grande Jack Harper, gênio criativo e fonte de toda a sabedoria nos negócios e no marketing, para não mencionar os grandes mistérios da vida em si.

E o que eu faço? Alguma pergunta perspicaz? Tenho uma conversa inteligente com ele? Aprendo alguma coisa com ele?

Não. Falo sobre o tipo de calcinha que eu prefiro.

Grande passo na carreira, Emma. Um dos melhores.

No dia seguinte, Connor vai logo cedo para uma reunião, mas antes de sair pega um velho artigo de uma revista sobre Jack Harper.

– Leia isso – propõe ele, a boca cheia de torrada. – É uma boa informação básica.

Eu não *quero* nenhuma informação básica!, sinto vontade de responder, mas Connor já saiu pela porta.

Estou tentada a deixar isso para trás e nem me incomodar em ler, mas a viagem da casa de Connor até o trabalho é bem longa, e eu não tenho nenhuma revista. Então levo a matéria comigo, e começo a lê-la de má vontade no metrô e acho que é uma história bem interessante. Como Harper e Pete Laidler eram amigos e decidiram entrar no mundo dos negócios, e Jack era o criativo e Pete o *playboy* extrovertido, e se tornaram multimilionários juntos, eram tão íntimos que se consideravam irmãos. E então Pete morreu num acidente de carro. E Jack ficou tão arrasado que se trancou longe do mundo e disse que estava desistindo de tudo.

E, claro, agora que eu leio tudo isso, estou começando a me sentir meio estúpida. Eu deveria ter reconhecido Jack Harper. Puxa, eu certamente reconheço Pete Laidler. Por um lado, ele parece – parecia – o Robert Redford. E por outro, ele saiu em todos os jornais quando morreu. Agora lembro claramente, mesmo que na época eu não tivesse nada a ver com a Corporação Panther. Ele bateu com o Mercedes, e todo mundo disse que foi igualzinho à princesa Diana.

Estou tão concentrada lendo que quase passo da estação e tenho que dar uma daquelas corridas estúpidas até a porta, daquelas em que todo mundo olha para você tipo: sua imbecil, não sabia que sua estação estava chegando? E então, quando as portas se fecham, percebo que deixei a revista para trás, no vagão.

Ah, bem. Eu captei o sentido geral.

É uma manhã ensolarada, e eu vou até a lanchonete onde em geral dou uma paradinha antes do trabalho. Adquiri o hábito de tomar um suco de manga todas as manhãs, porque é saudável.

E também porque há um neozelandês bem bonito que trabalha atrás do balcão, chamado Aidan. (De fato, eu tive uma minipaixonite por ele antes de começar o namoro com Connor.) Quando ele não está trabalhando no bar, faz um curso de educação física e sempre fica me contando coisas sobre sais minerais e qual deve ser a nossa taxa de carboidratos.

– Oi – diz ele quando eu entro. – Como vai o kickboxing?

– Ah! – respondo, ruborizando ligeiramente. – Ótimo, obrigada.

– Você tentou praticar aquele movimento novo que eu falei?

– Tentei! Ajudou bastante!

– Eu achei que ajudaria – responde ele, satisfeito, e vai fazer meu suco de manga.

Certo. Então a verdade é que eu realmente *não faço* kick boxing. Tentei uma vez, no centro de lazer do bairro, e, para ser sincera, fiquei chocada! Não tinha ideia de que seria tão *violento*. Mas Aidan ficou muito entusiasmado e dizendo que isso transformaria a minha vida, e não pude me obrigar a admitir que tinha desistido depois de apenas uma aula. Parecia fraqueza. Por isso eu meio que... menti. E, puxa, não é que isso seja importante. Ele nunca vai saber. Eu nunca o vejo fora da lanchonete.

– Um suco de manga – sugere Aidan.

– E um brownie de chocolate – completo. – Para... minha colega. – Aidan pega o brownie e coloca num saco de papel.

– Sabe, essa sua colega precisa pensar no nível de açúcar refinado que ela consome – responde ele, com a testa franzida de preocupação. – Devem ter sido... quatro brownies esta semana?

– Eu sei – respondo, séria. – Vou dizer a ela. Obrigada, Aidan.

– Sem problema. E lembre-se: um, dois, giro!

– Um, dois, giro – repito, animada. – Vou lembrar!

QUANDO CHEGO AO escritório, Paul sai de sua sala, estala os dedos para mim e diz:

– Avaliação.

Meu estômago dá um salto mortal portentoso, e eu quase engasgo com último pedaço de brownie. Ah, meu Deus. É isso. Não estou pronta.

Estou sim. Qual é? Esbanje confiança. Eu sou uma mulher a caminho de algum lugar.

De repente me lembro de Kerry e de sua caminhada tipo "sou uma mulher de sucesso". Sei que Kerry é uma vaca metida a besta, mas ela tem sua própria agência de viagens e ganha zilhões de libras por ano. Ela deve estar fazendo algo certo. Talvez eu devesse tentar. Cautelosamente estufo o peito, levanto a cabeça e começo a andar pelo escritório com uma expressão fixa, alerta.

– Você está de TPM ou algo do tipo? – pergunta Paul grosseiramente quando chego à sua sala.

– Não! – exclamo, chocada.

– Bem, você está muito estranha. Agora sente-se. – Ele fecha a porta, senta-se à sua mesa e abre um formulário intitulado Revisão de Avaliação dos Funcionários. – Desculpe eu não poder recebê-la ontem. Mas, com a chegada de Jack Harper, ficou tudo enrolado.

– Tudo bem.

Tento sorrir, mas meu sorriso está subitamente seco. Não posso acreditar em como me sinto nervosa. Isso é pior do que uma prova de escola.

– Certo. Então... Emma Corrigan. – Ele olha o formulário e começa a marcar nos quadradinhos. – Em termos gerais, você está se saindo bem. Em geral não se atrasa... entende as tarefas que recebe... é bastante eficiente... trabalha bem com os colegas... blá-blá-blá... Algum problema? – indaga, levantando a cabeça.

– Hum... não.

– Você sente que sofre algum tipo de preconceito racial?

– Hum... não.

– Bom. – Ele marca outro quadrado. – Bem, acho que é isso. Muito bem. Pode mandar o Nick falar comigo?

O quê? Ele esqueceu?

– Hum, e a minha promoção? – murmuro, tentando não parecer ansiosa demais.

– Promoção? – ele me encara. – Que promoção?

– Para executiva de marketing.

– De que porra você está falando?

– Dizia... Dizia no anúncio para o emprego... – Tiro o anúncio amassado do bolso do jeans, onde ele está desde ontem. – Possível promoção depois de um ano, diz aí. – Empurro-o por cima da mesa, e ele olha o papel com a testa franzida.

– Emma, isso é só para candidatos excepcionais. Você não está pronta para ser promovida. Primeiro tem que provar que merece.

– Mas eu estou fazendo tudo da melhor forma! Se você ao menos me desse uma chance...

– Você teve a chance com a Glen Oil. – Paul levanta as sobrancelhas e eu sinto uma pontada de humilhação. – Emma, o fato é que você não está preparada para um cargo mais alto. Em um ano veremos.

Um *ano*?

– Certo? Agora pode ir.

Minha mente está num redemoinho. Tenho que aceitar isso de um modo calmo e digno. Tenho que dizer alguma coisa tipo "respeito sua decisão, Paul", apertar a mão dele e sair da sala. É o que tenho que fazer.

O único problema é que não consigo me levantar da cadeira.

Depois de alguns instantes, Paul me olha perplexo.

– É só isso, Emma.

Não consigo me mexer. Assim que eu sair desta sala, acabou.

– Emma?

– Por favor, me promova – peço, desesperada. – Por favor. Eu preciso de uma promoção para impressionar minha família. É a única coisa que eu quero em todo o mundo, e vou trabalhar duro, prometo, vou vir nos fins de semana, e vou... vou usar tailleurs chiques...

– O *quê*? – Paul está me olhando como se eu tivesse me transformado num peixinho dourado.

– Você não precisa me pagar um salário maior! Eu faço o mesmo trabalho de antes. Até pago para imprimir o cartão de visitas novo! Puxa, não vai fazer diferença para você. Você nem vai *saber* que eu fui promovida!

Paro, ofegando.

– Acho que você vai descobrir que promoção não é isso, Emma – comenta Paul, sarcástico. – Acho que a resposta é não. Agora, menos ainda.

– Mas...

– Emma, um conselho. Se você quiser progredir, tem que criar suas próprias chances. Tem que cavar suas oportunidades. Agora, sério. Poderia por favor sair da porra da minha sala e chamar o Nick?

Quando saio, vejo-o levantando os olhos para o céu e rabiscando outra coisa no meu formulário.

Ótimo. Provavelmente está escrito: "Lunática perturbada, precisa de cuidados médicos."

ENQUANTO VOLTO arrasada à minha mesa, Artemis levanta os olhos com uma expressão maldosa.

– Ah, Emma – começa ela. – Sua prima Kerry acabou de ligar procurando você.

– Verdade? – digo, surpresa. Kerry nunca ligou para o meu trabalho. Na verdade ela nunca me telefona. – Ela deixou recado?

– Deixou. Queria saber se você já teve notícias de sua promoção.

Certo. Isso agora é oficial. Odeio Kerry.

– Ah, certo – digo, tentando parecer que essa é uma pergunta chata, cotidiana. – Obrigada.

– Você vai ser promovida, Emma? Eu não sabia! – Sua voz está aguda e penetrante, e eu vejo algumas pessoas levantando a cabeça, interessadas. – Então, você vai ser executiva de marketing?

– Não – murmuro, com o rosto quente de humilhação. – Não vou.

– Ah! – Artemis faz uma cara de quem finge confusão. – Então por que ela...

– Cale a boca, Artemis – ordena Caroline.

Eu lhe dirijo um olhar agradecido e me afundo na cadeira.

Mais um ano. Um ano inteiro sendo a merda da assistente de marketing, e todo mundo me achando inútil. Outro ano devendo a papai, e Kerry e Nev rindo de mim, e eu me sentindo um fracasso total. Ligo o computador e digito umas duas palavras, desanimada. Mas de repente toda a minha energia sumiu.

– Acho que vou pegar um café – anuncio. – Alguém quer?

– Não dá para pegar café – objeta Artemis, dirigindo-me um olhar estranho. – Você não viu?

– O quê?

– Eles levaram a máquina de café embora – conta Nick. – Enquanto você estava com o Paul.

– Levaram embora? – Olho-o perplexa. – Mas por quê?

– Não sei – diz ele, indo para a sala de Paul. – Só vieram e levaram.

– Nós vamos ganhar uma máquina nova! – exclama Caroline, passando com um maço de provas. – Era o que estavam dizendo lá embaixo. Uma máquina boa, com café de verdade. Parece que foi pedida por Jack Harper.

Ela se afasta, e eu fico olhando.

Jack Harper pediu uma máquina de café nova?

– Emma! – começa Artemis, impaciente. – Você ouviu? Quero que você encontre o panfleto que fizemos para a promoção da Tesco há dois anos. Desculpe, mamãe – murmura ela ao telefone. – Estou dando ordens à minha assistente.

Assistente *dela*. Meu Deus, eu fico puta quando ela diz isso.

Mas, para ser sincera, digo firmemente a mim mesma enquanto remexo no fundo do arquivo, é ridículo achar que eu tive alguma coisa a ver com isso. Ele provavelmente estava planejando pedir uma nova máquina de café, de qualquer jeito. Provavelmente...

Levanto-me com uma pilha de pastas de papel nos braços e quase deixo todas caírem no chão.

Ali está ele.

Parado bem na minha frente.

– Olá, de novo. – Os olhos dele brilham num sorriso. Como vai?

– É... bem, obrigada. – Engulo em seco. – Eu soube da máquina de café. Hum... obrigada.

– Tudo bem.

– Agora, todo mundo! – Paul vem andando atrás dele. – O Sr. Harper vai ficar no departamento esta manhã.

– Por favor – Jack Harper sorri –, me chame de Jack.

– Certo. *Jack* vai ficar aqui esta manhã. Vai observar o que vocês fazem, descobrir como é nosso trabalho de equipe. Só se comportem normalmente, não façam nada de especial. – Os olhos de Paul se detêm em mim e ele dá um sorriso agradável. – Oi, Emma! Como vai? Tudo bem?

– É... sim, obrigada, Paul – murmuro. – Está tudo ótimo.

– Muito bem! Uma equipe feliz, é isso que nós queremos. E, já que tenho a atenção de vocês – ele tosse, meio sem graça –, deixe-me lembrar que o Dia da Família na Empresa está chegando, é no sábado da semana que vem. Trata-se de uma chance para todos nós relaxarmos, conhecermos a família dos outros e nos divertirmos um pouco!

Todos o encaram sem expressão no rosto. Até este momento Paul sempre se referiu a isso como o Dia da Babaquice na Empresa, e dizia que preferia ter as bolas arrancadas do que trazer alguém da família dele.

– Bom, de volta ao trabalho, todo mundo! Jack, deixe-me pegar uma cadeira para você.

– Finjam que eu não estou aqui – pede Jack Harper em tom gentil, enquanto se senta num canto. – Comportem-se normalmente.

COMPORTEM-SE normalmente. Certo. Claro.

Então normalmente eu me sentaria, tiraria os sapatos, verificaria os e-mails, passaria um pouco de creme, comeria alguns Smarties, leria meu horóscopo no iVillage, o horóscopo de Connor, escreveria no meu caderno "Emma Corrigan, diretora administrativa" várias vezes em letras rebuscadas, com uma moldura de flores, mandaria um e-mail para Connor, esperaria alguns minutos para ver se ele responderia, tomaria um gole de água mineral e finalmente iria procurar o panfleto da Tesco para Artemis.

Acho que não.

Quando me sento de volta, minha mente está trabalhando depressa. Crie suas próprias chances. Cave suas oportunidades. Foi o que Paul disse.

E o que é isso, senão uma oportunidade?

O próprio Jack Harper está sentado aqui, me olhando trabalhar. O grande Jack Harper. Chefe de toda a corporação. Certamente posso impressioná-lo de *algum modo*, não é?

Bom, talvez eu não tenha tido o início mais brilhante com ele. Mas esta pode ser a chance de me redimir! Se de algum modo eu puder mostrar que sou mesmo inteligente e motivada...

Quando me sento, folheando a pasta de peças promocionais, percebo que estou com a cabeça ligeiramente mais erguida do que o normal, como se estivesse numa aula para melhorar a postura. Quando olho em volta, todo mundo também parece estar na mesma aula. Antes da chegada de Jack Harper, Artemis estava ao telefone com a mãe, mas agora colocou os óculos de aro grosso e digita com rapidez, parando ocasionalmente para sorrir ao ler o que escreveu, num estilo "que gênia". Nick estava lendo o caderno de esportes do *Telegraph*, mas agora posso vê-lo estudando alguns documentos cheios de gráficos, com a testa franzida.

– Emma? – chama Artemis numa voz falsamente doce. – Você achou aquele panfleto que eu pedi? Não que haja *alguma* pressa...

– Sim, achei! – exclamo.

Em seguida empurro a cadeira para trás, levanto-me e vou até a mesa dela. Estou tentando parecer o mais natural possível. Mas, meu Deus, é como estar na televisão ou algo assim. Minhas pernas não funcionam direito e meu sorriso está grudado no rosto, e eu tenho uma convicção horrível de que de repente posso gritar "calcinha!" ou algo do tipo.

– Aqui está, Artemis – coloco cuidadosamente o panfleto em sua mesa.

– Muito obrigada! – exclama. Seus olhos encontram os meus, cheios de brilho, e eu percebo que ela também está representando. Artemis coloca a mão na minha e dá um largo sorriso. – Não sei o que faríamos sem você, Emma!

– Está tudo bem! – devolvo, num tom igual ao dela. – Às ordens!

Merda, é o que penso enquanto volto à minha mesa. Eu deveria ter dito alguma coisa mais inteligente. Deveria ter dito: "O trabalho de equipe é o que mantém isso aqui funcionando."

Tudo bem, não faz mal. Ainda posso impressioná-lo.

Tentando agir do modo mais normal possível, abro um arquivo e começo a digitar com o máximo de rapidez e eficiência que consigo, com as costas totalmente eretas. Nunca vi o escritório tão silencioso. Todo mundo está digitando, ninguém bate papo. É como uma prova. Meu pé está coçando, mas não ouso tocá-lo.

Como é que as pessoas conseguem fazer aqueles reality shows? Estou completamente exausta, e só se passaram uns cinco minutos.

– Isso aqui está muito quieto – observa Jack Harper, parecendo perplexo. – Normalmente é tão silencioso assim?

– É... – Todos olham em volta, uns para os outros, inseguros.

– Por favor, não se preocupem comigo. Falem como fariam normalmente. Vocês devem ter discussões de escritório. – Ele dá um sorriso amigável. – Quando eu trabalhava num escritório, nós falávamos sobre praticamente tudo. Política, livros... Por exemplo, o que vocês andaram lendo ultimamente?

– Na verdade eu andei lendo a nova biografia de Mao Tsé-tung – responde Artemis imediatamente. – Fascinante.

– Estou no meio de uma história da Europa no século XIX – acrescenta Nick.

– Eu só estou relendo Proust – informa Caroline, dando de ombros de um jeito modesto. – No original em francês.

– Ah – assente Jack Harper, com uma expressão indecifrável. – E... Emma, não é? O que você está lendo?

– Hum, na verdade... – engulo em seco, tentando ganhar tempo.

Não posso dizer *Os rabiscos das celebridades: o que eles significam?*, mesmo que na verdade seja muito bom. Rápido. Pense num livro sério.

– Você estava lendo *Grandes esperanças*, não é, Emma? – tenta ajudar Artemis. – Para o clube de leitura.

E então paro abruptamente quando encontro o olhar de Jack Harper.

Porra.

Em minha mente, a voz no avião está tagarelando inocentemente:

... só dei uma folheada no final e fingi que tinha lido...

– *Grandes esperanças* – repete Jack Harper, pensativo. – O que achou do livro, Emma?

Não *acredito* que ele está perguntando isso.

Por alguns instantes não consigo falar.

– Bem! – pigarreio enfim. – Eu achei... realmente... extremamente...

– É um livro maravilhoso – comenta Artemis, séria. – Quando a gente consegue entender por completo o simbolismo.

Cala a *boca*, sua metida estúpida. Ah, meu Deus. O que vou dizer?

– Eu achei que ele realmente... ressoou – exclamo finalmente.

– O que ressoou? – pergunta Nick.

– As... hum... – pigarreio. – As ressonâncias.

Há um silêncio perplexo.

– As ressonâncias... ressoaram? – ecoa Artemis.

– Sim – confirmo, em tom desafiador. – Ressoaram. Bom, eu tenho que continuar com meu trabalho. – Giro, revirando os olhos, e começo a digitar febrilmente.

Tudo bem. Então a discussão sobre livros não correu tão bem assim. Mas isso foi somente azar. Pense positivo. Ainda consigo. Ainda posso impressioná-lo...

– Não sei o que há de errado com ela! – está dizendo Artemis numa voz de menininha. – Eu molho todo dia.

Ela cutuca sua planta murcha e olha de modo cativante para Jack Harper.

– Você sabe alguma coisa sobre plantas, Jack?

– Sinto muito, não – responde ele, e me olha com a maior cara de pau. – O que você acha que pode estar errado com ela, Emma?

... algumas vezes, quando eu estou puta da vida com Artemis...

– Eu... não faço ideia – comento finalmente e continuo digitando, com o rosto enrubescendo.

Tudo bem. Não faz mal. Não importa. Então eu molhei uma plantinha com suco de laranja. E daí?

– Alguém viu minha caneca da Copa do Mundo? – reclama Paul, entrando no escritório com a testa franzida. – Não estou achando em lugar algum.

... quebrei a caneca do meu chefe na semana passada e escondi os pedaços na minha bolsa...

Merda.

Tudo bem. Não faz mal. Então eu quebrei uma canequinha também. Não importa. Continue digitando.

– Ei, Jack – chama Nick, numa voz tipo "e aí, brother?" – Só para o caso de você achar que a gente não se diverte, olha ali! – Ele balança a cabeça na direção da fotocópia de uma bunda com fio dental, que está no quadro de avisos desde o Natal. – Nós ainda não sabemos quem é...

... no Natal passado eu bebi um pouquinho demais na festa...

Tudo bem, agora quero morrer. Alguém, por favor, me mate.

– Oi, Emma! – É a voz de Katie, e eu ergo os olhos e vejo-a entrando correndo no escritório, com o rosto rosado de empolgação. Quando vê Jack Harper, ela para. – Ah!

– Tudo bem. Eu não passo de uma mosca na parede. – Ele acena de forma amigável para ela. – Vá em frente. Diga o que ia dizer.

– Oi, Katie – consigo falar. – O que é?

Assim que digo o nome dela, Jack Harper ergue a cabeça de novo, com uma expressão interessada.

Não gosto daquela expressão interessada.

O que eu disse a ele sobre Katie? O quê? Minha mente rebobina em fúria. O que eu disse? O que eu...

Sinto uma reviravolta interna. Ah, meu Deus.

... nós temos um código secreto, ela vem e diz: "Posso analisar uns números com você, Emma?" E na verdade significa: "Vamos dar um pulinho no Starbucks?"

Eu contei a ele sobre nosso código no voo.

Olho desesperada o rosto ansioso de Katie, tentando de algum modo passar a mensagem.

Não diga. *Não* diga que tem alguns números para analisar comigo.

Mas ela não percebe.

– Eu só... é... – Ela pigarreia de modo profissional e olha sem graça para Jack Harper. – Será que eu poderia analisar uns números com você, Emma?

Porra.

Meu rosto fica muito vermelho. Todo o meu corpo está pinicando.

– Sabe – digo numa voz animada e artificial. – Não sei se vai ser possível hoje.

Katie me olha, surpresa.

– Mas eu preciso... eu realmente *preciso* que você analise uns números comigo. – Ela assente, empolgada.

– Eu estou meio atolada de trabalho aqui, Katie! – Forço um sorriso, tentando simultaneamente enviar uma mensagem: "Cala a *boca*!"

– Não vai demorar! É rapidinho!

– Realmente acho que não vai dar.

Katie está praticamente pulando de um pé para o outro.

– Mas Emma, são números muito... *importantes*. Eu realmente preciso... falar sobre eles.

– Emma. – Ao ouvir a voz de Jack Harper eu pulo como se tivesse sido picada. Ele se inclina, confiante, na minha direção. – Talvez você devesse examinar esses números.

Encaro-o por alguns instantes, incapaz de falar, com o sangue martelando na minha cabeça.

– Tudo bem – consigo dizer, depois de uma longa pausa. – Certo. Vou fazer isso.

7

Enquanto ando pela rua com Katie, metade de mim está entorpecida de horror, e a outra metade quase quer explodir numa gargalhada histérica. Todo mundo está no escritório, tentando ao máximo possível impressionar Jack Harper. E aqui estou eu, saindo numa boa, debaixo do nariz dele, para tomar um cappuccino.

– Desculpe ter interrompido você – diz Katie, animada enquanto empurramos as portas do Starbucks. – Com Jack Harper lá e tudo. Eu não fazia ideia de que ele ia estar *sentado* ali! Mas sabe, eu fui bem sutil – acrescenta, de modo tranquilizador. – Ele nunca vai saber o que a gente estava aprontando.

– Com certeza – consigo dizer. – Ele não vai adivinhar, nem em um milhão de anos.

– Você está bem, Emma? – Katie me olha com curiosidade.

– Estou ótima! – respondo com uma espécie de alegria aguda. – Estou realmente ótima! E então... por que a reunião de emergência?

– Eu *tinha* que contar. Dois cappuccinos, por favor. – Katie ri para mim, empolgada. – Você não vai acreditar.

– O que houve?

– Marquei um encontro. Conheci um cara novo!

– Não! – exclamo, encarando-a. – Verdade? Foi rápido.

– É, aconteceu ontem, como você disse! De propósito, eu andei até mais longe na hora do almoço e achei um lugar bem legal. E ali estava um sujeito ótimo, na fila perto de mim. E ele começou a conversar comigo. Depois a gente dividiu uma mesa e ficou batendo papo... e eu estava indo embora quando ele perguntou se eu gostaria de tomar um drinque uma hora dessas. – Ela pega os cappuccinos com um sorriso de orelha a orelha. – E a gente vai sair esta noite.

– Que fantástico! – digo alegremente. – E aí, como ele é?

– Um amor. O nome dele é Phillip! Tem uns olhos lindos, brilhantes, e é realmente charmoso e educado, e tem um grande senso de humor...

– Ele parece incrível!

– Eu sei. Tenho uma sensação realmente boa com relação a ele. – O rosto de Katie reluz enquanto nos sentamos. – Tenho mesmo. Ele é diferente. E eu sei que isso parece estúpido, Emma... – Ela hesita. – Mas eu sinto que, de algum modo, você o *trouxe* para mim.

– Eu? – Encaro-a, boquiaberta.

– Você me deu confiança para falar com ele.

– Mas eu só disse...

– Você disse que sabia que eu ia conhecer alguém. Você teve fé em mim. E eu conheci! – Seus olhos começam a brilhar. – Desculpe – sussurra ela, e enxuga os olhos com um guardanapo. – Eu estou meio emocionada.

– Ah, Katie.

– Realmente acho que minha vida vai dar uma virada. Acho que vai melhorar. E tudo por sua causa, Emma!

– O que é isso, Katie – digo sem jeito. – Não foi nada.

– Não foi nada?! – Ela toma um gole. – Eu queria fazer uma coisa por você, em troca. – Ela remexe na bolsa e pega um grande pedaço de crochê laranja. – Fiz isso aqui ontem à noite. – Ela me olha cheia de expectativa. – É uma faixinha de cabeça.

Por alguns instantes não consigo me mexer. Uma faixinha de cabeça, de crochê.

– Katie – consigo falar por fim, virando-a com os dedos. – Verdade, você... você não precisava!

– Eu quis! Para agradecer. – Ela me olha, séria. – Especialmente depois de você ter perdido o cinto de crochê que eu lhe dei no Natal.

– Ah – digo, sentindo uma pontada de culpa. – É, sim. Foi... uma pena! – Engulo em seco. – Era um cinto lindo. Eu fiquei realmente chateada por ter perdido.

– Ah, que coisa! – Seus olhos se enchem de lágrimas mais uma vez. – Vou fazer um cinto novo também.

– Não! – digo, alarmada. – Não, Katie, não faça isso.

– Mas eu quero! – Ela se inclina para a frente e me dá um abraço. – Para isso é que servem os amigos!

PASSAM-SE MAIS vinte minutos antes de terminarmos o segundo cappuccino e voltarmos para o escritório. Quando chegamos ao prédio da Panther eu olho o relógio e vejo, com um susto, que ficamos trinta e cinco minutos fora.

– Não é incrível que a gente vai ganhar máquinas de café novas? – diz Katie enquanto subimos correndo a escada.

– Ah... é. Fantástico.

Meu estômago começou a revirar, só de pensar em olhar para Jack Harper de novo. Não me sinto tão nervosa desde que fiz a prova de clarinete no primeiro ano, quando o professor perguntou meu nome e eu caí no choro.

– Bem, vejo você depois – despede-se Katie quando chegamos ao primeiro andar. – E obrigada, Emma.

– Tudo bem – respondo. – Até logo.

Quando começo a andar pelo corredor na direção do departamento de marketing, percebo que minhas pernas não estão se movendo tão rapidamente quanto o normal. Na verdade, à medida que a porta se aproxima elas vão ficando mais lentas, e mais lentas... e mais lentas.

Uma das secretárias da contabilidade me ultrapassa com passos rápidos, de salto alto, e me lança um olhar estranho.

Ah, meu Deus. Não posso entrar aí.

Posso sim. Vai ficar tudo bem. Só vou me sentar muito quieta e continuar o trabalho. Talvez ele nem me note.

Isso! Quanto mais eu demorar, pior vai ser. Respiro fundo, fecho os olhos, dou alguns passos para entrar no departamento de marketing.

Há um tumulto em volta da mesa de Artemis, e nenhum sinal de Jack Harper.

– Bom, talvez ele vá repensar toda a empresa – está dizendo alguém.

– Ouvi um boato de que ele tem um projeto secreto...

Ele não pode centralizar completamente a função do marketing – está dizendo Artemis, tentando elevar a voz acima da dos outros.

– Onde está Jack Harper? – pergunto, tentando parecer casual.

– Foi embora – anuncia Nick, e eu sinto uma onda de alívio. Foi embora! Ele foi embora!

– Vai voltar?

– Acho que não. Emma, você já fez aquelas cartas para mim? Porque eu passei para você há três dias...

– Eu faço agora – digo, e rio para Nick.

Quando me sento à mesa, sinto-me leve como um balão. Chuto os sapatos para longe, animada, estendo a mão para a garrafa de Evian... e paro.

Há um pedaço de papel dobrado sobre o teclado, com "Emma" escrito numa letra que não reconheço.

Perplexa, olho em volta. Ninguém está me olhando, esperando eu achá-lo. Na verdade, ninguém parece ter notado. Estão todos ocupados demais falando de Jack Harper.

Lentamente desdobro o papel e olho o recado.

Espero que sua reunião tenha sido produtiva.

Os números sempre me dão um tremendo barato.
Jack Harper

Poderia ter sido pior. Poderia estar escrito "libere sua mesa".

Mesmo assim, fico totalmente tensa o restante do dia. Toda vez que alguém entra no departamento eu sinto um pequeno espasmo de pânico. E quando alguém começa a falar alto do lado de fora da porta sobre como "Jack disse que pode voltar ao marketing", eu considero seriamente a hipótese de me esconder no banheiro até ele sumir.

Às cinco e meia em ponto paro de digitar no meio de uma frase, desligo o computador e pego o casaco. Não vou esperar que ele reapareça. Praticamente corro escada abaixo, e só começo a relaxar quando estou em segurança do outro lado das grandes portas de vidro.

Pela primeira vez o metrô é milagrosamente rápido, e eu chego em casa em menos de vinte minutos. Quando abro a porta da frente do apartamento ouço um som estranho vindo do quarto de Lissy. Umas pancadas. Talvez ela esteja mudando os móveis de lugar.

– Lissy! – grito quando entro na cozinha. – Você não vai acreditar no que aconteceu hoje.

Abro a geladeira, pego uma garrafa de Evian e encosto na testa quente. Depois de um tempo abro a garrafa e tomo alguns goles, em seguida vou para o corredor de novo e vejo a porta de Lissy se abrindo.

– Lissy! – começo. – O que você estava...

E paro, quando, em vez de Lissy, um homem sai pela porta.

Um homem! Um cara alto e magro, com calça preta chique e óculos com armação de aço.

– Ah – digo perplexa. – É... oi.

– Emma! – exclama Lissy, seguindo-o para fora. Ela está usando uma camiseta sobre uma calça de malha cinza que eu nunca vi antes, está tomando um copo d'água e parece espantada em me ver. – Chegou cedo.

– Eu sei. Estava com pressa.

– Este é Jean-Paul – apresenta Lissy. – Jean-Paul, esta é minha colega, Emma.

– Olá, Jean-Paul – digo com um sorriso amigável.

– Prazer em conhecê-la, Emma – responde Jean-Paul, com sotaque francês.

Meu Deus, o sotaque francês é sensual. Puxa, é muito.

– Jean-Paul e eu estávamos... é... examinando algumas anotações de um processo – balbucia Lissy.

– Ah, certo – respondo, animada. – Que bom!

Anotações de processos. Claro. Porque isso realmente faria aquele som de batidas no quarto.

Lissy é uma sortuda!

– Preciso ir – desculpa-se Jean-Paul, olhando para Lissy.

– Eu levo você até a porta – responde ela, ruborizada.

Minha amiga desaparece pela porta da frente e eu ouço os dois murmurando no patamar.

Tomo mais uns goles de Evian, depois vou para a sala e me deixo cair pesadamente no sofá. Todo o meu corpo está dolorido por ficar sentada de modo tão tenso o dia inteiro. Isso é muito ruim para a minha saúde. Como é que vou sobreviver a uma semana inteira de Jack Harper?

– E aí? – exclamo quando Lissy volta para a sala. – O que está havendo?

– O que você quer dizer? – responde ela, esquivando-se.

– Você e Jean-Paul! Há quanto tempo vocês estão...

– Nós não estamos! – reage Lissy, ficando vermelha. – Não é... nós estávamos examinando anotações de processo. Só isso.

– Claro que estavam.

– Estávamos, sim! Era só isso!

– Certo – ergo as sobrancelhas. – Se você diz...

Algumas vezes Lissy fica assim, toda tímida e sem jeito. Vou fazer com que ela encha a cara uma hora dessas, e ela vai admitir.

– E então, como foi o seu dia? – devolve ela, sentando-se no chão e pegando uma revista.

Como foi meu dia?

Nem sei por onde começar.

– Meu dia... – digo finalmente. – Meu dia foi uma espécie de pesadelo.

– Sério? – Lissy levanta os olhos, surpresa.

– Não, esqueça isso. Foi *realmente* um pesadelo.

– O que aconteceu?

A atenção de Lissy está totalmente captada.

– Certo. – Respiro fundo e aliso o cabelo, imaginando como posso começar. – Lembra que eu tive aquele voo medonho para voltar da Escócia na semana passada?

– Lembro! – O rosto de Lissy se ilumina. – E Connor foi pegar você e foi tudo muito romântico...

– É. Bem. – Pigarreio. – Antes disso. No voo. Havia um... um homem sentado perto de mim. E o avião ficou realmente turbulento. – Mordo o lábio. – E o negócio é que eu achei que todo mundo ia morrer, e que ele era a última pessoa que eu ia ver na vida, e... eu...

– Ah, meu Deus! – Lissy aperta a mão na boca. – Você transou com ele!

– Pior. Contei a ele todos os meus segredos.

Estou esperando que Lissy fique boquiaberta, ou que diga alguma coisa simpática como "Ah, não!", mas ela só está me olhando com o rosto inexpressivo.

– Que segredos?

– Meus segredos. Você sabe.

Pela cara de Lissy, parece que eu falei que tenho uma perna artificial.

– Você tem *segredos*?

– Claro que eu tenho segredos! – exclamo. – Todo mundo tem alguns segredos.

– Eu não tenho! – diz ela imediatamente, parecendo ofendida. – Eu não tenho nenhum segredo.

– Tem, sim!

– Tipo o quê?

– Tipo... tipo... certo. – Começo a contar nos dedos. – Você nunca contou ao seu pai que foi você quem perdeu a chave da garagem naquela vez.

– Isso foi há séculos! – reclama Lissy, cheia de desprezo.

– Você nunca contou a Simon que esperava que ele pedisse você em casamento...

– Eu não esperava! – rebate Lissy, ficando vermelha. – Bem, certo, talvez eu estivesse esperando...

– Você acha que aquele vizinho sem graça é a fim de você...

– Isso não é *segredo*! – impacienta-se ela, revirando os olhos.

– Ah, certo. Então posso dizer a ele? – Inclino-me para a janela aberta. – Ei, Mike – grito. – Adivinha só. Lissy acha que você...

– Para! – grita Lissy freneticamente.

– Está vendo? Você tem segredos. Todo mundo tem. O *papa* provavelmente tem alguns segredos.

– Tudo bem, você me convenceu. Mas não entendo qual é o problema. Então você contou seus segredos a um cara no avião...

– E agora ele apareceu lá no trabalho.

– O quê? – Lissy me encara. – Sério? Quem é ele?

– É... – Estou para dizer o nome de Jack Harper quando me lembro da promessa que fiz. – É só um... um cara que foi lá para observar – digo vagamente.

– Ele tem cargo alto?

– Ele é... tem. Pode-se dizer que o cargo é bem alto.

– Cacete. – Lissy franze a testa, pensando por alguns instantes. – Bem, isso importa mesmo? Ele saber algumas coisas sobre você?

– Lissy, não foram só algumas coisas. – Sinto-me ruborizar ligeiramente. – Foi *tudo*. Eu disse a ele que menti sobre uma nota no currículo.

– Você mentiu sobre uma nota no currículo? – repete Lissy, chocada. – Está falando sério?

– Eu contei que ponho suco de laranja na planta de Artemis, contei que acho calcinha fio dental desconfortável...

Paro quando vejo Lissy me encarando, chocada.

– Emma – exclama ela finalmente –, você já *ouviu* a expressão "em boca fechada..."?

– Eu não *pretendia* dizer nada disso! – retruco, na defensiva. – A coisa foi saindo! Eu tinha tomado três vodcas e achei que a gente ia morrer. Honestamente, Lissy, você faria a mesma coisa. Todo mundo estava gritando, tinha gente rezando, o avião sacolejava feito um doido...

– Então você contou todos os seus segredos para o seu chefe.

– Mas no avião ele *não era* o meu chefe! – exclamo, frustrada. – Era só um estranho. Eu nunca mais iria vê-lo!

Há um silêncio enquanto Lissy absorve tudo.

– Sabe, é como o que aconteceu com minha prima – comenta ela finalmente. – Ela foi a uma festa, e ali, bem diante dela, estava o médico que tinha feito o seu parto dois meses antes.

– Ah. – Faço uma careta.

– Exato! Ela disse que ficou tão sem graça que teve que ir embora. Puxa, ele tinha visto tudo! Ela disse que, quando estava no hospital, isso não teve importância, mas quando o viu ali parado, segurando uma taça de vinho e conversando sobre valor de alguns imóveis, foi diferente.

– Bem, é a mesma coisa – continuo, desamparada. – Ele sabe todos os meus detalhes mais íntimos, mais pessoais. Mas a diferença é que eu não posso simplesmente ir embora! Tenho que ficar ali sentada e fingir que sou uma boa funcionária. E ele *sabe* que não sou.

– Então o que você vai fazer?

– Não sei! Acho que só posso tentar evitá-lo.

– Quanto tempo ele vai ficar?

– A semana toda – respondo, em desespero.

Pego o controle remoto, ligo a televisão, e por alguns instantes nós duas olhamos em silêncio para um punhado de modelos dançando com jeans da Gap.

O anúncio termina, eu ergo a cabeça de novo e vejo Lissy me olhando com curiosidade.

– O que é? O que é?

– Emma... – Ela pigarreia sem jeito. – Você não esconde nenhum segredo de *mim*, esconde?

– De *você*? – repito, ligeiramente surpresa.

Uma série de imagens relampeja rapidamente na minha cabeça. Aquele sonho estranho que eu tive uma vez, de que Lissy e eu éramos lésbicas. Aquelas vezes que eu comprei cenouras no supermercado e jurei que eram orgânicas. A vez que nós tínhamos 15 anos, ela foi para a França e eu saí com Mike Appleton, por quem ela era totalmente louca, e nunca contei a ela.

– Não! Claro que não! – respondo, e rapidamente tomo um gole d'água. – Por quê? Você esconde algum segredo de mim?

Dois pontos cor-de-rosa aparecem nas bochechas de Lissy.

– Não, claro que não! – repete ela numa voz falsa. – Eu só estava... imaginando. – Ela pega o guia da TV e começa a folheá-lo, evitando meu olhar. – Você sabe. Só por curiosidade.

– É, bem. – Dou de ombros. – Eu também.

Uau. Lissy tem um segredo. Qual será?

Claro. Como se ela realmente estivesse examinando anotações de processos com aquele cara. Será que ela acha que sou imbecil?

8

Chego ao trabalho na manhã seguinte com exatamente um objetivo: evitar Jack Harper.

Deve ser bem fácil. A Corporação Panther é uma empresa gigantesca num prédio gigantesco. Hoje ele vai estar ocupado em outros departamentos. Deve ficar preso em um monte de reuniões. Passar o dia inteiro no sétimo andar, ou sei lá o quê.

Mesmo assim, enquanto me aproximo das grandes portas de vidro, meu passo fica mais lento e eu me pego espiando para dentro do prédio, tentando ver se ele está por ali.

– Tudo bem, Emma? – pergunta Dave, o segurança, vindo abrir a porta para mim. – Você parece perdida.

– Tudo bem, obrigada! – Dou um risinho relaxado, com o olhar saltando para saguão.

Não o vejo em lugar algum. Certo. Vai ficar tudo bem. Ele nem deve ter chegado. Talvez nem venha hoje. Jogo o cabelo para trás, cheia de confiança, atravesso rapidamente o piso de mármore e começo a subir a escada.

– Jack! – ouço de repente enquanto me aproximo do primeiro andar. – Você tem um minuto?

– Claro.

É a voz dele. Onde, afinal de contas...

Viro-me, perplexa, e o vejo no patamar acima, conversando com Graham Hillingdon. Meu coração dá um pulo gigantesco e eu agarro o corrimão. Merda. Se ele olhasse para baixo agora iria me ver.

Por que ele tem que ficar parado *ali*? Não tem alguma sala importante para visitar?

Deixa pra lá. Não importa. Eu só vou... fazer um caminho diferente. Muito devagar, recuo alguns degraus da escada, tentando não fazer barulho com os saltos dos sapatos no mármore nem me mover de repente, para não atrair a atenção dele. Moira, da contabilidade, passa enquanto eu desço de costas e me lança um olhar estranho, mas não me importo. Tenho que sair.

Assim que estou longe da vista dele, relaxo e desço mais rapidamente até o saguão. Vou de elevador. Atravesso sem problema, cheia de confiança, e estou bem no meio daquela vastidão de mármore quando congelo.

– Isso mesmo.

É a voz dele de novo. E parece estar ficando mais próxima. Ou será que estou paranoica?

– ... acho que vou dar uma olhada...

Minha cabeça se vira. Onde ele está agora? Em que direção está indo?

– ... realmente acho que...

Merda. Ele está descendo a escada. Não há onde me esconder!

Sem pensar duas vezes eu quase corro até as portas de vidro, empurro-as e saio correndo do prédio. Desço os degraus rapidamente, corro uns 100 metros pela rua e paro, ofegando.

Isso não está indo bem.

Fico parada na calçada durante alguns minutos, sob o sol da manhã, tentando avaliar quanto tempo ele vai ficar no saguão, depois me aproximo de novo, cautelosamente, das portas de vidro. Nova tática. Vou andar até minha sala tão incrivelmente depressa que não vou atrair o olhar de ninguém, de modo que não importará se eu passar por Jack Harper ou não. Vou simplesmente caminhar sem olhar para a direita ou para a esquerda e, ah, meu Deus, ali está ele, falando com Dave.

Sem pensar direito, pego-me correndo de novo escada abaixo e rua afora.

Isso está ficando ridículo. Não posso ficar aqui na rua o dia inteiro. Tenho que chegar à minha mesa. Qual é, pense. Deve haver um modo. Deve haver...

Sim! Tenho uma ideia totalmente brilhante. Isso vai, com certeza, dar certo.

Três minutos depois me aproximo outra vez das portas do edifício Panther, totalmente imersa numa matéria do *The Times*. Não consigo ver nada em volta. E ninguém pode ver minha cara. É o disfarce perfeito!

Empurro a porta com o ombro, atravesso o saguão e subo a escada, tudo sem levantar a cabeça. Enquanto sigo pelo corredor em direção ao departamento de marketing, sinto-me isolada num casulo, segura, enterrada no meu *Times*. Eu deveria fazer isso com mais frequência. Ninguém pode me incomodar aqui. É uma sensação realmente tranquilizadora, quase como se eu fosse invisível ou...

– Ai! Desculpe!

Dei uma trombada em alguém. Merda. Baixo o jornal e vejo Paul me olhando, coçando a cabeça.

– Emma, que porra você está fazendo?

– Só estava lendo o *Times* – respondo debilmente. – Desculpe.

– Certo. Bom, e onde você estava? Quero que faça chá e café para a reunião do departamento. Dez horas.

– Chá e café? – pergunto, perplexa.

Em geral, nada é servido nas reuniões do departamento. Na verdade, só aparecem umas seis pessoas.

– Hoje teremos chá e café. E biscoito. Certo? Ah, e Jack Harper vem.

– O quê? – encaro-o consternada.

– Jack Harper vem – repete Paul, impaciente. – Então ande logo.

– Eu preciso ir? – falo antes que consiga me controlar.

– O quê? – Paul me encara com a testa franzida.

– Eu só estava pensando se eu... tenho que ir ou se... – paro debilmente.

– Emma, se você conseguir servir chá e café por telepatia – ironiza Paul –, pode perfeitamente ficar na sua mesa. Se não, poderia fazer a gentileza de se mexer e ir até a sala de reuniões? Sabe, para alguém que quer subir na carreira... – Ele balança a cabeça e se afasta.

Como esse dia já pode ter dado tão errado se eu ainda nem me sentei?

LARGO A BOLSA e o casaco na mesa, volto depressa pelo corredor até os elevadores e aperto o botão para subir. Um instante depois, um deles faz um *ping* na minha frente e a porta se abre.

Não. Não.

Isso é um pesadelo.

Jack Harper está parado sozinho no elevador, vestindo uma calça jeans velha e um suéter de caxemira marrom.

Antes que eu consiga evitar, dou um passo assustado para trás. Jack Harper guarda o celular, inclina a cabeça para o lado e me lança um olhar interrogativo.

– Você vai entrar no elevador? – pergunta em tom gentil.

Estou paralisada. O que posso dizer? Não posso dizer: "Não, eu só apertei o botão de brincadeirinha, ha-ha-ha!"

– Vou – respondo finalmente, e entro no elevador com as pernas rígidas. – Vou sim.

A porta se fecha, e nós começamos a subir em silêncio. Sinto um frio na barriga de nervoso.

– Humm, Sr. Harper – digo sem jeito, e ele levanta os olhos. – Eu só queria pedir desculpas por meu... pelo, é... episódio do outro dia. Isso não vai acontecer de novo.

– Agora você tem um café bebível – observa Jack Harper, erguendo as sobrancelhas. – Não precisa mais ir ao Starbucks.

– Eu sei. Sinto muito, de verdade – digo, com o rosto quente. – E posso garantir que foi a última vez que eu fiz uma coisa dessas. – Pigarreio. – Eu me sinto totalmente comprometida com a Corporação Panther, e estou ansiosa para servir a essa empresa do melhor modo possível, dando 100 por cento de mim, todo dia, agora e no futuro.

Quase quero acrescentar "Amém".

– Ah, sim. – Jack me olha, com a boca se repuxando. – Isso é... ótimo. – Ele pensa um momento. – Emma, você consegue guardar um segredo?

– Sim – respondo, apreensiva. – O que é?

Jack chega perto e sussurra:

– Eu também costumava dar uma escapadas.

– O quê? – Encaro-o.

– No meu primeiro emprego – continua ele em voz normal. – Eu tinha um amigo com quem gostava de ficar conversando.

A gente tinha um código também. – Seus olhos brilham. – Um pedia ao outro para trazer a pasta do Leopold.

– O que havia na pasta do Leopold?

– Ela não existia. – Ele ri. – Era só uma desculpa para sair da mesa.

– Ah. Ah, certo!

De repente me sinto um pouquinho melhor.

Jack Harper dava umas *escapadas*? Eu achava que o cara era ocupado demais sendo um gênio criativo dinâmico ou seja lá o que ele for.

O elevador para no terceiro andar e a porta se abre, mas ninguém entra.

– Então, seus colegas parecem ser um grupo bem agradável – comenta Jack enquanto começamos a subir de novo. – Uma equipe muito amigável e trabalhadora. Eles são assim o tempo todo?

– Sem dúvida! – confirmo prontamente. – Nós gostamos de cooperar mutuamente, num esforço integrado, de equipe... humm... operacional... – Estou tentando pensar em outra palavra longa quando cometo o erro de captar seu olhar.

Ele *sabe* que isso é babaquice, não sabe?

Ah, meu Deus. De que adianta?

– Tudo bem. – Encosto-me na parede do elevador. – Na vida real a gente não se comporta nem um pouco assim. Em geral Paul grita comigo seis vezes por dia, e Nick e Artemis se odeiam, e a gente não fica sentada discutindo literatura. Todos nós estávamos fingindo.

– Impressionante. – A boca de Jack faz uma careta. – A atmosfera no departamento administrativo também me pareceu muito falsa. Minhas suspeitas cresceram quando dois empregados começaram espontaneamente a cantar a música da Corporação Panther. Eu nem sabia que *havia* uma música da Corporação Panther.

– Nem eu – exclamo, surpresa. – Ela é boa?

– O que você acha? – Ele ergue as sobrancelhas comicamente, e eu dou um risinho.

É bizarro, mas a atmosfera entre nós nem de longe é incômoda. Na verdade, quase parece que somos velhos amigos ou sei lá o quê.

– Que tal esse Dia da Família na Empresa? Está ansiosa por ele?

– Tanto quanto para extrair um dente – digo, sem rodeios.

– Foi o que eu achei. – Ele balança a cabeça, parecendo achar divertido. – E o que... – Jack Harper hesita. – O que as pessoas acham de mim? – Ele bagunça casualmente o cabelo. – Não precisa responder, se não quiser.

– Não, todo mundo gosta de você! – Penso alguns instantes. – Se bem que... algumas pessoas acham seu amigo meio assustador.

– Quem, Sven? – Jack me encara um minuto, depois inclina a cabeça para trás e dá uma gargalhada. – Posso garantir, Sven é um dos meus amigos mais antigos e mais íntimos e não é nem um pouco assustador. Na verdade...

Ele para quando o elevador emite um *ping*. Nós dois retomamos as expressões impassíveis e nos afastamos ligeiramente. A porta se abre, e meu estômago dá uma cambalhota.

Connor está parado do outro lado.

Quando vê Jack Harper, seu rosto se ilumina, como se não pudesse acreditar na sorte.

– Oi – digo, tentando parecer natural.

– Oi – responde ele, com os olhos brilhando de empolgação, e entra no elevador.

– Olá – cumprimenta Jack em tom agradável. – Para que andar você vai?

– Nono, por favor. – Connor engole em seco. – Sr. Harper, será que posso me apresentar rapidamente? – Ele estende a mão, ansioso. – Connor Martin, do departamento de pesquisa. O senhor vai visitar nosso setor mais tarde, ainda hoje.

– É um prazer conhecê-lo, Connor – retribui Jack com gentileza. – A pesquisa é vital para uma empresa como a nossa.

– O senhor está certíssimo! – Connor se empolga. – Na verdade, eu estou ansioso para discutir com o senhor as últimas descobertas da pesquisa sobre as roupas esportivas Panther. Nós chegamos a alguns resultados fascinantes relativos às preferências dos clientes sobre a espessura dos tecidos. O senhor vai ficar surpreso!

– Tenho... certeza que sim – diz Jack. – Estou ansioso.

Connor me dá um riso empolgado.

– O senhor já conhece Emma Corrigan, do nosso departamento de marketing? – pergunta ele.

– Sim, nós já nos conhecemos. – Os olhos de Jack brilham para mim.

Seguimos por alguns segundos num silêncio incômodo.

Isso é esquisito.

Não. Não é esquisito. Está tudo bem.

– Que horas devem ser? – indaga Connor. Ele olha para o relógio e, num ligeiro horror, vejo o olhar de Jack acompanhando-o.

Ah, meu Deus.

... eu dei a ele um relógio lindo, mas ele insiste em usar um negócio digital laranja...

– Espere um minuto! – diz Jack, com o ar de percepção em seu rosto. Ele encara Connor como se o visse pela primeira vez. – Espera um minuto. Você é o Ken.

Ah, não.

Ah não, ah não, ah não, ah não, ah não...

– É Connor – corrige Connor, perplexo. – Connor Martin.

– Desculpe! – Jack bate com a mão na testa. – Connor. Claro. E vocês dois... – ele sinaliza para mim – ... são namorados?

Connor parece desconfortável.

– Posso garantir, senhor, que no trabalho nosso relacionamento é estritamente profissional. Mas, num contexto particular, Emma e eu estamos... sim, tendo um relacionamento.

– Maravilhoso! – exclama Jack em tom encorajador, e Connor ri de orelha a orelha, como uma flor se abrindo ao sol.

– De fato – acrescenta com orgulho –, Emma e eu acabamos de decidir que vamos morar juntos.

– É mesmo? – Jack me lança um olhar de surpresa genuíno. – É... uma ótima notícia. Quando tomaram essa decisão?

– Só há dois dias – revela Connor. – No aeroporto.

– No aeroporto – ecoa Jack Harper depois de um curto silêncio. – Muito interessante.

Não posso olhar para ele. Estou encarando desesperadamente o chão. Por que essa porcaria de elevador não se move mais rápido?

– Bem, tenho certeza de que vocês serão muito felizes juntos – diz Jack Harper a Connor. – Vocês parecem muito compatíveis.

– Ah, nós somos! – confirma Connor imediatamente. – Para começar, nós dois adoramos jazz.

– Sério? – diz Jack, pensativo. – Sabe, não consigo pensar numa coisa mais legal no mundo do que compartilhar o amor pelo jazz.

Ele está de sacanagem. Isso é insuportável.

– Verdade? – diz Connor, ansioso.

– Sem dúvida. Eu diria que o jazz e... os filmes de Woody Allen.

– Nós adoramos os filmes do Woody Allen! – empolga-se Connor, num deleite fascinado. – Não é, Emma?

– É – digo meio rouca. – É, sim.

– Bom, Connor, diga – começa Jack em tom confidencial. – Algum dia você já achou...

Se ele disser "o ponto G de Emma" eu morro. Eu morro. Eu *morro.*

– ... que a presença de Emma aqui pode ser uma distração? Porque eu acharia! – Jack dá a Connor um sorriso amigável, mas Connor não ri de volta.

– Como eu disse, senhor – responde ele, meio rígido – no trabalho Emma e eu atuamos numa base estritamente profissional. Nós nunca sonharíamos em abusar do tempo da empresa com... objetivos pessoais. – Ele fica vermelho. – Quer dizer, com objetivos, eu não quero dizer... eu quis dizer...

– Fico feliz em ouvir isso – diz Jack, parecendo se divertir.

Meu Deus, por que Connor tem que ser um cara tão *bonzinho*?

O elevador solta outro *ping*, e eu sinto o alívio tomar meu corpo. Graças a Deus, finalmente posso dar o fora...

– Olha, parece que vamos todos para o mesmo lugar – observa Jack Harper com um riso. – Connor, não quer ir na frente?

NÃO AGUENTO ISSO. Simplesmente não aguento. Enquanto sirvo xícaras de chá e café para os membros do departamento de marketing, estou calma por fora, sorrindo para todo mundo e até batendo papo de um modo agradável. Mas por dentro estou atordoada e confusa. Não quero admitir, mas ter visto Connor pelos olhos de Jack me abalou.

Eu amo Connor, fico repetindo e repetindo. Nada que falei no avião foi sério. Eu o amo. Olho o rosto dele, tentando me reconfortar. Não há dúvida. Connor é bonito segundo qualquer padrão. Reluz de tão saudável. O cabelo é brilhante, os olhos, azuis, e ele tem uma covinha lindíssima quando ri.

Jack Harper, por outro lado, parece meio cansado e desarrumado. Tem olheiras e o cabelo se espalha por todo lado. *E* há um buraco na calça jeans dele.

Mas mesmo assim. É como se ele tivesse algum tipo de ímã. Estou sentada aqui, com toda a atenção no carrinho de chá, e no entanto, não consigo tirar os olhos dele.

É por causa do avião, fico dizendo a mim mesma. É só porque nós estivemos juntos numa situação traumática; é por isso Não há outro motivo.

– Nós precisamos de criatividade para solucionar este problema, gente – está dizendo Paul. – A Barra Panther simplesmente não está tendo o desempenho que deveria. Connor, você tem as últimas estatísticas da pesquisa?

Connor se levanta e eu sinto um tremor de apreensão por ele. Dá para ver que ele está bastante nervoso, pelo modo como fica repuxando os punhos da camisa.

– Isso mesmo, Paul. – Connor pega uma prancheta e pigarreia. – Na nossa última pesquisa, mil adolescentes responderam a perguntas sobre aspectos da Barra Panther. Infelizmente os resultados foram inconclusivos.

Connor aperta seu controle remoto. Um gráfico aparece na tela atrás dele, e todos olham obedientemente.

– Setenta e quatro por cento dos jovens entre 10 e 14 anos acham que a textura poderia ser mais macia – recita Connor, sério. – Mas 67 por cento dos jovens entre 15 e 18 anos acham que a textura poderia ser mais crocante, ao passo que 22 por cento acharam que poderia ser *menos* crocante...

Olho por cima do ombro de Artemis e vejo que ela escreveu "macia/crocante??" em seu caderno.

Connor aperta o controle remoto de novo, e outro gráfico aparece.

– Bom, 46 por cento dos jovens entre 10 e 14 anos acharam o sabor muito ácido. Mas 33 por cento dos jovens entre 15 e 18 anos acharam que não era suficientemente ácido, ao passo que...

Ah, meu Deus. Eu sei que é o Connor. E eu o amo e tudo. Mas ele não pode fazer com que esse negócio pareça um pouquinho mais *interessante*?

Olho e vejo que Jack Harper está percebendo isso, e ele ergue as sobrancelhas para mim. Imediatamente fico vermelha, sentindo-me desleal.

Ele vai pensar que eu estava rindo do Connor. E não estava. Não estava.

– E 90 por cento das adolescentes prefeririam que as calorias fossem reduzidas – conclui Connor. – Mas a mesma proporção também gostaria de uma cobertura de chocolate mais grossa. – Ele dá de ombros, desamparado.

– Eles não sabem o que querem – comenta alguém.

– Nós entrevistamos uma ampla gama de adolescentes – informa Connor – incluindo caucasianos, afro-caribenhos, asiáticos e... é... – ele olha o papel. – Cavaleiros Jedi.

– Adolescentes! – exclama Artemis, revirando os olhos.

– Lembre-nos brevemente quem é nosso público-alvo, Connor – pede Paul, franzindo a testa.

– Nosso público-alvo... – Connor consulta outra prancheta – tem idade entre 10 e 18 anos, frequenta a escola em horário integral ou parcial. Bebe Panther Cola quatro vezes por semana, come hambúrgueres três vezes por semana, vai ao cinema duas vezes por semana, lê revistas e histórias em quadrinhos, mas não livros, provavelmente concorda com a opinião de que "é mais importante ser maneiro do que rico"... – Ele ergue os olhos. – Devo continuar?

– Eles comem torrada no café da manhã? – pergunta alguém, pensativamente. – Ou cereal?

– Eu... não tenho certeza – responde Connor, folheando rapidamente suas páginas. – Nós poderíamos pesquisar mais um pouco.

– Acho que temos o quadro geral – conclui Paul. – Alguém tem alguma ideia sobre isso?

Esse tempo todo eu estive juntando coragem para falar, agora respiro fundo.

– Sabe, meu avô gosta à beça das Barras Panther! – exclamo.

Todo mundo gira as cadeiras para me olhar, e eu sinto o rosto esquentando.

– Que relevância ele tem? – indaga Paul, franzindo a testa.

– Eu só pensei que poderia... – engulo em seco. – Talvez poderia perguntar o que ele acha...

– Com todo o respeito, Emma – comenta Connor, com um sorriso que beira o paternalismo –, seu avô não faz parte do nosso público-alvo!

– A não ser que ele tenha começado muito novo – zomba Artemis.

Fico vermelha, sentindo-me estúpida, e finjo estar arrumando os saquinhos de chá.

Para ser sincera, estou me sentindo meio magoada. Por que Connor precisou dizer aquilo? Sei que ele quer ser todo profissional e certinho quando está no trabalho. Mas isso não significa ser mau, não é? Eu sempre o defendo.

– Meu ponto de vista – propõe Artemis – é que se a Barra Panther não está tendo um bom desempenho, nós deveríamos acabar com ela. É obviamente um problema.

Ergo os olhos em ligeira consternação. Eles não podem acabar com a Barra Panther! O que vovô vai levar para os torneios de boliche?

– Sem dúvida uma reforma de marca totalmente baseada nos custos... – começa alguém.

– Discordo. – Artemis se inclina para a frente. – Se quisermos maximizar nossa inovação de conceito de modo funcional e logístico, certamente precisamos nos concentrar em nossas competências estratégicas...

– Com licença – Jack Harper levanta a mão.

É a primeira vez que ele fala, e todo mundo se vira para olhar. Há um tremor de expectativa no ar, e Artemis fica toda presunçosa.

– Sim, Sr. Harper?

– Não faço a mínima ideia do que você está falando – observa.

Toda a sala reverbera em choque, e eu dou um risinho, mesmo sem querer.

– Como vocês sabem, eu estou fora da arena dos negócios há um tempo. – Ele sorri. – Poderia traduzir o que você disse para uma linguagem normal?

– Ah – exclama Artemis, desconcertada. – Bem, eu estava simplesmente dizendo que, segundo um ponto de vista estratégico, não obstante nossa visão corporativa... – ela vai parando, diante da expressão dele.

– Tente de novo – sugere Jack Harper com gentileza. – Sem usar a palavra estratégico.

– Ah – repete Artemis, e coça o nariz. – Bem, eu só estava dizendo que... nós deveríamos... nos concentrar no... que fazemos bem.

– Ah! – Os olhos de Jack Harper reluzem. – Agora entendi. Por favor, continue.

Ele me olha, revira os olhos e ri, e não consigo conter um risinho de volta.

DEPOIS DA REUNIÃO as pessoas vão saindo da sala, ainda falando, e eu rodeio a mesa, pegando xícaras de café.

– Foi bom conhecê-lo, Sr. Harper – posso ouvir Connor dizendo, ansioso. – Se quiser uma transcrição de minha apresentação...

– Sabe, acredito que não será necessário – devolve Jack naquela voz seca e enigmática. – Acho que captei mais ou menos o sentido geral.

Ah, meu Deus. Connor não *percebe* que está pegando pesado?

Equilibro as xícaras em pilhas mal-arrumadas sobre o carrinho, depois começo a recolher as embalagens de biscoito.

– Bom, eu tenho que ir ao estúdio gráfico daqui a pouco – está dizendo Jack Harper –, mas não lembro onde é...

– Emma! – diz Paul, rapidamente. – Pode mostrar o estúdio gráfico ao Jack? Mais tarde você pode limpar o restante da mesa.

Congelo, segurando uma embalagem laranja.

Por favor, chega.

– Claro – consigo dizer finalmente. – Será um... prazer. Por aqui.

Sem jeito, eu saio com Jack Harper da sala de reuniões e começamos a andar pelo corredor, lado a lado. Meu rosto está pinicando ligeiramente enquanto as pessoas tentam não nos encarar, e percebo que todo mundo no corredor se transforma em robôs sem graça assim que o vê. Pessoas nas salas adjacentes se cutucam empolgadas, e eu ouço pelo menos alguém sibilando:

– Ele está vindo!

É assim em todo lugar aonde Jack Harper vai?

– Então – ele me dirige em tom casual depois de um tempo. – Você vai morar com o Ken.

– É *Connor* – corrijo. – E vou, sim.

– Está ansiosa por isso?

– Sim. Sim, estou.

Chegamos aos elevadores e eu aperto o botão. Posso sentir seu olhar enigmático em mim. Posso *sentir.*

– O que foi? – pergunto na defensiva, virando-me para olhá-lo.

– Eu disse alguma coisa? – Ele ergue as sobrancelhas. Quando vejo a expressão em seu rosto, me sinto atingida. O que ele sabe?

– Sei o que você está pensando – digo, levantando o queixo em desafio. – Mas está errado.

– Eu estou errado?

– Está! Você... apreendeu mal.

– *Apreendi mal*?

Parece que ele quer rir, e uma vozinha na minha cabeça me manda parar. Mas não consigo. Tenho que explicar.

– Olha. Eu sei que posso ter feito alguns... comentários no avião – começo, juntando os braços com força à lateral do corpo. – Mas o que você precisa saber é que aquela conversa aconteceu numa situação difícil, em circunstâncias extremas, e eu disse um monte de coisas que não eram verdade. Realmente, um monte de coisas!

Pronto! Agora está claro.

– Sei – responde Jack, pensativo. – Então... você *não* gosta de sorvete *Häagen-Dazs* sabor chocolate com pedacinhos de chocolate.

Olho-o, surpresa.

– Eu... – Pigarreio várias vezes. – Algumas coisas, obviamente, *eram* verdade...

O elevador emite um *ping*, e nós dois levantamos a cabeça bruscamente.

– Jack! – exclama Cyril, parado do outro lado da porta. – Eu fiquei me perguntando onde você estava.

– Eu estava tendo uma boa conversa com a Emma. Ela fez a gentileza de me mostrar o caminho.

– Ah. – O olhar de Cyril passa sobre mim, sem dar importância. – Bem, eles estão esperando você no estúdio.

– Então, humm... eu vou indo – respondo, sem jeito.

– Vejo você mais tarde – diz Jack, rindo. – Foi bom conversar com você, Emma.

9

Quando saio do escritório naquela tarde sinto-me toda agitada, como um daqueles globos de vidro com neve dentro. Eu estava perfeitamente feliz sendo um povoadozinho comum e sem graça dentro do globo de vidro. Mas agora que Jack Harper veio e me sacudiu, há flocos de neve por toda parte, girando em redemoinhos, sem saber mais o que pensar.

E pedaços de purpurina também. Pedacinhos minúsculos de empolgação brilhante, secreta.

Cada vez que capto o olhar ou a voz dele, é como um dardo no peito.

O que é ridículo. Ridículo.

Connor é o meu namorado. Connor é o meu futuro. Ele me ama, eu o amo e vou morar com ele. E vamos ter pisos de madeira, janelas com venezianas e bancadas de granito. Pronto.

Pronto.

Chego em casa e encontro Lissy de joelhos na sala de estar, ajudando Jemima a se enfiar no vestido de camurça preto mais justo que eu já vi na vida.

– Uau! – exclamo quando largo a bolsa. – Que incrível!

– Pronto – ofega Lissy, e se senta sobre os calcanhares. – O zíper está fechado. Você consegue respirar?

Jemima não move um músculo. Lissy e eu nos entreolhamos.

– Jemima! – insiste Lissy, alarmada. – Você consegue respirar?

– Mais ou menos – responde ela, por fim. – Vou ficar bem. – Muito devagar, com o corpo totalmente rígido, ela anda pé ante pé até sua bolsa Louis Vuitton numa poltrona.

– O que acontece se você precisar ir ao banheiro? – eu a encaro.

– Ou se for para a casa dele? – Lissy deixa escapar um risinho.

– É só o nosso segundo encontro! Eu não vou para a casa dele! – diz Jemima, horrorizada. – Esse não é o jeito de... – ela luta para respirar – ... colocar uma pedra no dedo.

– Mas e se vocês ficarem cheios de tesão um pelo outro?

– E se ele agarrar você no táxi?

– Ele não é *assim* – rebate Jemima revirando os olhos. – Por acaso ele é o primeiro-subsecretário-assistente do secretário do Tesouro.

Encontro o olhar de Lissy e não consigo evitar, dou um riso fungado.

– Emma, não ria – pede Lissy na maior cara de pau. – Não há nada de errado em ser secretário. Ele pode subir na carreira, conseguir algumas qualificações...

– Ha-ha-ha, muito engraçado – exclama Jemima, irritada. – Sabem, um dia ele vai ser nomeado cavaleiro. Aí acho que vocês não vão rir.

– Ah, eu espero rir, sim – rebate Lissy. – Mais ainda. – De repente ela se concentra em Jemima, que ainda está parada junto à poltrona, tentando pegar a bolsa. – Ah, meu Deus! Você nem consegue pegar a bolsa, não é?

– Consigo! – geme Jemima, fazendo um último esforço desesperado para dobrar o corpo. – Claro que consigo. Pronto! – Ela prende a alça na ponta de uma de suas unhas de acrílico e joga a bolsa de modo triunfante no ombro. – Estão vendo?

– E se ele sugerir dançar? – pergunta Lissy, marota. – O que você vai fazer?

Um olhar de pânico atravessa o rosto de Jemima, e depois desaparece.

– Não vai – responde cheia de desprezo. – Os ingleses nunca sugerem dançar.

– Muito bem lembrado. – Lissy ri. – Divirta-se.

Quando Jemima desaparece pela porta, eu me afundo no sofá e pego uma revista. Olho para Lissy, mas ela está olhando para a frente, com um ar de preocupação.

– Condicional! – exclama ela de súbito. – Claro! Como é que eu pude ser tão *idiota*?

Lissy procura alguma coisa debaixo do sofá, pega várias palavras cruzadas antigas de jornal e começa a procurar entre elas.

Sinceramente. Como se uma advogada de ponta não usasse sua capacidade cerebral suficiente, Lissy passa todo o tempo resolvendo palavras cruzadas e charadas que pega com os colegas da sociedade nerd de gente extrainteligente. (O *nome* não é esse, claro. É algo do tipo "Mental – para pessoas que gostam de pensar". E embaixo mencionam casualmente que você precisa ter QI 600 para fazer parte.)

E, se não consegue resolver uma palavra, ela não joga o papel fora, dizendo "que jogo estúpido!", como eu faria. Ela guarda. E uns três meses depois descobre de repente a resposta. E fica em êxtase! Só porque coloca a última palavra nos quadrados.

Lissy é minha amiga mais antiga, e eu a adoro de verdade Mas algumas vezes *realmente* não a entendo.

– O que é? – pergunto enquanto ela escreve a resposta. – Alguma palavra cruzada de 1993?

– Ha-ha – responde ela, distraída. – Então, o que você vai fazer esta noite?

– Eu pensei em ficar calminha em casa – digo, folheando a revista. – Na verdade eu poderia dar uma geral nas roupas – acrescento, e meu olhar se detém numa matéria intitulada "Arrumação essencial do guarda-roupa".

– Dar o quê?

– Eu pensei em dar uma geral para ver se tem algum botão faltando ou bainha solta – digo, lendo a matéria. – E escovar os casacos com uma escova de roupa.

– Você tem escova de roupa?

Então com uma escova de cabelo.

– Ah, certo. – Ela dá de ombros. – Ah, bem. Porque eu estava pensando se você não queria dar uma saída.

– Ah! – A revista cai no chão. – Aonde?

– Adivinha o que eu consegui.

Ela ergue as sobrancelhas me provocando, depois enfia a mão na bolsa. Muito lentamente pega um chaveiro grande e enferrujado, com uma chave de modelo Yale nova em folha.

– O que é isso? – começo, perplexa, e subitamente percebo. – Não!

– Sim! Eu entrei!

– Ah, meu Deus! Lissy!

– Eu sei! – Lissy ri de orelha a orelha. – Não é fabuloso?

A chave que minha amiga está segurando é a chave mais maneira do mundo. Ela abre a porta de um clube particular em Clerkenwell, que é completamente chique e impossível de se entrar.

E Lissy conseguiu!

– Lissy, você é a melhor do mundo!

– Não, não sou – exclama ela, satisfeita. – Foi o Jaspers, do meu trabalho. Ele conhece todo mundo do comitê.

– Bem, não importa quem foi. Estou tão impressionada!

Pego a chave e olho, num fascínio, mas não há nada nela. Nenhum nome, nem endereço, nem logotipo, nem nada. Parece a chave do barracão de ferramentas do meu pai, fico pensando. Mas obviamente muito, muitíssimo mais maneira, acrescento às pressas.

– Então, quem você acha que vai estar lá? – levanto a cabeça. – Você sabe, parece que Madonna é sócia. E Jude e Sadie! E aquele ator novo, lindíssimo, de *EastEnders*. Só que todo mundo diz que ele é gay...

– Emma – interrompe Lissy. – Você sabe que não há garantia de celebridades.

– Eu sei! – respondo, meio ofendida.

Sinceramente. Quem Lissy acha que eu sou? Sou uma londrina chique e sofisticada. Não fico empolgada com celebridades estúpidas. Eu só estava *mencionando*, só isso.

– Na verdade – acrescento depois de uma pausa —, provavelmente estraga a atmosfera quando tem um monte de gente famosa. Puxa, você consegue pensar em alguma coisa pior do que ficar numa mesa tentando ter uma conversa normal enquanto em volta há estrelas de cinema, supermodelos e.. cantores famosos...

Há uma pausa enquanto pensamos nisso.

– Então – sugere Lissy casualmente. – A gente podia ir se arrumando.

– Por que não? – respondo de modo igualmente casual.

NÃO QUE VÁ demorar muito. Bom, eu só vou enfiar uma calça jeans. E talvez lavar rapidamente o cabelo, o que ia fazer de qualquer modo.

E talvez uma máscara facial rapidinha.

Uma hora depois Lissy aparece na porta do meu quarto, vestida com jeans, uma blusa preta justa e o sapato alto Berti, que, como sei, sempre dá calo em seus pés.

– O que acha? – pergunta ela na mesma voz casual. – Quer dizer, eu realmente não fiz um grande esforço...

– Nem eu – digo, soprando a segunda camada de esmalte de unha. – Puxa, é só uma saída tranquila. Eu nem me incomodei com a maquiagem. – Ergo os olhos e encaro Lissy. – Isso aí é cílio postiço?

– Não! Quer dizer... é. Mas você não deveria notar. É chamado de look natural. – Ela vai ao espelho e abre e fecha as pálpebras, olhando-se preocupada. – Estão dando bandeira demais?

– Não! – eu a tranquilizo, e pego o pincel de blush.

Quando levanto os olhos de novo, Lissy está olhando meu ombro.

– O que é isso?

– O quê? – pergunto cheia de inocência, e toco o pequeno coração de *strass* na omoplata. – Ah, *isso*. É, é colado. Eu pensei em pôr, só de curtição.

Pego a blusa de frente única, amarro-a e enfio os pés nas botas de camurça pontudas. Comprei numa loja Sue Ryder há um ano, e estão meio usadas, mas no escuro nem dá para ver.

– Você acha que a gente exagerou? – preocupa-se Lissy quando paro ao lado dela, diante do espelho. – E se todo mundo estiver de jeans?

– Nós estamos de jeans!

– Mas e se eles estiverem de pulôver grosso e grande e a gente ficar parecendo umas bobas?

Lissy é sempre paranoica com o que os outros vão usar. Quando houve a primeira festa de Natal da empresa e ela não sabia se black tie significava vestido longo ou só blusas brilhantes, me obrigou a ir e ficar do lado de fora da porta com umas seis roupas diferentes dentro de bolsas, para poder trocar rapidamente. (Claro que o primeiro vestido que ela havia posto estava ótimo. Eu *disse* que estaria.)

– Ninguém vai estar de pulôver grosso e grande – asseguro. – Anda, vem.

– Não podemos! – Lissy olha o relógio. – É cedo demais.

– Podemos, sim. Podemos agir como se só estivéssemos tomando uma bebida rápida a caminho de *outra* festa de celebridades.

– Ah, sim. – Lissy se anima. – Legal. Vamos!

DEMORAMOS UNS quinze minutos para ir de ônibus de Islington a Clerkenwell. Lissy me guia por uma rua vazia perto do mercado Smithfield, cheio de armazéns e prédios de escritórios vazios. Depois viramos uma esquina, e outra, até estarmos num beco.

– Certo. – Lissy para sob a luz de um poste e consulta um papelzinho minúsculo. – O negócio fica escondido em algum lugar.

– Tem placa?

– Não. O objetivo é que ninguém, além dos sócios, saiba onde é. Você precisa bater na porta certa e perguntar por Alexander.

– Quem é Alexander?

– Não sei. – Lissy dá de ombros. – É o código secreto deles.

Código secreto! Isso está ficando cada vez mais legal. Enquanto Lissy estreita os olhos para um interfone na parede, olho preguiçosamente em volta. Esta rua é totalmente comum. Na verdade, é bem fuleira. Só filas de portas idênticas e janelas fechadas, e praticamente nenhum sinal de vida. Mas pense só. Escondida atrás desta fachada sem graça está toda a sociedade de celebridades de Londres!

– Oi, Alexander está aí? – enuncia Lissy, nervosa.

Há um momento de silêncio. Então, como se por mágica, a porta se abre com um estalo.

Ah, meu Deus. Isso é que nem Aladim. Olhando apreensivas uma para a outra, nós seguimos por um corredor iluminado, pulsando com música. Chegamos a uma porta lisa, de aço inoxidável, e Lissy pega sua chave. Quando a porta se abre, dou uma puxada rápida na blusa e ajeito casualmente o cabelo.

– Tudo bem – murmura Lissy. – Não olhe. Não fique encarando. Seja chique.

– Certo – murmuro de volta, e acompanho Lissy para a boate.

Quando ela mostra a carteira de sócia para uma garota numa mesa, fico olhando concentrada para suas costas, e ao entrarmos numa sala grande e pouco iluminada mantenho os olhos fixos no carpete bege. Não vou ficar boquiaberta para as celebridades. Não vou encarar. Não vou...

– Cuidado!

Ops. Eu estava tão ocupada olhando para o chão que trombei com Lissy.

– Desculpe – sussurro. – Onde vamos nos sentar?

Não ouso olhar em volta procurando um lugar vazio, para o caso de ver Madonna e ela achar que eu a estou encarando.

– Aqui – diz Lissy, apontando com um pequeno movimento de cabeça para uma mesa de madeira.

De algum modo conseguimos sentar, guardar as bolsas e pegar a lista de bebidas, o tempo todo olhando rigidamente uma para a outra.

– Você viu alguém? – murmuro.

– Não. E você?

– Não.

Abro o cardápio de bebidas e passo os olhos. Meu Deus, isso é uma tensão. Meus olhos estão começando a doer. Quero olhar em volta. Quero *ver* o lugar.

– Lissy – sibilo. – Vou dar uma olhada em volta.

– Verdade? – Lissy me encara, ansiosa, como se eu fosse Steve McQueen anunciando que vai passar pela cerca de arame farpado. – Bem... certo. Mas tenha cuidado. Seja *discreta*.

– Vou ser. Vou ser chique.

Certo. Lá vamos nós. Uma varredura rápida, sem ficar boquiaberta. Recosto-me na cadeira, respiro fundo e permito que os olhos percorram o salão, captando o máximo de detalhes o mais rápido possível. Luz fraca... um monte de sofás e poltronas roxas... dois caras de camiseta... três garotas de jeans e pulôver grosso, meu Deus, Lissy vai pirar... um casal sussurrando... um cara barbudo lendo *Private Eye*... e só.

Não pode ser.

Não pode estar certo. Onde está Robbie Williams? Onde estão Jude e Sadie? Onde estão as supermodelos?

– Quem você viu? – sibila Lissy, ainda olhando o cardápio de bebidas.

– Não sei – sussurro, insegura. – Talvez aquele cara barbudo seja algum ator famoso, não é?

Casualmente Lissy se vira na cadeira e olha.

– Acho que não – responde finalmente, virando-se de novo.

– Bem, e o cara de camiseta cinza? – proponho, e aponto esperançosa. – Não é de uma banda adolescente?

– Hum... não. Acho que não.

Há silêncio enquanto nos entreolhamos.

– Tem *alguém* famoso aqui? – pergunto por fim.

– Não há garantia de celebridades! – Lissy fica na defensiva.

– Eu sei! Mas você não acha...

– Oi! – Uma voz nos interrompe e olhamos em volta. Duas das garotas de jeans estão se aproximando da nossa mesa. Uma delas sorri nervosa para mim. – Espero que você não se incomode, mas minhas amigas e eu estávamos imaginando... você não é aquela que entrou agora no seriado *Hollyoaks*?

Ah, pelo amor de Deus.

ENFIM. NÃO ME importo. Nós não viemos aqui para ver celebridades metidas a besta cheirando cocaína e se exibindo. Só viemos tomar uma bebidinha juntas.

Pedimos daiquiris de morango e castanhas mistas de luxo (£4,50 por uma tigelinha. Nem *pergunte* quanto custa a bebida.) E, tenho que admitir, estou um pouquinho mais relaxada agora que sei que não há ninguém famoso para impressionar.

– Como vai o seu trabalho? – pergunto, tomando um gole.

– Ah, tudo bem. – Lissy dá de ombros vagamente. – Hoje eu vi o Fraudador de Jersey.

O Fraudador de Jersey é um cliente de Lissy que vive sendo acusado de fraude e apelando e – como Lissy é tão brilhante – sempre se safando numa boa. Num minuto está usando algemas, no outro aparece vestido com ternos feitos sob medida e levando-a para almoçar no Ritz.

– Ele tentou comprar um broche de diamante para mim – revela Lissy, revirando os olhos. – Estava com um catálogo da Asprey e ficou dizendo: "Este aqui é realmente incrível." E eu: "Humphrey, você está na prisão! Concentre-se!" – Ela balança a cabeça, toma um gole de sua bebida e levanta os olhos. – E... o seu homem?

Sei imediatamente que ela está falando de Jack, mas não quero admitir que foi ele que saltou na minha mente, por isso tento um olhar vazio e digo:

– Quem, Connor?

– Não, sua tonta! O seu estranho do avião. O que sabe tudo sobre você.

– Ah, *ele*. – Sinto um rubor vindo ao rosto e olho para meu porta-copo, feito de papel gravado em relevo.

– É, ele! Você conseguiu evitá-lo?

– Não. Ele não me deixa em paz, droga.

Paro quando um garçom coloca outros daiquiris de morango na mesa. Quando ele se afasta, Lissy me dá um olhar atento.

– Emma, você está a fim desse cara?

– Não, claro que eu não estou *a fim* dele – respondo, acalorada. – Ele só... me desconcerta, é isso. É uma reação completamente natural. Você sentiria o mesmo. De qualquer modo, está tudo bem. Eu só tenho de aguentar até sexta. Depois ele vai embora.

– E então você vai morar com o Connor. – Lissy toma um gole de seu daiquiri e se inclina para a frente. – Sabe, acho que ele vai pedir você em casamento!

Sinto uma pequena reviravolta no estômago, talvez só a bebida descendo, ou sei lá o quê.

– Você tem muita sorte – comenta Lissy, pensativa. – Sabe, ele colocou aquelas prateleiras no meu quarto no outro dia, sem que eu pedisse! Quantos homens fariam isso?

– Sei. Ele é simplesmente... fantástico. – Há uma pausa, e começo a picar meu descanso de copo em pedacinhos minúsculos. – Acho que a única *coisinha* é que ele não é mais tão romântico.

– Não se pode esperar que haja romantismo para sempre – objeta Lissy. – As coisas mudam. É natural tudo ficar um pouco mais estável.

– Ah, eu sei! Nós somos duas pessoas maduras e sensatas, e temos um relacionamento amoroso estável. O que, você sabe, é exatamente o que eu quero da vida. Só que... – pigarreio sem jeito. – Nós não temos mais feito sexo com *tanta* frequência...

– Esse é um problema comum nos relacionamentos de longo prazo – argumenta Lissy com jeito de quem sabe das coisas. – Você precisa colocar um tempero.

– Com o quê?

– Já tentou algemas?

– Não! Você já? – encaro Lissy, fascinada.

– Há muito tempo – diz ela dando de ombros, como se isso não fosse importante. – Não foi tão... Humm... por que não tentar fazer em algum lugar diferente? Tente no trabalho!

No trabalho! Bom, essa é uma boa ideia. Lissy é inteligente demais.

– Certo! Vou tentar isso.

Pego minha bolsa, tiro uma caneta e escrevo "transa/trabalho" na mão, perto de onde escrevi "querido".

De repente estou cheia de entusiasmo. Este é um plano brilhante. Vou transar com Connor no trabalho amanhã, e vai ser o melhor sexo que nós já tivemos, e a fagulha vai voltar, e vamos estar loucamente apaixonados de novo. Fácil. E isso vai mostrar a Jack Harper.

Não. Isso não tem nada a ver com Jack Harper. Não sei por que isso me escapou.

HÁ SOMENTE UM entrave para o meu plano. Não é tão fácil transar com o namorado no trabalho como a gente acha. Eu não tinha avaliado direito como tudo é *aberto* no nosso escritório. E quantas divisórias de vidro existem. E quantas pessoas, andando por ali o tempo todo.

Às 11 horas da manhã seguinte ainda não consegui estabelecer uma estratégia. Acho que tinha meio que visualizado transar atrás dc algum vaso dc planta. Mas quando olho para os vasos de plantas eles são minúsculos! E todas as plantas têm a copa alta. Não há como Connor e eu nos escondermos atrás de um, quanto mais arriscarmos algum... movimento.

Não pode ser nos banheiros. Os banheiros femininos sempre têm gente dentro, fazendo fofoca e retocando a maquiagem, e os dos homens... argh. De jeito nenhum.

Não podemos fazer na sala de Connor porque as paredes são de vidro e não há cortinas nem nada. Além disso as pessoas sempre ficam entrando e saindo para pegar coisas no arquivo dele.

Ah, isso é ridículo. As pessoas que têm casos devem fazer sexo no trabalho o tempo todo. Será que existe alguma sala secreta para transar, que eu não conheço?

Não posso enviar um e-mail para Connor e pedir sugestões, porque é crucial surpreendê-lo. O elemento-surpresa vai funcionar como um gigantesco estímulo, vai injetar tesão e romance na situação. Além disso, corro um pequeno risco: se eu avisá-lo, ele pode partir para a defesa da corporação e insistir que temos que tirar uma hora de licença sem vencimentos para transar, ou sei lá o quê.

Estou imaginando se podemos nos esgueirar para a escada de incêndio quando Nick sai da sala de Paul comentando alguma coisa sobre margens.

Minha cabeça se levanta bruscamente e eu sinto uma pontada de apreensão. Venho tentando juntar coragem para dizer a ele uma coisa desde aquela grande reunião de ontem.

– Ei, Nick – chamo quando ele passa pela minha mesa. – As Barras Panther são um produto seu, não são?

– Se é que são um produto – rebate ele, revirando os olhos.

– Eles vão parar de produzi-la?

– É mais do que provável.

– Bem, escute – começo. – Posso pegar um tiquinho de nada do orçamento de marketing e colocar um cupom numa revista?

Nick coloca as mãos nos quadris e me encara.

– Fazer o quê?

– Colocar um anúncio. Não vai ser muito caro, prometo. Ninguém nem vai notar.

– Onde?

– Na *Revista do boliche* – respondo, ruborizando ligeiramente. – Meu avô assina.

– Revista do *quê?*

– Por favor! Olha, você não tem que fazer nada. Eu resolvo tudo. Vai ser uma gota no oceano comparada com todos os anúncios que você publica. – Olho-o cheia de súplica. – Por favor... por favor...

– Ah, certo! – cede ele, impaciente. – O produto está morto mesmo.

– Obrigada! – Rio de orelha a orelha.

Depois, quando ele se afasta, pego o telefone e para o número de vovô.

– Ei, vovô! – exclamo depois do bipe da secretária eletrônica. – Eu vou colocar um cupom de desconto para as Barras Panther na *Revista do boliche*. Pode contar para os seus amigos! Vocês podem fazer um estoque pagando barato. A gente se vê, ok?

– Emma? – De repente a voz de vovô explode no meu ouvido. – Eu estou aqui! Só quero fazer triagem das ligações.

– Triagem? – ecoo, tentando não parecer surpresa demais. Vovô faz triagem das ligações?

– É o meu novo passatempo. Nunca ouviu falar? Você ouve os amigos deixando recado e morre de rir deles. Muito divertido. Bom, Emma, eu estava pensando em ligar para você. Vi uma notícia alarmante ontem, sobre assaltos com violência no centro de Londres.

De novo, não.

– Vovô...

– Prometa que não vai andar de transporte público em Londres, Emma.

– Eu, é... prometo – digo, cruzando os dedos. – Vovô, eu tenho que desligar, de verdade. Mas ligo de novo logo, logo. Amo você.

– Eu amo você também, querida.

Quando desligo o telefone sinto um pequeno calor de satisfação. Uma coisa está feita.

Mas e Connor?

– Vou ter que pegar no arquivo – ouço Caroline do outro lado da sala, e minha cabeça se levanta bruscamente.

A sala do arquivo. Claro. Claro! Ninguém vai à sala do arquivo a não ser em último caso. É lá no porão, e é toda escura, sem janelas, com montes de livros e revistas, e a gente acaba tendo que se arrastar no chão para achar o que quer.

Perfeito.

– Eu vou – ofereço, tentando parecer casual. – Se você quiser. O que você precisa achar?

– Você faz isso? – agradece Caroline. – Obrigada, Emma. É um velho anúncio numa revista já morta. A referência é esta... – Ela me entrega um pedaço de papel e eu sinto um arrepio de empolgação. Quando ela se afasta, seguro discretamente o telefone e ligo para Connor.

– Ei, Connor – minha voz está baixa e rouca. – Encontre comigo na sala do arquivo. Tenho uma coisa que quero mostrar.

– O que é?

– Lá eu mostro – digo, me sentindo a própria Sharon Stone. Rá! Sexo no trabalho, lá vou eu!

Sigo pelo corredor o mais rápido que posso, mas quando passo pela administração sou parada por Wendy Smith, que quer saber se eu gostaria de jogar no time de netball da empresa. Por isso demoro alguns minutos para chegar ao porão, e quando abro a porta Connor está ali parado, olhando o relógio.

Isso é irritante. Eu tinha planejado esperar por ele. Estaria sentada numa pilha de livros que teria construído rapidamente; com pernas cruzadas e a saia levantada de modo sedutor.

Ah, tudo bem.

– Oi – digo na mesma voz rouca.

– Oi – responde Connor, franzindo a testa. – Emma, o que foi? Eu estou superocupado hoje.

– Eu só queria ver você. Ver você todinho. – Fecho a porta com um gesto descontraído e passo o dedo pelo seu peito, como num comercial de loção pós-barba. – A gente nunca mais fez amor espontaneamente.

– O quê? – Connor me encara.

– Anda. – Começo a desabotoar sua camisa com uma expressão ardente. – Vamos fazer. Aqui, agora.

– Está *maluca*? – exclama Connor, tirando meus dedos e abotoando de novo a camisa. – Emma, nós estamos no trabalho!

– E daí? Somos jovens, apaixonados... – Desço a mão ainda mais, e os olhos de Connor se arregalam.

– Pare! – sibila ele. – Pare agora mesmo! Emma, você está bêbada?

– Eu só quero fazer sexo! É pedir muito?

– É pedir muito que a gente faça como pessoas normais?

– Mas a gente não *faz* nem na cama! Quero dizer, quase nunca!

Há um silêncio cortante.

– Emma – diz Connor finalmente. – Este não é o lugar nem a hora...

– É sim! Pode ser! É assim que a gente vai reacender a chama. Lissy falou...

– Você discutiu nossa vida sexual com Lissy? – Connor está perplexo.

– Obviamente eu não falei de *nós* – recuo depressa. – Nós só estávamos conversando sobre... casais em geral, e ela disse que transar no trabalho pode ser... sensual! Anda, Connor! – Eu me remexo perto dele e enfio sua mão no meu sutiã. – Você não acha excitante? Só de pensar que pode ter alguém andando no corredor agora mesmo... – Paro quando ouço um som.

Acho que alguém *está* andando pelo corredor agora mesmo.

Ah, merda.

– Estou ouvindo passos! – sussurra Connor, afastando-se rapidamente, mas sua mão fica exatamente onde está, dentro do meu sutiã. Ele a encara, horrorizado. – Eu estou preso! A porcaria do relógio. Agarrou no seu pulôver! – Ele puxa a mão com força. – Porra! Não consigo mexer o braço!

– Puxa!

– Eu *estou* puxando! – Ele olha freneticamente em volta. – Onde tem uma tesoura?

– Você não vai cortar meu pulôver – digo, apavorada.

– Você tem alguma outra sugestão? – Ele puxa com força de novo e eu dou um grito abafado.

– Ai! Pare com isso! Você vai estragar o pulôver.

– Ah, eu estrago mesmo! E essa é a sua maior preocupação, não é?

– Eu sempre odiei esse relógio! Se você usasse o que eu dei...

Paro. Definitivamente há passos se aproximando. Estão quase do lado de fora da porta.

– Porra! – Connor está olhando em volta, atordoado. – Porra... porra...

– Calma! Vamos nos esconder no canto – sussurro. – De qualquer modo, talvez a pessoa nem entre.

– Foi uma ótima ideia, Emma – murmura ele, furioso enquanto atravessamos a sala depressa, desajeitadamente. – Realmente ótima.

– Não me culpe! Eu só queria trazer um pouco de paixão de volta ao nosso... – Congelo quando a porta se abre.

Não. Meu Deus. Não.

Estou tonta de choque.

Jack Harper está parado na porta, segurando uma enorme pilha de revistas velhas.

Lentamente seu olhar passa sobre nós, captando a expressão furiosa de Connor, sua mão dentro do meu sutiã, meu rosto agoniado.

– Sr. Harper – Connor começa a gaguejar. – Eu sinto muito, muitíssimo. Nós... nós não... – Ele pigarreia. – Será que posso dizer como estou mortificado... como nós estamos...

– Tenho certeza de que estão – interrompe Jack. Seu rosto está vazio e indecifrável; a voz seca como sempre. – Será que vocês poderiam ajeitar a roupa antes de voltar ao trabalho?

A porta se fecha atrás dele, e ficamos imóveis, como estátuas de cera.

– Olha, pode tirar a porcaria dessa mão de dentro da minha blusa? – digo enfim, sentindo-me irritada demais com Connor. Todo o meu desejo desapareceu. Estou completamente furiosa comigo. E com Connor. E com todo mundo.

10

Jack Harper vai embora hoje.

Graças a Deus. Graças a Deus. Porque eu realmente não aguento mais. Se eu puder manter a cabeça baixa e evitá-lo até às 17 horas e depois sair correndo pela porta, tudo ficará bem. A vida vai voltar ao normal e eu vou parar de me sentir como se meu radar estivesse estragado por alguma força magnética invisível.

Não sei por que estou com o humor tão sobressaltado, irritadiço. Porque, apesar de quase ter morrido de vergonha ontem, as coisas estão indo bastante bem. Em primeiro lugar, não parece que Connor e eu vamos ser demitidos por ter feito sexo no trabalho, o que era meu medo imediato. E em segundo, meu plano brilhante deu certo. Assim que voltamos às nossas mesas, Connor começou a me mandar e-mails pedindo desculpas. E à noite fizemos sexo. Duas vezes. Com velas perfumadas.

Acho que Connor leu em algum lugar que as mulheres gostam de velas perfumadas durante o sexo. Talvez na *Cosmopolitan*. Porque cada vez que ele pega as velas, me dá um olhar do tipo "Eu não sou atencioso?" e eu tenho que elogiar: "Ah! Velas perfumadas! Que lindo!"

Quer dizer, não me entenda mal. Eu não *me incomodo* com velas perfumadas. Mas elas não fazem nada, fazem? Só ficam ali queimando. E nos momentos cruciais eu me pego pensando: "Tomara que a vela perfumada não caia", o que me distrai um pouco.

Bom. Então nós fizemos sexo.

E esta noite vamos olhar um apartamento juntos. Esse não tem piso de madeira nem venezianas – mas tem banheira de hidromassagem, o que é bem legal. De modo que minha vida está se ajeitando. Não sei por que estou me sentindo tão irritada. Não sei o que...

Eu não quero morar com Connor, diz uma voz minúscula em meu cérebro, antes que eu possa impedir.

Não. Não pode estar certo. Isso não pode estar certo. Connor é perfeito. Todo mundo sabe.

Mas eu não quero...

Cale a boca. Nós somos o casal perfeito. Fazemos sexo com velas perfumadas. E passeamos junto ao rio. E lemos os jornais de domingo tomando café, de pijama. É o que os casais perfeitos fazem.

Mas...

Pare!

Engulo em seco. Connor é a única coisa boa na minha vida. Se eu não tivesse Connor, o que teria?

O telefone toca na minha mesa, interrompendo meus pensamentos, e eu atendo.

– Alô, Emma? diz uma voz familiar e seca. – Aqui é Jack Harper.

Meu coração dá um enorme salto de pânico, e quase derramo o café. Não o vejo desde o acidente da mão no sutiã. E realmente não quero vê-lo de novo.

Não deveria ter atendido ao telefone.

Na verdade, não deveria ter vindo trabalhar hoje.

– Ah – respondo. – É... oi!

– Poderia vir à minha sala um momento?

– O quê... eu? – balbucio, nervosa.

– É, você.

Pigarreio.

– Eu preciso... levar alguma coisa?

– Não, só você mesma.

Ele desliga e eu olho o telefone por alguns instantes, sentindo um frio na espinha. Deveria saber que estava bom demais para ser verdade. Ele vai me demitir, afinal de contas. Foi uma tremenda... negligência... uma negligência obscena.

Quero dizer, é obsceno ser apanhada no trabalho com a mão do namorado dentro da blusa.

Certo. Bem, agora não posso fazer nada.

Respiro fundo, levanto-me e subo até o décimo primeiro andar. Há uma mesa do lado de fora da porta, mas não há nenhuma secretária ali, por isso sigo direto e bato na porta.

– Entre.

Abro-a cautelosamente. A sala é gigantesca, clara e forrada com painéis de madeira, e Jack está sentado em uma mesa circular, com seis pessoas em volta, em cadeiras. Seis pessoas que eu nunca vi antes, percebo de súbito. Todas estão segurando pedaços de papel e bebericando água, e a atmosfera é meio tensa.

Será que eles se reuniram para me ver sendo demitida? Isso é algum tipo de treinamento sobre como demitir pessoas?

– Olá – cumprimento, tentando me manter o mais composta possível. Mas meu rosto está quente e sei que estou vermelha.

– Oi. – O rosto de Jack se franze num sorriso. – Emma... relaxe. Não há com que se preocupar. Eu só queria perguntar uma coisa.

– Ah, certo – digo, perplexa.

Tudo bem. Agora estou totalmente confusa. O que, afinal, ele vai querer me perguntar?

Jack pega um pedaço de papel e levanta-o para que eu veja com clareza.

– Você acha que isso se parece com o quê?

Ah, porra do caralho.

Isso é o pior pesadelo que existe. É como quando eu fui fazer uma entrevista no Banco Laines e eles me mostraram um rabisco e eu disse que parecia um rabisco.

Todo mundo está me olhando. Eu quero acertar. Se ao menos eu soubesse o que é.

Olho a imagem, com o coração batendo depressa. É um gráfico com dois objetos redondos. De forma meio irregular. Não tenho a menor ideia do que deve ser. Nenhuma. Eles parecem... eles parecem...

De repente eu vejo.

– São nozes! Duas nozes!

Jack explode numa gargalhada, e duas pessoas dão risinhos abafados, mas reprimem depressa.

– Bem, acho que isso prova o meu argumento – conclui Jack.

– Não são nozes? – Olho desamparada as pessoas em volta da mesa.

– Deveriam ser ovários – esclarece um homem de óculos sem aro, tenso.

– *Ovários*? – Olho para o papel. – Ah, certo! Bem, sim. Agora que o senhor falou, dá para ver um...

– Uma noz que lembra um ovário. – Jack enxuga os olhos.

– Eu expliquei, os ovários são simplesmente *parte* de uma gama de representações simbólicas da mulher – levanta a voz um sujeito magro, na defensiva. – Os ovários representam a fertilidade, o olho representa sabedoria, esta árvore significa a mãe Terra...

– O fato é que as imagens podem ser usadas em toda a gama dos produtos – manifesta-se uma mulher de cabelo preto, inclinando-se para a frente. – A bebida saudável, as roupas, uma fragrância...

– O público-alvo reage bem a imagens abstratas – acrescenta o cara de óculos sem aro. – A pesquisa mostrou...

– Emma. – Jack me olha de novo. – *Você* compraria uma bebida com ovários desenhados?

– Hurm... – pigarreio, consciente de alguns rostos hostis virados para mim. – Bem... acho que não.

Algumas pessoas trocam olhares.

– Isso é totalmente irrelevante – murmura alguém.

– Jack, três equipes de criação trabalharam nisso – argumenta séria a mulher de cabelo preto. – Não podemos começar do zero. Simplesmente não podemos.

Jack toma um gole d'água de uma garrafa de Evian, enxuga a boca e olha para ela.

– Vocês sabem que eu bolei o slogan "Não pare" em dois minutos, num guardanapo de bar?

– Sim, nós sabemos – responde o cara de óculos sem aro.

– Nós não vamos vender uma bebida com ovários desenhados. – Ele solta o ar com força e passa a mão pelos cabelos desgrenhados. Depois empurra a cadeira para trás. – Certo, vamos dar uma parada. Emma, poderia fazer a gentileza de me ajudar a levar umas pastas à sala do Sven?

MEU DEUS, fico imaginando de que será que se tratava isso tudo. Mas não ouso perguntar. Jack marcha comigo pelo corredor, entra num elevador e aperta o botão do nono andar, sem dizer nada. Depois de termos descido por uns dois segundos ele pressiona o botão de emergência e nós paramos. Então, finalmente, ele me olha.

– Você e eu somos as únicas pessoas sãs neste prédio?

– Humm...

– O que aconteceu com os instintos? – O rosto dele está incrédulo. – Ninguém sabe mais diferenciar uma ideia boa de uma ideia terrível. Ovários. – Ele balança a cabeça. – Umas porras de uns *ovários*!

Não consigo evitar. Ele está tão ultrajado, e o modo como disse "ovários!" de repente parece a coisa mais engraçada do mundo, e antes que eu perceba comecei a rir. Por um instante Jack fica perplexo, e então seu rosto meio que se desfaz, e de repente ele está rindo também. Seu nariz franze para o alto quando ele ri, como o de um bebê, e de algum modo isso parece um milhão de vezes mais engraçado.

Ah, meu Deus. Agora estou gargalhando de verdade. Estou dando fungadas, e minhas costelas doem, e toda vez que olho para ele dou outra fungada. Meu nariz está escorrendo, e não tenho lenço... terei que assoar o nariz na imagem dos ovários...

– Emma, por que você está com aquele cara?

– O quê? – Levanto a cabeça, ainda rindo, até perceber que Jack parou. Ele me olha com uma expressão indecifrável.

Vou parando de fungar, e tiro o cabelo do rosto.

– Como assim? – digo tentando ganhar tempo.

– Connor Martin. Ele não vai fazer você feliz. Você não vai se sentir realizada.

Encaro-o, pega de surpresa.

– Quem disse isso?

– Eu conheci Connor. Estive com ele em reuniões. Vi como a mente dele funciona. Ele é um cara legal... mas você precisa de mais do que um cara legal. – Jack me lança um olhar demorado, maroto. – Eu acho que você realmente não quer morar com ele. Mas está com medo de recusar.

Sinto uma onda de indignação. Como ele ousa ler minha mente e entender tão... tão *mal*. Claro que eu quero morar com Connor.

– Na verdade, você está equivocado – digo em tom incisivo. – Eu estou ansiosa para morar com ele. Na verdade... na verdade eu estava agora mesmo sentada à minha mesa pensando que mal posso esperar!

Pronto.

Jack está balançando a cabeça.

– Precisa de alguém criativo. Que empolgue você.

– Eu já disse, não estava falando sério no avião. Connor me empolga! – Dirijo-lhe um olhar de desafio. – Quero dizer... quando você viu a gente da última vez, nós estávamos bem passionais, não é?

– Ah, aquilo. – Jack dá de ombros. – Eu presumi que fosse uma tentativa desesperada de colocar um tempero na sua vida amorosa.

Encaro-o, furiosa.

– Não foi uma tentativa desesperada de colocar um tempero na minha vida amorosa! – Eu quase cuspo nele. – Foi simplesmente um... um ato espontâneo de paixão.

– Desculpe. – O tom de Jack é ameno. – Engano meu.

– De qualquer modo, por que você se importa? – Cruzo os braços. – Por que se importa se eu estarei feliz ou não?

Há um silêncio cortante, e percebo que estou respirando depressa. Encontro seus olhos escuros e rapidamente desvio o olhar de novo.

– Eu me fiz a mesma pergunta – conta Jack. Ele dá de ombros. – Talvez seja porque a gente passou por aquela viagem de avião extraordinária juntos. Talvez porque você seja a única pessoa em toda esta empresa que não veio com falsidade para cima de mim.

"Eu teria sido falsa!", sinto vontade de retrucar. "Se tivesse opção!"

– Acho que o que eu estou dizendo é... que sinto que você é uma amiga – revela ele. – E eu me preocupo com o que acontece com meus amigos.

– Ah – digo, e coço o nariz.

Estou prestes a dizer educadamente que ele também parece um amigo, quando ele acrescenta:

– Além disso, qualquer um que recite os filmes do Woody Allen fala por fala *tem* que ser um fracassado.

Sinto o ultraje surgir, em defesa de Connor.

– Você não sabe de nada! – exclamo. – Sabe, eu gostaria de nunca ter sentado perto de você naquele avião! Você fica por aí dizendo todas essas coisas para me abalar, se comportando como se me conhecesse melhor do que todo mundo...

– Talvez conheça – rebate ele, com os olhos brilhando.

– O quê?

– Talvez eu conheça você melhor do que todo mundo.

Encaro-o de volta, sentindo uma mistura ofegante de raiva e empolgação. De repente parece que estamos jogando tênis. Ou dançando.

– Você não me conhece melhor do que todo mundo! – respondo no tom mais desprezível que consigo.

– Eu sei que você não vai ficar com Connor Martin.

– Não sabe.

– Sei, sim.

– Não sabe, não.

– Sei.

Ele está começando a rir.

– Não sabe! Se quer saber, eu acho que vou acabar me casando com Connor.

– Casando com Connor? – exclama Jack, como se fosse a piada mais engraçada que já tivesse ouvido.

– É! Por que não? Ele é alto, bonito, gentil e é muito... é... – Estou vacilando ligeiramente. – E, de qualquer modo, essa é a minha vida pessoal. Você é o meu chefe e só me conheceu na semana passada, e, francamente, isso não é da sua conta!

O riso de Jack desaparece, e parece que eu lhe dei um tapa. Por alguns instantes ele me encara, sem dizer nada. Depois dá um passo para trás e libera o botão do elevador.

– Você está certa – diz ele numa voz totalmente diferente. – Sua vida pessoal não é da minha conta. Eu passei do ponto e peço desculpas.

Sinto um espasmo de consternação.

– Eu... eu não quis dizer...

– Não. Você está certa. – Ele olha para o chão durante alguns instantes, depois levanta a cabeça. – Bom, eu viajo amanhã para os Estados Unidos. Foi uma estadia muito agradável, e eu gostaria de agradecer sua ajuda. Vou ver você na festa esta noite?

– Eu... eu não sei.

A atmosfera se desintegrou.

Isso é medonho. É horrível. Quero dizer alguma coisa, quero fazer com que seja como antes, tudo fácil e cheio de brincadeiras. Mas não consigo achar as palavras.

Chegamos ao nono andar e a porta se abre.

– Acho que consigo seguir sozinho daqui – diz Jack. – Eu só convidei você pela companhia.

Sem jeito, transfiro as pastas para seus braços.

– Bem, Emma – continua ele na mesma voz formal. – Se a gente não se vir mais... foi bom conhecê-la. – Seu olhar encontra o meu e um brilho da velha expressão calorosa retorna. – Estou falando sério.

– Foi bom conhecer você também – respondo, com o coração apertado. Não quero que ele vá embora. Não quero que isso seja o fim. Tenho vontade de convidá-lo para tomarmos algo. Sinto vontade de agarrar a mão dele e dizer: não vá.

Meu Deus, o que há de *errado* comigo?

– Boa viagem – consigo dizer enquanto ele aperta minha mão.

Então ele se afasta pelo corredor.

Abro a boca duas vezes para chamá-lo – mas o que eu diria? Não há o que dizer. Amanhã de manhã ele estará num avião de volta à sua vida. E eu vou ser deixada aqui, na minha.

SINTO UM PESO de chumbo pelo restante do dia. Todo mundo está falando da festa de despedida de Jack Harper, mas eu saio do trabalho meia hora antes do fim do expediente. Vou direto para casa, faço um pouco de chocolate quente e estou sentada no sofá, olhando para o nada, quando Connor entra no apartamento.

Ergo os olhos enquanto ele entra na sala e sei de imediato que há algo diferente. Não com ele. Ele não mudou nem um pouco.

Mas eu sim. Eu mudei.

– Oi – exclama ele, e me dá um beijo de leve na cabeça. – Vamos?

– *Vamos*?

– Olhar o apartamento na Edith Road. Temos que correr se quisermos chegar a tempo para a festa. Ah, minha mãe deu um presente para a casa nova. Foi entregue no trabalho.

Ele me dá uma caixa de papelão. Tiro de dentro um bule de chá, de vidro, e olho para ele, inexpressiva.

– Dá para manter as folhas de chá separadas da água. Mamãe diz que o chá fica bem melhor.

– Connor – ouço-me dizendo. – Eu não posso fazer isso.

– É bem fácil. Você só tem que levantar a...

– Não. – Fecho os olhos, tentando juntar coragem, depois abro de novo. – Eu não posso fazer *isso*. Não posso ir morar com você.

– O quê? – Connor me encara. – Aconteceu alguma coisa?

– É. Não. – Engulo em seco. – Eu estou em dúvida há um tempo. Com relação a nós. E recentemente elas... elas se confirmaram. Se continuarmos, eu vou ser hipócrita. Não é justo com nenhum de nós.

– *O quê*? – Connor esfrega o rosto. – Emma, você está dizendo que quer... que quer...

– Quero terminar – digo, olhando para o tapete.

– Você está brincando.

– Não estou brincando! – exclamo, numa angústia súbita. – Não estou brincando, certo?

– Mas... isso é ridículo! É ridículo!

Connor fica andando de um lado para o outro como um leão enjaulado. De repente olha para mim.

– Foi aquela viagem de avião.

– O quê? – Pulo como se tivesse sido escaldada. – O que você quer dizer?

– Você está diferente desde aquela viagem de avião da Escócia.

– Não estou!

– Está! Está irritada, tensa... – Connor se agacha na minha frente e segura minhas mãos. – Emma, acho que você ainda está sofrendo algum tipo de trauma. Você poderia fazer terapia.

– Connor, eu não preciso de terapia! – Puxo as mãos. – Mas talvez você esteja certo. Talvez a viagem de avião tenha... – Engulo em seco – ... me afetado. Talvez tenha posto minha vida em perspectiva e me feito perceber algumas coisas. E uma dessas coisas é que nós não somos feitos um para o outro.

Lentamente Connor se deixa cair no tapete, o rosto desnorteado.

– Mas tudo estava tão bem! Nós temos feito muito sexo...

– Eu sei.

– É outra pessoa?

– Não! – respondo rapidamente. – Claro que não! – Esfrego o dedo com força na capa do sofá.

– Você não está bem – decide Connor, de repente. – Você só está de mau humor. Vou preparar um belo banho quente, acender umas velas perfumadas...

– Connor, por favor! Chega de velas perfumadas! Você precisa me ouvir. E precisa acreditar. – Olho direto em seus olhos. – Eu quero terminar o namoro.

– Não acredito – afirma ele, balançando a cabeça. – Eu *conheço* você, Emma! Você não é esse tipo de pessoa. Você não jogaria fora uma coisa dessas. Você não...

Connor para chocado quando, sem aviso, eu jogo o bule de vidro no chão.

Nós dois olhamos para ele, perplexos.

– Tinha que quebrar – explico depois de uma pausa. – E isso significa que, sim, eu jogaria fora uma coisa dessas. Se eu soubesse que não era certa para mim.

– Acho que quebrou – comenta Connor, pegando o bule e examinando-o. – Pelo menos tem uma rachadura bem fina.

– É isso aí.

– A gente ainda pode usá-lo...

– Não. Não pode.

– A gente pode colar.

– Mas nunca funcionaria direito. – Junto os braços à lateral do corpo, punhos cerrados. – Não... não daria certo.

– Sei – responde Connor depois de uma pausa.

E acho que finalmente ele sabe.

– Bem... então vou indo – resolve ele por fim. – Vou telefonar ao pessoal do apartamento e dizer que nós... – Ele para e enxuga rapidamente o nariz.

– Certo – digo numa voz que não parece minha. – Podemos não contar a ninguém do trabalho? – acrescento. – Só por enquanto.

– Claro – concorda ele, com uma expressão fechada. – Não vou contar nada.

Connor está passando pela porta quando se vira abruptamente de volta, enfiando a mão no bolso.

– Emma, aqui estão os ingressos para o festival de jazz – diz com a voz embargando um pouco. – Pode ficar com eles.

– O quê? – Encaro-os, horrorizada. – Não! Connor, fique com eles! São seus!

– Fique *você* com eles. Eu sei o quanto você estava querendo ouvir o Quarteto Dennisson. – Connor aperta os ingressos coloridos na minha mão e fecha meus dedos sobre eles.

– Eu... eu... – Engulo em seco. – Connor... eu... não sei o que dizer.

– Nós sempre teremos o jazz – afirma Connor numa voz embargada, e fecha a porta depois de sair.

11

Agora eu não tenho promoção *nem* namorado. E estou com os olhos inchados de tanto chorar. E todo mundo acha que sou maluca.

– Você é maluca – sentencia Jemima, aproximadamente a cada dez minutos. É manhã de sábado, e nós estamos na rotina usual, de roupão, café e ressaca. No meu caso, rompimento. –

Você percebe que ele estava na sua mão? – Ela franze a testa para a unha do pé, que está pintando de rosa-bebê. – Eu teria previsto uma pedra no seu dedo em seis meses.

– Achei que você disse que eu tinha arruinado minhas chances quando concordei em morar com ele – respondo, mal-humorada.

– Bem, no caso do Connor eu acho que você estaria em segurança. – Ela balança a cabeça. – Você é maluca.

– Você me acha maluca? – pergunto, virando-me para Lissy, que está sentada na cadeira de balanço com o braço em volta dos joelhos, comendo um pedaço de torrada de passas. – Seja honesta.

– É... não – responde Lissy de modo pouco convincente. – Claro que não!

– Acha, sim!

– É só... que vocês pareciam um casal tão maravilhoso!

– Eu sei disso. Sei que a gente parecia o casal perfeito por fora. – Paro, tentando explicar. – Mas a verdade é que eu nunca senti que era eu mesma. Era sempre como se a gente estivesse representando. Você sabe. Não parecia *real*.

– É *isso*? – interrompe Jemima, encarando-me como se eu estivesse falando besteira. – Foi por isso que você rompeu com ele?

– É um motivo bastante razoável, não acha? – solidariza-se Lissy.

Jemima nos encara, inexpressiva.

– Claro que não! Emma, se vocês aguentassem e agissem como o casal perfeito por tempo suficiente, acabariam *virando* o casal perfeito.

– Mas... mas a gente não seria feliz!

– Vocês *seriam* o casal perfeito – insiste Jemima, como se explicasse algo a uma criança muito estúpida. – *Claro* que seriam felizes. – Ela se levanta cautelosamente, os dedos espaçados com a ajuda de pedaços de espuma cor-de-rosa, e se dirige para a porta. – E, de qualquer modo, todo mundo finge, num relacionamento.

– Não finge, não! Ou pelo menos não deveria fingir.

– Claro que deveria! Esse negócio de ser sincero com o outro não dá certo. – Ela lança um olhar de quem sabe das coisas. – Minha mãe é casada com meu pai há trinta anos, e ele ainda não faz ideia de que ela não é loura natural.

Jemima sai da sala e eu troco olhares com Lissy.

– Você acha que ela está certa? – pergunto.

– Não – diz Lissy, insegura. – Claro que não! Os relacionamentos devem ser construídos na base da... confiança... e da verdade... – Ela para e me olha, ansiosa. – Emma, você nunca me contou que se sentia assim em relação a Connor.

– Eu... não contei a ninguém.

Isso não é bem verdade, percebo imediatamente. Mas não vou dizer à minha melhor amiga que contei mais coisas a um estranho do que a ela, vou?

– Bem, eu realmente gostaria que você tivesse confiado mais em mim – queixa-se Lissy, séria. – Emma, vamos tomar uma nova decisão. De hoje em diante vamos contar *tudo* uma à outra. Não devemos ter nenhum segredo. Nós somos melhores amigas!

– Trato feito – concordo, em um súbito lampejo de cumplicidade. Sinto um impulso para me inclinar e lhe dar um abraço.

Lissy está certa. Devemos confiar uma na outra. Não devemos esconder nada uma da outra. Puxa, a gente se conhece há mais de vinte anos, pelo amor de Deus.

– Então, se vamos contar tudo uma à outra... – Lissy dá uma mordida na torrada de passas e me lança um olhar de lado. – O fato de você ter dado o pé na bunda do Connor teve alguma coisa a ver com aquele homem? O homem do avião?

Sinto uma pontada minúscula por dentro, que ignoro tomando um gole de café.

– Não – digo sem erguer os olhos. – Nada.

Nós duas ficamos olhando a tela da televisão por alguns instantes. Kylie Minogue está sendo entrevistada.

– Ah, sim! – exclamo ao me lembrar. – Então, se vamos fazer perguntas uma à outra... o que você estava *realmente* fazendo com aquele tal de Jean-Paul no seu quarto?

Lissy respira fundo.

– E não diga que estavam examinando anotações de processos – acrescento. – Porque isso não ia fazer todo aquele barulho.

– Ah! – diz Lissy, parecendo preocupada. – Certo. Bem... a gente estava... – Ela toma um gole de café e evita meu olhar. – Nós estávamos... é... fazendo sexo.

– O quê? – encaro-a, desconcertada.

– É. Nós estávamos fazendo sexo. Por isso eu não queria contar a você. Fiquei sem graça.

– Você e Jean-Paul estavam transando?

– É! – Ela pigarreia. – Estávamos transando de modo passional... rude... animalesco.

Há alguma coisa errada aqui.

– Não acredito – murmuro, dando-lhe um olhar demorado. – Vocês não estavam transando.

As manchas cor-de-rosa nas bochechas de Lissy ficam mais fortes.

– Estávamos, sim!

– Não estavam! Lissy, o que vocês estavam fazendo *de verdade*?

– Estávamos transando, está bem? – exclama Lissy, nervosa. – Ele é meu novo namorado e... é isso que a gente estava fazendo! Agora me deixe em paz. – Ela se levanta cheia de agitação, espalhando migalhas de torrada, e sai da sala tropeçando ligeiramente no tapete.

Encaro-a, completamente perplexa.

Por que ela está mentindo? O que, afinal, ela estava fazendo? O que será mais constrangedor do que sexo, pelo amor de Deus? Estou tão curiosa que quase me animo.

Para ser sincera, não é o melhor fim de semana da minha vida. E tudo fica ainda menos fantástico quando recebo um cartão-postal dos meus pais, no Le Spa Meridien, dizendo como a viagem está sendo maravilhosa. E fica ainda *pior* quando leio meu horóscopo no *Mail*, e ele diz que talvez eu tenha cometido um grande erro.

Mas na manhã da segunda estou melhor. Eu *não* cometi um erro. Minha vida nova começa hoje. Vou esquecer tudo sobre amor e romance e me concentrar na carreira. Talvez até procurar um novo emprego.

Quando saio do metrô, começo a gostar bastante dessa ideia. Vou me candidatar a um cargo de executiva de marketing na Coca-Cola ou algum lugar assim. E vou conseguir. E de repente Paul vai perceber o erro terrível que cometeu ao não me promover. E vai pedir que eu fique, mas eu vou dizer: "É tarde demais. Você teve sua chance." E então ele vai implorar: "Emma, há alguma coisa que eu possa fazer para que você mude de ideia?" E aí *eu* vou dizer...

Quando chego ao trabalho Paul está se arrastando no chão enquanto eu me sento casualmente à mesa dele, segurando um dos joelhos (além disso pareço estar usando um terninho novo e sapatos Prada), dizendo: "Sabe, Paul, você só precisava me tratar com um pouquinho de respeito..."

Merda. Meus olhos focalizam e eu paro, com a mão nas portas de vidro. Há uma cabeça loura no saguão.

Connor. Uma onda de pânico me domina. Não posso entrar. Não posso. Não...

Então a cabeça se move e não é Connor, é Andrew, da contabilidade. Empurro a porta, sentindo-me uma imbecil. Meu

Deus, estou muito confusa. Preciso tomar juízo, porque cedo ou tarde vou esbarrar em Connor e vou ter que enfrentar isso.

Pelo menos ninguém no trabalho sabe, ainda, penso enquanto subo a escada. Isso tornaria as coisas um milhão de vezes piores. As pessoas chegarem perto de mim dizendo:

– Emma, sinto muito o que houve com você e Connor!

– O quê? – Minha cabeça se levanta, em choque, e vejo uma garota chamada Nancy vindo para mim.

– Foi um tremendo choque, foi do nada! De todos os casais, eu nunca imaginaria vocês dois terminando. Mas essas coisas acontecem, nunca se sabe...

Encaro-a, atordoada.

– Como... como você sabe?

– Ah, todo mundo sabe! – Nancy dá de ombros. – Sabe que houve uma festinha na noite de sexta-feira? Bem, Connor veio e ficou bastante bêbado. E contou a todo mundo. Na verdade ele fez um discursozinho!

– Ele... fez o quê?

– Foi bem tocante, verdade. Disse que a Corporação Panther era como a família dele, e que sabia que todo mundo iria apoiá-lo nesse momento difícil. E apoiar você, claro – acrescenta ela depois de pensar. – Se bem que, como foi você quem terminou, Connor realmente é a parte ferida. – Ela se inclina para a frente, de modo confidencial. – Tenho que dizer, as mulheres daqui estão dizendo que você pirou de vez!

Não acredito. Connor fez um discurso sobre nosso rompimento. Depois de prometer segredo. E agora todo mundo está do lado *dele*.

– Certo – digo finalmente. – Bem, é melhor eu ir...

– É uma pena. – Nancy me olha de modo inquisitivo. – Vocês dois pareciam tão perfeitos!

– Eu sei. – Forço um sorriso. – Bom. Depois a gente se vê.

Vou para a nova máquina de café e estou olhando para o espaço, tentando botar a cabeça no lugar, quando uma voz trêmula me interrompe:

– Emma? – levanto os olhos e meu coração se aperta. É Katie, olhando-me como se eu tivesse três cabeças.

– Ah, oi! – respondo, tentando parecer calma.

– É verdade? – sussurra ela. – É verdade? Porque eu só vou acreditar quando ouvir você dizendo com seus próprios lábios.

– É – digo, relutante. – É verdade. Connor e eu terminamos.

– Ah, meu Deus. – A respiração de Katie fica cada vez mais rápida. – Ah, meu Deus. É verdade. Ah meu Deus, ah meu Deus, realmente não aguento isso...

Merda. Ela está com problema respiratório. Pego um saco de açúcar vazio e coloco à frente da sua boca.

– Katie, calma! – exclamo, desamparada. – Respire devagar...

– Eu tive ataques de pânico todo o fim de semana – consegue dizer ela, entre as respirações. – Acordei ontem à noite suando frio e fiquei pensando: se for verdade, o mundo não faz mais sentido. Simplesmente não faz sentido.

– Katie, a gente terminou! Só isso! As pessoas se separam o tempo todo.

– Mas você e Connor não eram simplesmente pessoas. Eram *o* casal. Quero dizer, se vocês não conseguem, por que o restante de nós vai se incomodar em ao menos tentar?

– Katie, nós não éramos *o* casal! – rebato, tentando manter a calma. – Nós éramos *um* casal. E deu errado... e essas coisas acontecem.

– Mas...

– E, para ser sincera, eu prefiro não falar sobre isso.

– Ah! – exclama ela, me encarando por cima do saco. – Ah, meu Deus, claro. Desculpe, Emma. Eu não... eu só... você sabe, foi um tremendo choque!

– Anda, você ainda não me contou como foi o encontro com Phillip – mudo de assunto com firmeza. – Me anime com alguma notícia boa.

A respiração de Katie se acalma gradualmente, e ela afasta o saco do rosto.

– Na verdade foi muito bom. Nós vamos nos encontrar de novo!

– Então, viu? – eu a encorajo.

– Ele é muito charmoso. E gentil. E nós temos o mesmo senso de humor, e gostamos das mesmas coisas. – Um sorriso tímido se espalha no rosto de Katie. – Na verdade, ele é tão gracinha!

– Ele parece maravilhoso! Está vendo? – Aperto o braço dela. – Você e Phillip provavelmente vão ser um casal muito melhor do que Connor e eu já fomos. Quer um café?

– Não, obrigada, preciso ir. Nós vamos ter uma reunião com Jack Harper, sobre o departamento de pessoal. Vejo você depois.

Uns cinco segundos depois meu cérebro tem um estalo.

– Espera um segundo. – Vou depressa pelo corredor e agarro o ombro dela. – Você falou Jack Harper?

– É.

– Mas... mas ele não foi embora? Na sexta?

– Não foi. Mudou de ideia.

Encaro-a, incrédula.

– Mudou de ideia?

– É.

– Então... – Engulo em seco. – Então ele está aqui?

– Claro que está! – responde Katie, rindo. – Está lá em cima.

De repente minhas pernas não funcionam direito.

– Por que... – Pigarreio, minha garganta ficou meio rouca. – Por que ele mudou de ideia?

– Ninguém sabe. – Katie dá de ombros. – Ele é o chefe. Pode fazer o que quiser, não é? Bem, ele parece um sujeito muito pé no chão. — Ela enfia a mão no bolso, pega uma caixa de chiclete e me oferece um. – Ele foi muito legal com Connor, depois do discursozinho...

Sinto uma nova pontada.

– Jack Harper ouviu o discurso de Connor? Sobre o nosso término?

– Ouviu! Estava parado bem perto dele. – Katie desembrulha seu chiclete. – E depois disse uma coisa realmente gentil, disse que imaginava como Connor estava se sentindo. Não foi um amor?

Preciso sentar. Preciso pensar. Preciso...

– Emma, você está bem? – preocupa-se Katie, consternada. – Meu Deus, eu sou tão insensível...

– Não. Tudo bem – balbucio, atordoada. – Estou bem. Até daqui a pouco.

Minha mente está num redemoinho enquanto vou para o departamento de marketing.

Não era assim que deveria acontecer. Jack Harper deveria estar nos Estados Unidos. Não deveria imaginar que eu fui direto para casa, depois da nossa conversa, e dei um chute na bunda de Connor.

Sinto uma pontada de humilhação. Ele vai achar que eu chutei Connor por causa do que falou comigo no elevador, não é? Vai pensar que foi tudo por causa dele. E não foi. Não foi *mesmo.*

Pelo menos não totalmente...

Talvez seja por isso...

Não. É ridículo achar que ele ficou só por minha causa. Ridículo. Não sei por que estou tão abalada.

Quando me aproximo da mesa, Artemis levanta o olhar de um exemplar do *Marketing Week.*

– Ah, Emma. Lamento saber sobre você e Connor.

– Obrigada – digo. – Mas não quero falar sobre isso, se você não se importar.

– Tudo bem. Tanto faz. Eu só estava sendo educada. – Ela olha para um Post-it em sua mesa. – A propósito, tem um recado de Jack Harper para você.

– O quê? – Levo um susto.

Merda. Eu não queria parecer tão alterada.

– Quer dizer, o que é? – acrescento com mais calma.

– Se você poderia levar a... – Ela estreita os olhos para o papel – ... a pasta do Leopold para a sala dele. Ele disse que você ia saber o que era. Mas que, se não encontrar, não faz mal.

Encaro-a, com o coração martelando no peito.

A pasta do Leopold.

Era só uma desculpa para a gente se afastar das mesas...

É um código secreto. Ele quer me ver.

Ah, meu Deus. Ah, meu Deus.

Nunca fiquei mais empolgada, agitada e petrificada ao mesmo tempo.

Sento-me e olho minha tela vazia por um minuto. Depois, com dedos trêmulos, pego uma pasta vazia. Espero até Artemis se virar, depois escrevo "Leopold" na lateral, tentando disfarçar a letra.

Agora o que eu faço?

Bem, é óbvio. Levo para a sala dele, lá em cima

A não ser... ah, porra. Será que não estou sendo bem, bem idiota? Será que existe mesmo uma pasta do Leopold?

Entro rapidamente no banco de dados da empresa e faço uma rápida busca por "Leopold". Mas não aparece nada.

Certo. Eu estava certa no início.

Já vou empurrar a cadeira para trás quando de repente tenho um pensamento paranoico. E se alguém me parar e perguntar o que há na pasta do Leopold? E se eu deixar cair no chão e todo mundo vir que está vazia?

Rapidamente abro um documento novo, invento um cabeçalho bonito e digito uma carta de um tal Sr. Ernest P. Leopold para a Corporação Panther. Mando imprimir, vou até a impressora e pego antes que alguém possa ver o que é. Não que alguém esteja interessado, longe disso.

– Certo – digo, casualmente, enfiando-a na pasta de papelão. – Bem, vou levar esta pasta lá em cima e...

Artemis nem levanta a cabeça.

Quando ando pelos corredores meu estômago está se revirando, e me sinto toda nervosa e sem graça, como se todo mundo no prédio soubesse o que estou fazendo. Há um elevador esperando para subir, mas vou para a escada, primeiro para não ter que falar com ninguém, e segundo porque meu coração está batendo tão depressa que sinto que preciso gastar um pouco de energia.

Por que Jack Harper quer me ver? Porque, se for para dizer que estava certo o tempo todo em relação a Connor, ele pode simplesmente... ele pode muito bem... De repente retorno àquela atmosfera medonha no elevador, e meu estômago se revira. E se a coisa for realmente ruim? E se ele estiver com raiva de mim?

Eu não preciso ir, lembro a mim mesma. Ele me deu uma opção de saída. Eu poderia facilmente telefonar para a secretária dele e dizer: "Desculpe, não consegui achar a pasta do Leopold", e isso seria o fim.

Por um instante hesito na escada de mármore, com os dedos apertando com força o papelão. E então continuo andando.

QUANDO ME APROXIMO da porta da sala de Jack vejo que não há uma das secretárias na porta. Quem está à mesa é Sven.

Ah, meu Deus. Sei que Jack disse que ele é seu amigo mais antigo, mas não consigo evitar. Realmente acho esse cara assustador.

– Oi – exclamo. – É... o Sr. Harper pediu que eu trouxesse a pasta do Leopold.

Sven me olha, e por um instante é como se uma pequena comunicação silenciosa estivesse acontecendo entre nós. Ele sabe, não sabe? Provavelmente também usa o código Leopold. Ele pega o telefone e depois de um momento anuncia:

– Jack, Emma Corrigan está aqui com a pasta do Leopold. – Depois desliga o telefone, e sem sorrir, diz: – Pode entrar.

Entro, sentindo-me desconcertada, sem jeito. A sala é gigantesca e forrada por painéis, e Jack está sentado atrás de uma grande mesa de madeira. Quando ergue os olhos, tem um olhar caloroso e amigável, e eu me sinto relaxar apenas um pouquinho.

– Olá – diz ele.

– Olá – respondo, e há um curto silêncio.

– Então... humm... aqui está a pasta do Leopold – digo, e entrego a pasta de papelão.

– A pasta do Leopold. – Ele ri. – Muito bom. – Depois abre e olha, surpreso, o pedaço de papel. – O que é isso?

– É... é uma carta do Sr. Leopold, da Leopold e Companhia.

– Você escreveu uma carta do Sr. Leopold? – Ele parece perplexo, e de repente me sinto uma boba.

– Só para o caso de eu deixar a pasta cair e alguém ver – murmuro. – Pensei que eu teria que inventar alguma coisa depressa. Não é importante. – Tento pegá-la de volta, mas Jack puxa-a para longe.

– "Do escritório de Ernest P. Leopold" – ele lê em voz alta, e seu rosto se franze, divertindo-se. – Vejo que ele quer pedir 6 mil caixas de Panther Cola. Grande cliente, esse tal de Leopold.

– É para uma festa da empresa – explico. – Eles normalmente pedem Pepsi, mas recentemente um dos empregados provou a Panther Cola e achou tão boa...

– Que eles tiveram que trocar – termina Jack. – "Devo acrescentar que estou muito satisfeito com todos os aspectos de sua empresa, e que passei a usar uma roupa de corrida Panther, que é o traje esportivo mais confortável que já experimentei." – Ele olha para a carta, depois ergue a cabeça com um sorriso. Para minha surpresa, seus olhos estão brilhando ligeiramente. – Sabe, Pete teria adorado isso.

– Pete Laidler? – hesito.

– É. Foi Pete que inventou a manobra da pasta do Leopold. Era o tipo de coisa que ele fazia o tempo todo. – Jack dá um tapinha na carta. – Posso ficar com ela?

– Claro – respondo, meio pasma.

Ele a dobra e enfia no bolso, e por alguns instantes um silêncio toma a sala.

– Então – diz Jack, finalmente. Em seguida levanta a cabeça e me olha com uma expressão ilegível. – Você terminou com Connor.

Meu estômago dá uma cambalhota. Não sei o que dizer.

– Então. – Levanto o queixo em desafio. – Você decidiu ficar.

– É, bem... – Ele estica os dedos e os examina brevemente. – Achei que deveria dar uma olhada mais atenta em algumas das subsidiárias europeias. – Ele ergue a cabeça. – E você?

Ele quer que eu diga que dei o pé na bunda do Connor por causa dele, não é? Bem, não vou dizer isso. De jeito nenhum.

– O mesmo motivo – assinto. – As subsidiárias europeias.

A boca de Jack se retorce relutantemente num sorriso.

– Sei. Você está... bem?

– Estou. Na verdade estou gostando de ficar sozinha de novo. – Faço um gesto amplo com os braços. – Você sabe, a liberdade, a flexibilidade...

– Ótimo. Bem, então talvez não seja uma boa hora para... – Ele não completa a frase.

– Para o quê? – digo um pouco rápido demais.

– Eu sei que você deve estar sofrendo neste momento – continua Jack, cuidadosamente. – Mas eu estava me perguntando. – Ele fica calado durante o que parece uma eternidade, e posso sentir o coração batendo com força em meu peito. – Você gostaria de jantar uma hora dessas?

Ele me convidou para sair. Ele me convidou para sair.

Quase não consigo mexer a boca.

– Sim – concordo, finalmente. – Sim, seria ótimo.

– Ótimo! – Ele para. – A única coisa é que minha vida está meio complicada agora. E com a situação no nosso escritório... – Ele abre as mãos. – Talvez seja uma boa ideia manter isso só entre nós.

– Ah, eu concordo totalmente – digo depressa. – Nós devemos ser discretos.

– Então, digamos... que tal amanhã à noite? Está bom para você?

– Amanhã à noite seria perfeito.

– Eu vou pegá-la. Se você me passar um e-mail com o endereço. Oito horas?

– Oito horas!

Quando saio da sala de Jack, Sven me olha e ergue as sobrancelhas, mas não digo nada. Volto ao departamento de marketing, tentando ao máximo manter o rosto desapaixonado e calmo. Mas a empolgação está fervilhando dentro de mim, e um sorriso gigantesco toma meu rosto.

Ah, meu Deus. Ah, meu Deus. Vou jantar com Jack Harper. Simplesmente... não acredito.

Ah, quem eu estou querendo enganar? Eu sabia que isso ia acontecer. Assim que soube que ele não tinha ido para os Estados Unidos. Eu sabia.

12

Nunca vi Jemima tão perplexa.

– Ele conhece todos os seus *segredos*? – Ela está me olhando como se eu tivesse acabado de informar, com orgulho, que vou sair com um serial killer. – O que você quer dizer com isso?

– Eu me sentei perto dele no avião e contei tudo sobre mim.

Franzo a testa para o reflexo no espelho e arranco outro fio da sobrancelha. São 19 horas, eu tomei banho, sequei o cabelo e agora estou me maquiando.

– E então ele convidou Emma para sair – comenta Lissy, abraçando os joelhos. – Não é romântico?

– Você está brincando, não está? – Jemima está pasma. – Diga que isso é uma piada.

– Claro que não estou brincando! Qual é o problema?

– Você vai sair com um homem que sabe tudo sobre você.

– É.

– E está perguntando qual é o *problema*? – Sua voz se eleva, incrédula. – Está *maluca*?

– Claro que não estou maluca!

– Eu *sabia* que você estava a fim dele – gaba-se Lissy, pela milionésima vez. – Eu sabia. Desde o momento em que você começou a falar dele. – Ela olha para o meu reflexo. – Eu deixaria essa sobrancelha em paz agora.

– Verdade? – Olho o meu rosto.

– Emma, a gente não fala aos homens sobre a gente! A gente tem que guardar alguma coisa! Mamãe sempre me disse que um homem nunca deve ver o conteúdo da bolsa da mulher.

– Bem, é tarde demais – eu a desafio. – Ele já viu tudo.

– Então isso nunca vai dar certo. Ele nunca vai respeitar você.

– Vai sim.

– Emma – insiste Jemima, quase com pena. – Você não entende? Você já perdeu!

– Eu não *perdi*!

Algumas vezes acho que Jemima não vê os homens como pessoas, mas como robôs alienígenas que devem ser dominados de qualquer meio possível.

– Você não está ajudando muito, Jemima – intervém Lissy. – Qual é, você já teve um monte de encontros com empresários ricos. Deve ter algum conselho bom!

– Certo. – Jemima suspira e pousa sua bolsa. – É uma causa sem solução, mas vou fazer o melhor possível. – Ela começa a contar nos dedos. – A primeira coisa é estar impecável.

– Por que você acha que eu estou fazendo as sobrancelhas? – rebato, com uma careta.

– Ótimo. Outra é mostrar interesse pelos passatempos dele. De que ele gosta?

– Não sei. Carros, eu acho. Parece que ele tem um monte de carros antigos na fazenda.

– Muito bem! – Jemima fica animada. – Isso é bom. Finja que você gosta de carros, sugira visitarem uma exposição de carros. Você poderia folhear uma revista de carros no caminho para lá.

– Não posso – respondo, tomando um gole relaxante, pré-encontro, de Harvey's Bristol Cream. – Eu disse a ele no avião que odeio carros antigos.

– Você fez *o quê*? – Jemima parece estar a ponto de me dar um soco. – Você contou ao homem com quem vai se encontrar que odeia o passatempo predileto dele?

– Eu não sabia que ia me encontrar com ele, sabia? – digo na defensiva, pegando minha base. – E, de qualquer modo, é verdade. Eu odeio carros antigos. As pessoas que andam neles sempre parecem metidas a bestas e satisfeitas consigo mesmas.

– O que a *verdade* tem a ver com as coisas? – A voz de Jemima se ergue, agitada. – Emma, sinto muito, não posso ajudar você. Isso é um desastre. Você está completamente vulnerável. É como ir para uma batalha de camisola.

– Jemima, isso não é uma batalha – respondo, revirando os olhos. – E não é um jogo de xadrez. É um jantar com um homem legal!

– Você é cínica demais, Jemima – concorda Lissy. – *Eu* acho que é extremamente romântico! Eles vão ter um encontro perfeito, porque não vai haver aquela sensação incômoda. Ele sabe do que Emma gosta. Sabe pelo que ela se interessa. Os dois já são totalmente compatíveis.

– Bem, eu lavo minhas mãos – desiste Jemima, ainda balançando a cabeça. – O que você vai usar? – Seus olhos se estreitam. – Onde está sua roupa?

– Meu vestido preto – respondo inocentemente. – E a sandália de tiras. – Aponto para trás da porta, onde o vestido preto está pendurado.

Os olhos de Jemima se estreitam ainda mais. Sempre acho que ela seria uma boa oficial da SS.

– Você não vai pegar nada meu emprestado.

– Não! – nego, indignada. – Francamente, Jemima, eu tenho minhas roupas, né?

– Ótimo. Bem. Divirta-se.

Lissy e eu esperamos seus passos se afastarem até o fim do corredor e a porta da frente bater com força.

– Pronto! – exclamo, empolgada, mas Lissy levanta a mão.

– Espera.

Ficamos sentadas imóveis por uns dois minutos. Depois ouvimos o som da porta da frente sendo aberta muito discretamente.

– Ela quer pegar a gente – sussurra Lissy. – Ei! – chama ela, levantando a voz. – Tem alguém aí?

– Ah, oi – responde Jemima, aparecendo na porta. – Esqueci o brilho labial. – Seus olhos fazem uma rápida varredura do quarto.

– Acho que não está aqui – diz Lissy, inocentemente.

– Não. Bem. – Seus olhos viajam de novo, cheios de suspeita, pelo quarto. – Certo. Tenha uma boa noite.

De novo seus passos ecoam pelo corredor, e de novo a porta da frente bate com força.

– Pronto! – exclama Lissy. – Vamos.

Tiramos a fita adesiva da porta de Jemima e Lissy faz uma pequena marca onde ela estava.

– Espera! – adverte ela, quando estou prestes a empurrar a porta. – Há outra embaixo.

– Você deveria ser espiã – observo, olhando-a tirar a fita com cuidado.

– Bom. – A testa de Lissy está franzida por causa da concentração. – Tem que haver mais alguma armadilha.

– Tem fita adesiva no armário também – constato. – E... Ah, meu Deus! – aponto. Há um copo d'água equilibrado em cima do armário, pronto para nos encharcar se abrirmos a porta.

– Aquela vaca! – indigna-se Lissy quando vou pegá-lo. – Sabe, eu tive que passar a noite inteira atendendo ao telefone para ela um dia desses, e ela nem agradeceu.

Ela espera até eu ter posto o copo d'água num lugar seguro, depois estende a mão para a porta.

– Pronta?

– Pronta.

Lissy respira fundo, depois abre a porta do armário. Imediatamente uma sirene alta, penetrante, começa a uivar. "Uiii-uu uiii-uu uiii-uu..."

– Merda! – grita ela, batendo a porta. – Merda! Como ela fez isso?

– Continua tocando! – digo, agitada. – Como é que para?

– Não sei! Acho que precisa de um código especial!

Estamos as duas batendo freneticamente no armário, tateando, procurando um interruptor.

O som se interrompe abruptamente e nós nos encaramos, um pouco ofegantes.

– Na verdade... – Lissy se manifesta depois de uma longa pausa. – Na verdade, eu acho que foi um alarme de carro lá fora.

– Ah. Sim. É, talvez tenha sido.

Meio sem graça, Lissy estende a mão de novo para a porta, que desta vez se mantém em silêncio.

– Pronto. Aqui vai.

– Uau. – Respiramos ao mesmo tempo enquanto ela abre a porta.

O armário de Jemima é como um baú do tesouro. Como uma árvore de Natal. São roupas novas, brilhantes, lindas, uma depois da outra, todas muito bem dobradas e penduradas em cabides perfumados, como numa loja. Todos os sapatos ficam em caixas com fotos Polaroid na frente. Todos os cintos muito bem pendurados em ganchos. Todas as bolsas estão perfeitamente enfileiradas numa prateleira. Já faz um tempo desde que eu peguei alguma coisa emprestada com Jemima, e cada item parece ter mudado desde então.

– Ela deve gastar uma hora por dia mantendo isso arrumado – comento com um suspiro, pensando na bagunça do meu armário.

– E passa mesmo. Eu já vi.

O armário de Lissy é ainda pior. Consiste numa cadeira em seu quarto, sobre a qual tudo é jogado numa pilha enorme. Ela diz que guardar coisas faz seu cérebro doer, e que, desde que esteja limpo, o que importa?

– Então! – Lissy ri, e estende a mão para um vestido branco e brilhante. – Que look a madame vai querer esta noite?

NÃO USO O VESTIDO branco brilhante. Mas experimento. De fato, nós duas experimentamos um bocado de coisas, e depois temos que colocar tudo de volta, com muito cuidado. De vez em quando um alarme de carro é acionado lá fora, e nós duas pulamos aterrorizadas, para logo em seguida fingir que não estamos nem aí.

No fim, eu escolho usar uma incrível blusa vermelha, nova, com ombros cortados, com minhas calças de chiffon preto da DNKY (25 libras num bazar em Notting Hill) e a sandália Prada de salto alto, prateada, de Jemima. E depois, mesmo que eu não estivesse pretendendo, no último minuto pego também uma bolsinha Gucci.

– Você está incrível! – exclama Lissy quando faço um movimento para exibir o look. – Ma-ra-vi-lho-sa!

– Não estou chique demais?

– Claro que não! Qual é, você vai jantar com um multimilionário.

– Não diga isso! – exclamo, sentindo o nervosismo comprimir meu estômago. Olho o relógio. São quase 20 horas.

Ah, meu Deus. Agora estou começando a ficar nervosa de verdade. Na diversão de me arrumar, quase tinha esquecido para que era.

Fique calma, digo a mim mesma. É só um jantar. Só isso. Nada especial. Nada fora do...

– Porra! – Lissy está olhando pela janela da sala de estar. – Porra! Tem um carro grande lá fora!

– O quê? Onde? – Corro para perto dela, com o coração aos saltos. Quando acompanho seu olhar, estou quase sem fôlego.

Um carro enorme e chique está esperando do lado de fora da nossa casa. Quero dizer, *enorme*. É prateado e brilhante, e chama muita atenção na nossa ruazinha. Na verdade estou vendo algumas pessoas olhando, curiosas, da casa do outro lado.

E de repente estou mesmo cheia de pavor. O que estou fazendo? Este é um mundo do qual eu não sei nada. Quando estávamos naquelas poltronas do avião, Jack e eu éramos apenas duas pessoas no mesmo nível. Mas olhe agora. Olhe o mundo em que ele vive – e olhe o mundo em que eu vivo.

– Lissy – murmuro numa voz minúscula. – Não quero ir.

– Quer sim! – reage ela, mas dá para ver que está surtando como eu.

A campainha toca, e nós duas pulamos.

Acho que vou vomitar.

Certo. Certo. Lá vou eu.

– Oi. – digo ao interfone. – Eu... já estou descendo.

Ponho o fone no gancho e olho para Lissy.

– Bem – sussurro com a voz trêmula. – É isso.

– Emma. – Lissy agarra minhas mãos. – Antes de ir. Não ligue para o que Jemima falou. Só se divirta. – Ela me abraça com força. – Ligue se puder.

– Eu ligo.

Dou uma última olhada no espelho, depois abro a porta e desço a escada.

Abro a porta para a calçada e Jack está ali parado, usando paletó e gravata. Ele sorri para mim, e todos os meus medos voam para longe como borboletas. Jemima está errada. Não sou eu contra ele. Sou eu *com* ele.

– Oi. – Jack ostenta um sorriso caloroso. – Você está muito bonita.

– Obrigada.

Estendo a mão para a maçaneta, mas um homem de quepe se adianta para abrir a porta do carro para mim.

– Sou uma idiota! – digo, nervosa.

Não acredito que estou entrando nesse carro. Eu. Emma Corrigan. Estou me sentindo uma princesa. Uma estrela de cinema.

Sento-me no banco confortável, tentando não pensar em como esse carro é diferente de todos em que já entrei, em toda a vida.

– Você está bem? – pergunta Jack.

– Sim! Estou ótima! – Minha voz é um guincho nervoso.

– Emma. A gente vai se divertir. Eu prometo. Você tomou o xerez pré-encontro?

Como é que ele sabia...

Ah, sim. Eu contei no avião.

– Sim, tomei – admito.

– Quer mais um pouco? – Ele abre o bar e eu vejo uma garrafa de Harvey's Bristol Cream numa bandeja de prata.

– Você comprou isso especialmente para mim? – exclamo, incrédula.

– Não, é minha bebida predileta. – Sua cara de pau é tão tremenda que não consigo evitar o riso. – Eu acompanho você – propõe, enquanto me entrega um copo. – Nunca provei isso antes. – Ele se serve de uma dose grande, toma um gole e quase cospe. – Está falando sério?

– É gostoso! Tem gosto de Natal!

– Tem gosto de... – Ele balança a cabeça. – Nem quero dizer que gosto tem. Vou ficar no uísque, se você não se incomodar.

– Tudo bem – concordo, dando de ombros. – Mas você está perdendo. – Tomo outro gole e dou um riso feliz. Já estou totalmente relaxada.

Vai ser um encontro perfeito.

13

Chegamos a um restaurante em Mayfair, no qual nunca estive antes. Na verdade nem sei se já estive em Mayfair. É tão completamente chique, por que eu teria ido lá?

– É uma espécie de lugar privativo – murmura Jack quando passamos por um pátio com colunas. – Não são muitas pessoas que conhecem.

– Sr. Harper. Srta. Corrigan – diz um homem com terno estilo Nehru, aparecendo do nada. – Por favor, venham por aqui.

Uau! Eles sabem o meu nome!

Deslizamos passando por mais algumas colunas e entramos numa sala ornamentada em que uns três outros casais estão sentados. Há um casal à nossa direita e, quando passamos, uma mulher de meia-idade com cabelo platinado e casaco dourado me encara.

– Ah, olá! – exclama ela. – Rachel!

– O quê? – olho em volta, perplexa. Ela está olhando para mim?

A mulher se levanta e, cambaleando ligeiramente, vem e me dá um beijo.

– Como vai, querida? Nós não nos vemos há séculos!

Certo, dá para sentir cheiro de álcool a 5 metros. E, quando olho para seu parceiro de jantar, ele parece igualmente mal.

– Acho que a senhora se enganou – digo educadamente. – Eu não sou Rachel!

– Ah! – A mulher me encara por um momento. Depois olha para Jack e rapidamente parece compreender algo. – Ah! Ah, sei. Claro que não é. – Ela me dá uma piscadela.

– Não! – digo, horrorizada. – A senhora não entendeu. Eu *realmente* não sou Rachel. Sou Emma.

– Emma. Claro! – Ela assente de modo conspirador. – Bem, tenha um jantar maravilhoso. E me ligue uma hora dessas.

Enquanto ela anda cambaleante de volta à cadeira, Jack me lança um olhar interrogativo.

– Há alguma coisa que você queira me dizer?

– Sim. Aquela mulher está extremamente bêbada. – Quando encontro seu olhar, não consigo evitar um risinho, e a boca de Jack esboça uma risada também.

– Então, vamos nos sentar? Ou você tem mais algum amigo antigo que queira cumprimentar?

Olho a sala em volta, avaliando.

– Não, acho que é só ela.

– Dê mais uma olhada. Tem certeza de que aquele senhor idoso ali não é seu avô?

– Não *creio*...

– Além disso, você deve saber que, por mim, pode usar pseudônimos. Eu mesmo costumo usar o nome de Egbert.

Dou um riso fungado e contenho-o rapidamente. Esse é um restaurante chique. As pessoas já estão olhando para nós.

Somos levados a uma mesa no canto, perto da lareira. Um garçom puxa a cadeira para mim e abre um guardanapo sobre meus joelhos, enquanto outro serve água e mais um me oferece um pãozinho. Exatamente o mesmo está acontecendo no lado de Jack. Temos seis pessoas dançando para nos servir! Quero atrair o olhar dele e rir, mas Jack não parece preocupado, como se isso fosse perfeitamente normal.

Talvez *seja* normal para ele, percebo. Ah, meu Deus. Talvez ele tenha um mordomo que lhe prepare chá e passe o jornal a ferro todo dia.

Mas e se tiver? Não devo deixar que nada disso me incomode.

– Então – digo, quando todos os garçons desaparecerem. – O que vamos beber? – Eu já olhei a bebida que a mulher de dourado está tomando. É cor-de-rosa e tem pedaços de melancia decorando o copo e parece absolutamente deliciosa.

– Já foi providenciado – diz Jack com um sorriso, quando um dos garçons traz uma garrafa de champanhe, abre e começa a servir. – Lembro de você ter dito no avião que seu encontro perfeito começaria com uma garrafa de champanhe aparecendo magicamente à mesa.

– Ah – exclamo refreando uma minúscula sensação de desapontamento. – É... é! Disse mesmo.

– Saúde. – Jack bate de leve na minha taça.

– Saúde. – Tomo um gole, e é um champanhe delicioso. Realmente. Todo seco e delicioso.

Imagino como é o gosto da bebida de melancia.

Pare com isso! Champanhe é perfeito. Jack está certo, é o início perfeito para um encontro.

– A primeira vez que tomei champanhe foi quando eu tinha 6 anos... – começo.

– Na casa da sua tia Sue – completa Jack com um sorriso. – Você tirou a roupa toda e a jogou no laguinho.

– Ah, sim – respondo, parando no meio da frase. – É, eu contei, não foi?

Então não vou incomodá-lo com essa história de novo. Tomo um gole de champanhe e tento rapidamente pensar em alguma coisa para dizer. Alguma coisa que ele já não saiba.

Existe alguma coisa?

– Eu escolhi um prato especial, e acho que você vai gostar – anuncia Jack com um sorriso. – Tudo foi pedido antes, só para você.

– Nossa! – exclamo, impressionada pasma. – Que... maravilhoso.

Um prato pedido especialmente para mim. Uau. É incrível.

Só que... escolher a comida é metade da diversão quando se come fora, não é? É quase minha parte predileta.

Tudo bem. Não importa. Vai ser perfeito. *Está* perfeito.

Certo. Vamos começar uma conversa.

– Então, o que você gosta de fazer em seu tempo livre? – pergunto, e Jack dá de ombros.

– Saio. Assisto beisebol. Conserto meus carros...

– Você tem uma coleção de carros antigos! Isso mesmo. Uau. Eu realmente... é...

– Você odeia carros antigos. – Ele sorri. – Eu lembro.

– Eu não odeio os carros em si – tento consertar rapidamente. – Odeio as pessoas que... que...

Merda. Isso não saiu direito. Tomo um gole rápido de champanhe, mas desce pelo lado errado e eu começo a tossir. Ah, meu Deus, estou engasgada. Meus olhos lacrimejam.

E agora todas as outras seis pessoas na sala se viraram para olhar.

– Você está bem? – Jack fica preocupado. – Tome um pouco de água. Você gosta de Evian, certo?

– Hum... é. Obrigada.

Ah, que inferno. Odeio admitir que Jemima pode estar certa em alguma coisa. Mas seria muito mais fácil se eu pudesse ter dito, toda animada: "Ah, eu adoro carros antigos!"

Tudo bem. Não faz mal.

Enquanto estou tomando a água, um prato de pimentões assados se materializa não sei como na minha frente.

– Uau! – digo, deliciada. – Adoro pimentão assado.

– Eu lembrei. – Jack parece sentir orgulho de si mesmo. – Você disse no avião que sua comida predileta era pimentão assado.

– Disse? – Encaro-o, meio surpresa.

Nossa. Eu não lembro disso. Quer dizer, eu *gosto* de pimentão assado, mas não diria...

– Então eu liguei para o restaurante e mandei fazer especialmente para você. Eu não posso comer pimentão – acrescenta Jack, quando um prato de escalopinho aparece na frente dele. – Senão acompanharia você.

Olho boquiaberta o prato dele. Ah, meu Deus. Aqueles escalopes parecem fantásticos. Eu *adoro* escalopes.

– *Bon appétit*! – diz Jack, animado.

– Hum... é! *Bon appétit*.

Como um pedaço de pimentão assado. Está delicioso. E foi muito atencioso ele ter lembrado.

Mas não consigo deixar de olhar seus escalopes. Estão me dando água na boca. E olha aquele molho verde! Meu Deus, aposto que estão suculentos e cozidos à perfeição...

– Quer um pedacinho? – oferece Jack, seguindo meu olhar.

– Não! – respondo, dando um pulo. – Não, obrigada. Esses pimentões estão absolutamente... perfeitos! – Sorrio para ele e como outro pedaço enorme.

De repente Jack bate com a mão no bolso.

– Meu celular – exclama. – Emma, você se importaria se eu atendesse? Pode ser alguma coisa importante.

– Claro que não. Vá em frente.

QUANDO ELE SE AFASTA, eu não consigo evitar. Estendo a mão e garfo um dos seus escalopes. Fecho os olhos enquanto mastigo, deixando o sabor jorrar pelas minhas papilas gustativas. Isso é divino. É a melhor coisa que já comi na vida. Só estou imaginando se conseguiria comer um segundo sem dar bandeira, se remexesse os outros no prato, quando sinto cheiro de gim. A mulher de casaco dourado está perto da minha orelha.

– Fale, rápido! – pede ela. – O que está acontecendo?

– Nós... estamos jantando.

– Isso eu estou vendo! – impacienta-se. – Mas e Jeremy? Ele faz alguma ideia?

Ah, meu Deus.

– Olhe – digo, desamparada. – Eu não sou quem a senhora acha...

– Dá para ver! Nunca imaginei que você teria coragem para isso. – A mulher aperta meu braço. – Bem, que bom para você. Divirta-se um pouco, é o que eu digo! Você tirou a aliança de casamento – acrescenta, olhando minha mão. – Garota esperta... Ops! Ele está vindo! É melhor eu ir!

Ela anda cambaleante para longe de novo, enquanto Jack se senta e eu me inclino para a frente, já meio rindo. Jack vai adorar isso.

– Adivinha só! Eu tenho um marido chamado Jeremy! Minha amiga ali veio me dizer. O que você acha? Será que Jeremy também anda tendo encontros escusos?

Há um silêncio, e Jack ergue os olhos, com uma expressão tensa.

– Perdão?

Jack não ouviu uma palavra do que eu disse.

Não posso falar tudo de novo. Vai parecer estúpido. Na verdade já estou me sentindo estúpida.

– Deixa pra lá – forço um sorriso.

Há outro silêncio e eu procuro alguma coisa para falar.

– Então, é... eu tenho uma confissão a fazer – eu aponto para o prato dele. – Roubei um dos seus escalopes.

Espero que ele finja estar chocado, ou com raiva. Ou *qualquer coisa*.

– Tudo bem – diz ele distraído, e começa a enfiar o resto na boca.

Não entendo. O que aconteceu? Para onde foram as brincadeiras? Ele mudou completamente.

QUANDO TERMINO o frango ao estragão com salada de rúcula e batatas fritas, todo o meu corpo está tenso de sofrimento. Este encontro é um desastre. Um desastre completo. Eu fiz todo o esforço possível para bater papo, brincar e ser divertida. Mas Jack recebeu mais dois telefonemas e no restante do tempo ficou pensativo e distraído, e, para ser sincera, é como se eu não estivesse aqui.

Sinto vontade de chorar de frustração. Simplesmente não entendo. Estava indo tão bem. Nós estávamos nos entrosando. O que deu errado?

– Vou retocar a maquiagem – resolvo, quando os pratos principais são retirados, e Jack só concorda com a cabeça.

O banheiro feminino mais parece um palácio, com espelhos dourados, poltronas acolchoadas e uma mulher de uniforme para entregar uma toalha. Por um momento me sinto meio tímida em telefonar para Lissy na frente dela, mas ela já deve ter visto de tudo, não é?

– Oi – exclamo quando Lissy atende. – Sou eu.

– Emma! Como está indo o encontro?

– Medonho – respondo, arrasada.

– Como assim? – diz ela, com horror. – Como pode estar medonho? O que aconteceu?

– Isso é o pior... – Deixo-me afundar na poltrona. – Tudo começou superbem. Nós estávamos rindo e brincando, o restaurante é incrível, ele pediu um menu especial para mim, com minhas coisas prediletas...

Engulo em seco. Agora que falei assim, tudo parece perfeito.

– Maravilhoso – Lissy está perplexa. – Então como...

– Então ele recebeu um telefonema no celular. – Assoo o nariz. – E desde então praticamente não me disse uma palavra. Fica desaparecendo para atender ao telefone e eu fico sozinha, e quando ele volta a conversa está toda tensa e esquisita, e ele nem presta atenção direito.

– Talvez ele esteja preocupado com alguma coisa, mas não queira incomodar você com isso – propõe Lissy depois de uma pausa.

– É verdade – respondo lentamente. – Ele parece bem abalado.

– Talvez tenha acontecido alguma coisa horrível e ele não queira arruinar o clima. Tente conversar com ele. Compartilhar as preocupações!

– Certo – concordo, um pouco mais animada. – Certo, vou tentar. Obrigada, Lissy.

VOLTO À MESA me sentindo ligeiramente mais otimista. Um garçom se materializa para me ajudar com a cadeira, e quando me sento dou a Jack o olhar mais caloroso e mais simpático que consigo.

– Jack, está tudo bem?

Ele franze a testa.

– Por que está dizendo isso?

– Bem, você fica desaparecendo. Eu imaginei se haveria alguma coisa... sobre a qual você quisesse falar.

– Está tudo bem – diz ele, bruscamente. – Obrigado. – Seu tom é tipo "assunto encerrado", mas não vou desistir tão fácil.

– Você recebeu alguma notícia ruim?

– Não.

– É... uma coisa de negócios? – insisto. – Ou... é algo pessoal?

Jack levanta a cabeça, com um súbito clarão de raiva no rosto.

– Eu disse, não é nada. Deixa pra lá.

Ótimo. Isso me coloca no meu lugar, não é?

– Vocês vão querer sobremesa? – A voz de um garçom me interrompe, e eu lhe dou um sorriso tenso.

– Acho que não.

Por mim, esta noite já acabou. Só quero que isso termine para eu poder ir para casa.

– Muito bem. – O garçom sorri. – Café?

– Ela quer sobremesa – anuncia Jack, por cima da minha cabeça.

O quê? *O que* ele disse? O garçom me olha, hesitando.

– Não, não quero – rebato com firmeza.

– Como assim, Emma? – insiste Jack, e agora seu tom caloroso e provocante está de volta. – Você não precisa fingir comigo. Você contou no avião que sempre fala isso. Diz que não quer sobremesa quando na verdade quer.

– Bem, dessa vez não quero mesmo.

– Foi criada especialmente para você. – Jack se inclina para a frente. – Merengue de Häagen-Dazs, com calda de Bailey's...

De repente estou me sentindo totalmente diminuída. Como ele sabe o que eu quero? Talvez eu só quisesse uma fruta. Talvez não quisesse nada. Ele não sabe nada sobre mim. Absolutamente nada.

– Não estou com fome. – Empurro a cadeira para trás.

– Emma, eu conheço você. Você quer, de verdade.

– Você *não* me conhece! – exclamo com raiva, antes de me controlar. – Jack, você pode conhecer alguns fatos aleatórios sobre mim. Mas isso não significa que me conhece!

– O quê? – Jack me encara.

– Se me conhecesse – minha voz está trêmula – teria percebido que, quando saio para jantar com alguém, eu gosto que ouçam o que estou dizendo. Gosto de que me tratem com um pouco de respeito e que não me digam para "deixar para lá" quando estou tentando manter a conversa...

Jack está me olhando, pasmo.

– Emma, você está bem?

– Não. Não estou bem! Você praticamente me ignorou a noite inteira.

– Isso não é justo.

– Ignorou, sim! Você está no piloto automático. Desde que seu celular começou a tocar...

– Olha. – Jack coça o rosto. – No momento há algumas coisas acontecendo na minha vida, elas são muito importantes...

– Ótimo. Bem, deixe que elas continuem sem mim.

Lágrimas estão surgindo em meus olhos quando me levanto e pego a bolsa. Eu queria tanto que esta fosse uma noite perfeita! Tinha grandes esperanças! Não acredito que deu tão errado.

– Isso mesmo! Assim que se faz! – a mulher de dourado grita dando apoio, do outro lado do restaurante. – Sabe, essa garota tem um marido adorável – exclama ela para Jack. – Ela não precisa de você!

– Obrigada pelo jantar – digo, olhando fixamente para a toalha, enquanto um dos garçons aparece magicamente ao lado, com meu casaco.

– Emma. – Jack levanta-se, incrédulo. – Você não está indo embora de verdade.

– Estou.

– Dê outra chance. Por favor. Fique e tome um café. Eu prometo que vou conversar...

– Eu não quero café – rebato, enquanto o garçom me ajuda a vestir o casaco.

– Chá de hortelã, então. Chocolate! Eu pedi uma caixa de trufas Godiva... – Seu tom é suplicante, e só por um instante eu hesito. Adoro trufas Godiva.

Mas não, eu decidi.

– Não me importa. – Engulo em seco. – Estou indo. Muito obrigada – acrescento ao garçom. – Como você sabia que eu queria o casaco?

– Nosso dever é saber – responde ele discretamente.

– Está vendo? – falei a Jack. – *Eles* me conhecem.

Há um instante em que nos entreolhamos.

– Ótimo – Jack finalmente dá de ombros, resignado. – Ótimo. Daniel vai levá-la em casa. Ele deve estar esperando lá fora, no carro.

– Eu não vou para casa no seu carro! – digo, horrorizada. – Eu me viro, obrigada.

– Emma. Não seja boba.

– Adeus. E muito obrigada – acrescento ao garçom. – Vocês foram muito atenciosos e gentis comigo.

Saio correndo do restaurante e descubro que começou a chover. E não tenho guarda-chuva.

Bem, não importa. Estou indo embora de qualquer jeito. Caminho pelas ruas, escorregando um pouco na calçada molhada, sentindo as gotas de chuva se misturando com as lágrimas no rosto. Não faço ideia de onde estou. Nem sei onde fica o metrô mais próximo, nem onde...

Espera. Ali está um ponto de ônibus. Olho os números e vejo um que vai para Islington.

Bem, ótimo. Vou pegar o ônibus para casa. E então vou tomar uma bela xícara de chocolate quente. E talvez tomar um pouco de sorvete na frente da TV.

É um daqueles pontos de ônibus com teto e banquinhos, e eu me sento, dando graças a Deus porque meu cabelo não vai molhar ainda mais. Fico olhando com expressão vazia para um anúncio de carro, imaginando como seria o gosto daquele merengue de Häagen-Dazs, se era do tipo branco e duro ou daquele lindíssimo, cor de caramelo, molinho, quando de repente um grande carro prateado buzina na calçada.

Não acredito.

– Por favor – pede Jack, saindo. – Deixe-me levar você em casa.

– Não – respondo sem virar a cabeça.

– Você não pode ficar aqui na chuva.

– Posso, sim. Alguns de nós vivem no mundo real, você sabe.

Viro-me e finjo que estou examinando um cartaz sobre a Aids. No instante seguinte Jack chega ao ponto de ônibus.

Senta-se no banquinho ao lado e por um momento nós ficamos em silêncio.

– Eu sei que fui uma companhia terrível esta noite – revela, por fim. – E peço desculpas. Também lamento não poder falar nada sobre isso. Mas minha vida é... complicada. Alguns assuntos são muito delicados. Você entende?

Não, quero dizer. Não, não entendo. Eu lhe contei absolutamente tudo sobre mim.

– Acho que sim – dou de ombros.

A chuva está batendo com mais força ainda, trovejando no teto do ponto de ônibus e escorrendo para as minhas... para as sandálias prateadas de Jemima. Meu Deus, espero que não manchem.

– Desculpe se esta noite foi uma decepção para você – continua Jack, elevando a voz acima do ruído.

– Não foi – retruco, sentindo-me um pouco mal. – Eu só... eu só tinha grandes esperanças! Queria conhecer você um pouquinho e queria me divertir... e que nós dois ríssemos... e queria um daqueles coquetéis cor-de-rosa, e não champanhe...

Merda. *Merda.* Isso escapou antes que eu pudesse impedir.

– Mas... você gosta de champanhe! – exclama Jack, pasmo. – Você me disse. Seu encontro perfeito começaria com champanhe.

Não consigo encará-lo.

– É, bem. Na época eu não conhecia os coquetéis cor-de-rosa, não é?

Jack vira a cabeça para trás e gargalha.

– Bom argumento. Muito bom. E eu nem lhe dei opção, não é? – Ele balança a cabeça, pensativo. – Provavelmente você estava ali sentada e pensando: que cara chato, será que ele não sabe que eu quero um coquetel cor-de-rosa?

– Não! – digo imediatamente, mas minhas bochechas estão ficando vermelhas, e Jack está me olhando com uma expressão tão cômica que dá vontade de abraçá-lo.

– Ah, Emma. Desculpe. – Ele balança a cabeça. – Eu queria conhecer você também. Assim como queria me divertir. Parece que nós dois queríamos as mesmas coisas. E foi minha culpa não ter sido assim.

– Não é *sua* culpa – murmuro, sem jeito.

– Não foi assim que eu planejei as coisas. – Ele me olha, sério. – Você vai me dar outra chance?

Um enorme ônibus vermelho, de dois andares, troveja até o ponto, e nós dois erguemos os olhos.

– Tenho que ir – digo, me levantando. – Este é o meu ônibus.

– Emma, não seja boba. Venha no carro.

– Não. Eu vou de ônibus!

As portas automáticas se abrem e eu entro. Mostro meu cartão ao motorista e ele assente.

– Você está pensando mesmo em andar nessa coisa? – diz Jack, entrando atrás de mim. Ele espia em dúvida para os passageiros noturnos de sempre. – Isso é *seguro*?

– Você está parecendo meu avô! Claro que é seguro. Vai até o fim da minha rua.

– Depressa! – grita o motorista, impaciente. – Se não tem dinheiro, saia.

– Tenho American Express – tenta Jack, tateando no bolso.

– Você não pode pagar o ônibus com American Express! – Eu reviro os olhos. – Você não sabe de nada? Tudo bem. – Olho meu cartão durante alguns segundos. – Acho que eu prefiro ir sozinha, se você não se importar.

– Sei – responde Jack numa voz diferente. – Acho que é melhor eu sair – diz ao motorista. Depois me olha. – Você não respondeu. Podemos tentar de novo? Amanhã à noite. E dessa vez vamos fazer o que você quiser. Você decide.

– Certo. – Tento dar de ombros sem muita importância, mas quando encontro seu olhar me pego sorrindo também.

– Oito horas de novo?

– Oito horas. E deixe o carro para trás – acrescento com firmeza. – Vamos fazer as coisas do meu jeito.

– Ótimo! Estou ansioso. Boa noite, Emma.

– Boa noite.

Quando ele se vira para sair, subo a escada até o andar de cima do ônibus. Vou para o banco da frente, o lugar em que sempre me sentava quando era criança, e olho para a noite escura e chuvosa de Londres. Se olhar por tempo suficiente, as luzes ficam borradas como um caleidoscópio. Como o reino das fadas.

Giram na minha mente imagens da mulher de dourado, do coquetel cor-de-rosa, do rosto de Jack quando eu disse que ia embora, do garçom trazendo o casaco, do carro de Jack chegando ao ponto de ônibus... não consigo saber o que estou pensando. Só consigo ficar ali sentada, olhando para fora, consciente dos sons familiares e reconfortantes em volta. Os rangidos do motor antigo do ônibus. O barulho das portas se abrindo e fechando com chiados. O som agudo da campainha de parada. Pessoas subindo a escada e descendo de novo.

Sinto o ônibus balançar quando viramos esquinas, mas mal percebo para onde vamos. Até que, depois de um tempo, visões familiares lá fora começam a penetrar na consciência, e eu percebo que estamos chegando à minha rua. Preparo-me, pego a bolsa e vou até o topo da escada.

De repente o ônibus vira bruscamente à esquerda e eu agarro a barra no encosto de um banco, tentando me firmar. Por que estamos virando à esquerda? Olho pela janela, pensando que vou ficar realmente puta da vida se acabar tendo que andar, e pisco, perplexa.

Certamente nós não...

Certamente isso não pode ser...

Mas sim. Olho pela janela, perplexa. Estamos na minha ruazinha.

E agora paramos do lado de fora da minha casa.

Desço a escada correndo, quase torcendo o tornozelo, e olho o motorista.

– Rua Ellerwood, 41 – anuncia com um floreio.

Não. Isso não pode estar acontecendo.

Pasma, olho em volta no ônibus, e dois adolescentes bêbados me encaram, inexpressivos.

– O que está acontecendo? – pergunto para o motorista. – Ele *pagou* a você?

– Quinhentas pratas. – Ele pisca para mim. – Quem quer que ele seja, minha querida, não deixe escapar.

Quinhentas pratas? Ah, meu Deus.

– Obrigada – digo, tonta. – Quero dizer, obrigada pela viagem.

Sentindo-me num sonho, saio do ônibus e vou para a porta da frente. Mas Lissy já chegou e já está abrindo.

– Isso é um *ônibus*? – pergunta ela, com olhos arregalados. – O que ele está fazendo aqui?

Aceno para o motorista, que me cumprimenta de volta, e o ônibus ruge partindo para a noite.

– Não acredito! – diz Lissy devagar, olhando-o desaparecer na esquina. Ela se vira para me olhar. – Então... no final acabou sendo bom?

– É. Sim. Foi... legal.

14

Certo. Não conte a ninguém. *Não* conte a ninguém.

Não conte a ninguém que você saiu com Jack Harper ontem à noite.

Quer dizer, não que eu esteja exatamente planejando contar a alguém. Mas quando chego ao trabalho no dia seguinte me sinto quase convencida de que vou acabar abrindo o bico por engano.

Ou que alguém vai adivinhar. Puxa, deve estar óbvio na minha cara. Nas minhas roupas. No modo como estou andando. Sinto-me como se tudo que eu faço gritasse: "Ei, adivinha o que eu fiz ontem à noite?"

– Oi – diz Caroline enquanto preparo uma xícara de café. – Como vai?

– Bem, obrigada! – respondo dando um pulo cheio de culpa. – Eu só tive uma noite calma. Só... calma! Com minha colega de apartamento. Nós assistimos a três filmes. *Uma linda mulher, Um lugar chamado Notting Hill* e *Quatro casamentos e um funeral*. Só nós duas, mais ninguém.

– Certo – diz Caroline, parecendo meio curiosa. – Que bom!

Ah, meu Deus. Estou perdendo o controle. Todo mundo sabe que é assim que os criminosos são descobertos. Eles acrescentam detalhes demais e acabam tropeçando.

Certo, chega de abrir a boca. Só dê respostas monossilábicas.

– Oi – diz Artemis quando me sento à mesa.

– Oi – respondo, obrigando-me a não acrescentar mais nada. Nem mesmo que tipo de pizza Lissy e eu pedimos, mesmo eu tendo toda uma história pronta sobre como a pizzaria achou que a gente tinha dito pimentão verde em vez de pepperoni, ha-ha, que confusão.

Nesta manhã eu devo arquivar umas coisas, mas em vez disso me vejo pegando um pedaço de papel e começando uma lista de possíveis locais aonde posso levar Jack esta noite.

1. *Pub*. Não. Chato demais.
2. Cinema. Não. Muito tempo sentados sem conversar.
3. Patinação no gelo. Não faço ideia de por que coloquei isso, já que nem sei patinar. Só que tinha no *Splash, uma sereia em minha vida*.
4.

Meu Deus, já estou sem ideias. Não é uma merda? Olho o papel sem enxergar direito, meio que prestando atenção nas conversas ao redor.

– ... trabalhando num projeto secreto, ou será apenas um boato?

– ... empresa numa nova direção, mas ninguém sabe exatamente o que ele...

– ... *é* esse tal de Sven, afinal? Puxa, que função ele tem?

– Ele está com Jack, não está? – diz Amy, que trabalha nas finanças mas é a fim de Nick, por isso vive arranjando desculpas para vir à nossa sala. – Ele é amante de Jack.

– O *quê*? – empertigo-me rápido e quebro a ponta do lápis. Felizmente todo mundo está ocupado demais fofocando para notar.

Jack é gay? Jack é gay?

Por isso ele não me deu um beijo de boa-noite. Ele só quer ser meu amigo. Ele vai me apresentar ao Sven e eu terei que fingir que está tudo bem, como se eu soubesse o tempo todo...

– Jack Harper é gay? – está perguntando Caroline, atônita.

– Eu só presumi. – Amy dá de ombros. – Ele parece gay, você não acha?

– Na verdade, não. – Caroline franze o rosto. – Não é bem-arrumado.

– Eu não acho que ele parece gay! – exclamo, tentando parecer tranquila e só meio que vagamente interessada.

– Ele não é gay – cantarola Artemis com autoridade. – Eu li um antigo perfil sobre ele na *Newsweek* que dizia que ele estava namorando a presidente da Origin Software. E antes disso saía com uma supermodelo.

Uma gigantesca onda de alívio me atravessa.

Eu sabia que ele não era gay. Óbvio, eu sabia que ele não era gay.

Sinceramente, será que essa gente não tem nada melhor a fazer do que ficar com especulações estúpidas e insensatas sobre pessoas que elas não conhecem?

– Então Jack está namorando alguém atualmente?

– Quem sabe?

– Ele é bem sexy, não acham? – comenta Caroline com um riso maldoso. – Eu não me incomodaria nem um pouco.

– É, certo – diz Nick. – Você não se incomodaria com o jato particular dele, também.

– Parece que ele não tem um relacionamento desde que Pete Laidler morreu – conta Artemis em tom cortante. – Portanto, duvido que você tenha muita chance.

– Azar, Caroline – graceja Nick.

Estou me sentindo pouco à vontade ouvindo isso. Talvez devesse sair da sala até eles terminarem. Mas talvez isso chamasse atenção.

Só por um instante, me pego imaginando o que aconteceria se eu me levantasse e dissesse: "Na verdade eu jantei com Jack Harper ontem à noite." Todos iriam olhar para mim, pasmos, e talvez alguém ficasse boquiaberto, e...

Ah, quem eu estou querendo enganar? Eles nem acreditariam, não é? Diriam que eu estou tendo alucinações.

– Oi, Connor – ouço a voz de Caroline interromper meus pensamentos.

Connor? Minha cabeça se levanta numa ligeira consternação. E ali está ele, sem aviso. Aproximando-se da minha mesa com um olhar ferido.

O que está fazendo aqui?

Será que descobriu sobre mim e Jack?

Meu coração começa a bater com força e eu empurro nervosamente o cabelo para trás. Eu o vi umas duas vezes no prédio, mas este é nosso primeiro momento cara a cara, desde que terminamos.

– Oi – diz ele.

– Oi – respondo sem jeito, e há um silêncio.

De repente percebo a lista inacabada de locais para o encontro, bem à vista na minha mesa. Merda. Do modo mais casual possível estendo a mão para ela, amasso e jogo na lixeira.

Todas as fofocas sobre Sven e Jack se desfizeram. Sei que todo mundo na sala está prestando atenção em nós, mesmo que finjam estar fazendo outra coisa. É como se a gente fosse a novela interna da empresa.

E eu sei qual é o meu personagem. Sou a vaca sem coração que chutou sem motivo seu homem amoroso e honesto.

Ah, meu Deus. O fato é que realmente me sinto culpada. De verdade. Cada vez que vejo Connor, ou que ao menos penso nele, tenho uma sensação horrível de aperto no peito. Mas será que ele *precisa* ficar com essa expressão de dignidade ferida? Um ar de "você me feriu mortalmente mas eu sou uma pessoa tão boa que perdoo."

Sinto a culpa recuando e uma irritação se aproximando.

– Eu só vim – diz Connor finalmente – porque inscrevi nós dois para trabalharmos juntos na barraca de ponche no Dia da Família na Empresa. Claro que, quando fiz isso, eu achei que a gente... – Ele para, mais ferido do que nunca. – Tudo bem. Mas não me incomodo de ir em frente com isso. Se você não se incomodar.

Não sou eu que vou dizer que não suporto ficar perto dele por meia hora.

– Eu não me incomodo! – respondo.

– Ótimo.

– Ótimo.

Há outra pausa incômoda.

– A propósito, eu achei sua camisa azul – comento, dando ligeiramente de ombros. – Vou trazer.

– Obrigado. Acho que eu estou com umas coisas suas também...

– Ei – exclama Nick vindo até nós com uma expressão maldosa, de olhos brilhantes, tipo "vamos remexer a merda". – Eu vi você com alguém ontem à noite.

Meu coração dá uma chacoalhada gigantesca, aterrorizada. Porra! Porra porra certo... certo... tudo bem. Ele não está olhando para mim. Está olhando para Connor.

Com quem diabo Connor estava?

– Era só uma amiga. - Connor está tenso.

– Tem certeza? – insiste Nick. – Vocês pareciam muito amigáveis.

– Cala a boca, Nick – diz Connor, parecendo magoado. – É cedo demais para pensar em... ir em frente. Não é, Emma?

– Hum... é. – Engulo em seco várias vezes. – Sem dúvida. Óbvio.

Ah, meu Deus.

TUDO BEM. Não faz mal. Não vou me preocupar com Connor. Tenho um encontro importante em que pensar. E graças a Deus, no fim do dia, consegui encontrar o lugar perfeito. Na verdade estou espantada por não ter pensado antes! Só há um probleminha – mas eu vou superar com facilidade.

Sem dúvida, só levo cerca de meia hora para persuadir Lissy de que quando eles diziam nas regras que "Em nenhuma circunstância a chave deve ser transferida para quem não for sócio", não estavam falando sério. Finalmente ela enfia a mão na bolsa e me entrega, com uma expressão ansiosa.

– Não perca!

– Não vou perder! Obrigada, Liss. – Dou-lhe um abraço. – Garanto que farei o mesmo por você, quando for sócia de um clube privativo.

– Você se lembra da senha, não lembra?

– Sim. Alexander.

– Aonde vocês vão? – quer saber Jemima, entrando no meu quarto toda arrumada para sair. Ela me lança um olhar crítico. – Bela blusa. De onde é?

– Oxfam. Quero dizer, Whistles.

Decidi que esta noite nem vou *tentar* pegar nada emprestado de Jemima. Vou usar só roupas minhas, e se Jack não gostar, dane-se.

– Eu estava querendo perguntar... – Jemima estreita os olhos. – Vocês duas não entraram no meu quarto ontem à noite, entraram?

– Não – diz Lissy inocentemente. – Por quê, pareceu que a gente entrou?

Jemima ficou fora até as três, e quando voltou tudo estava de volta no lugar. Até as fitas adesivas. Nós não poderíamos ter sido mais cuidadosas.

– Não – admite ela com relutância. – Nada estava fora do lugar. Mas eu só tive uma *sensação*. Como se alguém tivesse entrado.

– Você deixou a janela aberta? – sugere Lissy. – Porque eu li uma matéria recentemente sobre como estão mandando macacos entrar nas casas para roubar coisas.

– *Macacos*? – Jemima a encara.

– Parece que sim. Eles são treinados.

Jemima olha, perplexa, de Lissy para mim, e eu me obrigo a fazer uma cara normal.

– Por sinal – digo rapidamente, para mudar de assunto. – Talvez você queira saber que estava errada em relação ao Jack. Eu vou sair com ele de novo esta noite. Não foi um encontro desastroso!

Não há necessidade de acrescentar o pequeno detalhe de que tivemos uma briga horrorosa e que ele teve que me seguir até o ponto de ônibus. Porque o fato é que vamos ter um segundo encontro.

– Eu não estava errada – defende-se Jemima. – Espere só. Prevejo o desastre.

Faço uma careta pelas costas dela quando ela sai e começo a passar o rímel.

– Que horas são? – pergunto, franzindo a testa quando borro a pálpebra.

– Dez para as oito – responde Lissy. – Como vocês vão chegar lá?

– De táxi.

De repente a campainha toca, e nós duas levantamos a cabeça.

– Ele chegou cedo – comenta Lissy. – Isso é meio esquisito.

– Ele não pode ter chegado cedo! – Corremos para a sala, e Lissy chega à janela primeiro.

– Ah, meu Deus – exclama, olhando para a rua. – É Connor.

– *Connor*? – encaro-a, horrorizada. – Connor está aqui?

– Está segurando uma caixa. Deixo entrar?

– Não! Finja que a gente não está em casa!

– Tarde demais – Lissy faz uma careta. – Desculpe. Ele me viu.

A campainha toca de novo, e nós nos olhamos, desamparadas.

– Certo – digo, finalmente. – Eu vou descer.

Merda merda merda...

Desço correndo e abro a porta sem fôlego. E ali, parado na soleira, está Connor, com a mesma expressão martirizada do escritório.

– Oi. Aqui estão as coisas de que eu falei. Achei que você poderia precisar.

– Humm, obrigada – digo pegando a caixa, que parece conter um frasco de xampu L'Oréal e um pulôver que eu nunca vi na vida. – Ainda não separei suas coisas. Eu levo para o escritório, certo?

Largo a caixa na escada e me viro rápido antes que Connor ache que estou convidando-o.

– Então, é... obrigada – digo. – Foi muita gentileza sua.

– Tudo bem. – Connor dá um suspiro pesado. – Emma... eu pensei que talvez a gente pudesse usar isso como uma oportunidade para conversar. Talvez tomar um drinque, ou até jantar.

– Nossa – digo, animada. – Eu adoraria. De verdade. Mas, para ser sincera, agora não posso.

– Você vai sair? – A cara dele murcha.

– Ah, vou. Com Lissy. – Olho disfarçadamente para o relógio. São seis para as oito. – Bom, eu vejo você em breve. Você sabe, no escritório...

– Por que você está tão agitada? – Connor está me encarando.

– Não estou agitada! – Eu me encosto casualmente no batente da porta.

– O que há de errado? – Seus olhos se estreitam cheios de suspeita, e ele olha para o corredor atrás de mim. – Tem alguma coisa acontecendo?

– Connor. – Ponho a mão em seu braço, tranquilizando-o. – Não está acontecendo nada. Você está imaginando coisas.

Nesse momento, Lissy aparece na porta atrás de mim.

– Ah, Emma, tem um telefonema urgente para você – exclama ela numa voz realmente alterada. – É melhor você vir agora... Ah, olá, Connor!

Infelizmente Lissy é a pior mentirosa do mundo.

– Vocês estão tentando se livrar de mim! – Connor olha perplexo para nós duas.

– Não estamos, não! – Lissy está totalmente vermelha.

– Espere aí – diz Connor subitamente, olhando minha roupa. – Espera um minuto. Eu não... você vai... a um encontro?

Minha mente trabalha depressa. Se eu negar, provavelmente vamos entrar numa briga gigantesca. Mas, se eu admitir a verdade, talvez ele nos siga.

– Você está certo – revelo. – Eu tenho um encontro.

Há um silêncio por causa do choque.

– Não acredito – murmura Connor, balançando a cabeça. E, para minha consternação, ele se senta pesadamente no muro do jardim. Olho o relógio. Três minutos para as oito. Merda!

– Connor...

– Você me disse que não havia ninguém! Você prometeu, Emma!

– Não havia! Mas... agora há. E ele vai chegar logo... Connor, você realmente não vai querer entrar nessa. – Pego seu braço e o levanto, mas ele pesa uns 80 quilos. – Connor, por favor. Não torne isso mais doloroso para todo mundo.

– Acho que você está certa. – Finalmente Connor se levanta. – Eu vou.

Ele anda até o portão, com as costas curvadas pela derrota, e eu sinto uma pontada de culpa misturada com um desejo urgente de que ele corra. Então, para meu horror, ele se vira de novo.

– E quem é?

– É... uma pessoa que você não conhece – respondo, cruzando os dedos às costas. – Olhe, um dia desses a gente almoça e conversa. Ou alguma coisa assim, eu prometo.

– Certo. – Connor parece mais ferido do que nunca. – Ótimo. Captei a mensagem.

Quando ele finalmente vira a esquina, o carro prateado de Jack aparece na outra ponta da rua.

– Ah, meu Deus – desespera-se Lissy, olhando-o.

– Não! – Sento-me no muro de pedras. – Lissy, eu não aguento isso.

Estou trêmula. Preciso de uma bebida. E só coloquei rímel num dos cílios, percebo de repente.

O carro prateado para em frente à casa, e o mesmo motorista uniformizado de antes desce. Ele abre a porta do carona e Jack sai.

– Oi! – exclama, pasmo em me ver. – Estou atrasado?

– Não! Eu só estava... é... aqui sentada. Você sabe. Apreciando a vista. – Faço um gesto em direção à rua, onde noto pela primeira vez que um homem com a barriga enorme está trocando o pneu de sua Caravan. – Pois é! – Eu me levanto depressa. – Na verdade eu não estou totalmente pronta. Quer subir um minuto?

– Claro. – Jack sorri. – Seria ótimo.

– E mande o seu carro embora – acrescento. – Você não deveria vir com ele.

– Você não deveria estar sentada do lado de fora de casa, para me surpreender – responde Jack com um riso. – Certo,

Daniel, por hoje chega. – Ele assente para o motorista. – De agora em diante estou nas mãos desta dama.

– Esta é Lissy, minha colega de apartamento – apresento quando o motorista volta ao carro. – Lissy, Jack.

– Oi – diz Lissy com um riso sem jeito, enquanto os dois se cumprimentam com um aperto de mãos.

Enquanto subimos a escada até o apartamento, percebo de repente como ela é estreita, e como a pintura cor de creme das paredes está velha, e o tapete cheira a repolho. Jack deve morar numa mansão enorme e grandiosa, com escada de mármore ou sei lá o quê.

Mas e daí? Nem todo mundo pode ter mármore.

Além do mais, a escada deve ser um horror. Toda fria e incômoda. A gente deve tropeçar nela o tempo todo, e o mármore deve lascar com facilidade...

– Emma, se você quiser terminar de se arrumar, eu preparo uma bebida para o Jack – oferece Lissy, com um sorriso que diz: "Ele é legal!"

– Obrigada – respondo lançando um olhar de "não é?". Entro correndo no quarto e começo a aplicar depressa o rímel no outro olho.

Alguns instantes depois há uma batidinha na minha porta.

– Oi! – digo, esperando que seja Lissy. Mas Jack entra, segurando uma taça de licor de xerez.

– Ah, obrigada! Eu estava precisando mesmo de uma bebida.

– Não vou entrar – diz ele educadamente.

– Não, tudo bem. Sente-se!

Sinalizo para a cama, mas ela está coberta de roupas. E a banqueta da penteadeira está com uma pilha de revistas. Droga, eu deveria ter arrumado um pouquinho.

– Vou ficar de pé – diz Jack com um sorrisinho. Ele toma um gole de algo que parece uísque e olha meu quarto, fascinado. – Então este é o seu quarto. Seu mundo.

– É. – Fico ligeiramente ruborizada, desatarraxando o brilho labial. – Está meio bagunçado.

– É muito legal. Muito aconchegante.

Posso vê-lo notando os sapatos empilhados no canto, o móbile de peixes suspenso na luminária, o espelho com colares pendurados na borda e uma saia nova pendurada na porta do armário.

– Pesquisa do câncer? – diz, perplexo, olhando a etiqueta. – O que isso...

– É uma loja – respondo em tom meio desafiador. – Uma loja de roupas de segunda mão.

– Ah. – Ele assente, numa compreensão tácita. – Bela colcha – acrescenta, sorrindo.

– Ela é irônica – respondo depressa. – É uma declaração irônica.

Meu Deus, que embaraçoso. Eu deveria ter trocado a colcha.

Agora Jack está olhando incrédulo para a gaveta aberta da penteadeira, atulhada de maquiagem.

– Quantos batons você tem?

– É... alguns – digo, fechando-a depressa.

Talvez não tenha sido uma ideia tão fantástica deixar Jack entrar aqui. Ele está pegando minhas vitaminas Perfect e examinando. Puxa, o que há de tão interessante em *vitaminas*? Agora está olhando o cinto de crochê de Katie.

– O que é isso? Uma cobra?

– É um cinto – digo franzindo o rosto enquanto coloco um brinco. – Eu sei. É horroroso. Não suporto crochê.

Onde está o outro brinco? Onde?

Certo, certo, está aqui. Agora o que Jack está fazendo?

Viro-me e o vejo olhando fascinado para minha tabela de exercícios, que coloquei ali em janeiro depois de ter passado o Natal inteiro comendo Quality Street.

– Segunda, sete da manhã – ele lê em voz alta. – Corrida rápida no quarteirão. Quarenta abdominais. Hora do almoço:

aula de yoga. Tarde: fita de pilates. Sessenta abdominais. – Ele toma um gole de uísque. – Muito impressionante. Você faz tudo isso?

– Bem – digo depois de uma pausa. – Não consigo exatamente fazer *todos*... quer dizer, eu fui muito ambiciosa... você sabe... é... pois é! – Rapidamente esborrifo o perfume. – Vamos!

Tenho que tirá-lo daqui rápido, antes que ele faça alguma coisa tipo ver um absorvente interno e perguntar o que é. Puxa, sinceramente! Por que diabos ele é tão *interessado* em tudo?

15

Enquanto saímos para a noite agradável, sinto-me leve e feliz, ansiosa. Já há uma atmosfera totalmente diferente da de ontem. Nada de carros apavorantes; nada de restaurantes chiques. A coisa parece mais natural. Mais divertida.

– Então – diz Jack quando chegamos à rua principal. – Uma noite estilo Emma.

– Sem dúvida! – Estendo a mão e chamo um táxi. Dou o nome da rua em Clerkenwell, onde é o pequeno beco.

– Nós podemos ir de táxi, né? – Ele pergunta quando entramos. Não precisamos esperar um ônibus?

– É um acontecimento muito especial – digo com severidade fingida.

– E então, vamos comer? Beber? Dançar? – quer saber Jack enquanto seguimos pela rua.

– Espere para ver! – Rio de orelha a orelha. – Eu só pensei que a gente poderia ter uma noite tranquila, relaxada.

– Acho que eu planejei demais a noite de ontem – comenta depois de uma pausa.

– Não, foi ótima! – digo com gentileza. – Mas algumas vezes a gente pode pensar *demais* nas coisas. Sabe, às vezes é melhor se deixar levar e ver o que acontece.

– Você está certa. – Jack sorri. – Bem, estou ansioso para me deixar levar.

Quando seguimos pela Upper Street estou me sentindo orgulhosa de mim mesma. Isso mostra que sou uma verdadeira londrina. Posso levar meus convidados a lugarezinhos fora do comum. Posso achar locais que não são óbvios. Quero dizer, não que o restaurante de Jack não fosse incrível. Mas isso não vai ser muito mais legal? Um clube secreto! E, puxa, quem sabe Madonna não está lá esta noite?

Depois de uns vinte minutos chegamos a Clerkenwell. Insisto em pagar o táxi e levo Jack pelo beco.

– Muito interessante – aprova ele, olhando em volta. – Aonde nós vamos?

– Espere só – respondo enigmaticamente.

Vou até a porta, aperto a campainha e pego a chave de Lissy no bolso, com um leve *frisson* de empolgação.

Ele vai ficar muito impressionado. Vai ficar impressionado *demais*.

– Alô? – diz uma voz.

– Alô – respondo casualmente. – Gostaria de falar com Alexander, por favor.

– Quem? – responde a voz.

– Alexander – repito, e dou um sorriso de quem sabe das coisas. Obviamente eles precisam verificar duas vezes.

– Não tem nenhum Alexander aqui.

– Você não entendeu. A-le-xan-der – enuncio com clareza.

– Não tem nenhum Alexander.

Talvez eu tenha ido à porta errada, ocorre-me subitamente. Puxa, eu me lembro de que era esta – mas talvez fosse a outra, de vidro opaco. É. Na verdade aquela parece bem familiar.

– Enganozinho – sorrio para Jack, e aperto a outra campainha.

Há silêncio. Espero alguns minutos e tento de novo, e de novo. Não há resposta. Certo. Então... também não é essa. Porra.

Sou uma imbecil. Por que não verifiquei o endereço? Eu tinha tanta certeza de que ia lembrar onde era!

– Algum problema? – indaga Jack.

– Não! – respondo imediatamente, e dou um sorriso animado. – Só estou tentando lembrar exatamente...

Olho para um lado e depois para o outro, tentando não entrar em pânico. Qual era? Terei que apertar todas as campainhas da rua? Dou alguns passos pela calçada, tentando estimular a memória. E então, através de um arco, vejo outro beco, quase idêntico.

Sinto uma gigantesca pancada de horror. Será que ao menos estou no *beco* certo? Corro e olho o outro beco. É exatamente igual. Fileiras de portas comuns e janelas fechadas.

Meu coração começa a bater mais depressa. O que vou fazer? Não posso tentar todas as portas em todos os becos da vizinhança. Nunca me ocorreu que isso poderia acontecer. Nenhuma vez. Eu nem pensei em...

Certo, estou sendo estúpida. Vou ligar para Lissy! Ela vai dizer. Pego o celular e ligo para ela, mas imediatamente cai na caixa postal.

– Oi, Lissy, sou eu – digo, tentando parecer leve e natural. – Aconteceu um probleminha, eu não lembro exatamente em que porta fica a boate. E na verdade... em que beco. Então, se você ouvir esse recado, pode me ligar? Obrigada!

Ergo a cabeça e vejo Jack me olhando.

– Tudo bem?

– Só um probleminha – dou um risinho relaxado. – Há um clube secreto por aqui, em algum lugar, mas não estou lembrando onde.

– Não faz mal – diz Jack, agradável. – Essas coisas acontecem.

Digito o número de casa, mas está ocupado. Rapidamente ligo para o celular de Lissy, mas está desligado.

Ah, porra. Porra. Não podemos ficar parados na rua a noite inteira.

– Emma – propõe Jack cautelosamente. – Quer que eu faça uma reserva no...

– Não! – Pulo como se tivesse sido espetada. Jack não vai reservar nada. Eu disse que ia organizar esta noite, e vou. – Não, obrigada. Tudo bem. – Tomo uma decisão rápida. – Mudança de planos. Vamos ao Antonio's.

– Eu posso chamar o carro... – começa Jack.

– Nós não precisamos do carro! – Vou decidida para a rua principal e, graças a Deus, há um táxi vindo com a luz acesa. Chamo-o, abro a porta e digo ao motorista:

– Oi, para o Antonio's, na Sanderstead Road em Clapham, por favor.

Isso! Eu fui adulta, decidida e salvei a situação.

– Onde fica o Antonio's? – pergunta Jack enquanto o táxi começa a acelerar.

– É meio fora do circuito, no sul de Londres. Mas é bem legal. Lissy e eu íamos lá quando a gente morava em Wandsworth. Tem enormes mesas de pinho e uma comida estupenda, e sofás e coisas assim. E eles nunca incomodam a gente.

– Parece perfeito. – Jack sorri, e eu dou um sorriso orgulhoso de volta.

CERTO, NÃO DEVERIA demorar tanto assim para ir de Clerkenwell a Clapham. A gente já deveria ter chegado há séculos. Puxa, é logo ali adiante!

Depois de meia hora inclino-me para a frente e digo ao motorista de novo:

– Há algum problema?

– O trânsito. – Ele dá de ombros. – O que se pode fazer?

"Você poderia achar uma rota inteligente, evitando o trânsito, como os motoristas de táxi deveriam fazer!", quero gritar furiosa. Mas em vez disso digo com educação:

– Bem... quanto tempo o senhor acha que vai demorar?

– Quem sabe?

Afundo no banco, sentindo o estômago fervilhar de frustração.

A gente deveria ter ido a algum lugar em Clerkenwell. Ou Covent Garden. Sou uma imbecil.

– Emma, não se preocupe – tenta me animar Jack. – Tenho certeza de que vai ser ótimo quando chegarmos.

– Espero que sim – respondo com um sorriso débil.

Não consigo bater papo. Estou usando cada grama de concentração forçando mentalmente o táxi a ir mais depressa. Olho pela janela e aplaudo por dentro cada vez que os CEPs nas placas de rua chegam mais perto de onde queremos ir. SW3... SW11... SW4!

Finalmente! Estamos em Clapham. Quase chegando...

Merda. Outro sinal vermelho. Quase não consigo ficar parada no banco. E o motorista só fica ali, sentado, como se isso não importasse.

Certo, está verde. Vai! Vai agora!

Mas ele segue do seu jeito tranquilo, como se tivéssemos o dia inteiro... está se arrastando pela rua... agora está dando passagem a outro motorista! *O que ele está fazendo*?

Certo. Calma, Emma. Esta é a rua. Finalmente chegamos.

– Pronto! – exclamo tentando parecer relaxada quando saímos do táxi. – Desculpe a demora.

– Não tem problema – responde Jack. – Esse lugar parece ótimo.

Quando entrego o dinheiro ao motorista, tenho que admitir que me sinto bem satisfeita por termos vindo. O Antonio's é incrível. Há luzes minúsculas decorando a familiar fachada verde, e balões de gás amarrados na cúpula, e música e risos se derramando pela porta aberta. Até ouço gente cantando lá dentro.

– Normalmente não é *tão* agitado! – digo, rindo, e vou para a porta. Já posso ver Antonio em pé do lado de dentro.

– Oi! – digo enquanto empurro a porta. – Antonio!

– Emma! – exclama Antonio, que está parado perto da porta segurando uma taça de vinho. Suas bochechas estão vermelhas e ele está rindo ainda mais do que o normal. – *Bellissima!* – Ele me beija em cada bochecha e eu sinto um espasmo de alívio. Estava certa em vir aqui. Eu conheço a gerência. Eles vão fazer tudo para nos garantir uma noite maravilhosa.

– Este é Jack!

– Jack! É maravilhoso conhecê-lo! – Antonio também beija Jack em cada bochecha, e eu rio.

– Então, será que pode conseguir uma mesa para dois?

– Ah... – ele faz uma careta, lamentando. – Querida, o restaurante está fechado!

– O quê? – Encaro-o de volta. – Mas... mas não tem nada fechado! Tem gente aí! – Olho todos os rostos animados em volta.

– É uma festa particular! – Ele ergue a taça e grita alguma coisa em italiano. – Meu sobrinho está casando. Você o conheceu? O Guido. Ele trabalhou de garçom aqui, há alguns verões.

– Eu... não sei.

– Ele conheceu uma garota ótima na faculdade de direito. Sabe, agora já se formou. Se precisar de aconselhamento jurídico...

– Obrigada. Bom... parabéns.

– Espero que a festa seja boa – diz Jack, e aperta meu braço brevemente. – Não faz mal, Emma, não tinha como você saber.

– Querida, sinto muito! – desculpa-se Antonio, vendo meu rosto. – Outra noite eu lhe dou a melhor mesa que nós temos. Ligue antes, avise...

– Vou fazer isso. – Consigo dar um sorriso. – Obrigada, Antonio.

Nem consigo olhar para Jack. Eu o arrastei até Clapham para isso.

Tenho que me redimir. Depressa.

– Vamos a um pub – digo assim que voltamos à calçada. – Quero dizer, o que há de errado em apenas sentar diante de uma boa bebida?

– Parece bom – diz Jack em bom afável, e me segue enquanto vou depressa pela rua até uma placa que diz "The Nag's Head" e empurro a porta. Nunca estive neste pub antes, mas sem dúvida deve ser bem...

Hum. Talvez não.

É o pior pub que eu já vi na vida. Carpete puído, sem música e sem sinal de vida a não ser por um homem com uma barriga enorme.

Não posso ter um encontro com Jack aqui. Não posso.

– Certo! – digo, fechando a porta. – Vamos pensar outra vez. – Olho rapidamente para um lado e outro da rua, mas fora o Antonio's, tudo está fechado, a não ser uns locais grotescos de comida para viagem e uma empresa de minitáxis. – Bem... vamos pegar um táxi e voltar à cidade! – digo com uma espécie de animação aguda. – Não vai demorar muito.

Vou até o meio-fio e estendo a mão.

Nos três minutos seguintes nenhum carro passa. Não apenas táxis. Nenhum veículo.

– Aqui é meio silencioso – observa Jack finalmente.

– Bem, aqui é na verdade uma área residencial. O Antonio's é meio que o único.

Por fora ainda estou relativamente calma. Mas por dentro começo a entrar em pânico. O que vamos fazer? Será que devemos tentar andar até a Clapham High Street? Mas fica a quilômetros.

Olho o relógio e vejo, com um uma pontada de choque, que são nove e quinze. Passamos mais de uma hora andando por aí e nem tomamos um drinque. E é tudo minha culpa. Nem consigo organizar uma noite simples sem que ela dê catastroficamente errado.

De repente quero irromper em lágrimas. Quero me sentar na calçada, enfiar a cabeça nas mãos e chorar.

– Que tal uma pizza? – sugere Jack, e minha cabeça se ergue numa esperança súbita.

– Por quê? Você conhece alguma pizzaria por...

– Estou vendo uma bem ali mas é só para viagem. – Ele aponta para o outro lado da rua, onde há um minúsculo jardim cercado, com árvores e um banco de madeira. – Você pega a pizza. – Ele sorri para mim. – Eu guardo lugar no banco.

NUNCA ME SENTI tão arrasada em toda a vida. Nunca.

Jack Harper me leva ao restaurante mais grandioso e mais chique do mundo. E eu o levo a um banco de jardim em Clapham.

– Aqui está sua pizza – anuncio carregando as caixas quentes até onde ele está sentado. – Pedi marguerita, presunto, cogumelo e pepperoni.

Não acredito que esse vai ser o nosso jantar. Quero dizer, nem são pizzas *legais*. Nem são pizzas gourmet, tipo com alcachofras assadas. São só pedaços de massa com queijo derretido e coagulado e umas coberturas sem graça.

– Perfeito – exclama Jack com um sorriso. Ele dá uma mordida grande, depois enfia a mão no bolso. – Bom, esse deveria ser seu presente de despedida no fim da noite, mas já que estamos aqui...

Fico boquiaberta enquanto ele pega uma pequena coqueteleira de aço inoxidável e dois copos combinando. Desatarraxa a tampa da coqueteleira e, para minha surpresa, serve um líquido cor-de-rosa e transparente em cada copo.

Isso é...

– Não acredito! – Olho-o, de olhos arregalados.

– Bem, ora. Eu não podia deixar você imaginando a vida inteira qual era o gosto, podia? – Ele me entrega um copo e levanta o outro. – Sua saúde.

– Saúde. – Tomo um gole do coquetel... e ah, meu Deus, é uma delícia. Pungente e doce, com uma pontinha de vodca.

– Bom?

– Delicioso! – grito, e tomo outro gole.

Ele é tão gentil! Finge que está achando tudo ótimo. Mas o que está pensando por dentro? Ele deve me desprezar. Deve pensar que eu sou uma idiota imbecil.

– Emma, você está bem?

– Na verdade, não – digo com a voz embargada. – Jack, sinto muito. Muito mesmo. Para ser sincera, eu tinha planejado tudo. A gente ia a uma boate bem maneira, aonde as celebridades costumam ir, e ia ser bem divertido...

– Emma. – Jack solta sua bebida e me olha. – Eu queria passar esta noite com você. E é isso que estamos fazendo.

– É. Mas...

– É isso que estamos fazendo – repete ele com firmeza.

Devagar ele se inclina e meu coração começa a bater forte. Ah, meu Deus. Ah, meu Deus. Ele vai me beijar. Ele vai me...

– Argh! Argh! Argh!

Pulo do banco em pânico. Tem uma aranha subindo pela minha perna. Uma aranha preta e grande.

– Tire isso! – grito freneticamente. – Tire isso!

Com um movimento rápido, Jack joga a aranha na grama, e eu caio de novo no banco, com o coração disparado.

E, claro, o clima foi completamente arruinado. Fantástico. Maravilhoso. Jack tenta me beijar e eu dou um grito de horror. Estou me saindo muito bem esta noite.

Por que fui tão patética?, penso furiosamente. Por que gritei? Só deveria ter ficado de boca fechada!

Não *literalmente* fechada, claro. Mas deveria ter ficado calma. Na verdade, eu deveria estar tão envolvida que nem deveria *notar* a aranha.

– Acho que você não tem medo de aranha – digo a Jack, dando um riso sem graça. – Acho que você não tem medo de nada.

Jack dá um sorrisinho casual.

– Você *tem* medo de alguma coisa? – insisto.

– Homem que é homem não tem medo – ele afirma em tom de brincadeira.

Mesmo contra a vontade sinto uma pontada de descontentamento. Jack não é a melhor pessoa do mundo para falar de si mesmo.

– Então, como você ganhou essa cicatriz? – pergunto, apontando para seu pulso.

– É uma história longa e chata. – Ele sorri. – Você não vai querer saber.

Quero! Diz imediatamente meu pensamento. Quero ouvir. Mas apenas sorrio e tomo outro gole da bebida.

Agora ele só está olhando a distância, como se nem estivesse ali.

Será que se esqueceu de que ia me beijar?

Será que eu deveria beijá-lo? Não. Não.

– Pete adorava aranhas – revela de repente. – Mantinha como bichos de estimação. Aranhas enormes, peludas. E cobras.

– Verdade? – Faço uma careta.

– Maluco. Ele era um maluco. – Jack solta o ar com força.

– Você... ainda sente falta dele – digo hesitante.

– É. Ainda sinto.

Há outro silêncio. À distância escuto um grupo de pessoas saindo do Antonio's, gritando umas para as outras em italiano.

– Ele deixou família? – pergunto cautelosamente, e de imediato o rosto de Jack se fecha.

– Sim.

– Você ainda se encontra com eles?

– Ocasionalmente. – Ele solta o ar com força, depois se vira e sorri. – Você está com molho de tomate no queixo. – Enquanto levanta a mão para limpar, Jack encontra meus olhos. Lentamente está se curvando para mim. Ah, meu Deus. É isso. É realmente isso. Isso é...

– Jack.

Nós dois pulamos num choque, e eu largo o coquetel no chão. Viro-me e olho incrédula. Sven está parado no portão do pequeno jardim.

Que porra Sven está fazendo aqui?

– Que *timing* – murmura Jack. – Oi, Sven.

– Mas... mas o que ele está fazendo aqui? – Encaro Jack. – Como ele sabia onde a gente estava?

– Ele ligou enquanto você estava pegando a pizza. – Jack suspira e coça o rosto. – Eu não sabia que ele ia chegar tão depressa. Emma... aconteceu uma coisa. Eu preciso trocar uma palavrinha com ele. Prometo que não vai demorar. Certo?

– Certo – digo, dando de ombros.

Afinal de contas, o que posso dizer? Mas por dentro todo o meu corpo está pulsando de frustração, à beira da fúria. Tentando ficar calma, pego a coqueteleira, ponho o restante do coquetel cor-de-rosa no meu copo e tomo um gole demorado.

Jack e Sven estão parados junto ao portão, tendo uma conversa agitada em voz baixa. Tomo outro gole da bebida e deslizo no banco, para ouvir melhor.

– ... o que fazer a partir daqui...

– ... plano B... de volta a Glasgow...

– ... urgente...

Ergo a cabeça e me pego encarando os olhos de Sven. Desvio o olhar rapidamente, fingindo que estou examinando o chão. As vozes dos dois ficam ainda mais baixas, e não consigo ouvir uma palavra. Então Jack se afasta dele e vem até mim.

– Emma... eu realmente sinto muito. Mas tenho que ir.

– Tem que *ir*? – Encaro-o, arrasada. – O quê, agora?

– Eu tenho que viajar por uns dias. Sinto muito. – Ele se senta ao meu lado no banco. – Mas... é muito importante.

– Ah. Ah, certo.

– Sven pediu um carro para levá-la até sua casa.

Fantástico, penso instintivamente. Muitíssimo obrigada, Sven.

– Foi realmente... uma gentileza dele – digo, e traço um desenho no chão com o sapato.

– Emma, eu realmente tenho que ir – insiste Jack, vendo meu rosto. – Mas vejo você quando voltar, certo? No Dia da Família na Empresa. E a gente... retoma a partir daí.

– Tudo bem. – Tento sorrir. – Vai ser ótimo.

– Eu gostei muito desta noite.

– Eu também – respondo olhando para o banco. – Gostei mesmo.

– Vamos nos divertir de novo. – Ele levanta meu queixo suavemente até eu estar olhando-o direto. – Prometo, Emma.

Ele se inclina, e desta vez não há hesitação. Sua boca pousa na minha, doce e firme. Ele está me beijando. Jack Harper está me beijando num banco de parque.

Sua boca está abrindo a minha, a barba é áspera contra meu rosto. Seu braço me envolve lentamente e me puxa, e meu fôlego fica preso na garganta. Pego-me enfiando a mão debaixo do seu paletó, sentindo os volumes dos músculos embaixo da camisa, querendo rasgá-la. Ah, meu Deus. Eu quero isso. Quero mais.

De repente ele se afasta, e eu sinto que fui arrancada de um sonho.

– Emma, eu tenho que ir.

Minha boca está úmida e coçando. Ainda posso sentir sua pele na minha. Todo o meu corpo lateja. Isso não pode ser o fim. Não pode.

– Não vá – ouço-me dizendo com a voz densa. – Meia hora.

O que eu estou sugerindo? Que a gente transe debaixo de uma *moita*?

Francamente, sim. Qualquer lugar serve. Nunca na vida fiquei tão desesperada por um homem.

– Eu não quero ir. – Seus olhos escuros estão quase opacos. – Mas preciso. – Ele segura minha mão, e eu me agarro à dele, tentando prolongar o contato o máximo possível.

– Então... eu... a gente se vê. – Nem consigo falar direito.

– Mal posso esperar.

– Eu também.

– Jack. – Nós dois olhamos para Sven no portão.

– Certo – diz Jack.

Nós nos levantamos e eu discretamente afasto o olhar da postura um tanto estranha de Jack.

Eu poderia ir junto no carro e...

Não. *Não*. Rebobine a fita. Eu não pensei isso.

Quando chegamos à rua, vejo dois carros prateados esperando perto da calçada. Sven está parado perto de um, e o outro é obviamente para mim. Inferno. Sinto-me como se subitamente estivesse fazendo parte da família real ou sei lá o quê.

Quando o motorista abre a porta, Jack toca minha mão brevemente. Quero agarrá-lo para um amasso final, mas de algum modo consigo me controlar.

– Tchau – murmura ele.

– Tchau – murmuro de volta.

Então entro no carro, a porta se fecha com um ruído e nós partimos.

16

A gente retoma a partir daí. Isso pode significar...

Ou pode significar...

Ah, meu Deus. Toda vez que eu penso nisso sinto meu estômago borbulhar de empolgação. Não consigo me concentrar no trabalho. Não consigo pensar em mais nada.

O Dia da Família na Empresa é um evento corporativo, fico lembrando a mim mesma. *Não* um encontro. Vai ser uma ocasião estritamente profissional, e provavelmente não haverá nenhuma oportunidade para Jack e eu fazermos mais do que dizer olá de um modo formal, tipo chefe-funcionária. Possivelmente apertar as mãos. Nada mais.

Mas... nunca se sabe o que pode acontecer depois.

A gente retoma a partir daí.

Ah, meu Deus. Ah, meu Deus.

Na manhã de sábado acordo muito muito cedo, faço esfoliação no corpo inteiro, depilo as axilas, passo o creme para o corpo mais caro que tenho e pinto as unhas dos pés.

Só porque é uma coisa boa estar sempre bem-arrumada. Sem outro motivo.

Escolho o sutiã de renda Gossard e a calcinha combinando, e meu vestido de verão mais lisonjeiro, de corte enviesado.

Então, ruborizando ligeiramente, ponho umas camisinhas na bolsa. Simplesmente porque é sempre bom estar preparada. É uma lição que aprendi quando tinha 11 anos e era escoteira, e nunca mais esqueci. Certo, talvez a líder escoteira estivesse falando de lenços extras e kits de costura, e não de camisinhas, mas o princípio é o mesmo, não é?

Me olho no espelho, ponho uma camada final de brilho nos lábios e borrifo Allure em tudo que é canto. Certo. Pronta para o sexo.

Quero dizer, para o Jack.

Quero dizer... Ah, meu Deus. Tanto faz.

O Dia da Família acontece na Panther House, que é a casa de campo da Corporação Panther em Hertfordshire. Eles a usam para treinamento, conferências e dias de *brainstorming* criativo, mas fui convidada para nada disso. Então jamais estive aqui antes, e quando saio do táxi tenho que admitir que estou bem impressionada. É uma mansão incrível, grande e antiga, com um monte de janelas e colunas na frente. Provavelmente datando do período... antigo.

– Fabulosa arquitetura georgiana – comenta alguém passando pelo caminho de cascalho.

Georgiana. É o que eu queria dizer.

Sigo a música, rodeio a casa e encontro o evento ocorrendo com força total no vasto gramado. Guirlandas coloridas enfeitam a parte de trás da casa, tendas pontilham o gramado, uma banda toca num pequeno tablado e crianças gritam num castelo pula-pula.

– Emma! – Ergo os olhos e vejo Cyril avançando em minha direção, vestido de curinga, com um chapéu pontudo amarelo e vermelho. – Onde está sua fantasia?

– Fantasia! – Tento parecer surpresa. – Caramba! Ahn... eu não sabia que precisava vir fantasiada.

Isso não é totalmente verdade. Ontem à tarde, mais ou menos às 17 horas, Cyril mandou um e-mail urgente para todo mundo na empresa, dizendo: LEMBRETE: NO DFE, É OBRIGATÓRIO O USO DE FANTASIAS PARA TODOS OS FUNCIONÁRIOS DA PANTHER.

Mas, sinceramente. Como alguém consegue produzir uma fantasia com cinco minutos de aviso? E de jeito nenhum eu viria para cá hoje usando uma medonha roupa de náilon de uma loja de festas.

Além disso, vamos ser sinceros, o que eles podem fazer agora?

– Desculpe – digo vagamente, procurando Jack em volta. – Mesmo assim, não faz mal...

– Vocês! Estava no memorando, estava no boletim... – Ele segura meu ombro enquanto eu tento me afastar. – Bem, você vai ter que usar uma das de reserva.

– O quê? – Encaro-o sem expressão no rosto. – Quais?

– Eu pressenti que isso ia acontecer – diz Cyril com um ligeiro toque de triunfo. – Por isso providenciei algumas.

Uma sensação fria começa a se esgueirar sobre mim. Ele não pode estar dizendo...

Ele não pode mesmo estar dizendo...

– Nós temos um monte para escolher – diz ele.

Não. De jeito nenhum. Tenho que escapar. Agora.

Dou um puxão desesperado, mas sua mão parece uma braçadeira no meu ombro. Ele me empurra até uma tenda, onde duas senhoras de meia-idade estão paradas diante de uma arara cheia de... ah, meu Deus. As fantasias mais revoltantes e horríveis que já vi. Piores do que da loja de festas. Onde ele conseguiu *isso*?

– Não – digo em pânico. – Verdade. Eu prefiro ficar como estou.

– Todo mundo tem que usar fantasia – insiste Cyril com firmeza. – Estava no memorando!

– Mas... isso aqui *é* uma fantasia! – Sinalizo rapidamente para o meu vestido. – Eu esqueci de dizer. É... hum... uma fantasia vestido de verão anos 1920, muito autêntica...

– Emma, este é um dia para se divertir – continua Cyril rispidamente. – E parte da diversão está em ver nossos colegas da empresa e familiares usando roupas engraçadas. O que me lembra... onde está sua família?

– Ah. – Faço o rosto triste que ensaiei a semana inteira. – Eles... eles não puderam vir.

Deve ser porque eu não convidei.

– Você contou a eles sobre a festa? – Ele me encara, cheio de suspeitas. – Mandou o panfleto?

– Mandei! – cruzo os dedos às costas – Claro que contei a eles. Eles adorariam estar aqui!

– Bem, você terá que confraternizar com as outras famílias e os colegas. – Ele empurra um horrendo vestido de náilon com mangas fofas na minha direção.

– Eu não quero ser Branca de Neve... – começo, depois paro quando vejo Moira, da contabilidade, arrasada enquanto é metida numa fantasia de gorila grande e peluda. – Tudo bem. – Pego o vestido. – Vou ser Branca de Neve.

QUASE QUERO CHORAR. Meu lindo vestido que cai tão bem está numa bolsa, pronto para ser recuperado no fim do dia. E eu estou usando uma fantasia que me faz parecer uma pirralha de 6 anos. Uma pirralha de 6 anos com mau gosto e daltônica.

Quando saio desconsolada da tenda, a banda está tocando animada a música "Um-pa-pa" do musical *Oliver*, e alguém está fazendo um anúncio incompreensível, cheio de ruído, pelo alto-falante. Olho em volta, estreitando os olhos por causa do sol, tentando deduzir quem sao as pessoas por trás das fantasias. Vejo Paul andando pela grama, vestido de pirata, com três crianças pequenas penduradas nas pernas.

– Tio Paul! Tio Paul! – grita uma. – Faz a careta de novo!

– Eu quero um pirulito! – grita outra. – Tio Paul, eu quero um pirulitoooo!

– Oi, Paul – digo, arrasada. – Está se divertindo?

– Quem inventou o Dia da Família deveria levar um tiro – indigna-se ele sem um pingo de humor. – Larga o meu pé! – exclama, ríspido, para uma das crianças, e todas gritam com risos divertidos.

– Mamãe, eu não *preciso* gastar um tostão – murmura Artemis enquanto passa vestida de sereia, na companhia de uma mulher autoritária com um chapéu enorme.

– Artemis, não precisa ser tão sensível! – explode a mulher.

Isso é esquisito demais. As pessoas são completamente diferentes com a família. Graças a Deus a minha não está aqui.

Imagino onde Jack estará. Talvez na casa. Talvez eu devesse...

– Emma! – Levanto os olhos e vejo Katie vindo até mim. Está vestindo uma fantasia de cenoura, muito bizarra, segurando o braço de um homem idoso e grisalho. Que deve ser seu pai, imagino.

O que é meio estranho, porque pensei que ela viria com...

– Emma, este é o Phillip! – exclama ela, toda radiante. – Phillip, esta é minha amiga Emma. Foi ela quem juntou a gente!

O... o quê?

Não. Não acredito.

Esse é o novo namorado dela? *Esse* é o Phillip? Mas ele deve ter pelo menos 70 anos!

Com uma perplexidade total aperto a mão dele, que é seca como papel, igual à do vovô, e consigo falar algumas amenidades sobre o clima. Mas o tempo todo estou em choque absoluto.

Não me entenda mal. Não tenho preconceito em relação à idade. Não tenho preconceito em relação a nada. Acho que todas as pessoas são iguais, negras ou brancas, homens ou mulheres, jovens ou...

Mas ele é um velho! Ele é *velho*!

– Ele não é uma graça? – diz Katie, carinhosa, enquanto Phillip vai pegar algumas bebidas. – É tão sensível! Nada o incomoda. Nunca saí com um homem como ele antes!

– Dá para acreditar – digo com a voz um pouco tensa. – Qual é exatamente a diferença de idade entre vocês?

– Não sei direito – diz Katie com surpresa. – Nunca perguntei. Por quê?

Seu rosto está brilhante, feliz e totalmente inocente. Será que ela não *notou* como ele é velho?

– Por nenhum motivo! – Pigarreio. – Então... é... me lembre. Onde foi, exatamente, que você conheceu o Phillip?

– Você sabe, sua boba! – responde Katie, fingindo estar brava. – Você sugeriu que eu tentasse almoçar num local diferente, lembra? Bem, eu achei um lugar bem incomum, escondido numa ruazinha. Na verdade eu o recomendo.

– É... um restaurante? Um café?

– Não exatamente – diz ela de modo pensativo. – Eu nunca tinha estado num lugar assim. Você entra e alguém lhe dá uma bandeja, você pega a comida e come, sentada numa das mesas grandes. E só custa duas libras! E depois eles têm diversão grátis! Algumas vezes bingo ou baralho... algumas vezes se canta ao redor do piano. Uma vez eles fizeram um maravilhoso chá dançante! Eu fiz um monte de novos amigos.

Encaro-a durante alguns segundos silenciosos.

– Katie – digo finalmente. – Esse lugar. Não pode ser um... um centro de atendimento à terceira idade?

– Ah! – diz ela, pasma. – É...

– Tente pensar. Todo mundo que vai lá está... mais para velho?

– Puxa – diz ela lentamente, e franze a testa. – Agora que você falou, acho que todo mundo é meio... maduro. Mas de verdade, Emma, você deveria ir. – Seu rosto se ilumina. – A gente se diverte muito!

– Você continua *indo* lá? – Encaro-a.

– Vou todo dia – conta ela, surpresa. – Sou do comitê social.

– Olá de novo! – diz Phillip animado, reaparecendo com três copos.

Ele ri de orelha a orelha para Katie, e lhe dá um beijo na bochecha, e ela ri de volta. E de repente sinto o coração quente. Certo, é esquisito. Mas eles parecem formar um casal realmente feliz.

– O sujeito atrás do balcão parecia bem estressado, coitado – comenta Phillip, enquanto tomo o primeiro gole do delicioso ponche, fechando os olhos para saborear.

Hum... Não há absolutamente nada melhor num dia de verão do que um belo copo gelado de...

Espera um minuto. Meus olhos se abrem. Ponche.

Merda. Eu prometi ficar na barraca de ponche com Connor, não prometi? Olho o relógio e percebo que já estou dez minutos atrasada. Ah, que inferno. Não é uma surpresa que ele esteja estressado.

Peço desculpas rapidamente a Phillip e Katie, depois corro o mais depressa possível até a barraca, que fica no canto do jardim. Ali encontro Connor corajosamente enfrentando sozinho a fila enorme. Está vestido de Henrique VIII, com mangas fofas e calções justos, e tem uma enorme barba ruiva grudada no rosto. Deve estar fervendo.

– Desculpe – murmuro, entrando ao lado dele. – Tive que vestir a fantasia. O que eu preciso fazer?

– Servir copos de ponche – anuncia Connor de forma arrogante. – Uma libra e cinquenta cada. Acha que consegue?

– Sim! – digo, meio irritada. – Claro que consigo!

Nos cinco minutos seguintes estamos ocupados demais para falar, servindo ponche. Depois a fila se dissolve, e ficamos sozinhos.

Connor nem olha para mim e está batendo os copos tão ferozmente que tenho medo de ele quebrar um. Por que está tão mal-humorado?

– Connor, olha, desculpa eu ter me atrasado.

– Tudo bem – diz ele, rigidamente, e começa a cortar um maço de hortelã como se quisesse matá-lo. – Então, você se divertiu naquela noite?

Então é por isso.

– Sim, me diverti, obrigada – digo depois de uma pausa.

– Com seu novo homem misterioso.

– É – digo, e disfarçadamente examino o gramado cheio de gente, procurando Jack.

– É alguém do trabalho, não é? – pergunta Connor, e meu estômago revira ligeiramente.

– Por que você está dizendo isso? – pergunto como se não desse importância.

– Porque você não quer me dizer quem é.

– Não é isso! É só... Olha, Connor, você não pode respeitar minha privacidade?

– Acho que eu tenho o direito de saber por quem fui trocado. – Ele me lança um olhar reprovador.

– Não tem, não! – retruco, e percebo que parece um pouco de maldade. – Só não acho que vai ajudar muito falar nisso.

– Bem, eu descubro. – Seu queixo fica tenso. – Não vou demorar muito.

– Connor, por favor. Eu realmente não acho...

– Emma, eu não sou idiota. – Ele me dirige um olhar avaliador. – Conheço você muito melhor do que você pensa.

Sinto um tremor de incerteza. Talvez eu tenha subestimado Connor esse tempo todo. Talvez ele me conheça. Ah, meu Deus. E onde está Jack?

– Descobri – exclama Connor subitamente, e eu levanto a cabeça e o vejo me encarando em triunfo. – É o Paul, não é?

– O quê? – Encaro-o boquiaberta, com vontade de gargalhar. – Não, não é Paul! Por que diabo você achou que era o Paul?

– Você fica olhando para ele. – Connor sinaliza para onde Paul está parado, ali perto, bebendo mal-humorado uma garrafa de cerveja.

– Eu não estou olhando para ele – digo depressa. – Só estou olhando... estou captando a atmosfera.

– Então por que ele fica o tempo todo aqui perto?

– Não fica! De verdade, Connor, acredite. Eu não estou saindo com Paul.

– Você me acha idiota, não é? – diz Connor com um clarão de raiva.

– Eu não acho você idiota! Só... acho que isso é um exercício inútil. Você nunca vai...

– É Nick? – Seus olhos se estreitam. – Ele sempre teve uma quedinha por você.

– Não – respondo com impaciência. – Não é Nick.

Sinceramente. Os casos clandestinos já são bem difíceis por si, sem que o ex-namorado fique pegando no pé da gente até não poder mais. Eu nunca deveria ter concordado em trabalhar nessa droga de barraca de ponche.

– Ah, meu Deus – murmura Connor. – Olha.

Levanto os olhos e meu estômago dá um pulo enorme. Jack está vindo pelo gramado em nossa direção, vestido de caubói, com sobrecalça de couro, camisa xadrez e um verdadeiro chapéu de caubói.

Parece tão sensual que acho que vou desmaiar.

– Ele está vindo para cá – sibila Connor. – Depressa! Arrume aquela casca de limão. Olá, senhor – diz ele em voz alta. – Gostaria de um copo de ponche?

– Muito obrigado, Connor. – Jack dá um sorriso. Depois me olha. – Olá, Emma. Curtindo o dia?

– Olá – respondo, com a voz uns seis tons acima do normal. – É, está... lindo! – Com as mãos trêmulas encho um copo de ponche e sirvo a ele.

– Emma! Você esqueceu a hortelã! – repreende Connor.

– Não faz mal – diz Jack, com os olhos fixos nos meus.

– Posso colocar hortelã, se você quiser – proponho, olhando de volta.

– Está bem assim. – Seus olhos soltam um clarão minúsculo, e ele toma um gole grande de ponche.

Isso é irreal demais. Não conseguimos afastar os olhos um do outro. Com certeza é completamente óbvio para todo mundo, não é? Sem dúvida Connor está percebendo. Rapidamente desvio o olhar e finjo me ocupar com o gelo.

– Então, Emma – começa Jack casualmente. – Só vou falar um pouquinho de trabalho. Aquela digitação extra que eu pedi. Da pasta do Leopold.

– É, sim? – digo, ruborizando e largando um cubo de gelo no balcão.

– Será que a gente poderia trocar uma palavrinha sobre isso antes de eu ir? – Seus olhos encontram os meus. – Eu tenho uma suíte na casa.

– Certo – concordo, o coração batendo forte. – Certo.

– Digamos... à uma hora?

– À uma hora.

Ele se afasta com o copo de ponche, e eu fico parada olhando, largando um cubo de gelo na grama.

Uma suíte. Isso só pode significar uma coisa.

Jack e eu vamos fazer sexo.

E de repente, sem aviso, eu me sinto muito, muito nervosa.

– Eu fui tão estúpido! – exclama Connor, pousando abruptamente a faca. – Fui tão *cego*. – Ele se vira para me encarar, os olhos azuis queimando. – Emma, eu sei quem é seu novo homem.

Sinto um gigantesco espasmo de medo.

– Não sabe, não – digo rapidamente. – Connor, você não sabe quem é. Na verdade não é ninguém do trabalho. Eu só inventei isso. É um cara que mora na zona Oeste de Londres, você nunca o viu, o nome dele é... hum... Gary, e ele é carteiro.

– Não minta para mim! Eu sei exatamente quem é. – Connor cruza os braços e me lança um olhar longo e penetrante. – É o Tristan, do design, não é?

ASSIM QUE TERMINA nosso plantão na barraca, eu escapo de Connor e vou me sentar debaixo de uma árvore com um copo de ponche, olhando o relógio a cada dois minutos. Não acredito em como estou nervosa. Talvez Jack conheça um monte de truques. Talvez ele espere que eu seja realmente sofisticada. Talvez espere todo tipo de manobras incríveis de que eu nem ouvi falar.

Quero dizer... eu não me acho *ruim* de cama.

Você sabe. Em termos gerais. Pensando bem.

Mas de que tipo de padrão estamos falando aqui? Parece que até agora competi em pequenos eventos locais e de repente vou para as Olimpíadas. Jack Harper é um multimilionário internacional. Deve ter namorado modelos e... ginastas... mulheres com enormes peitos petulantes... taras envolvendo músculos que eu nem acho que *possuo.*

Como vou estar à altura? Como? Estou começando a me sentir enjoada. Foi uma ideia ruim, muito ruim. Nunca vou ser tão boa quanto a presidente da Origin Software, vou? Só posso imaginá-la, com suas pernas compridas, calcinhas de quatrocentos dólares e corpo malhado, bronzeado... talvez um chicote na mão e... talvez sua amiga modelo bissexual a postos para apimentar as coisas.

Certo, pare com isso. Está ficando ridículo. Eu vou me sair bem. Tenho *certeza* de que vou me sair bem. Vai ser como uma prova de balé: assim que você começa, esquece de ficar nervosa. Minha antiga professora de balé sempre dizia para a gente: "Desde que vocês mantenham as pernas muito bem viradas para fora e um sorriso no rosto, vão se sair esplendidamente."

O que eu acho que meio se aplica aqui também.

Olho o relógio e sinto um novo espasmo de pânico. São 13 horas. Em ponto.

Hora de transar. Levanto-me e faço disfarçadamente alguns exercícios de aquecimento, só para garantir. Depois respiro fundo e, com o coração batendo forte, começo a ir até a casa. Acabei de chegar à beira do gramado quando uma voz aguda atinge meus ouvidos.

– Ali está ela! Emma! Uuuhuu!

A voz parece com a da minha mãe. Estranho. Paro brevemente e giro, mas não vejo ninguém. Deve ser alucinação. Deve ser a culpa inconsciente tentando me atrapalhar, ou algo do tipo.

– Emma, vire-se! Aqui!

Espera aí. Isso pareceu ser Kerry.

Espio pasma a multidão, estreitando os olhos por causa do sol. Não vejo nada. Estou olhando para todo lado, mas não vejo...

E de repente, como num olho mágico, eles aparecem. Kerry, Nev, meus pais. Vindo na minha direção. Todos fantasiados. Minha mãe está usando um quimono japonês e segurando uma cesta de piquenique. Meu pai está vestido de Robin Hood e segurando duas cadeiras dobradas. Nev está com roupa de Super-Homem e segurando uma garrafa de vinho. E Kerry está usando uma fantasia de Marilyn Monroe, inclusive com peruca platinada e sapatos altos, e se inebriando complacentemente com os olhares.

O que está acontecendo?

O que eles estão *fazendo* aqui?

Eu não contei a eles sobre o Dia da Família na Empresa. Sei que não contei. Tenho *certeza* de que não contei.

– Oi, Emma! – exclama Kerry, ao chegar perto. – Gostou da roupa? – Ela dá uma ligeira rebolada e um tapinha na peruca loura.

– Você está vestida de quê, querida? – diz minha mãe, olhando perplexa para meu vestido de náilon. – Heidi?

– Eu... – Coço o rosto. – Mãe... O que vocês estão fazendo aqui? Eu não... quero dizer, eu esqueci de contar a vocês.

– Eu sei disso – responde Kerry. – Mas sua amiga Artemis me contou no outro dia, quando eu telefonei.

Encaro-a, incapaz de falar.

Vou matar Artemis. Vou assassiná-la.

– Então, a que horas é o concurso de fantasias? – pergunta Kerry, piscando para dois adolescentes que estão olhando para ela boquiabertos. – Nós não perdemos, perdemos?

– Não... não tem concurso – digo, encontrando a voz.

– Verdade? – Kerry parece chateada.

Não acredito. É por isso que ela veio, não é? Para ganhar um concurso estúpido. Não resisto e pergunto:

– Você veio até aqui só para participar de um concurso de fantasias?

– Claro que não! – Kerry recupera rapidamente sua expressão de desprezo de sempre. – Nev e eu vamos levar seus pais a Hanwood Manor. É perto daqui. Por isso pensamos em dar uma passadinha.

Sinto uma pontada de alívio. Graças a Deus. Vamos bater um papinho e depois eles podem ir embora.

– Nós trouxemos uma cesta de piquenique – conta minha mãe. – Agora vamos achar um bom lugar.

– Vocês acham que têm tempo para um piquenique? – digo, tentando parecer natural. – Vocês podem ficar presos no trânsito. Na verdade talvez devessem ir agora, só por segurança.

– A mesa só está reservada para as sete horas! – diz Kerry, lançando-me um olhar estranho. – Que tal debaixo daquela árvore?

Olho tolamente enquanto minha mãe abre uma toalha xadrez, de piquenique, e papai monta as duas cadeiras. Não posso me sentar e ter um piquenique em família enquanto Jack está esperando para fazer sexo comigo. Tenho que fazer alguma coisa, depressa. *Pense.*

– Hum, o negócio – começo, numa inspiração súbita – é que eu não posso ficar. Todos nós temos trabalho a fazer.

– Não diga que eles não lhe dão nem meia hora de folga – zanga-se meu pai.

– Emma é o ponto central de toda a organização! – zomba Kerry com um risinho sarcástico. – Não estão vendo?

– Emma! – Cyril está se aproximando da toalha de piquenique. – Sua família veio, afinal! E fantasiada. Que bom! – Ele sorri para todos, com o chapéu de curinga tilintando à brisa. – Não deixem de comprar todos um bilhete da rifa.

– Ah, vamos comprar – anima-se mamãe. – E estávamos imaginando... – Ela sorri para ele. – Será que Emma poderia ter um tempinho de folga para um piquenique com a gente?

– Sem dúvida! – responde Cyril. – Você já fez sua parte na barraca de ponche, não foi, minha mãe? Agora pode relaxar.

– Que bom! – exclama minha mãe. – Não é uma boa notícia, Emma?

– Fantástico! – consigo dizer finalmente, com um sorriso estático.

Não tenho opção. Não tenho como sair dessa. Com os joelhos rígidos afundo na toalha e aceito um copo de vinho.

– Então, Connor está aqui? – pergunta ela, jogando coxas de frango num prato.

– Shhh! Não mencione o Connor! – entoa papai com sua voz de Basil Fawlty.

– Eu achei que você ia morar com ele – observa Kerry, tomando um gole de champanhe. – O que aconteceu?

– Ela fez café da manhã para ele – zomba Nev, e Kerry dá um risinho.

Tento sorrir, mas meu rosto não obedece. É uma e dez. Jack deve estar esperando. O que posso fazer?

Quando papai me entrega um prato, vejo Sven passando.

– Sven – chamo rapidamente. – Hum, o Sr. Harper teve a gentileza de perguntar antes pela minha família, se eles estavam aqui ou não. Poderia dizer que eles... eles apareceram inesperadamente? – Olho para ele em desespero e seu rosto sinaliza compreensão.

– Darei o recado – assente ele.

E é o fim.

17

Uma vez eu li um artigo chamado "Faça as coisas acontecerem", em que estava escrito que, se um dia não for como a gente queria, a gente deve voltar, avaliar as diferenças entre os objetivos e os resultados, e que isso ajudaria a aprender com os erros.

Certo. Vamos avaliar exatamente como esse dia foi diferente do plano original que eu fiz de manhã.

Objetivo: parecer uma mulher sensual e sofisticada com um vestido lindo e que cai bem.

Resultado: parecer Heidi ou uma figurante de *O Mágico de Oz* com hediondas mangas bufantes de náilon.

Objetivo: marcar um encontro secreto com Jack.

Resultado: marcar um encontro secreto com Jack e não comparecer.

Objetivo: fazer um sexo fantástico com Jack num local romântico.

Resultado: comer coxas de frango assado com amendoim numa toalha de piquenique.

Objetivo geral: euforia.

Resultado geral: sofrimento.

Só posso ficar olhando tolamente para o meu prato, dizendo a mim mesma que isso não pode durar para sempre. Papai e Nev fizeram um milhão de piadas sobre "Não fale de Connor". Kerry me mostrou seu novo relógio suíço que custou 4 mil libras e alardeou como sua empresa está se expandindo de novo. E agora está contando que jogou golfe com o executivo-chefe da British Airways na semana passada e que ele tentou levá-la para a companhia aérea.

– Todos eles tentam – informa, comendo um pedaço enorme de coxa de galinha. – Mas eu sempre digo: se eu *precisasse* de emprego... – Ela deixa no ar. – Você deseja alguma coisa?

– Olá – diz uma voz seca e familiar acima de minha cabeça.

Levanto a cabeça muito lentamente, piscando por causa da luz.

É Jack. Parado ali sob o céu azul, com sua roupa de caubói. Ele me dá um sorriso minúsculo, quase imperceptível, e sinto o coração se animando. Ele veio me pegar. Eu deveria saber que ele faria isso.

– Oi! – digo, meio atordoada. – Pessoal, este é...

– Meu nome é Jack – interrompe ele em tom agradável. – Sou amigo de Emma. Emma... – Ele me olha, com o rosto deliberadamente inexpressivo. – Acho que precisam de você.

– Caramba! – exclamo com um espasmo de alívio. – Ah, bem, não faz mal, essas coisas acontecem.

– Que pena! – diz minha mãe. – Não pode ficar ao menos para uma bebidinha rápida? Jack, você é bem-vindo para se juntar a nós. Coma uma coxa de frango ou um pouco de quiche.

– Nós temos que ir – digo depressa. – Não é, Jack?

– Acho que sim – confirma ele, e estende a mão para me puxar.

– Desculpa, pessoal – exclamo.

– A gente não se incomoda! – responde Kerry com o mesmo riso sarcástico. – Tenho certeza de que você tem alguma tarefa vital a fazer, Emma. Na verdade, imagino que todo o evento iria desmoronar sem você!

Jack para. Muito lentamente ele se vira.

– Deixe-me adivinhar. – Seu tom é agradável. – Você deve ser Kerry.

– É! – ela se surpreende. – Isso mesmo.

– E sua mãe... seu pai... – Ele examina os rostos. – E você... Nev?

– Na mosca! – diz Nev com um riso fungado.

– Muito bem! – Minha mãe está rindo. – Emma deve ter falado um pouco de nós.

– Ah... falou – concorda Jack, olhando o grupo do piquenique de novo, com uma espécie de fascínio estranho no rosto. – Sabe, talvez haja tempo para aquela bebida, afinal.

O quê? *O que* ele disse?

– Bom – assente mamãe. – É sempre bom conhecer os amigos de Emma.

Olho numa incredulidade total enquanto Jack se acomoda confortavelmente na toalha. Ele deveria estar me *resgatando* disso tudo. E não se juntando. Lentamente me deixo afundar ao lado dele.

– Então, você trabalha nessa empresa, Jack? – começa meu pai, servindo-lhe um copo de vinho.

– Ah, sim – responde Jack depois de uma pausa. – Pode-se dizer que... eu trabalhava.

– Está entre um emprego e outro? – sugere minha mãe, cheia de tato.

– Acho que se pode dizer que sim. – Seu rosto se franze num pequeno sorriso.

– Minha nossa! – exclama mamãe, cheia de simpatia. – Que pena. Mesmo assim, tenho certeza de que alguma coisa vai aparecer.

Meu Deus. Ela não faz absolutamente nenhuma ideia de quem ele é. Ninguém da minha família faz ideia de quem Jack é.

Realmente não sei se gosto disso.

– Eu vi Danny Nussbaum um dia desses no correio, Emma – acrescenta minha mãe, cortando rapidamente alguns tomates. – Ele perguntou por você.

– Caramba! – digo, com as bochechas esquentando. – Danny Nussbaum! Não penso nele há séculos.

– Danny e Emma foram namorados – explica ela a Jack, com um sorriso carinhoso. – Um rapaz tão bom! Muito *estudioso.* Ele e Emma estudavam juntos no quarto, a tarde toda.

Não posso olhar para Jack. Não posso.

– Sabe... *Ben-Hur* é um filme ótimo – comenta Jack subitamente, num tom pensativo. – Um filme muito bom. – Ele sorri para minha mãe. – Não acha?

Vou matá-lo.

– Hum... é! – concorda ela, meio confusa. – É, eu sempre gostei de *Ben-Hur*. – Corta uma grande fatia de quiche e entrega a Jack num prato de papel. – Você está conseguindo se virar financeiramente?

– Estou bem – responde Jack, sério.

Mamãe o encara por um momento. Depois enfia a mão na cesta de piquenique e pega outro quiche Sainsbury's, ainda na caixa.

– Pegue isso – propõe, enfiando na mão dele. – E uns tomates. Vão alimentar você.

– Ah, não – rebate Jack imediatamente. – Verdade, eu não poderia...

– Não aceito não como resposta. Insisto!

– Bom, é de fato uma gentileza. – Jack lhe dá um sorriso caloroso.

– Quer um conselho profissional, Jack, de graça? – propõe Kerry, mastigando um pedaço de frango.

Meu coração dá uma palpitação nervosa. Por favor, *por favor,* não tente ensinar o passo da mulher bem-sucedida ao Jack.

– Olha, é bom você prestar atenção à Kerry – intervém papai com orgulho. – Ela é a nossa estrela! Tem sua própria empresa.

– É mesmo? – pergunta Jack educadamente.

– Uma agência de viagens – revela Kerry com um sorriso complacente. – Comecei do zero. Agora temos quarenta empregados e um faturamento de mais de dois milhões. E sabe qual é o meu segredo?

– Eu... não faço ideia.

Kerry se inclina para a frente e o encara com seus olhos azuis.

– Golfe.

– Golfe! – ecoa Jack.

– Os negócios têm tudo a ver com a rede de relações – começa Kerry. – Têm tudo a ver com contatos. Estou dizendo, Jack, eu conheci a maioria dos maiores empresários do país no campo de golfe. Pegue qualquer empresa. Pegue *esta* empresa. – Ela abre os braços. – Eu conheço o chefão daqui. Poderia ligar para ele amanhã, se quisesse.

Encaro-a, imobilizada de horror.

– Verdade? – Jack parece fascinado. – É mesmo?

– Ah, sim. – Ela se inclina para a frente, de um jeito confidencial. – E estou falando do *grande chefão.*

– O grande chefão – ecoa Jack. – Estou impressionado.

– Talvez Kerry pudesse dar uma palavrinha a seu favor, Jack! – exclama minha mãe numa inspiração súbita. – Você faria isso, não faria, Kerry querida?

Eu explodiria numa gargalhada histérica. Se não fosse uma coisa tão absolutamente medonha.

– Acho que terei que aprender a jogar golfe logo, logo – comenta Jack. – Conhecer as pessoas certas. – Ele ergue as sobrancelhas para mim. – O que acha, Emma?

Mal posso falar. Estou além da vergonha. Quero desaparecer na toalha de piquenique e nunca mais ser vista.

– Sr. Harper?

Uma voz nos interrompe e eu respiro aliviada. Todos erguemos os olhos e vemos Cyril se curvando, sem jeito, para Jack.

– Sinto muitíssimo interromper, senhor – desculpa-se ele, olhando perplexo para minha família como se tentasse discernir algum motivo para Jack Harper estar fazendo piquenique conosco. – Mas Malcolm St John está aqui e gostaria de trocar uma palavrinha.

– Claro – responde Jack, e dá um sorriso educado para mamãe. – Se me derem licença um momento...

Enquanto ele equilibra cuidadosamente o copo no prato e se levanta, toda a família troca olhares confusos.

– Então vai dar uma segunda chance a ele! – grita meu pai para Cyril, em tom brincalhão.

– Perdão? – Cyril franze a testa dando dois passos na nossa direção.

– Esse cara aí, o Jack – aponta papai para Jack, que está falando com um sujeito de blazer azul-marinho. – Vocês estão pensando em contratá-lo de novo, é?

Cyril olha rigidamente de papai para mim, e de novo para ele.

– Tudo bem, Cyril! – digo, em tom despreocupado. – Pai, cale a boca, certo? – murmuro. – Ele é o dono da empresa.

– O quê? – Todo mundo me encara.

– Ele é o dono da empresa – repito com o rosto quente. – Então só... não façam piadas sobre ele.

– O sujeito de roupa de curinga é o dono da empresa? – confunde-se mamãe, olhando surpresa para Cyril.

– Não! O *Jack*! Ou pelo menos de um bom pedaço dela. – Todos continuam totalmente inexpressivos. – Jack é um dos fundadores da Corporação Panther! – sibilo, frustrada. – Ele só estava tentando ser modesto.

– Está dizendo que aquele cara é Jack Harper? – Nev está incrédulo.

– Estou!

Há um silêncio perplexo. Enquanto olho em volta, vejo que um pedaço de coxa de frango caiu da boca de Kerry.

– Jack Harper, o multimilionário – balbucia meu pai, para ter certeza.

– *Multimilionário*? – Minha mãe está totalmente confusa. – Então... ele ainda vai querer o quiche?

– Claro que ele não quer o quiche! – irrita-se papai. – Para que ele iria querer um quiche? Ele pode comprar um milhão de quiches, droga!

O olhar da minha mãe começa a saltar pela toalha de piquenique, numa ligeira agitação.

– Depressa! – ordena, rapidamente. – Ponham as batatas numa tigela. Tem uma tigela na cesta...

– Elas estão bem onde estão... – começo, desamparada.

– Milionários não comem batata no saco! – sibila ela. Em seguida coloca as batatas numa tigela de plástico e rapidamente começa a ajeitar a toalha. – Brian! Tem migalhas na sua barba!

– Então, como diabo *você* conhece Jack Harper? – quer saber Nev.

– Eu... só conheço. – Fico ligeiramente vermelha. – Nós trabalhamos juntos e coisa e tal, e ele meio que virou... meu amigo. Mas escutem, não ajam de modo diferente – peço depressa, enquanto Jack aperta a mão do sujeito de blazer e começa a voltar para o piquenique. – Ajam como antes...

Ah, meu Deus. Por que estou ao menos me preocupando? Enquanto Jack se aproxima, toda a minha família está totalmente empertigada, olhando-o num silêncio estranho.

– Oi! – digo do modo mais natural possível, e rapidamente encaro-os, furiosa.

– Então... Jack! – exclama meu pai, sem graça. – Beba mais um pouco. Este vinho está bom para você? Porque a gente pode dar um pulinho na loja de bebidas, comprar alguma coisa de safra adequada.

– Está ótimo, obrigado – responde Jack, parecendo meio espantado.

– Jack, o que mais posso arranjar para você comer? – agita-se mamãe. – Tenho uns rolinhos de salmão em algum lugar. Emma, dê o seu prato ao Jack! Ele não pode comer em prato de papel.

– Então... Jack – chama Nev numa voz de "meu brother". – Que carro um cara como você dirige? Não, não diga. – Ele levanta a mão. – Um Porsche. Estou certo?

Jack me encara com expressão interrogativa, e eu o olho de volta em súplica, tentando transmitir que eu não tive opção, que realmente sinto muito, que basicamente quero morrer...

– Vejo que o meu disfarce foi descoberto – observa ele com um riso.

– Jack! – exclama Kerry, que recuperou a compostura. Ela lhe dá um sorriso agradável e estende a mão. – É um prazer conhecê-lo pessoalmente.

– Sem dúvida! – responde Jack. – Se bem que... nós já não nos conhecemos há pouco?

– Como *profissionais* – corrige ela em voz melosa. – De uma empresária para outro. Aqui está o meu cartão, e se algum dia precisar de ajuda com arranjos de viagem, por favor me ligue. Ou, se quiser um encontro social... talvez nós quatro pudéssemos sair juntos uma hora dessas! Jogar uma partida? Não é, Emma?

Encaro-a sem expressão no rosto. Desde quando Kerry e eu saímos juntas?

– Emma e eu somos praticamente irmãs, claro – acrescenta em voz doce, passando o braço em volta de mim. – Tenho certeza de que ela contou.

– Ah, ela me contou algumas coisas.

A expressão de Jack é indecifrável. Ele morde um pedaço de frango assado e começa a mastigar.

– Nós crescemos juntas, compartilhávamos tudo.

Kerry me dá um aperto e eu tento sorrir, mas seu perfume está quase me sufocando.

– Isso não é uma beleza? – exclama minha mãe cheia de prazer. – Eu queria ter uma máquina fotográfica.

Jack não responde. Só está lançando um olhar demorado, avaliador, em Kerry.

– Nós não poderíamos ser mais íntimas! – O sorriso de Kerry fica ainda mais envolvente. Ela está me apertando com tanta força que as garras se cravam na minha carne. – Não é, Ems?

– Er... não – respondo finalmente. – Não poderíamos.

Jack ainda está mastigando o frango. Ele engole, depois ergue os olhos.

– Então acho que deve ter sido uma decisão bem difícil quando você teve que deixar Emma na mão – comenta ele em tom casual a Kerry. – Já que vocês duas são tão íntimas e tal.

– Deixar na mão? – Kerry dá um riso tilintante. – Não sei do que você...

– Naquela vez em que ela pediu um estágio na sua empresa e você recusou – continua Jack, na mesma voz agradável, e morde outro pedaço de frango.

Não consigo me mexer.

Isso era segredo. Isso deveria ser segredo.

– O quê? – exclama meu pai, meio rindo. – Emma pediu um estágio a Kerry?

– Eu... não sei do que você está falando! – Kerry está meio cor-de-rosa.

– Eu *acho* que entendi direito – insiste Jack, ainda mastigando. – Ela se ofereceu para trabalhar sem ganhar dinheiro algum... e mesmo assim você recusou. – Ele parece perplexo um momento. – Decisão interessante.

Muito lentamente a expressão dos meus pais está mudando.

– Mas, claro, foi sorte nossa, aqui da Corporação Panther – acrescenta Jack, animado. – Nós ficamos muito *felizes* porque Emma não fez carreira no ramo de viagens. Por isso acho que tenho que lhe agradecer, Kerry! De empresário para empresária. – Ele sorri. – Você nos fez um grande favor.

Kerry está completamente roxa.

– Kerry, isso é verdade? – pergunta mamãe, incisiva. – Você não ajudou Emma quando ela pediu?

– Você nunca contou isso à gente, Emma. – Papai está completamente pasmo.

– Eu fiquei sem graça – tento explicar com a voz vacilando um pouco.

– Foi um pouco de abuso, da parte de Emma pedir – argumenta Nev, pegando um pedaço gigantesco de torta de carne de porco. – Usando conexões familiares. Foi o que você disse, não foi, Kerry?

– Insolente? – ecoa minha mãe, incrédula. – Kerry, se você se lembra, nós emprestamos o dinheiro para você abrir a empresa. Você não *teria* uma empresa sem esta família.

– Não foi *assim* – defende-se Kerry, lançando um olhar irritado para Nev. – Houve... uma linha cruzada. Uma confusão! – Ela ajeita o cabelo e me dá outro sorriso. – Claro que eu *adoraria* ajudar você em sua carreira, Ems. Você deveria ter dito antes! Ligue para o escritório, eu faço tudo que puder...

Encaro-a de volta, cheia de ódio. Não *acredito* que ela está tentando se livrar disso. É a vaca mais falsa do mundo inteiro.

– Não houve linha cruzada, Kerry – rebato o mais calmamente que posso. – Nós duas sabemos exatamente o que aconteceu. Eu pedi ajuda e você não quis dar. Ótimo, a empresa é sua, foi sua decisão, e você tinha todo o direito de tomá-la. Mas não tente dizer que não aconteceu, porque aconteceu.

– Emma! – indigna-se Kerry, com um risinho, e tenta pegar minha mão. – Garota boba! Eu não fazia ideia! Se eu soubesse que era importante...

Se ela soubesse que era importante? Como não saberia que era importante?

Puxo a mão e encaro Kerry de volta. Posso sentir toda a dor e a humilhação antigas crescendo por dentro, subindo como água quente num tubo, até que de repente a pressão é insuportável.

– Sabia, sim! – ouço-me gritando. – Você sabia exatamente o que estava fazendo! Você *sabia* como eu estava desesperada! Desde que chegou a esta família você tentou me esmagar. Zomba de mim por causa da minha carreira de merda. Você fica contando vantagem. Eu passo a vida inteira me sentindo pequena e estúpida. Bem, ótimo. Você venceu, Kerry! É a estrela e eu não sou. Você é o sucesso e eu sou o fracasso. Mas não finja que é minha melhor amiga, certo? Porque não é e nunca vai ser!

Termino e olho em volta para os rostos perplexos, respirando ofegante. Tenho a sensação horrível de que a qualquer momento vou começar a chorar.

Encontro o olhar de Jack e ele me dá um minúsculo sorriso de aprovação. Então arrisco um breve olhar para meus pais. Os dois estão paralisados, como se não soubessem o que fazer.

O negócio é que nossa família nunca tem explosões emocionais.

Na verdade eu também não sei direito o que fazer em seguida.

– Então, hum... eu vou indo – resolvo, com a voz trêmula. – Venha, Jack, nós temos trabalho a fazer.

COM AS PERNAS bambas me viro e me afasto, cambaleando um pouco na grama. A adrenalina está circulando no meu corpo. Estou tão abalada que nem sei o que faço.

– Foi sensacional, Emma – diz a voz de Jack no meu ouvido. – Você foi ótima! Uma avaliação absolutamente... logística – acrescenta mais alto enquanto passamos por Cyril.

– Eu nunca falei assim na vida – comento. – Nunca... administração operacional – acrescento depressa enquanto passamos por um pessoal da contabilidade.

– Foi o que eu imaginei – confirma ele, balançando a cabeça. – Meu Deus, aquela sua prima... apreciação válida do mercado.

– Ela é uma completa... planilha – digo rapidamente quando passamos por Connor. – Então... vou digitar aquilo para o senhor, Sr. Harper.

De algum modo chegamos à casa e subimos a escada. Jack me guia por um corredor, pega uma chave e abre uma porta.

E estamos num quarto. Um quarto grande, iluminado, cor de creme. Com cama de casal. A porta se fecha, e de repente todo o meu nervosismo retorna num jato. É isso. Finalmente é isso. Jack e eu. Sozinhos num quarto. Com uma cama.

Então me vejo no espelho dourado e ofego, perplexa. Tinha esquecido que estava com a estúpida fantasia de Branca de Neve. Meu rosto está vermelho e manchado, os olhos inchados, o cabelo espalhado por tudo que é canto, e a alça do sutiã aparecendo.

– Não era *nem um pouco* assim que eu queria estar.

– Emma, me desculpe realmente por ter me metido lá. – Jack está me olhando, tristonho. – Eu ultrapassei os limites. Não tinha o direito de me intrometer daquele jeito. Foi só que... aquela sua prima me deixou irritado.

– Não! – interrompo, virando-me para encará-lo. – Foi *bom*! Eu nunca disse a Kerry o que achava dela. Nunca! Foi... foi... – Paro, respirando ofegante.

Por um momento há silêncio. Jack está olhando meu rosto vermelho. Estou olhando de volta, com as costelas subindo e descendo, os ouvidos latejando. E de repente ele se curva e me beija.

Sua boca abre a minha, e ele já está puxando as mangas com elástico da minha fantasia de Branca de Neve para baixo dos ombros, soltando o gancho do meu sutiã. Eu abro os botões de sua camisa. Sua boca alcança o meu mamilo, e começo a ofegar de excitação quando ele me joga no tapete aquecido pelo sol.

Ah, meu Deus, isso está indo depressa. Ele está arrancando minha calcinha. Suas mãos estão... seus dedos estão... estou ofegando, desamparada. Estamos indo tão rápido que nem registro o que acontece. Isso não se parece nem um pouco com Connor. Nem com nada que eu nunca... há um minuto eu estava parada junto à porta, totalmente vestida, e agora já estou... ele já está...

– Espera – consigo dizer. – Espera, Jack. Eu preciso dizer uma coisa.

– O quê? – Jack me olha com olhos ansiosos, excitados. – O que é?

– Eu não sei nenhum truque – sussurro meio rouca.

– Não sabe o quê? – Ele se afasta ligeiramente e me encara.

– Truques! Eu não conheço nenhum truque – digo na defensiva. – Você sabe, provavelmente você já fez sexo com zilhões de supermodelos e ginastas, e elas fazem todo tipo de coisas incríveis... – Paro ao ver sua expressão. – Não faz mal – digo rapidamente. – Não faz mal. Esquece.

– Estou intrigado. Que truques em particular você tinha em mente?

Por que eu abri minha boca estúpida? Por quê?

– Não tinha! – exclamo, ficando acalorada. – Esse é o fato. Eu *não conheço* nenhum truque.

– Nem eu – responde Jack, na mais absoluta cara de pau. – Não conheço nenhum truque.

Sinto um risinho súbito crescendo por dentro.

– É, certo.

– Verdade. Nenhum. – Ele para pensativo, passando um dedo pelo meu ombro. – Ah, certo. Talvez um.

– O quê? – digo imediatamente.

– Bem... – Ele me olha por um longo momento, depois balança a cabeça. – Não.

– Conte! – E agora não consigo segurar um riso alto.

– Não vou contar. Vou mostrar, – murmura no meu ouvido, e me puxa. – Ninguém lhe ensinou isso?

18

Estou apaixonada.

Eu, Emma Corrigan, estou apaixonada.

Pela primeira vez em toda a vida estou totalmente, cem por cento apaixonada! Passei a noite inteira com Jack na mansão Panther. Acordei nos braços dele. Fizemos sexo umas noventa e cinco vezes e foi simplesmente... perfeito. (E, de algum modo, parece que nem houve truques. O que foi um certo alívio.)

Mas não é só o sexo. É tudo. É o modo como ele estava com uma xícara de chá me esperando quando acordei. É o modo como ele ligou seu *laptop* especialmente para eu olhar meu horóscopo na internet e me ajudou a escolher o melhor. Ele sabe de todas as coisas horríveis e embaraçosas sobre mim, que eu normalmente tento esconder de qualquer homem pelo máximo de tempo possível... e me ama mesmo assim.

Bom, ele não *disse* exatamente que me amava. Mas disse uma coisa ainda melhor. Ainda fico revirando isso prazerosamente na cabeça. Nós estávamos ali, deitados, hoje cedo, os dois só meio que olhando o teto, quando de repente eu falei, meio sem querer:

– Jack, como foi que você se lembrou de que Kerry recusou o estágio?

– O quê?

– Como foi que você lembrou de que Kerry se recusou a me dar um estágio? – Eu virei a cabeça lentamente para ele. – E não só isso. Cada coisinha que eu contei naquele avião. Cada detalhezinho. Sobre o trabalho, sobre minha família, sobre Connor... tudo. Você se lembra de tudo. E eu não entendo.

– O que você não entende? – pergunta Jack, franzindo a testa.

– Não entendo por que alguém como você iria se interessar por minha vidinha estúpida e chata – falei, com as bochechas formigando.

Jack me olhou em silêncio por um momento.

– Emma, sua vida não é estúpida e chata.

– É!

– Não é.

– Claro que é! Eu nunca faço nada empolgante, nunca faço nada inteligente, não tenho uma empresa nem inventei nada...

– Quer saber por que eu me lembro de todos os seus segredos? – interrompeu Jack. – Emma, no minuto em que você começou a falar naquele avião... eu fiquei interessado.

Encarei-o, incrédula.

– Você ficou interessado? – Falei para me certificar. – Em mim?

– Fiquei interessado – repetiu ele gentilmente, depois se inclinou e me beijou.

Interessado!

Jack Harper ficou interessado na minha vida! Em mim!

E o negócio é que, se eu não tivesse falado com ele naquele avião – se nunca tivesse posto tudo aquilo para fora –, isto nunca teria acontecido. Nós nunca teríamos nos encontrado. Foi o destino. Eu *tinha* que entrar naquele avião. Eu *tinha* que ser trocada de classe. Eu *tinha* que botar os segredos para fora.

Quando chego em casa estou reluzindo. Uma lâmpada foi acesa dentro de mim. De repente sei qual é o sentido da vida. Jemima está errada. Homens e mulheres não são inimigos. Homens e mulheres são *almas gêmeas*. E se forem simplesmente honestos, desde o pontapé inicial, todos vão perceber isso. Todo esse negócio de ser misterioso e distante é uma grande besteira. Todo mundo deveria compartilhar os segredos logo de cara.

Estou tão inspirada que acho que vou escrever um livro sobre relacionamentos. Vai se chamar *Não tenha medo de compartilhar*, e vai mostrar que homens e mulheres devem ser honestos uns com os outros, e assim vão se comunicar melhor, entender um ao outro e nunca ter que fingir nada, nunca mais. E isso também poderia se aplicar às famílias. E à política! Talvez, se os líderes mundiais contassem aos outros alguns segredos pessoais, não haveria mais guerras! Acho que essa é *a* descoberta.

Flutuo escada acima e destranco a porta do nosso apartamento.

– Lissy! – chamo. – Lissy, estou apaixonada!

Não há resposta, e sinto uma pontada de desapontamento. Queria ter alguém com quem falar. Queria alguém para contar tudo sobre a minha nova e brilhante teoria da vida e...

Ouço umas pancadas vindas do quarto dela e paro, completamente imóvel, no corredor, hipnotizada. Ah, meu Deus. Aquelas pancadas misteriosas. Outra. E mais duas. Que diabo...

E eu vejo, pela porta da sala. No chão, perto do sofá. Uma pasta. Uma pasta de couro preto. É ele. É Jean-Paul. Ele está lá. Neste minuto! Dou alguns passos para a frente e olho a porta, intrigada.

O que eles estão *fazendo*?

Não acredito na história dela, de que estão transando. Mas o que mais pode ser? O que mais poderia...

Certo... pare com isso. Não é da minha conta. Se Lissy não quer contar o que está aprontando, não quer. Sentindo-me muito madura, entro na cozinha e pego a chaleira para fazer uma xícara de café.

E largo a chaleira de novo. *Por que* ela não quer me contar? *Por que* ela tem um segredo e não me conta? Nós somos melhores amigas! Puxa, foi *ela* que disse que a gente não deveria ter nenhum segredo.

Não aguento isso. A curiosidade está me corroendo como uma broca de dentista. E esta pode ser minha única chance de descobrir a verdade. Mas como? Não posso simplesmente entrar lá Posso?

De repente um pensamentozinho me ocorre. E se eu *não tivesse* visto a pasta? E se eu tivesse entrado no apartamento na mais perfeita inocência, como faço normalmente, e por acaso fosse direto à porta de Lissy e distraidamente a abrisse? Ninguém poderia me culpar, poderia? Seria apenas um equívoco honesto.

Saio da cozinha, ouço com atenção por um momento e volto rapidamente na ponta dos pés até a porta da frente.

Começar de novo. Estou entrando no apartamento pela primeira vez.

– Oi, Lissy! – Chamo sem graça, como se houvesse uma câmera apontada para mim. – Nossa! Onde será que ela está? Talvez... hum... vou tentar no quarto dela!

Vou pelo corredor, tentando um passo natural, chego à porta e dou uma batidinha fraquíssima.

Não há resposta. As pancadas pararam. Olho para a madeira lisa, sentindo uma súbita apreensão.

Eu vou realmente fazer isso?

Vou sim. Eu *tenho* que saber.

Seguro a maçaneta, abro a porta – e dou um grito de terror.

A imagem é tão espantosa que não consigo entender. Lissy está nua. Os dois estão nus. Ela e o cara estão embolados na posição mais estranha que eu já... que eu já... as pernas dela estão no ar, as dele estão enroladas em volta dela, e os dois estão com o rosto escarlate e ofegando.

– Desculpe! – gaguejo. – Meu Deus, desculpe!

– Emma, espera! – Ouço Lissy gritar enquanto vou rapidamente para o meu quarto, bato a porta e afundo na cama.

Meu coração está batendo forte demais. Quase fico enjoada. Nunca fiquei tão chocada na vida. Nunca deveria ter aberto aquela porta. *Nunca* deveria ter aberto aquela porta.

Ela estava dizendo a verdade! Os dois estavam fazendo sexo! Mas, puxa, que tipo de sexo estranho, contorcido, era aquele? Inferno. Eu nunca imaginei. Nunca...

Sinto uma mão no ombro e dou um novo grito.

– Emma, calma! – pede Lissy. – Sou eu! Jean-Paul foi embora.

Não consigo levantar os olhos. Não consigo encará-la.

– Lissy, desculpe – balbucio, olhando o chão. – Desculpe! Eu não pretendia fazer aquilo. Nunca deveria... sua vida sexual é problema seu.

– Emma, nós não estávamos transando, sua tonta!

– Estavam! Eu vi! Vocês estavam sem roupa.

– Nós estávamos de roupa. Emma, olha para mim!

– Não! – digo em pânico. – Não quero olhar para você!

– *Olha* para mim!

Apreensiva, levanto a cabeça, e gradualmente meus olhos focalizam Lissy, parada à minha frente.

Ah. Ah... certo. Ela está usando uma malha cor da pele.

– Bem, o que vocês estavam fazendo, se não era sexo? – pergunto, quase acusadoramente. – E por que você está usando isso?

– Nós estávamos dançando – revela Lissy, parecendo sem graça.

– O quê? – Encaro-a numa perplexidade absoluta.

– Nós estávamos dançando, tudo bem? Era isso que nós estávamos fazendo!

– *Dançando*? Mas... por que vocês estavam dançando?

Isso não faz nenhum sentido. Lissy e um francês chamado Jean-Paul dançando no quarto dela! É como se eu tivesse caído no meio de um sonho estranho.

– Eu entrei para um grupo – conta Lissy depois de uma pausa.

– Ah, meu Deus. Não é um culto...

– Não, não é um culto. É só... – Ela morde o lábio. – É que uns advogados se juntaram e formaram um... um grupo de dança.

Um grupo de dança?

Por alguns minutos não consigo falar. Agora que meu choque acabou, tenho a sensação terrível de que estou prestes a cair na gargalhada.

– Você entrou para um grupo de... advogados dançarinos.

– É. – Lissy confirma com a cabeça.

Uma imagem me salta na mente, um punhado de advogados corpulentos dançando e usando perucas, e não consigo evitar, dou um riso fungado.

– Está vendo! – grita Lissy. – Por isso eu não contei. Eu *sabia* que você ia rir!

– Desculpe! Desculpe! Não estou rindo. Acho maravilhoso! – Outro risinho histérico escapa. – É só que... não sei. De algum modo a ideia de advogados dançarinos...

– Nós não somos todos advogados – defende-se ela. – Há dois corretores de valores, um juiz... Emma, pare de rir!

– Desculpe – digo, desamparada. – Lissy, eu não estou rindo de você, sério. – Respiro fundo e tento desesperadamente apertar os lábios. Mas só consigo ver corretores de valores vestindo tutus, agarrando as pastas e dançando *O lago dos cisnes*. Um juiz saltitando pelo palco, com a beca voando.

– Não é engraçado! – exclama Lissy. – São somente alguns profissionais liberais, com o mesmo tipo de pensamento, que querem se expressar através da dança. O que há de errado nisso?

– Desculpe – digo de novo, enxugando os olhos e tentando recuperar o controle. – Não tem nada errado. Eu acho fantástico. Então... vocês vão fazer uma apresentação, ou algo assim?

– Daqui a três semanas. Por isso estamos fazendo ensaios extras.

– Três semanas? – Encaro-a, com o riso sumindo. – Você não ia me *contar*?

– Eu... eu não tinha decidido ainda – confessa, arrastando a sapatilha no chão. – Eu estava sem graça.

– Não fique sem graça! – reajo, consternada. – Lissy, desculpe pela risada. Eu acho superlegal. E vou assistir. Vou sentar bem na primeira fila...

– Na primeira fila, não. Você vai me deixar com vergonha.

– Então sento no meio. Ou no fundo. Onde você quiser. – Lanço-lhe um olhar curioso. – Lissy, eu nunca soube que você dançava.

– Ah, não danço – rebate ela imediatamente. – Sou uma merda nisso. É só para me divertir. Quer um café?

ENQUANTO ACOMPANHO LISSY até a cozinha, ela me olha com a sobrancelha erguida.

– Então, você foi bem descarada, *me* acusando de transar. Onde você passou a noite?

– Com Jack – admito com um sorriso sonhador. – Transando. A noite inteira.

– Eu sabia!

– Meu Deus, Lissy. Estou completamente apaixonada por ele.

– *Apaixonada*? – Ela acende o fogo da chaleira. – Emma, tem certeza? Você só o conhece há uns cinco minutos.

– Isso não importa! Nós já somos almas gêmeas. Não há necessidade de fingir nada com ele... ou de tentar ser alguma coisa que eu não sou... e o sexo é incrível... Ele é tudo que eu nunca tive com Connor. Tudo. E é *interessado* em mim. Sabe, me faz perguntas o tempo todo, e parece realmente fascinado pelas respostas.

Abro os braços com um sorriso bem largo e me deixo cair numa cadeira.

– Sabe, Lissy, toda a minha vida eu tive a sensação de que alguma coisa maravilhosa estava para acontecer. Eu sempre... *soube*, bem no fundo. E agora aconteceu.

– Então, onde ele está agora? – pergunta Lissy, colocando pó no coador.

– Ele vai ficar um tempo longe. Vai discutir um conceito novo com uma equipe de criação.

– O que é?

– Não sei. Ele não disse. Vai ser um negócio realmente intenso e ele provavelmente não vai poder me telefonar. Mas vai mandar e-mails todo dia – acrescento, feliz.

– Biscoito? – oferece Lissy, abrindo a lata.

– Ah, é... sim. Obrigada. – Pego um biscoitinho e dou uma mordida pensativa. – Sabe, eu tenho toda uma teoria nova sobre os relacionamentos. É muito simples. Todas as pessoas do mundo deveriam ser mais sinceras umas com as outras. Todos deveriam compartilhar! Homens e mulheres deveriam compartilhar, os líderes mundiais deveriam compartilhar!

– Hum. – Lissy me olha em silêncio por alguns instantes. – Emma, alguma vez Jack lhe disse por que teve que sair correndo no meio da noite daquela vez?

– Não – digo, surpresa. – Mas aquilo eram os negócios dele.

– Alguma vez ele disse o que eram todos aqueles telefonemas no primeiro encontro de vocês?

– Bem... não.

– Ele já contou alguma coisa sobre ele próprio, além do mínimo essencial?

– Ele me contou o suficiente! – rebato, na defensiva. – Lissy, qual é o seu problema?

– Eu não tenho problema – responde ela em tom afável. – Só estou imaginando... é você que faz toda a parte de compartilhar?

– O quê?

– Ele está compartilhando alguma coisa com você? – Lissy põe a água quente no coador do café. – Ou é só você que está compartilhando com ele?

– Nós estamos compartilhando um com o outro. – Desvio o olhar, brincando com um ímã de geladeira.

O que é verdade, digo a mim mesma com firmeza. Jack compartilhou um monte de coisas comigo! Quero dizer, ele me contou...

Ele me contou tudo sobre...

Bem, enfim. Ele provavelmente não estava no clima para falar muito. Isso é crime?

– Tome um pouco de café. – Lissy me entrega uma caneca.

– Obrigada – digo meio de má vontade, e Lissy suspira.

– Emma, eu não estou tentando estragar as coisas. Ele realmente parece um amor...

– E é! Sério, Lissy, você não sabe como ele é. É tão romântico! Sabe o que ele disse hoje cedo? Disse que no momento em que eu comecei a falar ele ficou interessado.

– Verdade? – Lissy me encara. – Ele falou isso? É bem romântico.

– Eu não disse? – Não consigo segurar um sorriso de orelha a orelha. – Lissy, ele é perfeito!

19

Nas duas semanas seguintes nada pode estragar meu brilho de felicidade. Nada. Vou ao trabalho flutuando numa nuvem, fico o dia inteiro sentada e sorrindo para o meu computador, depois vou flutuando para casa de novo. Os comentários sarcásticos de Paul são tão inofensivos quanto bolhas. Nem noto quando Artemis me apresenta como sua secretária a uma equipe de publicitários visitantes. Todos podem dizer o que quiserem. Porque o que não sabem é que, quando estou sorrindo para o meu computador, é porque Jack acaba de me mandar outro e-mail divertido. O que não sabem é que o cara que dá emprego a todos eles está apaixonado por mim. Por *mim*. Emma Corrigan. A subalterna.

– Bem, claro, eu tive várias conversas profundas com Jack Harper sobre esse assunto – posso ouvir Artemis dizendo ao telefone enquanto arrumo o armário de provas. – É. E ele achou, como eu acho, que o conceito realmente precisava ser repensado.

Besteira! Ela nunca teve uma conversa profunda com Jack Harper. Quase me sinto tentada a enviar um e-mail para ele dizendo como ela está usando seu nome em vão.

Só que isso seria um pouco de maldade.

E, além disso, ela não é a única. Todo mundo solta o nome dele nas conversas, à esquerda, à direita e ao centro. É como se, agora que Jack foi embora, todos fingissem subitamente que eram seus melhores amigos e que ele achasse suas ideias perfeitas.

Exceto eu. Só estou mantendo a cabeça baixa e não menciono seu nome em hipótese alguma.

Em parte porque sei que, se fizer isso, vou ficar totalmente vermelha ou dar um sorriso enorme, bobão, ou algo assim. E também porque tenho uma sensação terrível de que, assim que começar a falar sobre ele, não conseguirei parar. Mas principalmente porque ninguém jamais puxa esse assunto comigo. Afinal de contas, o que eu saberia sobre Jack Harper? Só sou uma assistente de merda, afinal de contas.

– Ei! – anuncia Nick, erguendo a cabeça ao telefone. – Jack Harper vai aparecer na televisão!

– O quê?

Sinto um choque de surpresa. Jack vai aparecer na televisão? Por que ele não me contou?

– Uma equipe de TV vem ao escritório, ou alguma coisa assim? – quer saber Artemis, ajeitando o cabelo.

– Não sei.

– Pessoal – exclama Paul, entrando na sala. – Jack Harper deu uma entrevista no *Business Watch*, e vai passar ao meio-dia. Estão colocando uma televisão na sala grande de reuniões; quem quiser pode assistir lá. Mas nós precisamos de alguém para ficar e atender ao telefone. – Seu olhar pousa em mim. – Emma. Você pode ficar.

– O quê? – digo, perplexa.

– Você pode ficar e cuidar dos telefonemas – insiste Paul. – Certo?

– Não! Quer dizer... eu quero assistir! – reajo, consternada. – Ninguém mais pode ficar? Artemis, você não pode ficar?

– *Eu* não vou ficar! – reage Artemis imediatamente. – Puxa, Emma, não seja tão egoísta. Não vai ser muito interessante para você.

– Vai, sim!

– Não vai, não. – Ela revira os olhos.

– Vai – repito, desesperada. – Ele é... ele também é o meu chefe!

– É, bem – ironiza Artemis. – Acho que há uma ligeira diferença. Você mal falou com Jack Harper.

– Falei! – rebato, antes de me controlar. – Eu falei! Eu... – Paro, com as bochechas ficando cor-de-rosa. – Eu... uma vez fui a uma reunião onde ele estava...

– E serviu uma xícara de chá para ele? – Artemis encontra o olhar de Nick com um risinho.

Encaro-a, furiosa, com os ouvidos latejando, desejando ao menos uma vez ser capaz de pensar em alguma coisa realmente desprezível e inteligente para deixar Artemis na pior.

– Chega, Artemis – encerra Paul. – Emma, você vai ficar aqui, e está resolvido.

Às 11H55, A SALA está completamente vazia. Há apenas eu, uma mosca e uma máquina de fax zumbindo. Desconsolada, enfio a mão na gaveta da mesa e pego um Aero. E um Flake, para completar. Estou desembrulhando o Aero e dando uma grande mordida quando o telefone toca.

– Pronto – diz a voz de Lissy. – Eu programei para gravar.

– Obrigada, Lissy – respondo, com a boca cheia de chocolate. – Você é uma bênção.

– Não acredito que não deixaram você assistir.

– Eu sei. É completamente injusto. – Afundo mais na cadeira e dou uma outra mordida no Aero.

– Bom, não faz mal, a gente assiste esta noite. Jemima vai gravar também, para a gente não perder.

– O que Jemima está fazendo em casa? – pergunto, surpresa.

– Ela fingiu estar doente para ficar em casa cuidando da sua beleza. Ah, e o seu pai ligou – acrescenta ela com cuidado.

– Ah, certo. – Sinto uma pontada de apreensão. – O que ele disse?

Não falei com meus pais desde a confusão no Dia da Família na Empresa. Não consigo me obrigar a isso. Foi doloroso e embaraçoso demais e, pelo que eu sei, eles ficaram totalmente do lado de Kerry.

Assim, quando meu pai ligou para cá na segunda-feira seguinte, eu disse que estava muito ocupada e que ligava de volta – e não liguei. E a mesma coisa em casa.

Sei que uma hora dessas vou ter que falar com ele. Mas não agora. Não enquanto estou tão feliz.

– Ele viu a chamada da entrevista – continua Lissy. – Reconheceu Jack e se perguntou se você estava sabendo. E disse... – Ela faz uma pausa. – Ele realmente queria conversar com você sobre umas coisas.

– Ah.

Olho para meu bloco de anotações, onde rabisquei uma enorme espiral sobre um número de telefone que deveria estar guardado.

– De qualquer modo, ele e sua mãe vão assistir. E o seu avô.

Ótimo. Maravilha. Todo mundo está assistindo ao Jack pela televisão. O mundo inteiro, menos eu.

Quando desligo o telefone, vou pegar um café na máquina nova, que faz um café com leite muito bom. Volto e olho a sala silenciosa, depois coloco suco de laranja na planta de Artemis. E um pouco de toner da copiadora, para ajudar.

Então me sinto meio má. Não é culpa da planta, afinal de contas.

– Desculpe – digo em voz alta, e toco uma das folhas. – Só que você tem uma dona que é uma vaca de verdade. Mas acho que você já sabia disso.

– Falando com seu homem misterioso? – entoa uma voz sarcástica atrás de mim. Me viro num choque e vejo Connor parado na porta.

– Connor! O que você está fazendo aqui?

– Estou indo ver a entrevista. Mas queria trocar uma palavrinha rápida. – Ele dá alguns passos para dentro da sala e me fixa um olhar acusador. – Então. Você mentiu para mim.

Ah, merda. Será que Connor adivinhou? Será que viu alguma coisa no Dia da Família na Empresa?

– O que você quer dizer? – pergunto, nervosa.

– Eu acabei de bater um papinho com Tristan, do design. – A voz de Connor se enche de indignação. – Ele é gay! Você não está saindo com ele, está?

Connor não pode estar falando sério. Ele não achava *mesmo* que eu estava saindo com Tristan, do design, achava? Quero dizer, Tristan não pareceria mais gay nem se usasse malha de oncinha, carregasse uma bolsa e andasse cantarolando sucessos de Barbra Streisand.

– Não – respondo, conseguindo manter a cara normal. – Eu não estou saindo com Tristan.

– Bem! – responde Connor, assentindo como se tivesse marcado cem pontos e não soubesse o que fazer com eles. – Bem. Não sei por que você acha necessário mentir para mim. – Ele levanta o queixo com uma dignidade ferida. – Só isso. Eu só achava que nós poderíamos ser um pouquinho mais sinceros um com o outro.

– Connor, é só que é... complicado. Certo?

– Ótimo. Tudo bem. O barco é seu, Emma.

Há uma ligeira pausa.

– O que é meu? O *barco*?

– O campo – pronuncia ele, num clarão de irritação. – Eu quis dizer... a bola está no com você.

– Ah, certo – respondo ainda sem entender. – É... certo. Não vou esquecer disso.

– Bom. – Ele me lança seu mais ferido olhar de mártir e começa a se afastar.

– Espere! – peço, subitamente. – Espere um minuto! Connor, você poderia me fazer um favorzão? – Espero até ele se virar, depois faço uma cara de bajulação. – Poderia atender ao telefone aqui enquanto eu vou rapidinho ver a entrevista de Jack Harper?

Sei que Connor não é meu fã número um neste momento. Mas não tenho muita escolha.

– Se eu podia fazer *o quê*? – Ele me olha, chocado.

– Podia atender ao telefone? Só por meia hora. Eu agradeceria tanto...

– Não acredito que você está me *pedindo* isso! – Ele está incrédulo. – Você *sabe* como Jack Harper é importante para mim, Emma, realmente não sei em que você se transformou.

DEPOIS DE ELE SAIR, fico ali sentada durante vinte minutos. Recebo vários recados para Paul, um para Nick e um para Caroline. Arquivo algumas cartas. Endereço uns envelopes. E de repente já estou de saco cheio.

Isso é estúpido. Isso é mais do que estúpido. É ridículo. Eu amo Jack. Ele me ama. Eu deveria estar lá, apoiando-o. Pego meu café e sigo depressa pelo corredor. A sala de reuniões está apinhada de gente, mas eu me esgueiro no fundo e me espremo entre dois caras que não estão *assistindo* ao Jack, e sim discutindo um jogo de futebol.

– O que *você* está fazendo aqui? – quer saber Artemis, quando chego ao seu lado. – E os telefones?

– Não aos impostos sem representação – ouço-me respondendo de um jeito descolado, o que talvez não seja exatamente apropriado (nem sei o que significa), mas tem o efeito desejado de fazer com que ela se cale.

Estico o pescoço para ver acima da cabeça de todo mundo, e meus olhos se concentram na tela – e ali está ele. Sentado numa cadeira num estúdio, de jeans e camiseta branca. Há um fundo azul e as palavras "Inspirações para os negócios" atrás dele, e um casal de entrevistadores elegantes do outro lado.

Ali está. O homem que eu amo.

É a primeira vez que o vejo desde que dormimos juntos, ocorre-me de súbito. Mas seu rosto é caloroso como sempre, e os olhos estão escuros e brilhantes sob as luzes do estúdio.

Ah, meu Deus, quero beijá-lo.

Se ninguém mais estivesse aqui eu iria até o aparelho de TV e lhe daria um beijo. Sério.

– O que perguntaram a ele até agora? – murmuro para Artemis.

– Estão falando sobre o modo como ele trabalha. Suas inspirações, sua parceria com Pete Laidler, coisas assim.

– Shh! – Faz alguém.

– Claro que foi difícil depois da morte de Pete – diz Jack. – Foi difícil para todos nós. Mas recentemente... – Ele faz uma pausa. – Recentemente minha vida deu uma reviravolta e eu estou reencontrando inspiração. Estou gostando da vida de novo.

Um pequeno arrepio me atravessa.

Ele tem que estar se referindo a mim. Tem que ser. Eu revirei a vida dele! Ah, meu Deus. Isso é ainda mais romântico do que "fiquei interessado".

– Você já expandiu os negócios para o mercado de bebidas esportivas – começa o entrevistador. – Agora imagino que esteja querendo expandir para o mercado feminino.

– O quê?

Há um *frisson* na sala, e as pessoas começam a se olhar.

– Nós vamos entrar no mercado feminino?

– Desde quando?

– Na verdade, eu sabia – revela Artemis, presunçosa. – Algumas pessoas já sabem há um tempo...

Olho para a tela, lembrando-me instantaneamente daquelas pessoas na sala de Jack. Eram para isso os ovários. Minha nossa, isso é bem empolgante. Um novo empreendimento!

– Você pode dar mais algum detalhe sobre isso? – sugere o entrevistador. – Vai ser um refrigerante dirigido às mulheres?

– Ainda estamos nos estágios iniciais – conta Jack. – Mas estamos planejando toda uma linha. Uma bebida, roupas, um perfume. Temos uma forte visão criativa. – Ele sorri para o sujeito. – Estamos empolgados.

– Então qual é o seu público-alvo desta vez? – pergunta o homem, consultando suas anotações. – Quer alcançar as mulheres interessadas em atividade física?

– De jeito nenhum – responde Jack. – Estamos querendo alcançar... a garota comum.

– A "garota comum"? – A entrevistadora se empertiga, parecendo ligeiramente afrontada. – O que significa isso? Quem é essa garota comum?

– Ela tem vinte e poucos anos – diz Jack depois de uma pausa. – Trabalha num escritório, vai de metrô para o trabalho, sai à noite e volta de ônibus... Uma garota comum, sem nada de especial.

– Há milhares delas – intervém o homem com um sorriso.

– Mas a marca Panther sempre foi associada aos homens – insiste a mulher, parecendo cética. – À competição. Aos valores masculinos. Você realmente acha que pode mudar para o mercado feminino?

– Nós fizemos pesquisas – argumenta Jack em tom agradável. – Achamos que conhecemos o mercado.

– Pesquisa! – zomba ela. – Este não é apenas outro caso de homens dizendo às mulheres o que elas querem?

– Não acredito nisso – Jack mantém o tom agradável, mas posso ver um ligeiro tremor de chateação passar em seu rosto. – Muitas empresas tentaram mudar de mercado sem sucesso. Como vocês sabem que não serão apenas mais uma delas?

– Eu estou confiante.

Meu Deus, por que ela está sendo tão agressiva?, penso, indignada. Claro que Jack sabe o que está fazendo!

– Vocês reúnem um punhado de mulheres num grupo de foco e fazem algumas perguntas! Como isso lhes diz alguma coisa?

– Isto é apenas parte do quadro, posso garantir – responde Jack calmamente.

– Ah, o que é isso? – A mulher se reclina e cruza os braços. – Uma empresa como a Panther, um homem como você, pode *realmente* se ligar à psique de, como você disse, uma garota comum, sem nada de especial?

– Posso, sim! – Jack a encara de frente. – Eu conheço essa garota.

– Você *conhece*? – A mulher ergue as sobrancelhas.

– Eu sei quem é essa garota. Sei quais são os gostos dela; de que cores ela gosta. Sei o que ela come, sei o que ela bebe. Sei o que ela quer da vida. Ela veste 42 mas gostaria de ser 38. Ela... – Ele abre os braços como se procurasse inspiração. – Ela come Cheerios no café da manhã e molha Flakes no cappuccino.

Olho com surpresa para minha mão, segurando um Flake. Eu já ia molhar no café. E... eu comi Cheerios hoje cedo.

– Hoje em dia nós estamos rodeados de imagens de pessoas perfeitas, brilhantes – continua Jack, animado. – Mas essa garota é de verdade. Tem dias em que seu cabelo está bom, tem dias em que está ruim. Ela usa calcinha fio dental mesmo achando desconfortável. Faz listas de exercícios físicos e depois ignora. Finge ler jornais de negócios mas esconde revistas de celebridades entre as páginas.

Olho perplexa para a TV.

Só... espere um minuto. Isso tudo parece meio familiar.

– É *exatamente* o que você faz, Emma – diz Artemis. – Eu vi seu exemplar da *OK!* dentro do *Marketing Week*. – Ela se vira para mim com um riso de zombaria e seu olhar pousa no meu Flake.

– Ela adora roupas mas não é vítima da moda – continua Jack na tela. – Ela pode usar, talvez, jeans...

Artemis olha incrédula para minha calça Levi's.

– ... e uma flor no cabelo...

Atordoada, levanto a mão e toco a rosa de pano no cabelo.

Ele não pode...

Ele não pode estar falando...

– Ah... meu... Deus! – Artemis sufoca uma exclamação.

– O que é? – pergunta Caroline, ao lado. Em seguida acompanha o olhar de Artemis e sua expressão muda.

– Ah, meu Deus! Emma! É você!

– Não é – digo, mas minha voz está meio presa.

– É, sim!

Algumas pessoas começam a cutucar umas às outras e a se virar para me olhar.

– Ela lê quinze horóscopos todo dia e escolhe o que mais lhe agrada... – prossegue a voz de Jack.

– É você! É exatamente você!

– ... ela folheia o final dos livros metidos a besta e finge que leu...

– Eu *sabia* que você não tinha lido *Grandes esperanças!* – grita Artemis em triunfo.

– ... ela adora licor de xerez...

– Licor de *xerez*? – Nick vira-se para mim, horrorizado. – Você não pode estar falando sério.

– É Emma! – ouço pessoas falando do outro lado da sala. – É Emma Corrigan!

– *Emma*? – repete Katie, me olhando direto, incrédula. – Mas... mas...

– Não é Emma! – Connor se manifesta de repente, rindo. Ele está parado do outro lado da sala, encostado na parede.

– Não sejam ridículos! Emma é tamanho 38, para começar. Não 42!

– Emma é 38? – diverte-se Artemis com um riso preso.

– Tamanho 38! – Caroline dá um risinho. – Essa é boa!

– Você não é 38? – Connor me olha, perplexo. – Mas você disse...

– Eu... eu sei que disse. – Engulo em seco, com o rosto parecendo uma fornalha. – Mas eu estava... eu estava...

– Você realmente compra todas as roupas em brechós e finge que são novas? – quer saber Caroline, erguendo os olhos da tela, com interesse.

– Não! – respondo, na defensiva. – Quero dizer, é, talvez... algumas vezes...

– Ela pesa 61 quilos, mas finge que pesa 56 – prossegue a voz de Jack.

O quê? O *quê?*

Todo o meu corpo se contrai em choque.

– Não peso! – grito, ultrajada, para a tela. – Nem de longe peso 61 quilos! Eu peso... uns... 58... e meio... – paro quando toda a sala se vira para me encarar.

– ... odeia crochê...

Há um gigantesco som ofegante do outro lado da sala.

– Você odeia crochê? – É a voz incrédula de Katie.

– Não! – nego, horrorizada. – Está errado! Eu adoro crochê! Você sabe que eu adoro crochê.

Mas Katie está saindo, furiosa, da sala.

– Ela chora quando ouve os Carpenters – a voz de Jack insiste na tela. – Ela adora o Abba mas não suporta jazz...

Ah não. Ah não, ah não...

Connor está me encarando como se eu mesma tivesse cravado uma estaca em seu peito.

– Você não suporta... jazz?

É COMO UM DAQUELES sonhos em que todo mundo pode ver você só com roupa de baixo e você quer correr mas não consegue. Não posso me afastar. Só posso ficar olhando para a frente numa agonia enquanto a voz de Jack prossegue inexoravelmente.

Todos os meus segredos. Todos os meus segredos pessoais, particulares. Revelados na televisão. Estou num tal choque que nem absorvo tudo.

– Ela usa lingerie da sorte nos primeiros encontros... pega sapatos de grife emprestados da colega de apartamento e finge que são dela... finge lutar kickboxing... confusa com relação à religião... se preocupa achando que os seios são pequenos demais...

Fecho os olhos, incapaz de suportar. Meus seios. Ele falou dos meus *seios*. Na *televisão*.

– Quando sai, ela banca a sofisticada, mas na cama...

De repente estou desmaiando de medo.

Não. Não. Por favor, isso não. Por favor, *por favor*...

– ... ela tem uma colcha da Barbie.

Uma gargalhada gigantesca explode na sala, e eu enterro o rosto nas mãos. Estou além da mortificação. *Ninguém* deveria saber da minha colcha da Barbie. *Ninguém*.

– Ela é sexy? – quer saber a entrevistadora, e meu coração dá um pulo enorme. Olho a tela, incapaz de respirar, de tanta apreensão. O que ele vai dizer?

– Ela é muito sexy – responde Jack imediatamente, e todos os olhos giram para mim, de olhos arregalados. – Ela é uma garota moderna que anda com camisinhas na bolsa.

Certo. Toda vez que eu acho que não pode ficar pior, fica.

Minha *mãe* está assistindo a isso. Minha *mãe*.

– Mas talvez ela não tenha alcançado todo o seu potencial... talvez haja um lado seu que seja frustrado...

Não posso olhar para Connor. Não posso olhar para lugar nenhum.

– Talvez ela esteja disposta a experimentar... talvez ela tivesse, não sei, uma fantasia lésbica com a melhor amiga.

Não! Não! Todo o meu corpo se contrai de horror. Tenho uma imagem súbita de Lissy olhando para a tela em casa, com os olhos arregalados, apertando a mão na boca. Ela vai saber que é ela. Nunca vou poder olhar para a cara dela de novo.

– Foi um *sonho*, tudo bem? – consigo dizer desesperada, enquanto todo mundo me olha de queixo caído. – Não uma fantasia. É diferente!

Sinto vontade de me jogar contra a televisão. Cobri-la com os braços. Fazer com que ele pare.

Mas não adiantaria, não é? Há um milhão de televisões ligadas, em um milhão de casas. Pessoas em toda parte estão assistindo.

– Ela acredita no amor e no romance. Acredita que um dia sua vida vai ser transformada numa coisa maravilhosa e empolgante. Tem esperanças, medos e preocupações, como todo mundo. Algumas vezes sente medo. – Ele para, e acrescenta numa voz mais suave. – Algumas vezes sente que não é amada. Algumas vezes sente que nunca vai ter a aprovação das pessoas que são mais importantes para ela.

Enquanto olho o rosto caloroso e sério de Jack na tela, sinto os olhos ardendo de leve.

– Mas ela é corajosa, tem bom coração e encara a vida de frente... – Ele balança a cabeça atordoado e sorri para a entrevistadora. – Eu... desculpe. Não sei o que aconteceu aqui. Acho que fiquei meio empolgado. Será que poderíamos... – Sua voz é interrompida abruptamente pelo entrevistador.

Empolgado.

Ele ficou meio empolgado.

É como dizer que Hitler era um pouquinho agressivo.

– Jack Harper, muito obrigado por falar conosco – começa a dizer a entrevistadora. – Na próxima semana conversaremos com o carismático rei dos vídeos motivacionais, Ernie Powers. Enquanto isso nossos agradecimentos de novo a...

Todo mundo olha para a tela enquanto ela conclui a fala, e a música do programa começa. Então alguém se inclina para a frente e desliga a televisão.

Por um segundo toda a sala está em silêncio. Todo mundo está me olhando, boquiaberto, como se estivessem esperando que eu fizesse um discurso, uma dancinha ou algo do tipo. Alguns rostos são simpáticos, alguns curiosos, alguns jubilosos e alguns apenas tipo "meu Deus, ainda bem que eu não sou você".

Agora sei exatamente como se sente um animal no zoológico.

Nunca mais visito um zoológico.

– Mas... eu não entendo – ouve-se uma voz do outro lado da sala, e todas as cabeças giram avidamente para Connor, como num jogo de tênis. Ele está me encarando, o rosto vermelho de confusão. – Como Jack Harper sabe tanto sobre você?

Ah, meu Deus. Sei que Connor tem um diploma verdadeiro da Universidade de Manchester e coisa e tal. Mas algumas vezes ele é lento demais.

As cabeças giraram de volta para mim.

– Eu... – Todo o meu corpo está formigando de constrangimento. – Porque nós... nós...

Não posso dizer em voz alta. Simplesmente não posso.

Mas não preciso. O rosto de Connor está lentamente ficando com várias cores.

– Não.

Ele engole em seco, me olhando como se tivesse visto um fantasma. E não somente um fantasma antigo. Um fantasma realmente grande que tem correntes chacoalhando e faz "Roooaaarr!".

– Não – repete ele. – Não. Não acredito.

– Connor... – começa alguém, pondo a mão em seu ombro, mas ele a empurra.

– Connor, eu realmente sinto muito – balbulcio, desamparada.

– Está brincando! – exclama um cara no canto, um cara obviamente ainda mais lento do que Connor, e a quem acabaram de explicar a situação, letra por letra. Ele me olha. – Há quanto tempo isso está acontecendo?

É como se ele tivesse aberto as comportas. De repente todo mundo na sala começa a fazer perguntas. Não consigo ouvir meus pensamentos no meio da confusão.

– Foi por isso que ele veio à Inglaterra? Para ver você?

– Você vai casar com ele?

– Sabe, você não *parece* ter 61 quilos...

– Você tem mesmo uma colcha da Barbie?

– E aí, na fantasia lésbica, eram só vocês duas ou...

– Você fez sexo com Jack Harper no escritório?

– Foi por isso que você terminou com o Connor?

Não suporto. Tenho que sair. Agora.

Sem olhar para ninguém, levanto-me e saio cambaleante da sala. Quando sigo pelo corredor, estou atordoada demais para pensar em algo além de que tenho que pegar a bolsa e ir embora. Agora.

Entro no departamento de marketing, que está vazio, e onde os telefones tocam, estridentes. O hábito já é entranhado demais, não consigo ignorar.

– Alô? – digo, pegando um ao acaso.

– Então! – é a voz furiosa de Jemima. – Ela pega sapatos de grife emprestados com a colega de apartamento e finge que são dela. De quem serão esses sapatos, então? De Lissy?

– Olha, Jemima, será que eu posso... desculpe... eu tenho que ir – digo debilmente e desligo o telefone.

Chega de telefone. Pegar a bolsa. Ir embora.

Enquanto fecho a bolsa com as mãos trêmulas, duas pessoas que me seguiram até a sala estão atendendo alguns dos telefones que tocam.

– Emma, seu avô está na linha – anuncia Artemis, pondo a mão no fone. – Está falando alguma coisa sobre o ônibus noturno e que nunca mais vai confiar em você.

– Você recebeu um telefonema do departamento de publicidade da Harvey's Bristol Cream – é a vez de Caroline. – Eles querem saber para onde podem mandar uma caixa grátis de licor de xerez.

– Como eles souberam o meu nome? Como? A notícia já se espalhou? As mulheres na recepção estão *contando* a todo mundo?

– Emma, seu pai está na linha – informa Nick. – Ele disse que precisa falar com você, é urgente...

– Não posso – respondo, entorpecida. – Não posso falar com ninguém. Eu tenho que... eu tenho que...

Pego meu casaco, saio quase correndo da sala e vou pelo corredor até a escada. Em todos os lugares as pessoas estão voltando para suas salas depois de assistir à entrevista, e todas me olham enquanto passo depressa.

– Emma! – No momento em que me aproximo da escada, uma mulher chamada Fiona, que eu mal conheço, me agarra pelo braço. Ela pesa uns 150 quilos e vive fazendo campanhas a favor de cadeiras maiores e portas mais largas. – Nunca tenha vergonha do seu corpo. Rejubile-se dele! A mãe Terra lhe deu! Se você quiser ir ao nosso grupo de estudos no sábado...

Puxo o braço, horrorizada, e começo a descer a escada de mármore. Mas quando chego ao andar de baixo outra pessoa agarra meu braço.

– Ei, pode dizer que brechós você frequenta? – É uma garota que eu nem reconheço. – Porque você sempre parece muito bem vestida...

– Eu adoro Barbies também! – Carol Finch, da contabilidade, está subitamente no meu caminho. – Vamos criar um clube, Emma?

– Eu... realmente tenho que ir.

Recuo e começo a correr escada abaixo. Mas as pessoas ficam me encurralando, em todas as direções.

– Eu só soube que era lésbica aos 33 anos...

– Muitas pessoas se sentem confusas com relação à religião. Este é um folheto do nosso grupo de estudos bíblicos...

– Me deixem em paz! – grito, angustiada. – Tudo mundo, me deixe em paz!

Corro para a entrada, com as vozes me seguindo, ecoando no piso de mármore. Enquanto empurro freneticamente a pesada porta de vidro, Dave, o segurança, se aproxima e olha diretamente para os meus peitos.

– Para mim eles estão ótimos, querida – elogia.

Finalmente abro a porta, corro para fora e sigo pela rua sem olhar para a direita ou a esquerda. Finalmente paro, deixo-me afundar num banco e enfio a cabeça nas mãos.

Meu corpo ainda está reverberando de choque.

Mal consigo formar um pensamento coerente.

Nunca fiquei tão absolutamente envergonhada em toda a minha vida.

20

– Você está bem? Emma?

Estou sentada no banco há uns cinco minutos, olhando a calçada, com a mente num redemoinho de confusão. Agora há uma voz no meu ouvido, acima dos sons comuns da rua, de pessoas andando, ônibus freando e carros buzinando. É uma voz de homem. Abro os olhos, pisco contra a luz do sol e olho, atordoada, para um par de olhos verdes que parecem familiares.

E subitamente percebo. É Aidan, da lanchonete onde tomo suco.

– Está tudo certo? Você está bem?

Por alguns instantes não consigo responder. Todas as minhas emoções foram esparramadas no chão como uma bandeja de chá derrubada, e não sei qual pegar primeiro.

– Acho que a resposta é não – respondo, finalmente. – Não estou bem. Não estou nem um pouco bem.

– Ah. – Ele parece alarmado. – Bem... tem alguma coisa que eu possa...

– Você ficaria bem se todos os seus segredos fossem revelados na televisão por um homem em quem você confiasse? – digo, trêmula. – Você ficaria bem se tivesse sido envergonhado diante de todos os amigos, dos colegas de trabalho e da família?

Há um silêncio curioso.

– Você *ficaria*?

– É... provavelmente não, né? – arrisca ele depressa.

– Exato! Puxa, como você se sentiria se alguém revelasse em público que você... que você usa calcinha?

Ele empalidece de choque.

– Eu não uso calcinha!

– Eu sei que você não usa calcinha! – protesto. – Ou melhor, eu *não sei* se você não usa, mas vamos presumir por um momento que você usasse. O que você acharia se alguém *contasse* a todo mundo, numa suposta entrevista de negócios na televisão?

Aidan me encara, como se sua mente estivesse subitamente somando dois e dois.

– Espera um momento. Aquela entrevista com Jack Harper. É disso que você está falando? A gente assistiu na lanchonete.

– Ah, ótimo! – Levanto as mãos no ar. – Ótimo! Porque, sabe, seria uma vergonha se alguém em todo o universo tivesse perdido.

– Então, era *você*? Que lê quinze horóscopos por dia e mente sobre... – Ele para diante da minha expressão. – Desculpe. Desculpe. Você deve estar muito magoada.

– É. Estou. Estou magoada. E com raiva. E com vergonha.

E confusa, acrescento em silêncio. Estou tão confusa, chocada e perplexa que mal consigo manter o equilíbrio neste banco. Em alguns minutos todo o meu mundo virou de cabeça para baixo.

Eu achei que Jack me amava. Eu achei que ele...

Achei que ele e eu...

Uma dor cortante me atinge de súbito, e enterro a cabeça nas mãos.

– E como é que ele sabia tanta coisa sobre você? – quer saber Aidan, hesitante. – Você e ele... estão juntos?

– Nós nos conhecemos num avião. – Ergo os olhos, tentando manter o controle. – E... eu passei a viagem inteira contando tudo sobre mim. E depois nós saímos algumas vezes, e eu pensei... – Minha voz está começando a vacilar. – Eu pensei que poderia ser... você sabe. – Sinto as bochechas ficando vermelhas. – A coisa de verdade. Mas a verdade é que ele nunca esteve interessado em mim, esteve? Não mesmo. Ele só queria saber como era uma garota comum. Para seu estúpido público-alvo. Para sua estúpida nova linha feminina.

Quando finalmente me dou conta da situação, uma lágrima rola pelo meu rosto, seguida rapidamente por outra.

Jack me usou.

Por isso me convidou para jantar. Por isso ficou tão fascinado. Por isso achava tão interessante tudo que eu dizia. Por isso ficou interessado em mim.

Não era amor. Eram negócios.

De repente, sem querer, começo a chorar.

– Desculpe. – Engulo em seco. – Desculpe. Eu só... é que foi um tremendo choque.

– Não se preocupe – murmura Aidan com simpatia. – É uma reação completamente natural. – Ele balança a cabeça. – Não sei muita coisa sobre negócios, mas parece que esses caras não chegam ao topo sem pisar em algumas pessoas no caminho. Eles têm que ser implacáveis para serem bem-sucedidos. – Aidan para, olhando enquanto eu tento, com pouco sucesso, controlar as lágrimas. – Emma, posso dar um conselho?

– O quê? – levanto a cabeça, enxugando os olhos.

– Leve isso para o kickboxing. Use a agressão. *Use* a dor.

Encaro-o, incrédula. Ele não estava *escutando*?

– Aidan, eu não *faço* kickboxing! – ouço-me gritando em voz aguda. – Eu não *faço* kickboxing, certo? Nunca fiz.

– Não? – Ele parece confuso. – Mas você dizia...

– Eu estava mentindo!

Há um curto silêncio.

– Certo – diz Aidan finalmente. – É... tudo bem! Você poderia fazer alguma coisa de menor impacto. Tai Chi, talvez... – Ele me olha, incerto. – Escuta, quer beber alguma coisa? Uma coisa para se acalmar? Eu posso fazer um suco de manga com banana e flores de camomila, colocar um pouco de noz-moscada.

– Não, obrigada. – Assoo o nariz, respiro fundo e depois pego a bolsa. – Acho que vou para casa.

– Você vai ficar bem?

– Vou. – Forço um sorriso. – Estou bem.

MAS CLARO QUE isso também é mentira. Não estou nem um pouco bem. Quando sento no metrô indo para casa, lágrimas escorrem pelo rosto, uma por uma, caindo em gotas pesadas na saia. As pessoas estão olhando para mim, mas não me importo. Por que iria me importar? Já sofri a pior vergonha possível; algumas pessoas a mais olhando não vão alterar nada.

Estou me sentindo tão idiota! Tão *idiota*.

Claro que nós não éramos almas gêmeas. Claro que ele nunca me amou.

Uma dor nova me atravessa e eu procuro um lenço de papel.

– Não se preocupe, querida! – diz uma mulher grande sentada à minha esquerda, com um volumoso vestido cor-de-rosa com estampa de abacaxis. – Ele não vale a pena! Agora vá para casa, lave o rosto, tome uma bela xícara de chá...

– Como você sabe que ela está chorando por causa de um homem? – entoa agressivamente uma mulher de terninho escuro. – Essa é uma perspectiva clichê, antifeminista. Ela pode estar chorando por causa de qualquer coisa! Uma música, um verso de um poema, a fome no mundo, a situação política do Oriente Médio. – A mulher me olha, cheia de expectativa.

– Na verdade eu estava chorando por causa de um homem – admito.

O metrô para, e a mulher de terninho escuro revira os olhos para nós e sai. A senhora dos abacaxis revira os olhos de volta.

– A fome no mundo! – exclama ela zombando, e não consigo conter um risinho. – Bom, não se preocupe, querida. – Ela me dá um tapinha reconfortante no ombro enquanto enxugo os olhos. – Tome uma bela xícara de chá, coma uns chocolates e bata um bom papo com sua mãe. Você ainda tem mãe, não é?

– Na verdade a gente não está se falando – confesso.

– Bem, então o seu pai.

Balanço a cabeça.

– Bem... que tal sua melhor amiga? Você deve ter uma melhor amiga! – A senhora dos abacaxis me dá um sorriso reconfortante.

– É, eu tenho uma melhor amiga. – Engulo em seco. – Mas ela acaba de ser informada pela televisão em rede nacional que eu andei tendo fantasias lésbicas secretas sobre ela.

A mulher me encara em silêncio por alguns instantes.

– Tome uma bela xícara de chá – aconselha finalmente, com menos convicção. – E... boa sorte, querida.

VOU LENTAMENTE DA estação de metrô até nossa rua. Quando chego à esquina, paro, assoo o nariz e respiro fundo algumas vezes. A dor no peito diminuiu ligeiramente, e em seu lugar sinto um nervosismo sobressaltado.

Como vou encarar Lissy depois do que Jack disse na televisão? Como?

Conheço Lissy há muito tempo. E tive um monte de momentos embaraçosos na frente dela. Mas nem de longe algum como esse.

Isso é pior do que a vez que eu vomitei no banheiro dos pais dela. É pior do que a vez que ela me viu beijando meu reflexo no espelho e dizendo "ah, *baby*" em voz sensual. É ainda pior do que a vez que ela me pegou escrevendo um cartão do Dia dos Namorados para nosso professor de matemática, o Sr. Blake.

Espero, mesmo sem esperanças, que ela tenha subitamente decidido passar o dia fora ou algo assim. Mas quando abro a porta do apartamento ali está ela, saindo da cozinha para o corredor. E quando me olha eu já posso ver em seu rosto: ela está completamente pirada.

Então é isso. Não somente Jack me traiu. Ele também arruinou minha melhor amizade. As coisas nunca mais vão ser as mesmas entre mim e Lissy. É igual a *Harry e Sally, feitos um para o outro*. O sexo entrou no meio do nosso relacionamento, e agora não podemos mais ser amigas porque queremos dormir juntas.

Não. Apaga isso. Nós não queremos dormir juntas. Queremos... Não, o fato é que nós *não* queremos...

Tanto faz. Sei lá. Não adianta.

– Ah! – exclama ela, olhando para o chão. – Nossa! Hum... oi, Emma!

– Oi! – respondo com a voz embargada. – Eu pensei em vir para casa. O escritório ficou... muito medonho...

Paro, e por alguns instantes há o silêncio mais doloroso e incômodo.

– Então... acho que você viu – digo finalmente.

– É, eu vi – responde Lissy, ainda olhando para o chão. – E eu... – Ela pigarreia. – Eu só queria dizer que... se você quiser que eu me mude, eu saio.

Um nó surge na minha garganta. Eu sabia. Depois de 21 anos, nossa amizade acabou. Um minúsculo segredo é revelado, e é o fim de tudo.

– Tudo bem – digo tentando não cair no choro. – Eu me mudo.

– Não! – Lissy está sem jeito. – *Eu* me mudo. Não, é culpa minha, Emma. Fui eu que estive... induzindo você.

– O quê? – Encaro-a. – Lissy, você não me induziu a nada!

– Induzi, sim! – Ela parece chateada. – Estou me sentindo péssima. Eu só nunca percebi que você tinha... esse tipo de sentimento.

– Eu não tenho!

– Mas agora consigo entender tudo! Eu ficava andando por aí seminua, não é de espantar que você ficasse frustrada!

– Eu não estava frustrada – nego, rapidamente. – Lissy, eu não sou lésbica.

– Bissexual, então. Ou "multiorientada". O termo que você quiser usar.

– Não sou bissexual também! Nem multi-sei-lá-o-quê.

– Emma, por favor! – Lissy agarra minha mão. – Não sinta vergonha da sua sexualidade. E eu prometo que vou apoiar você 100 por cento, independentemente da escolha que você faça...

– Lissy, eu não sou bissexual! – grito. – Não preciso de apoio. Eu só tive um único sonho, certo? Não foi uma fantasia, foi só um sonho esquisito que eu não quis ter, e isso não significa que eu seja lésbica, e não significa que eu esteja a fim de você, não significa nada.

– Ah. – Há um silêncio. Lissy parece sem jeito. – Ah, certo. Eu achei que fosse uma... uma... você sabe. – Ela pigarreia. – Que você queria...

– Não! Eu só tive um sonho. Só um sonho bobo.

– Ah. Certo.

Há uma pausa longa, durante a qual Lissy olha atentamente para as unhas, e eu examino a pulseira do meu relógio.

– Então, a gente... – quer saber Lissy finalmente.

Ah, meu Deus.

– Mais ou menos – admito.

– E... foi bom?

– O quê? – encaro-a, boquiaberta.

– No sonho. – Ela está olhando direto para mim, com as bochechas totalmente cor-de-rosa. – Foi bom?

– Lissy... – murmuro, fazendo uma careta agoniada.

– Eu fui uma merda, não fui? Eu fui uma merda! Eu sabia.

– Não, claro que você não foi uma merda! – exclamo. – Você foi... você foi realmente...

Não acredito que estou seriamente conversando sobre a habilidade de minha melhor amiga como lésbica onírica.

– Olha, será que a gente pode deixar esse assunto de lado? Meu dia já foi bastante vergonhoso.

– Ah. Ah, meu Deus, sim – exclama Lissy, subitamente cheia de remorso. – Desculpe, Emma. Você deve estar se sentindo...

– Total e absolutamente humilhada e traída? – Tento dar um sorriso. – É, é mais ou menos assim que eu me sinto.

– Então alguém do trabalho viu? – pergunta Lissy, cheia de simpatia.

– Se alguém no trabalho *viu*? – Eu giro. – Lissy, *todo mundo* viu. Todos sabiam que era eu! E ficaram rindo de mim, e eu só queria sumir dali e *morrer*...

– Ah, meu Deus – Lissy fica perturbada. – Verdade?

– Foi *medonho*. – Fecho os olhos quando uma nova crise de vergonha me domina. – Nunca fiquei mais sem graça na vida. Nunca me senti mais... exposta. O mundo todo sabe que eu acho fio dental desconfortável, que não faço kickboxing de verdade e que nunca li Dickens. – Minha voz está cada vez mais embargada, e então, sem aviso, choro alto. – Ah, meu Deus. Ele só estava me usando, desde o início. Ele nunca esteve realmente interessado em mim. Eu só era uma... uma pesquisa de marketing.

– Você não sabe se isso é verdade! – rebate ela, consternada.

– Sei! Claro que sei. Foi por isso que ele ficou interessado. Por isso prestava atenção em tudo que eu dizia. Não foi porque me amava. Foi porque percebeu que tinha seu público-alvo bem ao lado. O tipo de garota normal, comum, que anda pela rua e com quem ele nunca gastaria seu tempo! – choro alto mais uma vez. – Puxa, ele disse isso na televisão, não disse? Eu sou a garota sem nada de especial.

– Não é! – rebate Lissy com ferocidade. – Você não é uma garota sem nada de especial!

– Sou! É exatamente o que eu sou. Sou só uma ninguém, comum. E fui tão idiota! Acreditei em tudo. Pensei honestamente que Jack me amava. Bem, talvez não exatamente que me amava. – Sinto-me ficando vermelha. – Mas... você sabe. Que ele sentia por mim o que eu sentia por ele.

– Eu sei. – Lissy também parece estar quase chorando. – Eu sei que você acreditou. – Ela se inclina para mim e me dá um enorme abraço.

De repente recua, sem jeito.

– Isso não está deixando você desconfortável, está? Quero dizer, não está... deixando você com tesão nem nada...

– Lissy, pela última vez, eu não sou lésbica! – grito, exasperada.

– Certo! – diz ela depressa. – Certo. Desculpe. – Ela me dá outro abraço apertado, depois se levanta. – Anda. Você precisa de uma bebida.

VAMOS À MINÚSCULA varanda que foi descrita como "espaçoso terraço" pelo proprietário quando alugamos o apartamento, e nos sentamos sob um restinho de sol, bebendo o *schnapps* que Lissy comprou no *free-shop* ano passado. Cada gole faz minha boca queimar insuportavelmente, mas cinco segundos depois faz espalhar um calor reconfortante em todo o corpo.

– Eu deveria saber – digo, olhando para o copo. – Deveria saber que um grande milionário importante como ele nunca se interessaria por uma garota como eu.

– Simplesmente não consigo acreditar – diz Lissy, suspirando pela milésima vez. – Não acredito que foi tudo armado. Era tão *romântico.* Mudando de ideia em relação a ir para os Estados Unidos... e o ônibus... e trazer aquele coquetel cor-de-rosa para você...

– Mas essa é questão. – Sinto lágrimas surgirem de novo, e pisco ferozmente para detê-las. – É isso que torna a coisa tão humilhante. Ele sabia exatamente do que eu gostaria. Eu contei no avião que estava entediada com Connor. Ele sabia que eu queria empolgação, suspense, um grande romance. Ele simplesmente deu tudo que sabia que eu gostaria. E eu acreditei, porque quis acreditar.

– Você acha honestamente que tudo não passou de um grande plano? – Lissy morde o lábio.

– Claro que era um plano – exclamo, lacrimejando. – Ele deliberadamente me seguiu, observava tudo que eu fazia, queria entrar na minha vida! Olha o modo como ele veio e espiou meu quarto. Por isso parecia tão interessado. Devia ficar anotando tudo o tempo todo. Devia ter um gravador no bolso. E eu... convidei-o a entrar. – Tomo um gole grande de *schnapps* e tenho um ligeiro tremor. – Nunca mais vou confiar num homem. Nunca.

– Mas ele parecia tão legal! – tentou ainda Lissy, tristonha. – Eu não acredito que ele estivesse sendo tão falso.

– Lissy... – Levanto os olhos. – A verdade é que um homem como aquele não chega ao topo sem ser implacável e pisar nas pessoas. Isso não acontece.

– Não? – Ela me encara de volta, com a testa franzida. – Talvez você esteja certa. Meu Deus, que deprimente.

– É a Emma? – diz uma voz cortante, e Jemima aparece na varanda, de roupão branco e máscara facial, os olhos semicerrados furiosamente. – Então, "nunca peguei suas roupas emprestadas", não é? O que tem a dizer sobre minha sandália Prada?

Ah, meu Deus. Não há sentido em mentir, há?

– São estreitas e desconfortáveis – respondo dando de ombros, e Jemima puxa o ar com força.

– Eu sabia! Eu sabia o tempo todo. Você *pega* minhas roupas emprestadas. E meu pulôver Joseph? E minha bolsa Gucci?

– *Que* bolsa Gucci? – contra-ataco, desafiadora.

Por um momento Jemima fica sem palavras.

– Todas! – grita, finalmente. – Sabe, eu poderia processar você por causa disso. Poderia mandar você para a cadeia! – Ela brande um pedaço de papel para mim. – Tenho uma lista de itens que suspeito que foram usados por pessoas além de mim nos últimos três meses.

– Ah, cala a boca – explode Lissy. – Emma está arrasada. Ela foi traída e humilhada pelo homem que parecia gostar dela de verdade.

– Oh, que surpresa! Vou desmaiar de tanto susto – retorque Jemima, irônica. – Eu quase adivinhei. Eu *disse*! Nunca fale sobre você aos homens, isso acaba causando encrenca. Eu não avisei?

– Você disse que ela não ganharia uma pedra no dedo! – exclama Lissy. – Você não disse "ele vai falar de você na televisão, contando ao país inteiro todos os seus segredos". Sabe, Jemima, você poderia ser um pouquinho mais solidária.

– Não, Lissy, ela está certa – respondo, arrasada. – Ela estava certa o tempo todo. Se eu tivesse mantido essa minha boca fechada, nada disso teria acontecido. – Estendo a mão para a garrafa de *schnapps* e sirvo outro copo. – Os relacionamentos *são* uma batalha. *São* um jogo de xadrez. E o que eu fiz? Simplesmente joguei todas as minhas peças no tabuleiro ao mesmo tempo: "Pronto, pegue todas!" – Tomo um gole. – A verdade é que homens e mulheres nunca devem contar nada um ao outro. *Nada*.

– Concordo totalmente – exclama Jemima. – Eu planejo contar o mínimo possível ao meu futuro marido... – Ela para quando o telefone sem fio, em sua mão, dá um toque agudo.

– Alô. Camilla? Ah. É... certo. Espere um instantinho.

Ela põe a mão no fone e me olha, de olhos arregalados.

– É o Jack! – murmura.

Encaro-a de volta, num choque absoluto.

Acho que quase tinha esquecido que Jack existia no mundo real. Só consigo ver seu rosto na tela da televisão, sorrindo, assentindo e me afundando lentamente em minha humilhação.

– Diga que Emma não quer falar com ele! – sussurra Lissy.

– Não! Ela *precisa* falar com ele – sibila Jemima de volta. – Caso contrário ele vai achar que ganhou.

– Mas...

– Me dá! – ordeno, e pego o telefone na mão de Jemima, com o coração batendo forte. – Oi – digo no tom mais seco que consigo.

– Emma, sou eu – responde a voz familiar de Jack, e sem aviso eu sinto um espasmo de emoção que quase me domina. Quero chorar. Quero bater nele, machucá-lo...

Mas, de algum modo, mantenho o controle.

– Nunca mais quero falar com você – digo.

E desligo o telefone, respirando ofegante.

Um instante depois o telefone toca de novo.

– Por favor, Emma – pede Jack. – Escute só um momento. Eu sei que você deve estar muito perturbada. Mas se me der um segundo para explicar...

– Você não ouviu? – pergunto com o rosto ruborizado. – Você me usou e me humilhou, e eu nunca mais quero falar com você nem ver você nem ouvir nem... nem...

– Sentir seu gosto – sibila Jemima, assentindo ansiosa.

– ... nem tocar em você de novo. Nunca. Jamais.

Desligo o telefone, marcho para dentro e arranco o fio da parede. Depois, com as mãos trêmulas, tiro o celular da bolsa quando ele começa a tocar, e desligo.

QUANDO SAIO PARA a varanda de novo ainda estou meio trêmula de choque. Não acredito que tudo terminou assim. Num dia, todo o meu romance perfeito desmoronou e virou pó.

– Você está bem? – pergunta Lissy, ansiosa.

– Estou, acho. – Afundo-me na cadeira. – Meio trêmula.

– Agora, Emma – começa Jemima, examinando uma das suas cutículas. – Não quero pressionar você. Mas você sabe o que tem que fazer, não sabe?

– O quê?

– Tem que se vingar! – Ela ergue os olhos e me fixa com uma expressão decidida. – Tem que fazer com que ele pague.

– Ah, não. – Lissy faz uma careta. – A vingança não é uma coisa indigna? Não é melhor simplesmente se afastar?

– De que adianta se afastar? – retruca Jemima. – Isso vai ensinar uma lição a ele? Vai fazer com que ele deseje nunca ter atravessado o seu caminho?

– Emma e eu sempre concordamos que é preferível manter um nível elevado – diz Lissy, decidida. – "Viver bem é a melhor vingança." George Herbert.

Jemima a encara, sem expressão no rosto, por alguns segundos.

– Bom – diz ela finalmente, virando-se de novo para mim. – Eu adoraria ajudar. Na verdade, a vingança é uma especialidade minha, ainda que seja eu a dizer...

Evito o olhar de Lissy.

– O que você tinha em mente?

– Arranhar o carro dele, rasgar os ternos, costurar peixe dentro das cortinas e esperar que eles apodreçam... – desenrola Jemima instantaneamente, como se estivesse recitando poesia.

– Você aprendeu isso tudo na escola de boas maneiras? – pergunta Lissy, revirando os olhos.

– Na verdade eu estou sendo feminista – responde Jemima. – Nós, mulheres, temos que defender nossos direitos. Sabe, antes de se casar com meu pai, mamãe namorou um cientista que praticamente acabou com ela. Ele mudou de ideia três semanas antes do casamento, dá para acreditar? Aí uma noite ela entrou no laboratório dele e desligou todo o equipamento da tomada. Toda a pesquisa foi arruinada! Ela sempre disse que foi uma lição ao Emerson!

– Emerson? – Lissy a olha, incrédula. – O... Emerson Davies?

– Isso mesmo! Davies.

– Emerson Davies, que quase descobriu a cura da varíola?

– Bem, ele não deveria ter mexido com minha mãe, deveria? – empertiga-se Jemima, virando-se para mim. – Outra dica de mamãe é óleo de pimenta. Você combina de fazer sexo com o cara de novo, e depois diz: "Que tal uma massagenzinha com óleo?" E esfrega o óleo no... você sabe. – Seus olhos faíscam. – Você chega no que interessa!

– Sua *mãe* lhe ensinou isso? – diz Lissy.

– Foi. Na verdade foi uma coisa linda. Quando eu completei 18 anos, ela me fez sentar e disse que nós tínhamos que bater um papinho sobre homens e mulheres...

Lissy está encarando-a, incrédula.

– E nessa conversa ela instruiu você a passar óleo de pimenta nos órgãos genitais dos homens?

– Só se eles tratassem mal a gente – justifica-se Jemima, chateada. – Qual é o seu *problema*, Lissy? Você acha que deveria deixar os homens pisarem na gente e irem embora numa boa? Que feminismo é esse?

– Não estou dizendo isso – responde Lissy. – Eu só não me vingaria com... óleo de pimenta.

– Bem, o que você faria, espertinha? – Jemima põe as mãos nos quadris.

– É... – Lissy procura as palavras. – *Se* eu fosse me rebaixar a ponto de querer vingança, coisa que nunca faria porque acho um erro gigantesco... – Ela para para respirar. – Eu faria exatamente o que ele fez. Revelaria os segredos *dele*.

– Na verdade... concordo – confessa Jemima, de má vontade.

– Humilhação – continua Lissy, com um arzinho indignado. – Ele seria envergonhado. Para ver o que é bom.

As duas se viram e me olham cheias de expectativa.

– Mas eu não sei nenhum segredo dele – murmuro.

– Você deve saber! – insiste Jemima.

– Não sei – digo, sentindo-me humilhada de novo. – Lissy, você entendeu tudo. Nosso relacionamento era totalmente de mão única. Eu compartilhei todos os meus segredos com ele, mas ele não compartilhou nada comigo. Não me contou nada. Nós não éramos almas gêmeas. Eu fui uma imbecil totalmente iludida.

– Emma, você não foi uma imbecil – consola Lissy, pondo a mão com simpatia sobre a minha. – Você só foi muito confiante.

– Confiante. Imbecil. É a mesma coisa.

– Você deve saber *alguma coisa*! – exclama Jemima. – Você dormiu com ele, pelo amor de Deus! Ele deve ter algum segredo. Algum ponto fraco.

– Um calcanhar de Aquiles – intervém Lissy, e Jemima lhe lança um olhar estranho.

– Não precisa ser algo com os pés dele – comenta, e se vira para mim, fazendo uma cara de "Lissy pirou de vez". – Pode ser qualquer coisa. Qualquer coisa. Pense!

Fecho os olhos obedientemente e perscruto minhas memórias. Mas minha mente está um pouco confusa, por causa de todo o *schnapps*. Segredos... os segredos de Jack... pense...

Escócia. De repente um pensamento coerente me passa pela cabeça. Abro os olhos, sentindo uma pontada de empolgação. Eu sei um dos segredos dele. Sei!

– O que é? – quer saber Jemima, avidamente. – Você se lembrou de alguma coisa?

– Ele... – Eu paro, sentindo-me dividida.

Eu fiz uma promessa a Jack. Eu prometi.

Mas e daí? E daí, poxa? Meu peito se incha de emoção de novo. Por que diabo vou manter alguma promessa estúpida feita a ele? Ele não *guardou* meus segredos, guardou?

– Ele esteve na Escócia! – digo em triunfo. – Na primeira vez que nós nos encontramos depois do avião, ele pediu para guardar segredo de que esteve na Escócia.

– Por que ele fez isso? – pergunta Lissy.

– Não sei.

Há uma pausa.

– Humm – murmura Jemima, com gentileza. – Não é o segredo *mais* embaraçoso do mundo, é? Puxa, um monte de gente chique vive na Escócia. Você não tem nada melhor? Tipo... ele usa peruca no peito?

– Peruca no peito! – Lissy dá uma gargalhada explosiva. – Ou um topete falso!

– Claro que ele não usa peruca no peito. *Nem* topete falso – retruco, indignada. Será que elas pensam mesmo que eu sairia com um cara que tem um *topete* falso?

– Bem, então você vai ter que inventar alguma coisa – propõe Jemima. – Sabe, antes do caso com o cientista, mamãe foi muito maltratada por um político. Então ela inventou um boato de que ele estava aceitando suborno do partido comunista, e fez a história circular na Casa dos Comuns. Ela sempre disse que isso ensinou uma lição ao Dennis!

– Não foi... Dennis Llewellyn? – pergunta Lissy.

– Humm... é, acho que foi ele.

– O secretário do Interior que ficou com uma péssima fama? – Lissy está perplexa. – O que passou a vida inteira lutando para limpar o nome e acabou num hospício?

– Bem, ele não deveria ter mexido com mamãe, deveria? – Jemima empina o queixo. Um bipe soa em seu bolso. – Hora do meu banho dos pés!

Enquanto ela desaparece saindo da varanda e entrando em casa, Lissy revira os olhos.

– Essa mulher é pirada – confidencia. – Totalmente pirada. Emma, você *não vai* inventar nada sobre Jack Harper.

– Não vou inventar nada! – digo cheia de indignação. Quem você acha que eu sou? Só que... – Olho para o meu *schnapps*, sentindo a empolgação sumir. – Por que mentir? Eu nunca poderia me vingar do Jack. Ele não *tem* nenhum ponto fraco. É um milionário poderoso. – Tomo um gole da minha bebida, arrasada. – E eu sou uma... uma ninguém, sem nada de especial... uma merda... uma... garota comum.

21

Na manhã seguinte acordo tomada por um pavor doentio. Sinto-me exatamente como uma criança de 5 anos que não quer ir à escola. Uma criança de 5 anos com uma tremenda ressaca.

– Não posso ir – começo a gemer quando dá 8h30. – Não posso encarar o pessoal.

– Pode, sim – insiste Lissy, dando força e fechando os botões do meu casaco. – Vai ficar tudo bem. Só mantenha o queixo erguido.

– E se eles forem terríveis comigo?

– Eles não vão ser terríveis com você. São seus amigos. De qualquer modo, eles já devem ter esquecido.

– Não devem! Eu não posso simplesmente ficar em casa com você? – Agarro sua mão, implorando. – Eu vou ser boazinha, prometo.

– Emma, eu já expliquei – insiste Lissy, cheia de paciência. – Eu tenho que ir ao tribunal hoje.

Ela solta minha mão.

– Mas vou estar aqui quando você chegar. E nós vamos jantar alguma coisa bem gostosa. Está bem?

– Certo – concordo, numa vozinha débil. – Podemos tomar sorvete de chocolate?

– Claro que sim. – Lissy abre a porta do apartamento. – Agora vá. Você vai ficar ótima!

Sentindo-me um cachorro sendo posto para fora, desço a escada e abro a porta da frente. Estou saindo da casa quando um furgão para no meio-fio. Dele sai um homem de uniforme azul, segurando o maior buquê de flores que eu já vi, todo amarrado com fita verde-escura, e franze a vista para o número da nossa casa.

– Olá – diz ele. – Estou procurando Emma Corrigan.

– Sou eu! – digo, surpresa.

– Ahá! – Ele sorri, e estende uma caneta e uma prancheta. – Bem, este é o seu dia de sorte. Pode assinar aqui...

Olho o buquê, incrédula. Rosas, frésias, flores roxas enormes e incríveis... uns pompons fantásticos, cor de vinho... folhagens verde-escuras... outras verde-claras que parecem aspargos...

Certo, talvez eu não saiba o nome de todas. Mas sei de uma coisa. Essas flores são caras.

Só há uma pessoa que pode tê-las mandado.

– Espere – peço sem pegar a caneta. – Quero verificar quem mandou.

Pego o cartão, abro o envelope e passo os olhos pela longa mensagem, sem ler nada até chegar ao nome no final.

Jack.

Sinto uma forte emoção me atingir. Depois de tudo que ele fez, Jack acha que pode me comprar com umas florezinhas?

Certo, um buquê enorme, de luxo.

Mas a questão não é essa.

– Não quero, obrigada – digo, levantando o queixo.

– Você não *quer*? – O entregador me encara.

– Não. Diga à pessoa que mandou que não quero, obrigada.

– O que está acontecendo? – Ouço uma voz ofegante atrás de mim, ergo os olhos e vejo Lissy boquiaberta para o buquê. – Ah, meu Deus. São do Jack?

– São. Mas eu não quero. Por favor, leve embora.

– Espera! – exclama Lissy, agarrando o celofane. – Quero dar uma cheiradinha. – Ela enterra o rosto nas flores e inala profundamente. – Uau! Isso é absolutamente incrível! Emma, você cheirou?

– Não! – respondo, irritada. – Não quero cheirar.

– Eu nunca *vi* flores tão incríveis assim. – Ela olha para o homem. – O que vai acontecer com elas?

– Não sei. – Ele dá de ombros. – Vão ser jogadas fora. Acho.

– Nossa. – Ela me olha. – Parece um desperdício terrível.

Espere aí. Ela não vai...

– Lissy, eu não posso *aceitar*! – exclamo. – Não posso! Ele vai achar que eu estou dizendo que está tudo bem entre nós.

– Não, você está certa – cede Lissy, com relutância. – Você tem que devolver. – Ela toca a pétala de uma rosa cor-de-rosa e aveludada. – Mas é uma pena...

– Mandar o quê de volta? – vem uma voz aguda atrás de mim. – Você está brincando, não está?

Ah, pelo amor de Deus. Agora Jemima chegou à rua, ainda vestindo o roupão branco. – Você não vai mandar isso de volta! – grita ela. – Eu vou dar um jantar amanhã à noite. Elas vão ser perfeitas. – Jemima pega a etiqueta. – Smythe and Foxe! Sabe quanto isso deve ter custado?

– Não me importa quanto custou! – exclamo. – Elas são do Jack! Não posso ficar com elas.

– Por quê?

Ela é inacreditável.

– Porque... porque é uma questão de princípios. Se eu ficar, estou basicamente dizendo: "Eu perdoo você."

– Não necessariamente – retruca Jemima. – Pode ser "Eu *não* perdoo você." Ou "Eu nem me incomodo em devolver suas flores, para você ver como significa pouco para mim."

Há silêncio enquanto todas pensamos nisso.

O negócio é que *são* flores incríveis.

– Então, você quer ou não? – impacienta-se o entregador.

– Eu... – Ah, meu Deus, agora estou toda confusa.

– Emma, se você mandá-las de volta, vai parecer fraca – argumenta Jemima com firmeza. – Vai parecer que não suporta nenhuma lembrança dele em casa. Mas, se ficar com elas, estará dizendo: "Eu não me importo com você!" Você vai estar firme! Vai estar sendo forte. Vai estar...

– Ah, meu Deus, certo! – digo e pego a caneta com o entregador. – Eu assino. Mas poderia, por favor, dizer a ele que isso *não* significa que eu o perdoo, nem que deixei de achar que ele é um interesseiro cínico, desumano e desprezível, e além do mais, se Jemima não fosse dar um jantar, essas flores iriam direto para a lata de lixo? – Quando termino de assinar estou vermelha e ofegante e faço um ponto final com tanta força que rasga a página. – O senhor consegue lembrar de tudo isso?

O entregador me olha, inexpressivo.

– Meu amor, eu só trabalho entregando as flores.

– Já sei! – exclama Lissy de repente. Ela pega a prancheta e escreve SEM ABRIR MÃO DOS DIREITOS claramente sob o meu nome.

– O que isso significa? – pergunto.

– Significa: "Nunca vou perdoar você, seu sacana... mas mesmo assim vou ficar com as flores."

– E você ainda vai se vingar – acrescenta Jemima, decidida.

É UMA DAQUELAS manhãs incrivelmente luminosas, nítidas, que fazem a gente sentir que Londres é realmente a melhor cidade do mundo. Enquanto ando da estação de metrô até o trabalho, meu ânimo não consegue deixar de melhorar um pouco.

Talvez Lissy esteja certa. Talvez todo mundo no trabalho já tenha esquecido tudo. Puxa, vamos colocar as coisas nas devidas proporções. Não foi um negócio *tão* grande assim. Não foi *tão* interessante assim. Sem dúvida, alguma outra fofoca deve ter surgido nesse meio-tempo. Certamente todo mundo vai estar falando de... futebol. Ou de política, ou sei lá o quê.

Abro a porta de vidro do saguão com uma pequena onda de otimismo, e entro de cabeça erguida.

– ... uma colcha da Barbie! – ouço imediatamente do outro lado do piso de mármore. Um cara da contabilidade está falando com uma mulher que está com crachá de visitante e escuta avidamente.

– ... transando com Jack Harper o tempo todo? – ouço uma voz acima de mim, e eu ergo os olhos e vejo um grupo de garotas subindo a escada.

– É do Connor que eu sinto pena – responde uma delas. – O coitadinho...

– ... fingia que gostava de jazz – está dizendo mais alguém, saindo do elevador. – Puxa, por que alguém faria isso?

Certo. Então... eles não esqueceram.

Todo o meu otimismo se esvai, e por um instante penso em fugir correndo e passar o restante da vida debaixo do edredom.

Mas não posso fazer isso.

Em primeiro lugar, eu provavelmente ficaria entediada em menos de uma semana.

E em segundo... tenho que enfrentá-los. Tenho que fazer isso.

Apertando os punhos junto ao corpo, subo lentamente a escada e sigo pelo corredor. Todo mundo por quem passo me olha escancaradamente ou finge que não está olhando, quando está; e pelo menos cinco conversas são interrompidas rapidamente quando me aproximo.

Quando chego à porta do departamento de marketing, respiro fundo e entro, tentando parecer o mais despreocupada possível.

– Oi, gente – exclamo, tirando o casaco e pendurando na minha cadeira.

– Emma! – o tom de Artemis é de um deleite sarcástico. – Bem, eu nunca imaginaria!

– Bom dia, Emma – diz Paul, saindo de sua sala e me dando um olhar avaliador. – Você está bem?

– Estou, obrigada.

– Gostaria de falar sobre... alguma coisa? – Para minha surpresa ele parece genuinamente interessado.

Mas, sério. O que ele acha? Que vou entrar lá e chorar no seu ombro dizendo: "Aquele sacana do Jack Harper me usou?"

Eu só faria isso se ficasse realmente, *realmente* desesperada.

– Não – respondo, com o rosto formingando. – Obrigada, mas estou bem.

– Bom. – Ele faz uma pausa, depois adota um tom mais profissional. – Bom, eu estou presumindo que, quando você desapareceu ontem, foi porque tinha decidido trabalhar em casa.

– É... foi. – Pigarreio. – Isso mesmo.

– Sem dúvida você fez um monte de tarefas úteis, não fez?

– Humm... é. Um monte.

– Excelente. Foi o que pensei. Certo. Então vá em frente. E o restante de vocês. – Paul olha em volta, alertando. – Lembrem-se do que eu disse.

– Claro – responde Artemis imediatamente. – Todos nós lembramos!

Paul desaparece em sua sala de novo, e eu olho rigidamente para o computador enquanto ele liga. Vou ficar bem, digo a mim mesma. Vou me concentrar no trabalho, mergulhar completamente...

De súbito percebo que alguém está cantarolando uma música bem alto. É algo que reconheço. É...

É dos Carpenters.

E agora alguns outros na sala se juntam no refrão

– *Close to youuuuu...*

– Tudo bem, Emma? – quer saber Nick, quando minha cabeça se levanta cheia de suspeitas. – Quer um lenço?

Não vou reagir. Não vou dar a eles esse prazer.

Com o máximo de calma possível clico nos e-mails e perco a respiração, chocada. Normalmente recebo uns dez e-mails a cada manhã, no máximo. Hoje tenho 95.

Papai: Eu realmente gostaria de falar...

Carol: Já tenho mais duas pessoas para o nosso clube da Barbie.

Moira: Eu sei onde você pode conseguir calcinha fio dental realmente confortável.

Sharon: Há quanto tempo isso estava acontecendo?

Fiona: Re: oficina de consciência do corpo...

Desço a lista interminável e subitamente sinto uma facada no coração.

Há três de Jack.

O que devo fazer?

Devo ler?

Minha mão para, incerta, sobre o mouse. Ele merece pelo menos uma última chance de explicar?

– Ah, Emma – Artemis se aproxima inocentemente de minha mesa com uma bolsa. – Eu tenho esse pulôver e fiquei imaginando se você gostaria. É meio pequeno para mim, mas é bem legal. E deve servir em você, porque – ela para e atrai o olhar de Caroline – é 38.

Imediatamente as duas irrompem em risinhos histéricos.

– Obrigada, Artemis – respondo, seca. – Foi gentil da sua parte.

– Vou pegar um café – diz Fergus, levantando-se. – Alguém quer alguma coisa?

– Para mim um Harvey's Bristol Cream – responde Nick, animado.

– Ha-ha – murmuro baixinho.

– Ah, Emma, olha só – acrescenta Nick, vindo até a minha mesa. – Aquela nova secretária da administração. Você já viu? Ela é uma graça, não é?

Ele pisca para mim e eu o encaro inexpressiva por um momento, sem entender.

– Cabelo espetado maneiro – acrescenta ele. – Sapato 44 bico largo.

– Cala a boca! – grito furiosa, com o rosto num vermelho flamejante. – Eu não sou... eu não... ah, vão se foder vocês todos!

Com a mão tremendo de raiva, deleto todos os e-mails de Jack. Ele não merece nada. Sem chance. Nada.

Levanto-me e saio da sala, ofegante. Vou para o banheiro feminino, bato a porta e encosto a testa quente no espelho. O ódio por Jack Harper está borbulhando dentro de mim como lava. Ele tem alguma ideia do que eu estou passando? Ele tem alguma ideia do que fez comigo?

– Emma! – Uma voz interrompe meus pensamentos e eu levo um susto. Imediatamente sinto um choque de apreensão.

Katie entrou no banheiro sem que eu ouvisse. Está parada atrás de mim, segurando sua bolsa de maquiagem. Seu rosto está refletido no espelho ao lado do meu... e não está sorrindo. É exatamente como em *Atração fatal*.

– Então – começa ela numa voz estranha. – Você não gosta de crochê.

Ah, meu Deus. Ah, meu Deus. O que eu fiz? Liberei o lado boneco assassino de Katie, que ninguém conhecia. Talvez ela vá me espetar com uma agulha de crochê, pego-me pensando loucamente.

– Katie – digo, com o coração batendo forte. – Katie, por favor, escute. Eu nunca quis... eu nunca disse...

– Emma, nem tente. – Ela levanta a mão. – Não adianta. Nós duas sabemos a verdade.

– Ele estava errado! Ele ficou confuso! Eu disse que não gostava... de... *creche*. Você sabe, aquele monte de bebês por todo canto...

– Sabe, ontem eu fiquei bem chateada – interrompe Katie com um sorriso fantasmagórico. – Mas depois do trabalho fui direto para casa e liguei para minha mãe. E sabe o que ela me disse?

– O quê? – pergunto, apreensiva.

– Ela disse... que também não gosta de crochê.

– *O quê*? – Eu giro e olho boquiaberta para ela.

– Nem minha avó. – Seu rosto fica vermelho, e agora ela parece a velha Katie de novo. – E nenhum dos meus parentes. Todos fingiam há anos, como você. Tudo faz sentido agora! – Sua voz se ergue, agitada. – Sabe, eu fiz uma capa de sofá para minha avó no Natal passado, e ela disse que um ladrão tinha roubado. Puxa, que tipo de ladrão rouba uma capa de sofá de crochê?

– Katie, eu não sei o que dizer...

– Eu sei que você estava tentando ser gentil. Mas agora eu me sinto uma idiota.

– Bom. Com isso somos duas – murmuro, meio taciturna.

A porta se abre, e Wendy, da contabilidade, entra. Há uma pausa enquanto ela olha para nós, depois desaparece num dos cubículos.

– Então, você está bem? – quer saber Katie em voz mais baixa.

– Estou – respondo, com uma encolhida minúscula dos ombros. – Você sabe...

É. Estou tão bem que me escondo no banheiro em vez de encarar meus colegas.

– Você falou com o Jack? – pergunta ela, hesitante.

– Não. Ele me mandou umas flores. Tipo, "ah, tudo bem, então". Provavelmente nem foi ele que encomendou, na certa pediu ao Sven.

Há o som de descarga, e Wendy sai do cubículo de novo.

– Bem... era desse rímel que eu estava falando. – Katie me entrega um tubo.

– Obrigada – respondo. – Você falou que ele... humm... avoluma *e* alonga?

Wendy revira os olhos.

– Tudo bem – exclama ela. – Eu não estou ouvindo! – Ela lava as mãos, enxuga e depois me dirige um olhar ávido. – E aí, Emma, você está saindo com Jack Harper?

– Não – respondo secamente. – Ele me usou e me traiu, e, para ser sincera, eu ficaria feliz se nunca mais o visse em toda a vida.

– Ah, certo! – reage ela, animada. – É só que... eu estava pensando. Se você falar com ele de novo, poderia mencionar que eu adoraria ir para o departamento de RP?

– O quê? – encaro-a sem entender direito.

– Você poderia deixar escapar. Que eu tenho grande habilidade com comunicação e acho que seria muito adequada para o RP.

Deixar escapar? O quê, tipo "nunca mais quero ver você de novo, Jack, e, a propósito, Wendy acha que ela seria boa no RP"?

– Não sei – hesito. – Eu só... acho que não poderia fazer isso.

– Bem, eu acho muito egoísta da sua parte, Emma – queixa-se Wendy, ofendida. – Só estou pedindo que, se o assunto surgir, você mencione que eu gostaria de ir para o RP. Puxa, é difícil?

– Wendy, dê o fora! – impacienta-se Katie. – Deixe Emma em paz.

– Eu só estava *pedindo*! – justifica-se ela. – Porque agora você se acha superior a nós, não é?

– Não! – exclamo, chocada. – Não é isso...

Mas Wendy já saiu, cheia de indignação.

– Ótimo – balbucio. – Que ótimo, mesmo! Agora todo mundo vai me odiar, além de todo o resto.

Solto o ar com força e olho para o meu reflexo. Ainda não acredito em como tudo ficou de cabeça para baixo. Tudo em que eu acreditava acabou se tornando uma mentira. Meu homem perfeito é um interesseiro cínico. Meu romance dos sonhos era inventado. Eu fui mais feliz do que nunca na vida. E agora não passo de um motivo de risos, estúpida e humilhada.

Ah, meu Deus, meus olhos estão pinicando de novo.

– Você está bem, Emma? – Katie me olha, cheia de consternação. – Aqui, pegue um lenço de papel. – Ela enfia a mão na bolsa de maquiagem. – E um colírio.

– Obrigada – digo, engolindo em seco. Passo o colírio nos olhos e me obrigo a respirar fundo até estar bem calma de novo.

– Eu acho você muito corajosa – comenta Katie, me olhando. – Na verdade estou pasma por você ter vindo hoje. Eu ficaria envergonhada *demais*.

– Katie... – murmuro, virando-me para ela. – Ontem eu tive todos os meus segredos mais pessoais e escondidos transmitidos na televisão. – Abro os braços. – Como alguma coisa poderia ser mais vergonhosa do que isso?

– Aqui está ela! – entoa uma voz atrás de nós duas, e Caroline entra no banheiro. – Emma, seus pais estão aqui para vê-la!

NÃO. NÃO ACREDITO. Não acredito nisso.

Meus pais estão parados perto da minha mesa. Meu pai está com um elegante terno cinza e minha mãe toda aprumada com casaco branco e saia azul-marinho, e os dois estão meio que segurando um buquê de flores. E todo o escritório olha para eles, como se fossem algum tipo de criatura exótica.

Apaga isso. Agora todo o escritório virou a cabeça para *me* olhar.

– Oi, mãe – minha voz de repente ficou bem rouca. – Oi, pai.

O que eles estão *fazendo* aqui?

– Emma! – exclama papai, fazendo uma tentativa de manter sua voz normal, jovial. – Nós pensamos em... dar uma passadinha para ver você.

– Certo – digo assentindo, atordoada. Como se esse fosse um acontecimento perfeitamente normal.

– Nós trouxemos um presentinho. – Mamãe está toda animada. – Umas flores para a sua mesa. – Ela pousa o buquê, sem jeito. – Olha a mesa de Emma, Brian. Não é chique? Olha o... computador!

– Esplêndido! – comenta meu pai, dando um tapinha na tela. – Muito... muito bom mesmo.

– Esses são os seus amigos? – quer saber mamãe, sorrindo para as pessoas em volta.

– Mais ou menos – digo, fazendo um muxoxo, enquanto Artemis dá um sorriso cativante para ela.

– Nós estávamos dizendo um dia desses – continua minha mãe – como você deve ter *orgulho* de si mesma, Emma. Trabalhando numa empresa grande como esta. Tenho certeza de que muitas garotas teriam inveja da sua carreira. Não concorda, Brian?

– Sem dúvida! – acrescenta meu pai. – Você está se saindo muito bem, Emma.

Estou tão pasma que nem consigo abrir a boca. Encontro o olhar de papai e ele me dá um sorrisinho estranho, sem jeito. E as mãos de mamãe estão tremendo ligeiramente enquanto ela solta as flores.

Eles estão nervosos, percebo com um certo choque. Os dois estão *nervosos*.

Estou tentando entender tudo isso quando Paul aparece na porta de sua sala.

– Então, Emma – ele ergue as sobrancelhas. – Vejo que está com visitas, não é?

– Humm... é – respondo. – Paul, esses são... é... meus pais, Brian e Rachel.

– Encantado – diz Paul educadamente.

– Nós não queremos incomodar – responde mamãe, depressa.

– Não é incômodo algum. – Paul dá um sorriso encantador para ela. – Pena que a sala que nós usamos *normalmente* para as reuniões de família está sendo redecorada.

– Ah! – exclama minha mãe, sem saber se ele está falando sério ou não. – Minha nossa!

Então, será que você gostaria de levar os seus pais para... podemos chamar de almoço antecipado?

Olho o relógio. São 9h45.

– Obrigada, Paul – murmuro, agradecida.

É SURREAL. É completamente surreal.

É o meio da manhã. Eu deveria estar trabalhando. E em vez disso estou andando pela rua com os meus pais, imaginando o que diabo vamos dizer uns aos outros. Nem *lembro* quando foi a última vez em que fiquei sozinha com meus pais. Só nós três, sem vovô, sem Kerry, sem Nev. É como se tivéssemos voltado quinze anos no tempo, ou algo assim.

– A gente pode ir ali – sugiro, apontando para um café italiano.

– Boa ideia! – diz papai calorosamente, e abre a porta – Nós vimos o seu amigo Jack Harper na televisão ontem – acrescenta, como que por acaso.

– Ele não é meu amigo – respondo, seca, e meus pais se entreolham.

Sentamo-nos a uma mesa de madeira. Um garçom traz um cardápio para cada um, e ficamos em silêncio.

Ah, meu Deus. Agora *eu* estou nervosa.

– Então... – começo, e paro. O que quero dizer é: por que vocês estão aqui? Mas pode parecer meio grosseiro. – O que... o que traz vocês a Londres?

– Nós pensamos em fazer uma visita – explica minha mãe, olhando o cardápio com seus óculos de leitura. – Bom, eu vou querer uma xícara de chá... ou o que é isso? Um *frapelatte*?

– Eu quero uma xícara de café comum – escolhe meu pai, olhando o cardápio com a testa franzida. – Eles têm isso?

– Se não tiverem você vai ter de pedir um *cappuccino* e tirar a espuma com a colher – brinca mamãe. – Ou um *espresso* e pedir para colocar água quente.

Não acredito. Eles andaram mais de 300 quilômetros de carro. Só vamos ficar aqui sentados falando de bebidas quentes o dia inteiro?

– Ah, e isso me lembra – acrescenta ela casualmente. – Nós compramos uma coisinha para você, Emma. Não foi, Brian?

– Ah... certo – digo com surpresa. – O que é?

– Um carro – revela mamãe, e olha para o garçom que apareceu junto à mesa. – Olá! Eu gostaria de um cappuccino, meu marido quer um café comum, se possível, e Emma gostaria...

– Eu... gostaria de um cappuccino, por favor – peço distraidamente.

– E bolos variados – acrescenta mamãe. – *Grazie!*

– Mãe... – Ponho a mão na cabeça quando o garçom desaparece. – O que você quis dizer, vocês compraram um carro para mim?

– Só um carrinho para andar por aí. Você precisa de um carro. Não é seguro ficar andando de ônibus. Seu avô está certo.

– Mas... eu não posso ter um carro – exclamo, estupidamente. – Nem consigo... e o dinheiro que eu devo a vocês? E...

– Esquece o dinheiro – diz ele. – Nós vamos zerar tudo.

– O quê? – encaro-o, mais perplexa do que nunca. – Mas não podemos fazer isso! Eu ainda devo...

– Esquece o dinheiro – repete ele, com uma súbita irritação na voz. – Quero que você se esqueça, Emma. Você não nos deve nada. Absolutamente nada.

Não consigo absorver isso. Olho confusa de um para o outro. Depois os encaro novamente, muito lentamente, um de cada vez.

E é realmente estranho. Mas quase parece que estamos nos vendo direito pela primeira vez em anos. Como se estivéssemos nos olhando, dizendo olá e meio que... recomeçando.

– Nós estávamos pensando no que você acharia de tirar umas feriazinhas no ano que vem – propõe mamãe. – Com a gente.

– Só... nós? – digo, olhando a mesa em volta.

– Só nós três, foi o que pensamos. – Ela me dá um sorriso hesitante. – Pode ser divertido! Você não precisa, claro, se tiver outros planos.

– Não! Eu adoraria! – digo rapidamente. – Adoraria mesmo. Mas... mas e...

Nem consigo me obrigar a dizer o nome de Kerry.

Há um silêncio minúsculo, durante o qual meus pais se entreolham, depois afastam os olhos de novo.

– Kerry mandou lembranças, claro! – exclama mamãe, animada, como se estivesse mudando totalmente de assunto. E pigarreia. – Sabe, ela pensou em ir a Hong Kong no ano que vem. Visitar o pai. Ela não o vê há pelo menos cinco anos, e talvez seja hora de eles... passarem algum tempo juntos.

– Certo – murmuro, atordoada. – Boa ideia.

Não acredito. Tudo mudou. É como se toda a família fosse jogada no ar e tivesse caído em posições diferentes, e nada fosse como antes.

– Nós achamos, Emma – começa papai, e para. – Nós achamos... que talvez tenhamos sido... que talvez não tenhamos notado... – Ele para e esfrega o nariz com força.

– *Cappuccino* – anuncia o garçom, colocando uma xícara na minha frente. – Café simples, *cappuccino*... bolo de café... bolo de limão... bolo de choc...

– Obrigada! – interrompe mamãe. – Muito obrigada. Acho que podemos continuar sozinhos. – O garçom desaparece de novo e ela me olha. – Emma, o que queremos dizer é... nós temos orgulho de você.

Ah, meu Deus. Ah, meu Deus, acho que vou chorar.

– Certo – consigo dizer.

– E nós... – continua papai. – Isto é, nós dois, sua mãe e eu... – Ele pigarreia. – Nós sempre sentimos... e sempre sentiremos... nós dois...

Ele para, um tanto ofegante. Não ouso dizer nada.

– O que eu estou tentando dizer, Emma – tenta ele de novo. – Como tenho certeza de que você... tenho certeza de que todos nós... o que quero dizer...

Ele para de novo e enxuga o rosto suado com um guardanapo.

– O fato é que... é que...

– Ah, só diga à sua filha que você a ama, Brian, ao menos uma vez na porcaria da sua vida! – exclama mamãe.

– Eu... eu... amo você, Emma! – diz papai numa voz embargada. – Ah, meu Deus. – Ele enxuga o olho com força.

– Eu amo você também, pai – respondo com o coração apertado. – E você, mãe.

– Está vendo?! – Minha mãe já está enxugando os olhos. – Eu sabia que não era um erro ter vindo! – Ela agarra minha mão, e eu agarro a mão de papai, e por um momento nós estamos numa espécie de abraço grupal desajeitado.

– Sabem... todos nós somos elos sagrados no ciclo eterno da vida – enuncio, com um súbito espasmo de emoção.

– O quê? – Meus pais me olham, inexpressivos.

– É... não faz mal. Não importa.

Solto a mão, tomo um gole de cappuccino e ergo os olhos.

E meu coração quase para.

Jack está junto à porta do café.

22

Meu coração está batendo forte enquanto eu o encaro pela porta de vidro. Ele estende a mão, a porta emite um *ping* e de repente ele está dentro do café.

Enquanto ele anda em direção à nossa mesa eu tremo de emoção. Esse é o homem por quem eu pensei que estava apaixonada. É o homem que apenas me usou. Agora que o choque inicial diminuiu, todo o antigo sentimento de dor e humilhação ameaça tomar conta de mim e acabar comigo.

Mas não vou deixar. Vou ser forte e digna.

– Ignorem – digo a meus pais.

– Quem? – pergunta papai, virando-se na cadeira. – Ah!

– Emma, eu quero falar com você – afirma Jack, com o rosto sério.

– Bom, eu não quero falar com você.

– Desculpem interromper. – Ele olha para meus pais. – Se a gente pudesse ter um momento...

– Eu não vou a lugar algum! – exclamo, ultrajada. – Estou tomando um café com meus pais.

– Por favor. – Ele se senta a uma mesa perto. – Eu quero explicar. Quero pedir desculpas.

– Não existe explicação que você possa me dar. – Olho ferozmente para mamãe e papai. – Finjam que ele não está aqui. Continuem.

Há um silêncio. Meus pais estão trocando olhares o tempo todo, e eu posso perceber mamãe murmurando alguma coisa. Ela para abruptamente quando me vê olhando-a, e toma um gole de café.

– Só vamos... conversar! – peço, desesperada. – E aí, mamãe?

– Sim? – diz ela, esperançosa.

Minha mente está vazia. Não consigo pensar em nada. Só consigo pensar que Jack está sentado a pouco mais de 1 metro.

– Como está o golfe? – pergunto finalmente.

– Está... é... ótimo, obrigada. – Mamãe lança um olhar para Jack.

– Não olha para ele! – murmuro. – E... e papai? – persevero em voz alta. – Como você está indo no golfe?

– É... também vou bem – responde papai, sem jeito.

– Onde vocês jogam? – pergunta Jack educadamente.

– Você não está na conversa! – grito, virando-me, furiosa, na cadeira.

Há um silêncio.

– Minha nossa! – exclama subitamente minha mãe, numa voz teatral. – Olha só a hora! A gente deveria estar na... na... exposição de esculturas.

O quê?

– Foi um prazer ver você, Emma...

– Vocês não podem ir! – exclamo, em pânico. Mas meu pai já está abrindo a carteira e pondo uma nota de vinte libras na mesa, enquanto mamãe se levanta e veste o casaco branco.

– Escute o que ele tem a dizer – sussurra ela, curvando-se para me dar um beijo.

– Tchau, Emma – diz papai, e aperta minha mão, sem jeito. E em uns trinta segundos eles somem.

Não acredito que fizeram isso comigo.

– Então – diz Jack quando a porta se fecha.

Giro decididamente a cadeira, para não vê-lo.

– Emma, por favor.

Ainda mais decididamente giro a cadeira de novo, até estar olhando direto para a parede. Isso vai deixar tudo bem claro.

O problema é que assim eu não alcanço o cappuccino.

– Aqui.

Olho em volta e vejo que Jack colocou sua cadeira perto da minha e está estendendo minha xícara.

– Me deixa em paz! – exclamo com raiva, levantando com um salto. – Nós não temos nada para conversar. Nada.

Pego minha bolsa e saio do café para a rua movimentada. Um instante depois sinto uma mão no ombro.

– A gente podia ao menos discutir o que aconteceu...

– Discutir o quê? – Eu me viro para ele. – O modo como você me usou? Como me traiu?

– Certo, Emma. Sei que deixei você sem graça. Mas... foi realmente tão grave assim?

– Tão *grave*? – grito, incrédula, quase derrubando uma mulher com um carrinho de compras. – Você entrou na minha vida. Inventou para mim um romance gigantesco e incrível. Fez com que eu me apai... – Paro abruptamente, ofegando um pouco. – Disse que ficou interessado em mim. Fez com que eu... me importasse com você... e eu acreditei em cada palavra! – Minha voz está começando a embargar traiçoeiramente. – Eu acreditei em tudo, Jack. Mas o tempo todo você tinha outra intenção. Estava me usando para sua pesquisa estúpida. O tempo todo só estava... me *usando*.

Jack me encara.

– Não. Não, espera. Você entendeu mal. – Ele segura meu braço. – Não foi assim. Eu não decidi usar você.

Como ele tem *a audácia* de falar isso?

– Claro que decidiu! – exclamo, soltando meu braço e apertando o botão para o sinal ficar vermelho e eu poder atravessar. – Claro que sim! Não negue que você estava pensando em mim. – Sinto um novo espasmo de humilhação. – Cada detalhe era meu. Cada merda de detalhe!

– Tudo bem. – Jack está segurando a cabeça. – Certo. Escute. Eu não nego que estava pensando em você. Não nego que você acabou entrando no... Mas isso não quer dizer... – Ele levanta os olhos. – Eu estou pensando em você na maior parte do tempo. Essa é a verdade, eu penso em você.

O sinal de pedestres começa a emitir um som para que a gente atravesse. Esta é a minha deixa para sair e ele vir correndo atrás – mas nenhum de nós se mexe. Eu *quero* sair correndo, mas de algum modo meu corpo não obedece. De algum modo meu corpo quer ouvir mais.

– Emma, quando Pete e eu fundamos a Corporação Panther, sabe como a gente trabalhava? – Os olhos escuros de Jack estão cravados em mim. – Sabe como a gente tomava as decisões?

Dou de ombros minusculamente, tipo "conte se quiser".

– Instinto puro. Será que *a gente* compraria isso? Será que *a gente* gostaria disso? Será que *a gente* toparia isso? Era o que cada um perguntava ao outro. – Ele hesita. – Nas últimas semanas eu mergulhei nessa nova linha feminina. E tudo que eu me pegava perguntando era... será que Emma gostaria disso? Será que Emma beberia? Será que Emma compraria? – Jack fecha os olhos um momento, depois abre. – É, eu estava pensando em você. É, você entrou no meu trabalho. Emma, minha vida e meu trabalho sempre foram misturados. Sempre foi assim. Mas isso não significa que minha vida não seja real. – Ele hesita. – Não significa que o que tivemos... o que temos... seja menos real.

Ele respira fundo e enfia as mãos nos bolsos.

– Emma, eu não menti para você. Eu não *inventei* nada. Fiquei interessado em você no momento em que a conheci naquele avião. No momento em que você me olhou e disse: "Eu nem *sei* se tenho um ponto G!" Eu fui fisgado. Não por causa dos negócios... por sua causa. Por causa de quem você é. Cada detalhezinho. – O tremor de um sorriso cruza seu rosto. – O seu horóscopo predileto de manhã. A carta que você escreveu no nome do Ernest P. Leopold. Até seu plano de exercícios na parede. Tudo.

Seu olhar encara o meu, e está minha garganta fica apertada, a cabeça está toda confusa. E por um instante me vejo hesitando.

Só por um instante.

– Isso tudo é ótimo – digo com a voz trêmula. – Mas você me envergonhou. Você me *humilhou*! – Eu me viro e começo a andar de novo.

– Eu não queria dizer aquilo tudo. – Jack vem atrás de mim. – Não queria dizer nada. Acredite, Emma, eu lamento tanto quanto você. No minuto em que paramos eu pedi para cortar aquela parte. Eles prometeram que iriam cortar. Eu fui... – Ele balança a cabeça. – Não sei, instigado, fui levado...

– Você foi *levado*? – Sinto um novo espasmo de ultraje. – Jack, você expôs cada detalhe a meu respeito!

– Eu sei, e peço desculpas...

– Você falou ao mundo inteiro sobre minha roupa íntima ... e minha vida sexual... e minha colcha da Barbie, e *não* disse que era uma ironia...

– Emma, desculpe...

– Você revelou meu peso! – Minha voz sobe até um guincho. – E falou *errado*!

– Emma, verdade, eu sinto muito...

– Sentir muito não basta! – Viro-me furiosamente para encará-lo. – Você arruinou minha vida!

– Arruinei sua vida? – Ele me dirige um olhar estranho. – Sua vida está arruinada? É um desastre tão grande assim as pessoas saberem a verdade sobre você?

– Eu... eu... – Por um momento fico à deriva. – Você não sabe como foi para mim – continuo, num terreno mais firme. – Todo mundo riu de mim. Todo mundo zombou de mim, em toda a empresa. Artemis ficou me ridicularizando...

– Eu demito Artemis – interrompe Jack com firmeza.

Estou tão perplexa que acabo soltando uma meia risada, e logo a transformo em uma tossida.

– E Nick caçoou de mim.

– Eu demito Nick também. – Jack pensa um momento. – Que tal: eu demito todo mundo que zombou de você.

Dessa vez não contenho um riso alto.

– Você vai ficar sem empresa.

– Que seja. Isso vai me ensinar. Isso vai me ensinar a não ser tão insensível.

Por um momento nós nos encaramos sob o sol. Meu coração está batendo depressa. Não sei bem o que pensar.

– Quer comprar um trevo da sorte?

Uma mulher de suéter cor-de-rosa enfia subitamente um ramo enrolado em papel de alumínio na minha cara, e eu balanço a cabeça, irritada.

– Trevo da sorte, senhor?

– Fico com o cesto inteiro – responde Jack. – Acho que estou precisando. – Ele enfia a mão na carteira, dá duas notas de cinquenta libras à mulher e pega o cesto. O tempo todo seus olhos estão fixos nos meus.

– Emma, eu quero consertar isso – afirma ele enquanto a mulher se afasta rapidamente. – A gente pode almoçar? Tomar um drinque? Um... um suco?

Seu rosto se franze num sorriso minúsculo, mas eu não sorrio de volta. Estou confusa demais para sorrir. Sinto que parte de mim começa a se dobrar; sinto que parte de mim começa a acreditar nele. Querendo perdoá-lo. Mas minha mente continua atravancada. As coisas ainda parecem erradas em algum lugar.

– Não sei – respondo, coçando o nariz.

– As coisas estavam indo tão bem, antes de eu foder com tudo!

– Estavam?

– Não estavam? – Jack hesita, me olhando por cima dos trevos. – Eu achei que estavam.

Minha mente está zumbindo. Há coisas que eu preciso dizer. Há coisas que eu preciso deixar claras. Um pensamento se cristaliza na minha cabeça.

– Jack... o que você estava fazendo na Escócia? Quando nos conhecemos.

Imediatamente a expressão dele muda. Seu rosto se fecha e ele desvia o olhar.

– Emma, acho que não posso contar isso.

– Por que não? – pergunto tentando parecer despreocupada.

– É... complicado.

– Certo, então. – Penso um momento. – Para onde você foi correndo naquela noite com o Sven? Quando teve de interromper o nosso encontro.

Jack suspira.

– Emma...

– Que tal a noite em que você recebeu todos aqueles telefonemas? Eram sobre o quê?

Dessa vez Jack nem se incomoda em responder.

– Sei. – Empurro o cabelo para trás, tentando ficar calma. – Jack, já pensou que, em todo o tempo que passamos juntos, você praticamente não falou nada sobre si mesmo?

– Eu... acho que sou uma pessoa fechada. Isso é um problema muito grande?

– Para mim é bem grande. Eu compartilhei tudo com você. Como você disse. Todos os meus pensamentos, todas as minhas preocupações, tudo. E você não compartilhou nada comigo.

– Isso não é verdade... – Ele avança, ainda segurando o cesto incomodamente, e vários ramos de trevo caem no chão.

– Praticamente nada, então. – Fecho os olhos brevemente, tentando clarear os pensamentos. – Jack, todos os relacionamentos têm a ver com confiança e igualdade. Se uma pessoa compartilha, a outra deve compartilhar também. Puxa, você nem me contou que ia aparecer na televisão.

– Era só uma entrevista idiota, pelo amor de Deus! – Uma garota com seis bolsas de compras derruba mais trevos ainda do cesto de Jack, e, frustrado, ele o coloca no bagageiro de um motoboy que vai passando. – Emma, você está exagerando.

– Eu contei todos os meus segredos – insisto, teimosa. – Você não me contou nenhum.

Jack dá um suspiro.

– Com o devido respeito, Emma, acho que é um pouco diferente...

– O quê? – Encaro-o, chocada. – Por que... por que seria diferente?

– Você precisa entender. Eu tenho coisas na vida que são muito delicadas... complicadas... muito importantes...

– E eu *não*? – Minha voz explode como um foguete. – Você acha que os meus segredos são menos importantes do que os seus? Você acha que eu fico menos magoada por você divulgar todos eles na televisão? – Estou tremendo, com fúria, desapontamento. – Acho que é porque você é tão grande e importante e eu... o que eu sou mesmo, Jack? – Posso sentir meus olhos se enchendo de lágrimas. – Uma garota sem nada de especial? Uma "garota comum, sem nada de especial"?

Jack se encolhe, e dá para ver que acertei o alvo. Ele fecha os olhos por um longo tempo e eu acho que ele não vai falar mais nada.

– Eu não quis usar essas palavras – murmura ele, coçando a testa. – No minuto em que falei, tive vontade de retirá-las. Eu estava... eu estava tentando evocar alguma coisa muito diferente disso... uma espécie de imagem... – Ele levanta a cabeça. – Emma, você *tem* que saber que eu não queria...

– Vou perguntar de novo! – interrompo, com o coração martelando. – O que você estava fazendo na Escócia?

Há silêncio. Quando encontro o olhar de Jack, sei que ele não vai dizer. Ele sabe que isso é importante para mim, e mesmo assim não vai dizer.

– Ótimo – minha voz falha ligeiramente. – Tudo bem. É claro que eu não sou tão importante quanto você. Sou só uma garota engraçada que lhe proporciona diversão nos voos e dá ideias para os negócios.

– Emma...

– O negócio, Jack, é que esse não é um relacionamento de verdade. Um relacionamento de verdade é uma via de mão dupla. E tem que haver confiança. – Engulo o nó na garganta. – Então, por que não vai procurar alguém do seu nível, com quem você possa compartilhar seus segredos preciosos? Porque estou vendo que você não pode compartilhar comigo.

Viro-me depressa antes que ele possa dizer mais alguma coisa e saio andando, com duas lágrimas descendo pelas bochechas, pisoteando os trevos da sorte.

SÓ CHEGO EM casa bem no fim da tarde. Mas ainda estou fervendo por causa da discussão. Tenho uma dor de cabeça latejante e estou à beira das lágrimas.

Abro a porta do apartamento e acho Lissy e Jemima numa discussão em alto e bom som sobre os direitos dos animais.

– O *vison gosta* de virar casacos de pele... – está dizendo Jemima quando eu abro a porta da sala. Ela para e ergue os olhos. – Emma! Você está bem?

– Não. – Afundo-me no sofá e me embrulho na manta de chenile que a mãe de Lissy deu para ela no Natal. – Tive uma briga tremenda com Jack.

– Com *Jack*?

– Você se encontrou com ele?

– Ele foi... bem, se desculpar, acho.

Lissy e Jemima trocam olhares.

– O que aconteceu? – pergunta Lissy, abraçando os joelhos. – O que ele disse?

Fico quieta por alguns segundos, tentando lembrar exatamente o que ele disse. Agora está tudo meio embaralhado na minha cabeça.

– Ele disse... que nunca pensou em me usar – conto enfim. – Disse que vive pensando em mim. Disse que demitiria da empresa todo mundo que zombou de mim. – Não consigo segurar um risinho.

– Verdade? – espanta-se Lissy. – Nossa. Isso é bem român... – Ela tosse e faz cara de arrependimento. – Desculpe.

– Ele disse que sentia muito pelo que aconteceu, e que não pretendia falar tudo aquilo na televisão, e que o nosso romance era... Pois é. Ele disse um monte de coisas. Mas *depois* disse... – Meu coração bate com nova indignação. – Disse que os segredos dele eram mais importantes do que os meus.

Há um gigantesco som ofegante, de ultraje.

– Não! – reage Lissy.

– Sacana! – exclama Jemima. – Que segredos?

– Eu perguntei sobre a Escócia. E por que ele saiu correndo do encontro. – Capto o olhar de Lissy. – E todas as coisas das quais ele não queria falar comigo.

– E o que ele disse? – pergunta Lissy.

– Ele não quis me dizer. – Sinto outra pontada de humilhação. – Falou que a coisa era "muito delicada e complicada".

– Delicada e *complicada*? – Jemima está me olhando, hipnotizada. – Jack tem um segredo delicado e complicado? Você nunca falou disso antes! Emma, isso é totalmente perfeito. Você pode descobrir o que é e depois revelar!

Encaro-a, com o coração batendo forte. Meu Deus, ela está certa. Eu poderia fazer isso. Poderia me vingar de Jack. Poderia fazer com que ele sofresse como eu sofri.

– Mas eu não faço ideia do que seja – digo finalmente.

– Você pode descobrir! – exclama Jemima. – Isso é bem fácil. O fato é que você sabe que ele está escondendo alguma coisa.

– Com certeza há algum tipo de mistério – comenta Lissy, pensativa. – Ele recebe um monte de telefonemas dos quais não quer falar, sai correndo misteriosamente do encontro...

– Ele saiu correndo misteriosamente? – reage Jemima com avidez. – Onde? Ele disse alguma coisa? Você ouviu alguma coisa?

– Não! – respondo, ruborizando um pouco. – Claro que não. Eu não... eu nunca ficaria *xeretando* a conversa dos outros!

Jemima me dirige um olhar atento.

– Não venha com essa. Você ouviu, sim. Ouviu alguma coisa. Anda, Emma. O que foi?

Minha mente volta àquela noite. Sentada no banco, bebericando o coquetel cor-de-rosa. A brisa sopra no meu rosto, Jack e Sven estão falando atrás de mim, em voz baixa...

– Não foi grande coisa – digo com relutância. – Eu só o ouvi dizendo alguma coisa sobre ter de transferir algo... e Plano B... e que algo era urgente...

– Transferir o quê? – diz Lissy cheia de suspeitas. – Fundos?

– Não sei. E eles disseram alguma coisa sobre ir de novo a Glasgow.

Jemima parece fora de si.

– Emma, não acredito. Você tinha essas informações o tempo todo? Isso tem que ser alguma coisa importante. *Tem* que ser. Se ao menos a gente soubesse mais. – Ela suspira, frustrada. – Você não tinha um gravador nem nada?

– Claro que não! – respondo com um risinho. – Era um encontro! *Você* leva um gravador para um... – Paro incrédula diante da expressão dela. – Jemima, você não leva.

– Nem *sempre* – responde ela, dando de ombros, na defensiva. – Só se achar que pode ser... Pois é. Isso é irrelevante. O fato é que você tem informações, Emma. Você tem poder. Descubra o que é. E então exponha. Isso vai mostrar a Jack Harper quem é o chefe. Vai ser sua vingança!

Encaro de volta seu rosto decidido, e por um momento sinto uma empolgação pura, poderosa, borbulhando em mim. Isso faria Jack pagar. Isso mostraria a ele. Então ele iria lamentar! Veria que eu não sou apenas um zero à esquerda, uma ninguém. Então ele veria. *Então* ele veria.

– E... – passo a língua pelos lábios. – Como eu faria isso?

– Primeiro temos que deduzir o máximo possível sozinhas – propõe Jemima. – Depois, eu tenho acesso a vários... várias pessoas que podem ajudar a conseguir mais informações. – Ela me dá uma piscadela. – Discretamente.

– Detetives particulares? – exclama Lissy, incrédula. – Está falando sério?

– E então poderemos expor o Jack! Mamãe tem contatos em *todos* os jornais...

Minha cabeça está doendo. Estou realmente falando em fazer isso? Estou realmente falando em me vingar de Jack?

– Um bom lugar para começar são as latas de lixo – acrescenta Jemima com ar experiente. – Você pode achar *todo* tipo de coisas só remexendo no lixo dos outros.

E de repente a sanidade entra voando pela janela.

– Latas de lixo? – digo, horrorizada. – Eu não vou olhar em nenhuma lata de lixo! Na verdade, não vou fazer nada disso, e ponto final. É uma ideia maluca.

– Você não pode ficar toda cheia de frescuras agora, Emma! – cutuca Jemima em tom cortante, jogando o cabelo para trás. – De que outro jeito você vai descobrir qual é o segredo dele?

– Talvez eu não *queira* descobrir o segredo dele – respondo, sentindo uma ferroada de orgulho. – Talvez eu não esteja interessada.

Enrolo a manta de chenile em volta do corpo com mais força ainda e olho para os dedos dos meus pés, arrasada.

Então Jack tem algum segredo enorme que não pode me contar. Bem, ótimo. Que fique com ele. Não vou me diminuir correndo atrás. Não vou começar a remexer as latas de lixo. Não me importa o que seja. Não me importo com ele.

– Quero esquecer tudo isso – digo com o rosto fechado. – Quero ir em frente.

– Não quer, não! – retruca Jemima. – Não seja idiota, Emma. Esta é a sua grande chance de vingança. Nós vamos *mesmo* pegar o cara. – Nunca vi Jemima tão animada na vida. Ela pega sua bolsa e tira um minúsculo caderno da Smythson, junto com uma caneta Tiffany. – Certo, então o que nós sabemos? Glasgow... Plano B... transferência...

– A Corporação Panther não tem sede na Escócia, tem? – pergunta Lissy, pensativa.

Viro a cabeça e a encaro, incrédula. Ela está escrevendo num bloco jurídico, com exatamente o mesmo ar preocupado que tem quando está resolvendo um dos seus quebra-cabeças de nerd. Posso ver as palavras "Glasgow", "transferência" e "Plano B", e um lugar onde ela embaralhou todas as letras de "Escócia" e tentou formar uma nova palavra com elas.

Pelo amor de Deus.

– Lissy, o que você está fazendo?

– Só... rabiscando – responde ela, e fica vermelha. – Eu poderia procurar alguma coisa na internet, só por curiosidade.

– Olha, parem com isso, vocês duas! Se Jack não quer me contar qual é o segredo dele... eu não quero saber.

De repente me sinto totalmente esgotada. E meio irritada. Não estou interessada na vida misteriosa de Jack. Não quero mais pensar nisso. Quero tomar um banho demorado, ir para a cama e apenas esquecer que o conheci.

23

Só que, claro, não consigo.

Não consigo esquecer Jack. Não consigo esquecer nossa briga.

Seu rosto fica surgindo na minha cabeça quando não quero. O modo como ele me olhou à luz do sol, com o rosto todo franzido. Os trevos da sorte.

Fico deitada na cama, o coração martelando, repassando aquilo de novo e de novo. Sentindo a mesma pontada de mágoa. O mesmo desapontamento.

Eu contei a ele tudo sobre mim. *Tudo.* E ele nem quis me contar um...

Enfim. Enfim.

Não importa.

Não vou pensar mais nele. Ele pode fazer o que quiser. Pode guardar seus segredos estúpidos.

Boa sorte para ele. É isso. Jack está fora da minha cabeça.

Foi embora de vez.

Olho o teto escuro por alguns instantes.

E o que ele quis dizer com aquilo, afinal? *É um desastre tão grande as pessoas saberem a verdade sobre você?*

Ele sabe falar. Sabe falar *bem demais.* O Sr. Mistério. O Sr. Delicado e Complicado.

Eu deveria ter dito isso. Deveria ter dito...

Não. Pare de pensar nisso. Pare de pensar nele. Acabou.

Quando entro na cozinha na manhã seguinte para fazer uma xícara de chá, estou totalmente decidida. Nem vou *pensar* em Jack daqui em diante. *Finito. The End.* Fim.

– Certo. Eu tenho três teorias. – Lissy chega ofegante à porta da cozinha, de pijama, segurando seu bloco.

– O quê? – ergo os olhos remelentos.

– O grande segredo de Jack. Tenho três teorias.

– Só três? – diz Jemima, aparecendo atrás dela com seu roupão branco, segurando o caderninho da Smythson. – Eu tenho oito!

– *Oito*? – Lissy encara-a, afrontada.

– Não quero saber de teorias – digo. – Olhem, vocês duas, esse negócio tem sido muito doloroso para mim. Vocês não podem respeitar meus sentimentos e deixar isso de lado?

As duas me encaram, inexpressivas, por um segundo, depois se viram uma para a outra.

– *Oito?* – repete Lissy. – Como você conseguiu oito?

– Moleza. Mas tenho certeza de que as suas também são muito boas – diz Jemima, afável. – Por que não fala primeiro?

– Certo – concorda Lissy com um ar de chateação, e pigarreia. – Número um: Ele vai transferir toda a Corporação Panther para a Escócia. Esteve lá fazendo reconhecimento, e não queria que você espalhasse boatos. Número dois: Ele está envolvido em algum tipo de fraude de colarinho-branco...

– O quê? – Encaro-a. – Por que está dizendo isso?

– Eu verifiquei os nomes dos contadores que fizeram auditoria nas últimas contas da Corporação Panther, e eles se envolveram em grandes escândalos recentemente. O que não *prova* nada, mas se ele está agindo sorrateiramente e falando de transferências...

Ela faz uma careta e eu olho de volta, desconcertada.

Jack, um fraudador? Não. Não pode ser. Não poderia.

Não que eu me importe.

– Posso dizer que essas duas opções me parecem tremendamente improváveis? – Jemima ergue as sobrancelhas.

– Bem, então qual é a sua teoria? – pergunta Lissy, irritada.

– Cirurgia plástica, claro! – exclama ela em triunfo. – Ele fez um lifting facial e não quer que ninguém saiba, por isso se recupera na Escócia. *E* eu sei o que é o B do Plano B.

– O quê? – pergunto cheia de suspeitas.

– Botox! – responde Jemima com um floreio. – Por isso ele saiu correndo do encontro com você. Para alisar as rugas finas. De repente o médico teve uma consulta desmarcada, e o amigo veio dizer a ele...

De que planeta Jemima veio?

– Jack nunca faria botox! – digo. – *Nem* lifiting!

– Você não sabe! – Ela me lança um olhar revelador. – Compare uma foto recente de Jack com uma antiga, e aposto que vai ver uma diferença...

– Certo, Miss Marple. – Lissy revira os olhos. – Então, quais são as suas outras sete teorias?

– Deixe-me ver... – Jemima vira a página do caderno. – Aqui. Esta é bastante boa. Ele é da Máfia. – Ela para, querendo causar efeito. – O pai dele foi morto, e ele está planejando assassinar os chefes de todas as outras famílias.

– Jemima, isso é *O poderoso chefão* – comenta Lissy.

– Ah. – Ela fica frustrada. – Eu achei que parecia um pouquinho familiar. – Ela risca a hipótese. – Bem, aqui está outra. Ele tem um irmão autista...

– *Rain Man*.

– Ah, droga. – Jemima faz uma careta e olha a lista de novo. – Então talvez essa não sirva, afinal de contas... nem essa. – Ela começa a riscar as anotações. – Certo. Mas eu tenho mais uma. – Ela levanta a cabeça. – Ele tem outra mulher.

Encaro-a, sentindo uma pontada. Outra mulher. Eu nem cheguei a pensar nisso.

– Essa também era minha última teoria – conta Lissy, como se pedisse desculpas. – Outra mulher.

– Vocês *duas* acham que é outra mulher? – Olho de um rosto para o outro. – Mas... mas por quê?

De repente me sinto muito pequena. E idiota. Será que Jack estava me enganando o tempo todo? Será que eu fui *mais* ingênua do que pensei originalmente?

– Parece uma explicação provável. – Jemima dá de ombros. – Ele está tendo um caso clandestino com uma mulher na Escócia. Estava fazendo uma visita secreta a ela quando conheceu você. Ela ficava telefonando, e talvez eles tenham tido uma briga, e aí veio a Londres inesperadamente, por isso ele teve que sair correndo do encontro com você.

Lissy olha meu rosto ferido.

– Mas talvez ele esteja mudando a empresa – diz ela, encorajando. – Ou seja fraudador.

– Bem, não me importa *o que* ele está fazendo. – Meu rosto está em chamas. – O negócio é dele. Que faça bom proveito.

Pego uma garrafa de leite na geladeira e fecho a porta com força, as mãos tremendo ligeiramente. Delicado e complicado. Será esse o código para "eu tenho um caso com outra"?

Bem, ótimo. Que ele tenha outra mulher. Não me importo.

– O negócio é *seu* também! – opina Jemima. – Você vai se vingar...

Ah, pelo amor de Deus.

– Eu não *quero* me vingar, certo? – Eu me viro para, encará-la. – Não é saudável. Eu quero... curar minhas feridas e seguir em frente.

– É, e posso lhe dizer um sinônimo para vingança? – retruca ela, como se tirasse um coelho de uma cartola. – Término!

– Jemima, Término e vingança não são a mesma coisa – discorda Lissy.

– No meu manual, são. – Ela me lança um olhar impressionante. – Emma, você é minha amiga, e eu não vou deixar você ficar aí sentada sendo maltratada por um canalha. Ele merece pagar. Merece ser punido!

Encaro Jemima, sentindo algumas dúvidas minúsculas.

– Jemima, você não vai *fazer* nada com relação a isso.

– Claro que vou – rebate ela. – Não vou ficar parada vendo você sofrer. Isso se chama irmandade das mulheres, Emma!

Ah, meu Deus. Tenho visões de Jemima remexendo as lixeiras de Jack com seu conjunto Gucci cor-de-rosa. Ou arranhando o carro dele com uma lixa de unha.

– Jemima... não faça nada – peço, alarmada. – Por favor. Eu não quero.

– Você *acha* que não. Mas depois vai me agradecer.

– Não, não vou! Jemima, você tem que prometer que não vai fazer nenhuma besteira.

Ela retesa o queixo, indignada.

– Prometa!

– Certo – cede Jemima, revirando os olhos. – Prometo.

– Ela está cruzando os dedos às costas – observa Lissy.

– *O quê*? – Encaro Jemima, incrédula. – Prometa direito! Jure por uma coisa que você ama de verdade.

– Ah, meu Deus – exclama Jemima, mal-humorada. – Certo, você venceu. Juro por minha bolsa Miu Miu de couro de pônei que não vou fazer nada. Mas você está cometendo um grande erro e sabe disso.

Ela sai emburrada, e eu fico olhando meio inquieta.

– Essa garota é uma psicopata – rosna Lissy, deixando-se afundar numa cadeira. – Por que a gente permitiu que ela viesse morar aqui? – Lissy toma um gole de chá. – Na verdade, eu me lembro por quê. Foi porque o pai dela pagou um ano de aluguel à gente, adiantado... – Ela capta minha expressão. – Você está bem?

– Você não acha que ela vai fazer alguma coisa com Jack, acha?

– Claro que não – o tom de Lissy é tranquilizador. – Ela só fala. Provavelmente vai esbarrar com uma de suas amigas malucas e esquecer disso.

– Está certa. – Sinto um pequeno tremor. – Você está certa. – Pego minha xícara e olho-a em silêncio por alguns instantes. – Lissy, você realmente acha que o segredo de Jack é outra mulher?

Lissy abre a boca.

– De qualquer modo, não tem importância – acrescento em desafio antes que ela possa responder. – O que for.

– Claro. – Lissy dá um sorriso simpático.

QUANDO CHEGO AO trabalho Artemis levanta a cabeça com os olhos brilhantes.

– Bom dia, Emma! – E dá um sorrisinho para Caroline. – Andou lendo algum livro intelectual ultimamente?

Ah, ha-ha-ha. Tão, tão engraçado! Todas as outras pessoas se cansaram de me provocar. Só Artemis ainda acha isso completamente hilário.

– Na verdade, Artemis, eu li – respondi, alegre, tirando o casaco. – Li um livro muito bom, chamado *O que fazer se sua colega de trabalho é uma vaca antipática que tira meleca do nariz quando acha que ninguém está olhando.*

Há um riso abafado por toda a sala, e o rosto de Artemis fica vermelho.

– Não tiro! – nega ela, rispidamente.

– Eu não disse que você tira – respondo, cheia de inocência, e ligo o computador com um floreio.

– Pronta para ir à reunião, Artemis? – pergunta Paul, saindo de sua sala com uma pasta e uma revista na mão. – E, a propósito, Nick – acrescenta em tom agourento. – Antes de ir, poderia me dizer que diabos lhe deu para colocar um cupom das Barras Panther na... – Ele consulta a capa. – *Revista do boliche*? Presumo que tenha sido você, já que o produto era seu.

Meu coração acelera e eu levanto a cabeça. Merda. Merda dupla. Eu achei que Paul nem iria descobrir.

Nick me lança um olhar maligno e eu faço uma careta agoniada.

– Bem – começa ele, cheio de truculência. – Sim, Paul. A Barra Panther é meu produto. Mas por acaso...

Ah, meu Deus. Não posso deixar que ele assuma a culpa.

– Paul – digo com voz trêmula, meio levantando a mão. – Na verdade foi...

– Porque eu quero dizer. – Paul ri para Nick. – Foi muito boa ideia! Acabei de receber os números, e tendo em mente a circulação ridícula da revista... eles são extraordinários!

Encaro-o, perplexa. O anúncio funcionou?

– Verdade? – exclama Nick, obviamente tentando não parecer espantado demais. – Quero dizer... excelente!

– Como é que você teve essa ideia da porra, de anunciar uma barra energética de adolescentes para um monte de velhos malucos?

– Pois é! – Nick ajeita os punhos da camisa, sem olhar para qualquer lugar próximo de mim. – Claro, foi *um certo* risco. Mas eu senti que estava na hora de... de dar uns tiros no escuro... experimentar um novo público...

Espera aí. *O que* ele está dizendo?

– Bem, sua experiência deu certo. – Paul dá um olhar aprovador a Nick. – E o interessante é que isso combina com uma pesquisa da Escandinávia que recebemos. Se quiser falar comigo depois para discutir...

– Claro! – Nick sorri, satisfeito. – A que horas?

Não! Como é que ele...? Ele é um tremendo *babaca*.

– Espere! – Para minha própria perplexidade, eu me levanto com um salto, ultrajada. – Espere aí. Essa ideia foi *minha*!

– O quê? – Paul franze a testa.

– O anúncio na *Revista do boliche*. Foi minha ideia. *Não foi*, Nick? – Olho-o diretamente.

– A gente deve ter discutido isso – diz ele, sem me encarar. – Não lembro. Mas sabe, uma coisa que você tem que aprender, Emma, é que o marketing tem a ver com trabalho de equipe...

– Não me venha com paternalismos! Isso não foi trabalho de equipe. Foi totalmente minha ideia. Eu coloquei o anúncio por causa do meu avô!

Droga. Eu não queria que isso escapasse.

– Primeiro seus pais. Agora seu avô – comenta Paul, virando-se para me olhar. – Emma, será que esta é a semana do "Traga Toda a Sua Família Para o Trabalho"?

– Não! É só... – começo, enrubescendo sob o olhar dele. – Vocês disseram que iam acabar com as Barras Panther, por isso eu... pensei em dar algum desconto a ele e aos amigos dele, e que todos poderiam fazer um estoque. Tentei dizer a vocês, naquela reunião grande, que meu avô adora Barras Panther! E todos os amigos dele também. Se vocês me perguntarem, digo que deveriam vender as Barras Panther a *eles*, e não aos adolescentes.

Há um silêncio. Paul está perplexo.

– Sabe, na Escandinávia estão chegando à mesma conclusão – conta ele. – É o que a nova pesquisa mostra.

– Ah – respondo. – Bem... pois é.

– Então, por que essa geração mais idosa gosta tanto das Barras Panther, Emma? Você sabe? – Ele parece interessado.

– Claro que sei.

– É o "percentual grisalho"– intervém Nick com erudição. – As mudanças demográficas na população de pensionistas estão respondendo por...

– Não é, não! – digo, impaciente. – É porque... porque... – Ah, meu Deus, vovô vai me matar por estar dizendo isso. – É porque... porque não desgruda as dentaduras.

Há uma pausa perplexa. Então Paul inclina a cabeça para trás e solta uma gargalhada estrondosa.

– Dentaduras – murmura ele, enxugando os olhos. – Isso é genial, Emma. Dentaduras!

Ele ri de novo e eu o encaro de volta, sentindo o sangue pulsar na cabeça. Estou com uma sensação estranhíssima.

Como se alguma coisa estivesse crescendo por dentro, como se eu estivesse para...

– Então, posso ser promovida?

– O quê? – Paul ergue os olhos.

Eu realmente falei isso? Em voz alta?

– Eu posso ser promovida? – Minha voz está tremendo ligeiramente, mas fico firme. – Você disse que, se eu criasse minhas próprias oportunidades, poderia ter uma promoção. Foi o que você disse. Isso não é criar minhas próprias oportunidades?

Paul me olha por alguns instantes, piscando, sem dizer nada.

– Sabe, Emma Corrigan – diz ele finalmente. – Você é uma das pessoas mais... *surpreendentes* que eu já conheci.

– Isso é um sim? – insisto.

Há silêncio em todo o escritório. Todo mundo está esperando para ver o que ele vai responder.

– Ah, pelo amor de Deus – exclama ele, revirando os olhos. – Certo! Você pode ter uma promoção. É só isso?

– Não – ouço-me dizendo, com o coração batendo ainda mais furiosamente. – Tem mais. Paul, eu quebrei sua caneca da Copa do Mundo.

– O quê? – ele está perplexo.

– Eu sinto muitíssimo. Vou lhe comprar outra. – Olho o escritório silencioso e boquiaberto em volta. – E fui eu que estraguei a copiadora daquela vez. Na verdade... todas as vezes. E aquela bunda... – Em meio aos rostos surpresos vou até o quadro de avisos e arranco a fotocópia do traseiro com um fio dental. – É minha, e eu não quero que ela fique mais aqui. E, Artemis, quanto à sua planta...

– O quê? – quer saber ela, cheia de suspeitas.

Encaro-a, com sua capa de chuva Burberry e seus óculos de grife e seu rosto presunçoso tipo "sou melhor do que você".

Certo, não vamos nos empolgar demais.

– Eu... não consigo imaginar o que há de errado com ela. – Sorrio para Artemis. – Tenha uma boa reunião.

Pelo resto do dia estou empolgada demais. Meio chocada e empolgada, tudo ao mesmo tempo. Não acredito que vou ser promovida. Vou ser executiva de marketing!

Mas não é só isso. Não sei direito o que aconteceu comigo. Estou me sentindo uma pessoa totalmente nova. E se eu quebrei a caneca de Paul? Quem se importa? E se todo mundo sabe quanto eu peso? Quem se importa? Tchau, velha Emma de merda, que esconde suas sacolas da Oxfam debaixo da mesa. Olá, Emma nova e confiante, que as pendura orgulhosamente na cadeira.

Liguei para meus pais dizendo que vou ser promovida, e eles ficaram muito impressionados! Disseram que vêm a Londres sair comigo para comemorar. E então tive uma conversa longa e boa com minha mãe sobre Jack. Ela disse que alguns relacionamentos duram para sempre, e que outros só duram alguns dias, e que a vida é assim. Depois contou sobre um cara em Paris com quem ela teve uma incrível transa de 48 horas. Disse que nunca tinha experimentado um prazer físico igual, e que sabia que aquilo não poderia durar, mas que isso tornou a coisa muito mais pungente.

Depois acrescentou que eu não precisava mencionar a história ao papai.

Nossa. Na verdade estou bem chocada. Sempre pensei que meus pais... pelo menos nunca...

Bem. Isso é para a gente ver.

Mas ela está certa. Alguns relacionamentos têm vida curta. Jack e eu obviamente nunca daríamos em nada. E na verdade estou bem resolvida com relação a isso. De fato superei bastante. Meu coração só entrou em espasmo uma vez hoje, quando pensei tê-lo visto no corredor, e me recuperei bem depressa.

Toda a minha vida nova começa hoje. Na verdade espero conhecer alguém hoje no show de dança de Lissy. Algum advogado alto e fulgurante. É. E ele vai me pegar no trabalho em seu fabuloso carro esporte. E eu vou descer a escada toda feliz, jogando o cabelo para trás, sem nem *olhar* para Jack, que vai estar parado na janela de sua sala, furioso...

Não. Não. Jack não vai estar em lugar nenhum. Eu superei Jack. Tenho que lembrar isso.

Talvez escreva na mão.

24

O espetáculo de dança de Lissy vai ser num teatro em Bloomsbury situado num pequeno pátio de cascalho, e quando chego encontro todo o lugar apinhado de advogados com ternos caros, falando em seus celulares.

– ... cliente não quer aceitar os termos do acordo...

– ... atenção à cláusula quatro, vírgula, não obstante...

Por enquanto ninguém está fazendo a menor tentativa de entrar no auditório, por isso vou aos bastidores dar a Lissy o buquê que comprei. (Originalmente eu estava planejando jogar no palco no fim, mas são rosas, e fico preocupada com a hipótese de arranhar as coxas dela.)

Enquanto passeio pelos corredores sem graça, o sistema de som toca uma música e pessoas passam esbarrando em mim com fantasias brilhantes. Um homem com plumas azuis no cabelo está alongando a perna de encontro à parede e ao mesmo tempo falando com alguém num camarim.

– Então eu fiz aquele *idiota* de promotor ver que o precedente estabelecido em 1983 por Miller *versus* Davy significa... – Ele para subitamente. – Merda. Esqueci meus primeiros passos. – Seu rosto fica branco. – Não consigo lembrar porra nenhuma. Não estou brincando! Eu dou um *jeté* e... depois o quê? – Ele me olha como se esperasse que eu desse uma resposta.

– É... uma pirueta? – arrisco, e sigo depressa, quase tropeçando numa garota abrindo *spaccatto*. Então vejo Lissy sentada num banco num dos camarins. Seu rosto está com maquiagem pesada e os olhos estão enormes e brilhantes, e ela também tem plumas azuis no cabelo.

– Ah, meu Deus, Lissy! – exclamo parando na porta. – Você está maravilhosa! Adorei o seu...

– Eu não vou conseguir.

– O quê?

– Não vou! – repete ela, desesperada, e se enrola com o roupão de algodão. – Não consigo lembrar nada. Minha mente está vazia!

– Todo mundo acha isso – digo em tom tranquilizador. – Havia um cara ali fora dizendo exatamente a mesma coisa...

– Não. Eu *realmente* não consigo lembrar nada. – Lissy me encara com os olhos selvagens. – Minhas pernas estão parecendo de algodão, eu não consigo respirar... – Ela pega um pincel de blush, olha para ele frustrada e depois o coloca de volta no lugar. – Por que eu concordei com isso? Por quê?

– É... porque ia ser divertido?

– Divertido? – Sua voz cresce, incrédula. – Você acha que isso é *divertido*? Ah, meu Deus. – De repente seu rosto muda de expressão e ela sai correndo por outra porta. No instante seguinte ouço-a vomitando.

Certo, há alguma coisa errada aqui. Eu achei que dançar era *bom* para a saúde.

Ela aparece na porta de novo, pálida e trêmula, e eu a encaro, ansiosa.

– Lissy, você está bem?

– Não posso fazer isso. Não posso. – Ela parece chegar a uma decisão súbita. – Certo, vou para casa. – E começa a pegar suas roupas. – Diga que eu comecei a me sentir mal de repente, que foi uma emergência...

– Você não pode ir para casa! – exclamo, horrorizada, e tento pegar as roupas de suas mãos. – Lissy, você vai estar ótima! Puxa, pense bem. Quantas vezes você teve que se apresentar num tribunal importante e fazer um discurso imenso na frente de um monte de gente, sabendo que, se fizesse alguma coisa errada, um homem inocente poderia ir para a cadeia?

Lissy me encara como se eu fosse maluca.

– É, mas isso é *fácil*!

– É... – Olho em volta, desesperada. – Bom, se você desistir agora, vai se arrepender para sempre. Vai sempre olhar para trás e desejar que tivesse ido até o fim.

Há um silêncio. Praticamente posso ver o cérebro de Lissy trabalhando por baixo de todas as plumas e tal.

– Você está certa – assente ela por fim, e larga as roupas. – Certo. Vou fazer. Mas não quero que você assista. Só... se encontre comigo depois. Não, nem faça isso. Só fique longe. Fique bem longe.

– Tudo bem – hesito. – Se você realmente quer que eu...

– Não! – Ela se vira para mim. – Você não pode ir! Eu mudei de ideia. Preciso de você lá!

– Certo – digo ainda mais hesitante, no momento em que o alto-falante na parede berra: “Cinco minutos para o início!” – Então vou indo. Vou deixar você se aquecer.

– Emma. – Lissy agarra meu braço e me encara com um olhar intenso. Está me segurando com tanta força que dói. – Emma, se algum dia eu disser que quero fazer alguma coisa assim de novo, você tem que impedir. Independentemente do que eu disser. Prometa que vai me impedir.

QUE COISA! Nunca vi Lissy desse jeito. Enquanto volto ao pátio, que agora está apinhado de gente ainda mais bem vestida, também estou muito nervosa. Ela não parecia capaz de ficar em pé, quanto mais de dançar.

Por favor, não deixe que ela estrague tudo. Por favor.

Surge uma imagem horrível de Lissy parada como um coelho assustado, incapaz de lembrar os passos. E a plateia simplesmente olhando para ela. A ideia faz meu estômago se revirar.

Certo. Não vou deixar isso acontecer. Se algo der errado vou causar uma distração. Vou fingir que tive um ataque cardíaco. É. Vou desmoronar no chão e todo mundo vai me olhar durante alguns segundos, mas a apresentação não vai parar nem nada, porque nós somos ingleses, e quando todo mundo voltar a olhar para o palco Lissy terá lembrado os passos.

E se me levarem ao hospital ou algo assim, só vou dizer: "Eu tive uma dor terrível no peito!" Ninguém poderá provar que eu não tive.

E mesmo que *possam* provar com alguma máquina especializada, eu só vou dizer...

– Emma.

– O quê? – respondo, distraída. E meu coração para.

Jack está a 3 metros de distância. Veste o uniforme usual, calça jeans e camisa de malha, e se destaca a quilômetros de todos os advogados de terno. Quando seus olhos escuros encontram os meus eu sinto toda a dor antiga brotando de volta no peito.

Não reaja, digo a mim mesma rapidamente. Término. Vida nova.

– O que você está fazendo aqui? – pergunto dando de ombros meio tipo "não estou realmente interessada".

– Eu achei o panfleto na sua mesa. – Ele levanta um pedaço de papel, sem afastar os olhos dos meus. – Emma, eu realmente queria conversar.

Sinto uma súbita pontada por dentro. Ele acha que pode aparecer e que eu vou largar tudo para conversar? Bem, talvez eu esteja ocupada. Talvez eu tenha ido adiante. Será que ele pensou nisso?

– Na verdade... eu estou aqui com alguém – respondo num tom educado, ligeiramente pesaroso.

– Verdade?

– É, estou. Então... – Dou de ombros e espero que Jack vá embora. Mas ele não vai.

– Quem?

Certo, ele não deveria perguntar quem. Por um momento não tenho muita certeza do que fazer.

– É... ele. – Aponto para um cara alto de camisa, parado no canto do pátio, olhando para outro lado. – Na verdade é melhor eu ir até lá.

De cabeça erguida me viro e começo a andar em direção ao sujeito. Vou perguntar as horas a ele e de algum modo envolvê-lo numa conversa até Jack ir embora. (E talvez rir alegre uma ou duas vezes para mostrar como estamos nos divertindo.)

Estou a poucos metros quando o sujeito se vira, falando ao celular.

– Oi! – começo animada, mas ele nem ouve.

Dá um olhar sem expressão na minha direção, depois se afasta ainda falando, no meio das pessoas.

Sou deixada sozinha no canto.

Porra.

Depois do que parecem inúmeras eternidades, volto o mais casualmente que posso.

Jack ainda está ali parado, olhando.

Encaro-o furiosa, todo o corpo pulsando de constrangimento. Se ele rir de mim...

Mas ele não está rindo.

– Emma... – Ele se aproxima até estar a menos de 1 metro, com o rosto franco. – O que você disse. Ficou comigo. Eu deveria ter compartilhado mais com você. Não deveria ter mantido você de fora.

Sinto uma pontada de surpresa, e em seguida orgulho ferido. Então ele quer compartilhar comigo agora, é? Bem, talvez seja tarde demais. Talvez eu não esteja mais interessada.

– Você não precisa compartilhar nada comigo. Os negócios são seus, Jack. – Eu lhe dou um sorriso distante. – Não têm nada a ver comigo. E provavelmente eu não entenderia mesmo, já que eles são muito complicados e eu sou tão tapada.

Viro o rosto, decidida, e começo a me afastar, andando pelo cascalho.

– Eu lhe devo pelo menos uma explicação. – A voz seca de Jack me segue.

– Você não me deve nada! – Levanto o queixo, orgulhosa. – Acabou, Jack. E nós dois poderíamos muito bem... Argh! Me solta!

Jack segurou meu braço e agora me puxa para encará-lo.

– Eu vim aqui esta noite por um motivo, Emma – afirma ele em tom sério. – Vim dizer o que eu estava fazendo na Escócia.

Sinto um choque que me abala inteira, mas escondo do melhor modo possível.

– Não estou interessada no que você foi fazer na Escócia! – sou capaz de dizer. Puxo o braço e vou andando do melhor modo que sou capaz em meio ao aperto de advogados com celulares.

– Emma, eu quero contar. – Ele está vindo atrás de mim. – Eu realmente quero contar.

– Bem, talvez eu não queira saber! – respondo, desafiante, pisando no cascalho e espalhando pedrinhas.

Estamos nos encarando como em um duelo. Minhas costelas sobem e descem rapidamente.

Claro que eu quero saber.

Ele sabe que eu quero saber.

– Então conte – digo por fim, e dou de ombros, de má vontade. – Pode contar se quiser.

Em silêncio, Jack me leva até um lugar calmo, longe da multidão. Enquanto andamos, minha bravata some. De fato estou meio apreensiva. Até apavorada.

Será que realmente quero saber o segredo dele, afinal de contas?

E se for algum trambique, como Lissy falou? E se ele estiver fazendo alguma coisa fraudulenta e quiser que eu participe?

E se ele armou alguma coisa embaraçosa e eu começar a rir por engano?

E se *for* outra mulher e ele veio me dizer que vai se casar ou algo do tipo?

Sinto uma minúscula pontada de dor, que controlo. Bem, se for... vou ficar na minha, como se soubesse o tempo todo. Na verdade vou fingir que *eu* também tenho outro amante. É, vou lhe dar um sorriso torto e dizer: "Sabe, Jack, eu nunca presumi que nós fôssemos exclusivos..."

– Bom.

Jack se vira para me encarar, e eu decido instantaneamente que, se ele cometeu assassinato, vou entregá-lo, com ou sem promessa.

– É o seguinte. – Ele respira fundo. – Eu fui à Escócia visitar uma pessoa.

Meu coração começa a se despedaçar.

– Uma mulher – digo antes que possa me controlar.

– Não, não era uma mulher! – Sua expressão muda, e ele me encara. – É isso que você pensou? Que eu estava traindo você?

– Eu... não sabia o que pensar.

– Emma, eu não tenho outra mulher. Eu estava visitando... – Ele hesita. – Você poderia chamar de... família.

Meu cérebro dá uma reviravolta gigantesca.

Família?

Ah, meu Deus, Jemima estava certa, eu me envolvi com um mafioso.

Certo. Não entre em pânico. Eu posso escapar. Posso entrar para o esquema de proteção a testemunhas. Meu nome novo pode ser Megan.

Não, Chloe. Chloe de Souza.

– Para ser mais exato... uma criança.

Uma criança? Meu cérebro entra em pane. Ele tem um filho?

– O nome dela é Alice. – Jack dá um sorriso minúsculo. – Ela tem 4 anos.

Jack tem uma mulher e uma família inteira da qual eu não sei, e esse é o segredo dele. Eu sabia, eu sabia.

– Você... – Lambo os lábios secos. – Você tem uma filha?

– Não, eu não tenho uma filha. – Jack olha o chão por alguns segundos, depois ergue a cabeça. – Pete teve uma filha. Alice é filha de Pete Laidler.

– Mas... mas... – Encaro-o, confusa. – Mas... eu nunca soube que Pete Laidler tinha uma filha.

– Ninguém sabe. – Ele me lança um olhar demorado. – Essa é a questão.

Isso é tão completa e absolutamente diferente do que eu estava esperando!

Uma criança. A filha secreta de Pete Laidler.

– Mas... mas como ninguém sabe dela? – pergunto tolamente. Nós nos afastamos ainda mais da multidão e estamos sentados num banco debaixo de uma árvore. – Quero dizer, sem dúvida as pessoas iriam *ver* a menina.

– Pete era um cara fantástico. – Jack suspira. – Mas o compromisso nunca foi seu ponto forte. Quando Marie, a mãe de Alice, descobriu que estava grávida, eles nem estavam mais juntos. Marie é uma daquelas figuras defensivas, orgulhosas. Estava decidida a fazer tudo sozinha. Pete a ajudava financeiramente. Mas não se interessava pela criança. Nem disse a ninguém que era pai.

– Nem a você? – Eu o encaro. – Você não sabia que ele tinha uma filha?

– Só depois que ele morreu. – Seu rosto se fecha ligeiramente. – Eu adorava Pete. Mas acho isso difícil de perdoar. Assim, uns meses depois de ele ter morrido, Marie apareceu com aquele bebê. – Jack solta o ar com força. – Bem. Você pode imaginar como todos nós nos sentimos. Dizer que ficamos chocados é pouco, mas Marie foi clara dizendo que não queria que ninguém soubesse. Queria criar Alice como uma criança normal, e não como a filha bastarda de Pete Laidler. Não como a herdeira de uma fortuna gigantesca.

Minha mente está atordoada. Uma criança de 4 anos recebendo a parte de Pete Laidler na Corporação Panther. Que loucura!

– Então ela vai receber tudo? – pergunto hesitante.

– Tudo, não. Mas uma grande parte. A família de Pete foi mais do que generosa. E por isso Marie está mantendo a menina longe dos olhos do público. – Ele abre as mãos. – Eu sei que não podemos mantê-la oculta para sempre. Isso vai ser revelado cedo ou tarde. Mas quando descobrirem, a imprensa vai pirar. Ela vai direto para a lista dos mais ricos... as outras crianças vão pegar pesado com ela... ela não vai ser mais normal. Algumas crianças conseguem enfrentar isso. Mas Alice... não é uma delas. Ela tem asma, é meio frágil.

Enquanto ele fala, minha mente se enche de lembranças dos jornais depois da morte de Pete Laidler. Todos tinham uma foto dele na primeira página.

– Eu protejo demais essa criança. – Jack dá um sorriso tristonho. – Eu sei. Até Marie diz isso. Mas... ela é preciosa para mim. – Ele olha em frente por um momento. – Ela é tudo que resta de Pete.

Encaro-o, subitamente comovida.

– Então... eram sobre isso todos aqueles telefonemas? – murmuro. – Por isso você teve que ir embora naquela noite?

Jack suspira.

– As duas sofreram um acidente na estrada há alguns dias. Não foi sério. Mas... nós ficamos sensíveis demais, depois do que aconteceu com o Pete. Só queríamos garantir que elas receberiam os cuidados adequados.

– Sei. – Encolho um pouco. – Dá para entender.

Há silêncio por um tempo. Meu cérebro está tentando juntar todas as peças. Tentando deduzir.

– Mas não entendo – continuo. – Por que você me pediu segredo sobre a Escócia? Ninguém iria descobrir, com certeza.

Jack revira os olhos, lamentando.

– Isso foi culpa minha, por estupidez. Eu tinha dito a umas pessoas que ia a Paris naquele dia, por precaução. Peguei um voo anônimo. Pensei que ninguém saberia. E quando entrei no escritório... você estava lá.

– Você ficou chocado.

– Não exatamente. – Ele me encara. – Eu não sabia muito bem o que fazer.

Sinto uma cor súbita tomando meu rosto, e pigarreio sem jeito.

– Então... é... – digo, desviando o olhar. – Então é por isso...

– Eu só queria evitar que você saísse falando: "Ei, ele não estava em Paris, estava na Escócia!" e desse início a uma intriga gigantesca. – Jack balança a cabeça. – Você ficaria espantada com as teorias ridículas que as pessoas inventam quando não têm coisa melhor para fazer. Sabe, eu já ouvi de tudo. Que estou planejando vender a empresa... que sou gay... que sou da Máfia...

É... verdade? – digo, e brinco com uma mecha de cabelo. – Nossa. Que gente idiota!

Duas garotas se aproximam, e ficamos quietos um tempo.

– Emma, desculpe se não pude contar isso antes – diz Jack em voz baixa. – Eu sei que você ficou magoada. Sei que foi como se eu estivesse deixando você de fora. Mas... não é uma coisa que a gente compartilhe com facilidade.

– Não! – respondo rápido. – Claro que você não poderia ter feito isso. Eu fui uma boba.

Arrasto o pé sem jeito pelo cascalho, sentindo um pouco de vergonha. Eu deveria saber que era uma coisa importante. Quando ele disse que era complicado e delicado, só estava dizendo a verdade.

– Pouquíssimas pessoas sabem. – Jack me encara, sério. – Pessoas especiais, de confiança.

Há algo em seu olhar que me dá um nó na garganta. Encaro-o de volta, sentindo as bochechas corarem.

– Vocês vão entrar? – pergunta uma voz animada. Nós pulamos, eu ergo a cabeça e vejo uma mulher de calça jeans preta se aproximando. – A apresentação vai começar! – Ela sorri de orelha a orelha.

Sinto que ela me acordou de um sonho, com um tapa.

– Eu... tenho que ir ver Lissy dançar – digo, atordoada.

– Certo. Bem, então já vou. Era só isso que eu tinha a dizer. – Lentamente Jack fica de pé, depois se vira para mim. – Há mais uma coisa. – Ele me olha por alguns momentos em silêncio. – Emma, eu sei que esses últimos dias não foram fáceis para você. O tempo todo você foi o modelo da discrição, enquanto eu... não fui. E eu só queria pedir desculpas. De novo.

– Está... tudo bem – consigo dizer.

Jack se vira mais uma vez, e eu o vejo andando devagar pelo cascalho, sentindo-me totalmente dividida.

Ele veio até aqui para contar seu segredo. Seu grande segredo, precioso.

Ele não precisava fazer isso.

Ah, meu Deus. Ah, meu Deus...

– Espera! – ouço-me gritando, e Jack se vira imediatamente. – Você... você gostaria de vir também? – E sinto uma onda de prazer quando o rosto dele se abre num sorriso.

Enquanto andamos juntos pelo cascalho, consigo reunir coragem para falar.

– Jack, eu também tenho uma coisa a dizer. Sobre... sobre o que você falou. Sei que falei no outro dia que você arruinou minha vida.

– Eu lembro – diz ele sem jeito.

– Bem, *pode* ser que eu esteja errada sobre isso. – Pigarreio, sem graça. – Na verdade... eu estava errada. – Olho-o com franqueza. – Jack, você não arruinou minha vida.

– Não? Eu tenho outra chance?

Mesmo contra a vontade, um risinho me sobe por dentro.

– Não!

– Não? Essa é a sua resposta final?

Enquanto ele me olha, há uma pergunta maior em seus olhos, e eu sinto uma pequena pontada, meio esperança, meio apreensão. Durante longo tempo nós dois não dizemos nada. Estou respirando depressa.

De repente o olhar de Jack cai com interesse na minha mão.

– "Eu superei Jack" – ele lê em voz alta.

Porra.

Todo o meu rosto está em chamas.

Nunca mais vou escrever nada na mão. Nunca.

– Isso é só... – pigarreio de novo. – Isso foi só um rabisco... não quer dizer...

Um toque agudo do meu celular me interrompe. Graças a Deus. Quem quer que seja, eu amo você. Pego-o depressa e aperto o botão verde.

– Emma, você vai me amar para sempre! – exclama a voz penetrante de Jemima.

– O que é? – paro completamente.

– Resolvi tudo para você! – revela em triunfo. – Sabe, eu sou uma estrela, você não saberia o que faria sem mim...

– *O quê*? – Sinto uma pontada de alarme. – Jemima, do que você está falando?

– Da sua vingança contra Jack Harper, idiota! Como você ficou parada feito uma imbecil, eu tomei as rédeas da situação.

Por um momento não consigo me mexer.

– É, Jack... com licença um momento. – Dou-lhe um sorriso brilhante. – Eu preciso... atender a esse telefonema.

Com as pernas trêmulas corro até o canto do pátio, bem longe do alcance dele.

– Jemima, você prometeu que não ia fazer nada! – sibilo. – Você jurou pela sua bolsa Miu Miu de couro de pônei, lembra?

– Eu *não tenho* uma bolsa Miu Miu de couro de pônei! – grasna ela em triunfo. – Eu tenho uma bolsa *Fendi* de couro de pônei!

Ela é louca. É completamente louca.

– Jemima, o que você fez? – consigo dizer. – Conte o que você fez!

Meu coração está martelando de apreensão. Por favor não diga que ela arranhou o carro dele. Por favor.

– Olho por olho, Emma! O sujeito traiu você totalmente, e nós vamos fazer o mesmo com ele. Bom, eu estou aqui sentada com um sujeito bacana chamado Mick. Ele é jornalista, escreve para o *Daily World*...

Meu sangue gela.

– Um jornalista de tabloide? – consigo dizer finalmente. – Jemima, você está *maluca*?

– Não seja tão suburbana e de mente pequena. Emma, os jornalistas dos tabloides são nossos *amigos*. São como detetives particulares... mas de graça! Mick fez um bocado de trabalhos para mamãe antes. Ele é maravilhoso em rastrear as coisas. E está *muito* interessado em descobrir o segredinho de Jack Harper. Eu contei a ele tudo que nós sabemos, mas ele gostaria de trocar uma palavrinha com você.

Estou quase desmaiando. Isso não pode estar acontecendo.

– Jemima, escute – começo num tom rápido e baixo, como se tentasse persuadir um maluco a descer do telhado. – Eu não quero descobrir o segredo de Jack, certo? Só quero esquecer isso. Você precisa impedir que esse cara faça algo.

– Não! – responde ela como uma criança petulante de 6 anos. – Emma, não seja tão patética! Você não pode deixar que os homens pisem em você sem fazer nada. Você tem que mostrar a eles. Mamãe sempre diz... – Há um guincho súbito de pneus. – Epa! Uma batidinha. Eu ligo para você de novo.

O telefone fica mudo.

Estou entorpecida de horror.

Digito freneticamente o número dela no celular, mas cai direto na caixa postal.

– Jemima – digo assim que o aparelho solta um bipe. – Jemima, você tem que parar com isso! Você tem... – paro abruptamente quando Jack aparece na minha frente, com um sorriso caloroso.

– Já vai começar – informa ele, e me lança um olhar curioso. – Está tudo bem?

– Ótimo – respondo numa voz estrangulada, e guardo o telefone. – Está tudo... bem.

25

Enquanto entro no auditório estou tonta de pânico.

O que eu fiz? O que eu fiz?

Entreguei o segredo mais precioso de Jack para uma louca moralmente deturpada, sedenta por vingança, usuária de Prada.

Tudo bem. Calma, digo a mim mesma pela milésima vez. Ela não sabe de nada. Esse jornalista provavelmente não vai descobrir nada. Puxa, que fatos ele tem?

Mas e se ele descobrir? E se de algum modo ele der de cara com a verdade? E se Jack descobrir que fui eu que apontei a direção certa?

Sinto-me mal só de pensar. Meu estômago está borbulhando. *Por que* eu falei da Escócia a Jemima? *Por quê*?

Nova resolução: nunca mais vou contar um segredo. Nunca, nunca, jamais. Mesmo que não pareça importante. Mesmo que eu esteja com raiva.

De fato... nunca mais vou falar, e ponto final. Falar parece que só me coloca em encrenca. Se eu não tivesse aberto a boca naquele avião estúpido, para começar, não estaria nessa confusão agora.

olha para ela, boquiaberta, e ela está absolutamente radiante. Não a vejo tão feliz há meses. Estou *tão* orgulhosa!

Para meu horror, lágrimas começam a surgir em meus olhos. E agora meu nariz está começando a escorrer. Nem tenho um lenço. Isso é constrangedor demais. Tenho que fungar, como uma mãe numa peça de Natal. Daqui a pouco vou estar levantando e correndo para a frente com minha câmera e gritando: "Oi, querida, dê tchau para o papai!"

Certo. Preciso me controlar, caso contrário vai ser como na vez em que levei minha afilhada Amy para ver *Tarzan*, o desenho da Disney, e quando as luzes se acenderam ela estava dormindo profundamente e eu chorando baldes, cercada pelos olhos arregalados de um monte de crianças de 4 anos. (Em minha defesa devo dizer que *foi muito* romântico. E Tarzan *era muito sensual*.)

Sinto alguma coisa cutucando minha mão. Levanto os olhos e Jack está me oferecendo um lenço. Quando o pego, seus dedos se enrolam brevemente nos meus.

QUANDO A APRESENTAÇÃO termina estou muito animada. Lissy faz uma reverência de estrela e Jack e eu aplaudimos feito loucos, rindo um para o outro.

– Não conte a ninguém que eu chorei – peço acima do som dos aplausos.

– Não vou contar. – E Jack me dá um sorriso de cumplicidade. – Prometo.

A cortina desce pela última vez e as pessoas começam a sair dos lugares, pegando paletós e bolsas. E, agora que estamos voltando à normalidade, sinto a empolgação se esvair e a ansiedade voltar. Preciso tentar falar com Jemima de novo.

Na saída as pessoas estão atravessando o pátio até uma sala iluminada do outro lado.

– Lissy pediu para eu me encontrar com ela na festa – digo a Jack. – De modo que, é... por que você não vai indo? Eu só preciso dar um telefonema.

– Você está bem? – pergunta Jack, dirigindo-me um olhar curioso. – Parece sobressaltada.

– Estou bem. Só cheia de empolgação!

Dou o riso mais convincente que consigo, depois espero até ele estar longe o suficiente para não ouvir. No mesmo instante digito o número de Jemima. Direto para a caixa postal.

Digito de novo. Caixa postal mais uma vez.

Quero gritar de frustração. Onde ela está? O que está fazendo? Como posso detê-la se não sei onde ela está?

Fico perfeitamente imóvel, tentando ignorar o pânico, tentando deduzir o que farei.

Tudo bem. Só tenho que ir à festa e agir normalmente, ficar tentando falar com ela pelo telefone e, se todo o restante falhar, esperar até vê-la mais tarde. Não posso fazer mais nada. Vai dar tudo certo. Vai dar certo.

A FESTA É GIGANTESCA, luminosa e barulhenta. Todos os bailarinos estão presentes – ainda com os figurinos – e toda a plateia, além de um bom número de gente que parece ter vindo só para a diversão. Garçons distribuem bebidas e o barulho das conversas é sem tamanho. Quando entro não vejo ninguém conhecido. Pego uma taça de vinho e começo a passear pela multidão, entreouvindo conversas ao redor.

– ... figurino belíssimo...

– ... acham tempo para ensaiar?

– ... juiz foi *totalmente* intransigente...

De repente vejo Lissy, ruborizada, brilhante e rodeada por um monte de caras bonitos com jeito de advogados, um dos quais olha descaradamente para as pernas dela.

– Lissy! – grito. Ela se vira e eu lhe dou um abraço enorme. – Eu não fazia ideia de que você dançava assim! Você foi incrível!

– Ah, não. Não fui. – Ela faz uma cara típica de Lissy. – Estraguei tudo...

– Pare – interrompo. – Lissy, foi absolutamente fantástico. *Você* foi maravilhosa.

– Mas eu fiz uma merda enorme no...

– *Não* diga que você fez merda! – praticamente grito. – Você foi maravilhosa. Diga. *Diga*, Lissy.

– Bem... certo. – Seu rosto se franze num riso relutante. – Tudo bem. Eu fui... maravilhosa! – Ela ri, empolgada. – Emma, eu nunca me senti tão bem na vida! E adivinha só, nós já estamos planejando uma turnê no ano que vem.

– Mas... – encaro-a. – Você disse que nunca mais queria fazer isso outra vez, nunca, e que se mencionasse isso de novo, eu tinha que impedi-la.

– Ah, aquilo foi só o pânico do palco. – Ela faz um gesto no ar. Depois baixa a voz. – Por sinal, eu vi o Jack. – Ela me lança um olhar ávido. – O que está acontecendo?

Meu coração dá uma pancada forte. Será que devo contar a ela sobre Jemima?

Não. Ela só vai ficar toda abalada. E, de qualquer modo, não há nada que nós possamos fazer agora.

– Jack veio aqui falar comigo – hesito. – Veio... contar o segredo.

– Está brincando! – ofega Lissy, com a mão na boca. – E... o que é?

– Não posso contar.

– Você não pode me *contar*? – Lissy me encara, incrédula. – Depois de tudo aquilo, você não vai me *contar*?

– Lissy, eu realmente não posso. – Faço uma cara agoniada. – É... complicado.

Meu Deus, eu estou parecendo Jack.

– Bem, tudo certo – responde ela meio de má vontade. – Acho que posso viver sem saber. E aí... vocês estão juntos de novo?

– Não sei – digo ruborizando. – Talvez.

– Lissy! Foi lindo! – Duas garotas de *tailleur* aparecem ao lado dela. Dou-lhe um sorriso e me afasto ligeiramente enquanto ela as cumprimenta.

Jack não está à vista. Será que devo tentar falar com Jemima outra vez?

Disfarçadamente começo a pegar o telefone, depois guardo depressa quando ouço uma voz gritando:

– Emma!

Olho em volta e levo um enorme susto. Connor está ali parado, de terno, segurando uma taça de vinho, o cabelo todo brilhante e louro sob as luzes. Está de gravata nova, noto instantaneamente. Grandes bolas amarelas sobre fundo azul. Não gosto.

– Connor! O que você está fazendo aqui? – pergunto, atônita.

– Lissy me mandou o panfleto – responde ele meio na defensiva. – Eu sempre gostei dela. Pensei em vir. E fico feliz por ter encontrado você – acrescenta, sem jeito. – Eu gostaria de falar com você, se puder.

Ele me puxa para a porta, longe da multidão, e eu vou atrás, meio nervosa. Não tive uma conversa decente com Connor desde que Jack apareceu na televisão. Deve ser porque, sempre que o via de longe, corria depressa para o outro lado.

– Sim? – digo, virando-me para encará-lo. – O que você queria falar?

– Emma. – Connor pigarreia como se fosse começar um discurso formal. – Eu tenho a sensação de que você não foi... totalmente sincera comigo em nosso relacionamento.

Esse pode ser o maior eufemismo do ano.

– Você está certo – admito, envergonhada. – Ah, meu Deus, Connor, eu sinto, sinto mesmo por tudo que aconteceu...

Ele ergue a mão com um ar de dignidade.

– Não importa. São águas passadas. Mas eu agradeceria se você fosse totalmente sincera comigo agora.

– Sem dúvida – concordo, séria. – Claro.

– Recentemente eu... comecei um novo relacionamento – revela ele, meio rígido.

– Uau! – respondo, surpresa. – Que bom para você, Connor. Fico realmente feliz. Qual é o nome dela?

– Francesca.

– E onde você...

– Eu queria perguntar a você sobre sexo – pede Connor, me interrompendo cheio de nervosismo.

– Ah! Certo. – Sinto uma pontada de desconforto, que escondo tomando um gole de vinho. – Claro!

– Você era sincera comigo nessa... área?

– Como assim? – pergunto em tom despreocupado, tentando ganhar tempo.

– Você era sincera comigo na cama? – Seu rosto está ficando vermelho como um tomate. – Ou fingia?

Ah, não. É isso que ele acha?

– Connor, eu nunca fingi um orgasmo com você – baixo a voz. – Nunca.

– Bem... certo. – Ele coça o nariz, sem jeito. – Mas você fingiu mais alguma coisa?

Olho-o, insegura.

– Não sei o que você...

– Houve alguma... – Ele pigarreia – ... alguma técnica específica que eu usei e que você só fingiu gostar?

Ah, meu Deus. *Por favor*, não me faça essa pergunta.

– Sabe, eu realmente... não lembro! – defendo-me. – Na verdade, eu preciso ir...

– Emma, diga! – pede ele com intensidade súbita. – Eu estou começando um novo relacionamento. É justo que eu possa... aprender com os erros passados.

Olho para seu rosto brilhante e de súbito sinto uma gigantesca pontada de culpa. Ele está certo. Eu devo ser honesta. Devo ser finalmente honesta com ele.

– Tudo bem – digo enfim, e chego mais perto. – Você se lembra daquela coisa que você costumava fazer com a língua? – baixo a voz ainda mais. – Aquele negócio... meio *deslizante*? Bem, algumas vezes meio que me dava vontade de... rir. Por isso, se eu tivesse uma dica sobre a sua nova namorada, seria para não fazer...

Paro diante de sua expressão.

Porra. Ele já fez.

– Francesca disse... – A voz de Connor sai rígida como uma tábua. – Francesca disse que ficou totalmente louca com aquilo.

– Então! – recuo loucamente. – Todas as mulheres são diferentes. Os nossos corpos são diferentes... todo mundo gosta... de coisas diferentes.

Connor está me olhando, preocupado.

– Ela também disse que adora jazz.

– Bem, que bom! Um monte de gente *adora* jazz.

– Ela disse que adora quando eu cito Woody Allen fala por fala. – Ele coça o rosto vermelho. – Ela estava *mentindo*?

– Não, tenho certeza de que ela não... – paro, sem saber o que dizer.

– Emma... – Ele me encara, aturdido. – *Todas* as mulheres têm segredos?

Ah, não. Será que eu arruinei a confiança de Connor em todas as mulheres para sempre?

– Não! Claro que não! De verdade, Connor, tenho *certeza* de que sou só eu.

Minhas palavras murcham nos lábios quando vislumbro um clarão de cabelos louros familiares na entrada do salão. Meu coração para.

Não pode ser...

Não é...

– Connor, eu tenho que ir – digo, e começo a correr para a entrada.

Ela me disse que veste 40! – grita Connor, desamparado. – O que isso significa? De que tamanho eu devo comprar realmente?

– 42! – grito por cima do ombro.

É. É Jemima. Parada no saguão. O que ela está fazendo aqui?

A porta se abre de novo e levo um choque tão grande que me sinto desmaiar. Ela está com um sujeito. De calça jeans, cabelo curto e olhos investigadores. Ele tem uma máquina fotográfica pendurada no ombro e olha em volta interessado.

Não.

Ela não pode ter feito isso.

– Emma – sussurra uma voz no meu ouvido.

– Jack!

Eu me volto e o vejo sorrindo para mim, os olhos escuros cheios de afeto.

– Você está bem? – preocupa-se ele, e toca gentilmente meu nariz.

– Ótima! – digo, meio esganiçada. – Estou ótima!

Tenho que resolver essa situação. Tenho.

– Jack, pode pegar um pouco d'água para mim? – ouço-me dizendo. – Eu vou ficar aqui mesmo. Estou meio tonta.

Jack parece alarmado.

– Sabe, eu achei que havia alguma coisa errada. Vou levar você para casa. Vou chamar o carro.

– Não. Está... está tudo bem. Eu quero ficar. Só pegue um pouco d'água. Por favor – acrescento como uma coisa de última hora.

Assim que ele se afasta, corro para o saguão, quase tropeçando por causa da pressa.

– Emma! – Jemima ergue a cabeça, animada. – Excelente! Eu já ia procurar você. Bom, este é o Mick, e ele quer fazer umas perguntas. Nós pensamos em usar essa salinha aqui. – Ela vai para um escritório pequeno e vazio, ligado ao saguão.

– Não! – digo, agarrando seu braço. – Jemima, você tem que ir embora. Agora. Vá!

– Eu não vou a lugar algum! – Jemima puxa o braço e revira os olhos para Mick, que está fechando a porta do escritório atrás de mim. – Eu disse que ela ia ficar toda cheia de frescuras com isso.

– Mick Collins. – Mick enfia um cartão de visita na minha mão. – É um prazer conhecê-la, Emma. Bom, não há necessidade de se preocupar, há? – Ele me dá um sorriso tranquilizador, como se estivesse completamente acostumado a lidar com mulheres histéricas mandando-o ir embora. E provavelmente está mesmo. – Vamos nos sentar calmamente, bater um papinho...

Ele está mascando chiclete enquanto fala, e quando sinto cheiro de hortelã vindo na minha direção quase tenho vontade de vomitar.

– Olha, houve um engano – murmuro, obrigando-me a parecer educada. – Acho que não há história nenhuma.

– Bem, isso nós veremos, não é? – insiste Mick com um sorriso amigável. – Você me conta os fatos...

– Não! Eu quero dizer que não há nada. – Viro-me para Jemima. – Eu disse que não queria que você fizesse nada. Você prometeu!

– Emma, você é muito chorona. – Ela lança um olhar exasperado a Mick. – Está vendo por que eu fui obrigada a agir? Eu lhe contei como Jack Harper foi sacana com ela. Ele precisa aprender uma lição.

– Está absolutamente certa – concorda Mick, e inclina a cabeça de lado como se estivesse me avaliando. – Muito atraente – diz a Jemima. – Sabe, a gente poderia pensar numa entrevista para acompanhar a matéria. "Minha transa com o chefão." Você poderia ganhar uma grana – acrescenta ele para mim.

– *Não*! – exclamo, horrorizada.

– Emma, pare de ser tímida! – exaspera-se Jemima. – Na verdade, você quer. Isso pode ser uma carreira totalmente nova, sabe?

– Eu não quero uma carreira nova!

– Mas deveria querer! Sabe *quanto* Monica Lewinsky ganha por ano?

– Você é doente – digo, incrédula. – Você é uma figura totalmente doente, deturpada...

– Emma, eu só estou agindo a favor dos seus interesses.

– Não está! – grito sentindo o rosto vermelho. – Eu... eu... talvez eu volte com o Jack.

Há um silêncio de trinta segundos. Encaro-a, prendendo o fôlego. Então é como se o robô assassino partisse para a ação de novo, lançando ainda mais raios.

– *Mais* um motivo para ir em frente! – resolve Jemima. – Isso vai mantê-lo pisando em ovos. Vai mostrar a ele quem é que manda. Anda, Mick.

– Entrevista com Emma Corrigan. Terça-feira, 15 de julho.

Ergo os olhos e me enrijeço, aterrorizada. Mick pegou um pequeno gravador e está segurando-o na minha direção.

– Você conheceu Jack Harper num avião. Pode confirmar de onde ele estava indo e para onde? – Ele me dá um sorriso. – Fale naturalmente, como falaria com uma colega ao telefone.

– Pare com isso! – grito. – Desista!

– Emma, vê se cresce – exclama Jemima, impaciente. – Mick vai descobrir qual é o segredo dele, quer você ajude ou não, portanto é melhor você... – Ela para abruptamente quando a maçaneta da porta se agita, e em seguida se vira.

A sala parece girar em volta de mim.

Por favor, não diga... por favor...

Enquanto a porta se abre lentamente, não consigo respirar. Não consigo me mexer.

Nunca me senti tão apavorada na vida.

– Emma? – diz Jack, enquanto entra segurando dois copos d'água numa das mãos. – Você está bem? Peguei com e sem gás, porque não sabia...

Ele para, os olhos indo confusos para Jemima e Mick. Com um tremor de perplexidade, vê o cartão de Mick, ainda na minha mão. Então seu olhar pousa no gravador funcionando e alguma coisa some de seu rosto.

– Acho que vou saindo – murmura Mick levantando as sobrancelhas para Jemima.

Ele enfia o gravador no bolso, pega sua mochila e sai da sala. Ninguém fala por alguns instantes. Só consigo ouvir o latejar na cabeça.

– Quem era aquele cara? – pergunta Jack, finalmente. – Um jornalista?

Toda a luz sumiu de seus olhos. Parece que alguém pisoteou o seu jardim.

– Eu... Jack... – balbucio, rouca. – Não é... não é...

– Por que... – Ele coça a testa, como se tentasse entender a situação. – Por que você estava falando com um jornalista?

– Por que você *acha* que ela estava falando com um jornalista? – entoa Jemima com orgulho.

– O quê? – O olhar de Jack se volta para ela, com nojo.

– Você se acha um figurão milionário! Você acha que pode usar as pessoas pequenas. Acha que pode revelar os segredos particulares de alguém, humilhá-la completamente e ficar numa boa. Bom, não pode!

Ela dá alguns passos até ele, cruzando os braços e levantando o queixo com satisfação.

– Emma estava esperando uma chance de se vingar de você, e agora conseguiu! Aquele sujeito *era* um jornalista, se você quer saber. E está na sua cola. E quando você vir seu segredinho da Escócia estampado em todos os jornais, talvez *saiba* como é ser traído! E talvez lamente. Diga a ele, Emma! Diga!

Mas estou paralisada.

No minuto em que ela falou a palavra Escócia, vi o rosto de Jack mudar. Como se houvesse um estalo. Quase pareceu sem fôlego, de tanto choque. Olhou direto para mim e eu pude ver a incredulidade crescendo em seus olhos.

– Você pode achar que conhecia Emma, mas não conhece – continua Jemima, deliciada, como um gato despedaçando a presa. – Você a subestimou, Jack Harper. Você subestimou o que ela é capaz de fazer.

Cale a boca!, estou gritando por dentro *Não é verdade! Jack, eu nunca faria, eu nunca..*

Mas nada em meu corpo quer se mover. Nem consigo engolir. Estou paralisada, olhando desamparada para ele com um rosto que sei que está coberto de culpa.

Jack abre a boca, depois fecha de novo. Em seguida abre a porta e vai embora.

Por um momento há silêncio na sala minúscula.

– Bom! – exclama Jemima, batendo palmas em triunfo. – Isso serviu de lição!

É como se ela tivesse quebrado o feitiço. De repente consigo me mexer de novo. Consigo respirar.

– Sua... – Estou quase tremendo demais para falar. – Sua... sua puta estúpida... estúpida... imbecil!

A porta se abre bruscamente e Lissy aparece, de olhos arregalados.

– O que aconteceu aqui? – pergunta ela. – Eu vi Jack saindo furioso. Ele parecia um trovão!

– Ela trouxe um jornalista aqui! – digo, angustiada, apontando para Jemima. – Uma porcaria de um jornalista de tabloide. E Jack nos encontrou aqui, e está achando... Só Deus sabe o que ele está achando...

– Sua vaca estúpida! – Lissy dá um tapa na cara de Jemima. – O que você estava pensando?

– Ai! Eu estava ajudando Emma a se vingar do inimigo.

Ele não é meu *inimigo*, sua imbecil... – Eu estou à beira das lágrimas. – Lissy... o que eu vou fazer? O quê?

– Corre – diz ela, e me olha ansiosa. – Você ainda pode alcançá-lo.

SAIO CORRENDO pela porta e atravesso o pátio, com o peito subindo e descendo depressa, os pulmões queimando. Quando chego à rua olho freneticamente à esquerda e à direita. Então o vejo, lá adiante.

– Jack, espera.

Ele está andando com o celular no ouvido, e ao escutar minha voz se vira com o rosto tenso.

– Então era por isso que você estava tão interessada na Escócia.

– Não! – exclamo horrorizada. – Não! Escuta, Jack, eles não sabem. Eles não sabem de nada, eu garanto. Eu não falei com eles sobre... – paro. – Jemima só sabe que você esteve lá. Nada mais. Ela estava blefando. Eu não contei nada.

Jack não responde. Olha demoradamente para mim, depois continua andando.

– Foi Jemima quem ligou para aquele cara, não eu! – grito desesperada, correndo atrás dele. – Eu estava tentando impedi-la... Jack, você me conhece! Você *sabe* que eu nunca faria isso com você. Sim, eu contei a Jemima que você esteve na Escócia. Eu estava magoada, com raiva e... isso saiu. E foi um erro Mas... mas você também cometeu um erro, e eu o perdoei.

Ele nem está me olhando. Nem está me dando uma chance Seu carro prateado para junto à calçada e ele abre a porta do carona.

Sinto uma pontada de pânico.

– Jack, não fui eu – continuo, frenética. – Você tem que acreditar. Não foi por isso que eu perguntei a você sobre a Escócia! Eu não queria... *vender* o seu segredo! – Lágrimas estão escorrendo pelo meu rosto, e eu as enxugo com força. – Eu nem queria *saber* de um segredo tão grande. Só queria saber dos seus segredos pequenos! Seus segredinhos! Só queria conhecer você... como você me conhece.

Mas ele não me olha. A porta do carro se fecha com um ruído forte, e o veículo se afasta pela rua. E eu fico ali, sozinha.

26

Durante um tempo, não consigo me mexer. Fico parada, atônita, com o vento soprando no rosto, olhando para o fim da rua onde o carro de Jack desapareceu. Ainda posso ouvir sua voz na minha mente. Ainda posso ver seu rosto. O modo como ele me olhou, como se não me conhecesse, depois de tudo.

Um espasmo de dor atravessa meu corpo e eu fecho os olhos, quase incapaz de suportar. Se eu pudesse voltar no tempo... se fosse mais incisiva... se tivesse levado Jemima e seu amigo para fora do teatro... se tivesse falado mais depressa quando Jack apareceu...

Mas não fiz isso. E é tarde demais.

Um grupo de convidados da festa sai do pátio para a calçada, rindo e falando de táxis.

– Você está bem? – quer saber alguém com curiosidade, e eu levo um susto.

– Estou – digo. – Obrigada. – Olho mais uma vez para onde o carro de Jack desapareceu, depois me obrigo a voltar lentamente para a festa.

Acho Lissy e Jemima ainda na salinha, Jemima se encolhendo de terror enquanto Lissy pega pesado com ela.

– ... sua putinha egoísta e imatura! Você me dá nojo, sabia?

Uma vez ouvi alguém dizer que Lissy era um Rottweiler no tribunal, e nunca pude entender. Mas agora, vendo-a andando de um lado para outro, os olhos em chamas de fúria, também sinto bastante medo.

– Emma, faça ela parar! – implora Jemima. – faça ela parar de gritar comigo.

– Então... o que aconteceu? – Lissy me olha, com o rosto iluminado de esperança.

Em silêncio eu balanço a cabeça.

– Ele... Ele foi embora. – Engulo em seco. – Não quero mais falar sobre isso.

– Ah, Emma. – Ela morde o lábio.

– Não – digo com voz embargada. – Assim eu acabo chorando. – Encosto-me na parede e respiro fundo algumas vezes, tentando voltar ao normal. – Onde está o amigo dela? – pergunto finalmente e aponto o polegar para Jemima.

– Foi expulso – responde Lissy com satisfação. – Estava tentando tirar uma foto do juiz Hugh Morris de malha, e um punhado de advogados o rodeou e o colocou para fora.

– Jemima, escute. – Obrigo-me a encontrar seu olhar azul que não mostra arrependimento. – Você não pode deixar que ele descubra mais nada. *Não pode.*

– Tudo bem – cede ela, de cara fechada. – Eu já falei com ele. Lissy me obrigou. Ele não vai continuar com isso.

– Como você sabe?

– Ele não vai fazer nada do que irrite mamãe. Ele tem um arranjo muito lucrativo com ela.

Jogo para Lissy um olhar do tipo "dá para confiar nela?", e ela encolhe os ombros, em dúvida.

– Jemima, isso é um aviso. – Vou até a porta e meu rosto está sério. – Se alguma coisa for revelada, *qualquer coisa*, eu vou tornar público que você ronca.

– Eu não ronco! – nega Jemima, irritada.

– Ronca, sim – confirma Lissy. – Quando você bebe demais, ronca muito alto. *E* nós vamos contar a todo mundo que você comprou seu casaco Donna Karan numa loja de ponta de estoque.

Jemima ofega, horrorizada.

– Não comprei! – diz ela, com o vermelho subindo às bochechas.

– Comprou, sim. Eu vi a bolsa de compras – entoo. – *E* vamos tornar público que uma vez você pediu um *serviette*, e não um guardanapo.

Jemima aperta a mão na boca.

– ... e que suas pérolas são cultivadas, e não de verdade...

– ... e que você nunca prepara a comida que oferece nos seus jantares...

– ... e que aquela foto sua com o príncipe William é uma montagem...

– ... e vamos contar a todo homem que você namorar, de hoje em diante, que você só está querendo ter uma pedra no dedo! – termino, e olho agradecida para Lissy.

– Certo! – grita Jemima, praticamente em lágrimas. – Certo! Prometo que vou esquecer tudo sobre isso. Prometo. Por favor, só não falem da loja de ponta de estoque. Por favor. Posso ir agora? – Ela olha para Lissy, implorando.

– Sim, pode ir – diz Lissy, cheia de desprezo, e Jemima corre para fora da sala. Quando a porta se fecha, eu a encaro.

– Aquela foto de Jemima com o príncipe William é mesmo montagem?

– É! Eu não contei? Uma vez eu fiz umas coisas para Jemima no computador dela e abri o arquivo por engano, e ali estava. Ela simplesmente grudou a cabeça no corpo de outra garota!

Não consigo segurar um risinho.

– Ela é inacreditável.

Deixo-me afundar numa cadeira, sentindo-me subitamente fraca, e por um tempo há silêncio. À distância, ouço o rugir de gargalhadas na festa, e alguém passa pela porta da sala falando do problema do sistema judiciário *tal como é*...

– Ele nem quis ouvir? – pergunta Lissy finalmente.

– Não. Só foi embora.

– Isso não é meio extremo? Quero dizer, ele entregou *todos* os seus segredos. Você só entregou um dos dele...

– Você não entende. – Encaro o tapete velho da sala. – O que Jack me contou não é uma coisa qualquer. É uma coisa realmente preciosa para ele. Ele veio até aqui me contar. Mostrar que confiava em mim. – Engulo em seco. – E no instante seguinte me encontra falando com um jornalista.

– Mas você não estava! – argumenta Lissy com lealdade. – Emma, não foi culpa sua!

– Foi! – As lágrimas estão se formando nos meus olhos. – Se eu ficasse de boca fechada, se nunca tivesse dito nada a Jemima...

– Ela pegaria pesado de qualquer modo. Ele estaria processando você por um arranhão no carro. Ou pela genitália danificada.

Dou um riso trêmulo.

A porta se abre de súbito, e o sujeito com penas na cabeça, que vi nos bastidores, olha para dentro.

– Lissy! Aí está você. Estão servindo a comida. E parece bem boa.

– Certo – responde ela. – Obrigada, Colin. Eu já vou indo.

Ele sai e Lissy se vira para mim.

– Quer comer alguma coisa?

– Não estou com fome. Mas vai você – acrescento depressa. – Você deve estar, depois da apresentação.

– Estou morrendo de fome. – Em seguida ela me dirige um olhar ansioso. – Mas o que você vai fazer?

– Eu... só vou para casa. – Tento sorrir o mais animada que consigo. – Não se preocupe, Lissy, vou ficar bem.

Estou planejando ir para casa. Mas, quando saio, descubro que não consigo. Estou tensa como uma mola. Não consigo pensar em ir para a festa e jogar conversa fora – mas também não consigo pensar nas quatro paredes vazias do meu quarto. Ainda não.

Em vez disso, vou pelo cascalho em direção ao auditório vazio. A porta está destrancada e eu entro direto. Ando pelo escuro até uma poltrona no meio, e sento-me cansada no assento roxo e fofo.

Enquanto olho para a escuridão silenciosa do palco vazio, duas lágrimas gordas escorrem lentamente pelo meu rosto. Não acredito que fiz uma merda tão monumental. Não acredito que Jack realmente acha... acha que eu faria...

Fico revendo o choque no rosto dele. Revivo sem parar aquela impotência travada, aquele desespero de falar; de me explicar.

Se eu ao menos pudesse voltar no tempo...

De repente há um rangido. A porta está se abrindo vagarosamente.

Olho em dúvida para a escuridão enquanto uma figura entra no auditório e para. Mesmo contra a vontade, meu coração martela com uma esperança insuportável.

É Jack. Tem que ser Jack. Ele veio me procurar.

Há um silêncio longo, angustiante. Estou tensa de apreensão. Por que ele não diz nada? Por que não fala?

Ele está me castigando? Está esperando que eu peça desculpa de novo? Ah, meu Deus, isso é uma tortura. Diga alguma coisa, imploro em silêncio. Diga *alguma coisa.*

– Ah, Francesca...

– Connor...

O quê? Olho de novo, com mais atenção, e sinto um choque de desapontamento. Sou uma imbecil. Não é Jack. Não é só uma pessoa, são duas. É Connor, e aquela deve ser a namorada nova. E estão se esfregando.

Arrasada, afundo na poltrona tentando tapar os ouvidos. Mas não adianta, consigo ouvir tudo.

– Você gosta disso? – ouço Connor murmurando.

– Hum...

– Gosta mesmo?

– Claro que gosto! Pare com esse interrogatório!

– Desculpe – diz Connor, e há um silêncio, exceto por um ou outro "Hum".

– Você gosta *disso*? – diz a voz dele outra vez.

– Eu já disse que gosto.

– Francesca, seja honesta, tudo bem? – A voz de Connor se eleva, agitada. – Porque se isso significa um não...

– Não significa um não! Connor, qual é o seu problema?

– Meu problema é que não acredito em você.

– Você não *acredita* em mim? – Ela parece furiosa. – Por que você não acredita em mim?

De repente estou cheia de remorso. É tudo minha culpa. Não somente estraguei meu relacionamento, agora estraguei o deles também. Tenho que fazer alguma coisa. Tenho que consertar essa situação.

Pigarreio.

– Hum... com licença?

– Quem é, porra? – irrita-se Francesca. – Tem alguém aí?

– Sou eu. Emma. A ex-namorada de Connor.

Uma fileira de luzes se acende, e eu vejo uma garota ruiva me olhando com beligerância, com a mão no interruptor.

– Que diabo você está fazendo aqui? *Espionando* a gente?

– Não! Olha, desculpa. Eu não queria... eu não pude deixar de ouvir... – Engulo em seco. – O negócio é... Connor não está sendo difícil. Ele só quer ser honesto. Quer saber do que você gosta. – Busco minha expressão mais compreensiva, de amiga. – Francesca... diga a ele o que você quer.

Francesca me olha incrédula, depois olha para Connor.

– Eu quero que ela dê o fora daqui. – Ela aponta para mim.

– Ah – digo sem graça. – É, tudo bem. Desculpe.

– E apague as luzes quando sair – acrescenta Francesca, guiando Connor pelo corredor em direção aos fundos do auditório.

Eles vão fazer *sexo*?

Certo, não quero estar por aqui para ver isso.

Pego minha bolsa depressa e vou rapidamente pela fileira de bancos em direção à saída. Passo pela porta dupla para o saguão, apagando a luz ao mesmo tempo, e saio para o pátio. Fecho a porta e levanto os olhos.

E congelo.

Não acredito. É Jack.

É Jack, vindo até mim, caminhando depressa pelo pátio, com determinação no rosto. Não tive tempo para pensar nem para me preparar.

Meu coração está realmente disparado. Quero falar, chorar ou... fazer *alguma coisa*, mas não consigo.

Ele me alcança com um som de cascalho esmagado, me pega pelos ombros e me lança um olhar longo, intenso.

– Eu tenho medo de escuro.

– O quê? – hesito.

– Eu tenho medo de escuro. Sempre tive. Tenho um bastão de beisebol debaixo da cama, só para garantir.

Encaro-o numa perplexidade absoluta.

– Jack...

– Eu nunca gostei de caviar. – Ele olha em volta. – Eu... eu tenho vergonha do meu sotaque em francês.

– Jack, o que você...

– Eu ganhei a cicatriz no pulso abrindo uma garrafa de cerveja quando tinha 14 anos. Quando era garoto, eu costumava grudar chiclete debaixo da mesa de jantar da tia Francine. Perdi a virgindade com uma garota chamada Lisa Greenwood, no celeiro do tio dela, e depois perguntei se podia ficar com o sutiã dela para mostrar aos meus amigos.

Não consigo segurar um riso fungado, mas Jack continua mesmo assim, com o olhar fixo no meu.

– Eu nunca usei nenhuma das gravatas que minha mãe me deu de Natal. Sempre quis ser uns 2 a 5 centímetros mais alto. Eu... não sei o que significa codependente. Tenho um sonho recorrente em que sou o Super-Homem e estou caindo do céu. Às vezes fico sentado nas reuniões de diretoria, olho em volta e penso: "Pô, quem são afinal esses caras?"

Ele respira fundo e me olha. Seus olhos estão mais escuros do que nunca.

– Eu conheci uma garota num avião. E... por causa dela minha vida inteira mudou.

Uma coisa quente está crescendo dentro de mim. Minha garganta está tensa, a cabeça inteira doendo. Estou me esforçando ao máximo para não chorar, mas meu rosto inteiro se contorce.

– Jack. – Engulo em seco desesperadamente. – Eu não... eu realmente não...

– Eu sei – ele me interrompe, assentindo. – Eu sei que não.

– Eu nunca faria...

– Eu sei que não – murmura ele com gentileza. – Sei que não.

E agora não consigo evitar, as lágrimas começam a escorrer dos meus olhos, de puro alívio. Ele sabe. Está tudo bem.

– Então... – Enxugo o rosto tentando recuperar o controle. – Então isso... isso significa... que nós... – Não consigo me obrigar a dizer as palavras.

Há um silêncio longo, insuportável.

Se ele disser não, não sei o que vou fazer.

– Bem, talvez você queira voltar atrás na sua decisão – sugere Jack finalmente, e me olha com a maior cara de pau. – Porque eu tenho muito mais coisas para contar. E nem tudo é bonito.

Dou um riso trêmulo.

– Você não precisa contar nada.

– Ah, preciso, sim – insiste Jack com firmeza. – Acho que preciso. Podemos andar? – Ele sinaliza para o pátio. – Porque isso pode demorar um pouco.

– Certo – concordo, com a voz ainda um pouco embargada. Jack estende o braço, e depois de uma pausa eu o seguro.

– Então... onde eu estava? – pergunta ele enquanto vamos andando. – Ah, certo. Bom, isso você realmente *não pode* contar a ninguém. – Ele se inclina para perto e baixa a voz. – Eu não gosto de Panther Cola. Prefiro Pepsi.

– Não! – exclamo, chocada.

– Na verdade, às vezes eu coloco Pepsi numa lata de Panther...

– Não! – gargalho.

– Verdade. Eu disse que não era bonito...

Lentamente começamos a rodear juntos o pátio escuro. O único som é o dos nossos pés no cascalho, da brisa nas árvores e da voz seca de Jack, falando. Contando tudo.

27

É incrível como agora sou uma pessoa diferente. É como se tivesse me transformado. Sou uma nova Emma. Muito mais aberta do que antes. Muito mais sincera. Porque o que aprendi de verdade é: se você não pode ser sincera com seus amigos, colegas e entes queridos, pra que serve a vida?

Os únicos segredos que tenho hoje em dia são bem pequenos, essenciais. E mesmo assim não tenho praticamente nenhum. Acho que poderia contá-los nos dedos de uma das mãos. Bom, agora, por exemplo, me vêm à cabeça:

1. Não sei bem se gosto das novas luzes que mamãe fez no cabelo.
2. Aquele bolo estilo grego que Lissy fez no meu aniversário foi a coisa mais nojenta que já provei.
3. Peguei emprestado o maiô Ralph Lauren de Jemima para passar férias com meus pais e arrebentei uma alça.
4. Outro dia, quando estava digitando as coordenadas no GPS do carro, olhei o mapa e quase disse: "O que é esse grande rio em volta de Londres?" Então notei que era a rodovia M25.
5. Tive um sonho muito estranho na semana passada, com Lissy e Sven.
6. Secretamente comecei a alimentar a planta de Artemis com adubo "Renascer".
7. Tenho certeza de que Sammy, o peixe dourado, mudou de novo. De onde veio aquela barbatana extra?
8. Sei que tenho que parar de dar meu cartão com Emma Corrigan, executiva de marketing, para estranhos, mas não consigo me segurar.
9. Não sei o que significa pró-ceramidas avançadas. (Nem mesmo sei o que são pró-ceramidas atrasadas.)
10. Ontem à noite, quando Jack disse "Em que você está pensando?" e eu respondi "Ah, nada...". Não era bem verdade. Eu estava imaginando os nomes de todos os nossos filhos.

Mas o negócio é que é totalmente normal ter um ou outro segredinho que a gente não conta ao namorado.

Todo mundo sabe disso.

fim

EDIÇÕES
BestBolso

Este livro foi composto na tipologia Minion Pro Regular,
em corpo 13,5/13, e impresso em papel off-set 56g/m² no Sistema
Cameron da Divisão Gráfica da Distribuidora Record.